Katrin Burseg
Unter dem Schnee

Katrin Burseg

Unter dem Schnee

Roman

DIANA

Sollte diese Publikation Links auf Webseiten Dritter enthalten, so übernehmen wir für deren Inhalte keine Haftung, da wir uns diese nicht zu eigen machen, sondern lediglich auf deren Stand zum Zeitpunkt der Erstveröffentlichung verweisen.

Zitatnachweis S. 7 aus: Mascha Kaléko,
In meinen Träumen läutet es Sturm,
hrsg. v. Gisela Zoch-Westphal, dtv München 2018.

Penguin Random House Verlagsgruppe FSC® N001967

Copyright © 2020 by Diana Verlag, München,
in der Penguin Random House Verlagsgruppe GmbH,
Neumarkter Straße 28, 81673 München
Redaktion: Uta Rupprecht
Umschlaggestaltung: Christian Otto, Geviert, München
Umschlagmotive: © Trevillion Images (Lee Avison; Lyn Randle)
Autorenfoto: © Silje Paul
Herstellung: Gabriele Kutscha
Satz: Leingärtner, Nabburg
Druck und Bindung: CPI books GmbH, Leck
Printed in the Czech Republic
Alle Rechte vorbehalten
ISBN 978-3-453-29222-2

www.diana-verlag.de
Dieses Buch ist auch als E-Book lieferbar.

Für meine Familie.
Hier wie dort.

»Kein Wort, kein Wort, Gefährte meiner Trauer!
Verwehte Blätter, treiben wir dahin.
Nicht, dass ich weine, Liebster, darf dich wundern,
nur dass ich manchmal ohne Träne bin.«

Mascha Kaléko

DONNERSTAG, 28. DEZEMBER 1978

ISA

1

So, da saß sie also, mit allem Drum und Dran und in Luises schönem schwarzen Kleid. Sie hatten es so abgemacht, vor Jahren schon, doch nun fühlte es sich falsch an, hier mit den Perlen zu sitzen, während Luise da vorne unter dem schweren Sargdeckel aus Eichenholz lag.

Isa Wollin blickte auf ihre Hände. Schön waren sie nicht, alt und runzlig, mit Nägeln, die leicht splitterten. Selbst im Halbdunkel der Kirche meinte sie, den Schmutz zu erkennen, der sich über die Jahre in die Haut gefressen hatte. Kartoffelschälhände, damit musste sie leben. Aber Luises schimmernder Ring, der wie ein Kuckucksei an ihrer rechten Hand saß, schien die Derbheit ihrer Finger noch zu betonen, und auf einmal wünschte sie sich, sie hätte den Schmuck in ihrer Nachttischschublade vergraben. Dort, wo alle Träume endeten.

Ach, Luise.

Isa schluckte und versuchte, die Traurigkeit zurückzuhalten, die sie auf einmal mit fester Hand packte. Sie hatte nicht geweint, als die Freundin gestorben war. Warum auch? Luise war friedlich eingeschlafen, in der Hand eine Tasse ihres Abendtees. Kerzengerade hatte sie in ihrem Ohrensessel am Fenster gesessen, auf den

Lippen ein mädchenhaftes Lächeln, das die Spuren der Zeit auszu-
löschen schien. Selbst das blau-weiße Porzellan aus Kopenhagen,
das sie so liebte, war nicht zu Bruch gegangen. Konnte man es sich
besser wünschen nach so einem Leben?

Nur der Zeitpunkt, so kurz vor Heiligabend.

Missbilligend schüttelte Isa den Kopf. Da war es natürlich vorbei gewesen mit dem Weihnachtsmarkt auf dem Gut, all dem
Glanz und den frisch geschlagenen Bäumen, die Carl noch hatte
verkaufen wollen. Und das Lametta? Ging gar nicht. Isa hatte es
mühsam aus dem riesigen Weihnachtsbaum in der Halle des Herrenhauses gepult. Gans hatte es an den Festtagen auch nicht gegeben, nur Karpfen blau mit Kartoffeln und scharfem Meerrettich,
der allen die Tränen in die Augen trieb. Sogar der stille Johann
hatte sich lautstark schnäuzen müssen.

Isa hob den Kopf und schaute sich in der Kirche um. Da saßen
sie, Familie, Freunde und die wichtigen Leute, alle, die Luise Emilia
Katharina Gräfin von Schwan ehren wollten. Die kleine Dorfkirche
war bis auf den letzten Platz gefüllt, selbst auf der Orgelempore
standen die Leute dicht an dicht, und der Sarg versank unter Blumen und Kränzen. Immergrün und weiße Rosen. Die Trauergäste
gedachten weniger der Patriarchin aus schleswig-holsteinischem
Adel als vielmehr einer Frau, die das Gut und die Baumschule von
Schwan durch ihre schwersten Jahre geführt hatte.

»Die Gräfin hat immer zuerst an das Wohl des Hauses und des
Unternehmens gedacht«, hörte Isa den Pastor sagen. Pastor Siebeling war weiß Gott kein großer Redner, oft fahrig und verzagt, und
vielleicht vertraute er überhaupt nur auf die Worte des Herrn, um
nicht ganz zu verstummen. Mühsam hangelte er sich durch das
Dickicht der Sätze, die gesagt werden mussten, sein Kopf mit dem
weißen Haarkranz vor Anstrengung gerötet. »Sie war eine bewun-
dernswerte Frau, stark und unerschütterlich, die ihr Leben ...«

Isa zuckte zusammen. Ganz plötzlich erhellte ein Blitz die Kirche, dem ein mächtiger Donnerschlag folgte. Ein Raunen ging durch die Reihen, und der Pastor verstummte für einen Augenblick, bevor er sich sammelte und weitersprach.

»… die ihr Leben ganz in den Dienst der Familie und …« Wieder stockte Siebeling, als merkte er, dass seine Worte Luises Persönlichkeit und ihr Leben nur unzureichend einzufangen vermochten.

Ach herrje. Isa biss sich auf die Lippen und sah angespannt zu den kleinen mittelalterlichen Kirchenfenstern hinauf. Das Licht hatte sich verändert; obwohl erst früher Nachmittag war, schien es bereits zu dämmern. Der böige Nordostwind frischte weiter auf, ein Heulen und Fauchen, das die Kirche erzittern ließ.

Gestern Abend in der *Tagesschau* hatten sie heftigen Wind und Regen für die Ostseeküste vorhergesagt. Sturmflutgefahr? Ja, das auch. Aber Isa spürte noch etwas anderes, das ihren morschen Knochen zusetzte. Eiseskälte nämlich, die sie mit spitzen Nadeln piesackte und die Narben der Vergangenheit schmerzen ließ. Und obschon es am Morgen noch mild und feucht gewesen war, typisches Weihnachtswetter eben, hatte sie vorsorglich nach dem Leibchen aus Angorawolle gegriffen und die dicken Strümpfe über die Knie hochgerollt. Nun bemerkte Isa, dass Schneetreiben eingesetzt hatte. Beunruhigt sah sie zu, wie die dicken Flocken die Fenster an der Nordwand der Kirche zukleisterten und das Licht noch weiter verdunkelten.

»Kiek mol na boben!«

Vorsichtig stieß sie Carolin an, die neben ihr saß. Caro war Johanns fünfzehnjährige Tochter. Schlau und kratzbürstig wie eine Wildkatze war sie Carl seit jeher ein Dorn im Auge, und seit sie sich vor ein paar Wochen das Haar feuerrot gefärbt hatte, duldete er sie nicht mehr in seiner Nähe. Er hatte ihr einen Platz im hinteren

Drittel der Kirche zugewiesen, bei den Leuten aus dem Dorf, und ihr Vater hatte es geschehen lassen, weil er mit anderem beschäftigt war. Natürlich war Caro zuckersüß lächelnd in Lederjacke und derben Stiefeln und mit einer Sicherheitsnadel im Ohr zur Trauerfeier erschienen. Sie hatte sich nicht zu den Bauern aus Schwanenholz gesetzt, sondern sich zu Isa durchgedrängelt. Das Gör und die Köchin.

»Ist dir auch so kalt?« Caro fasste nach ihrer Hand, der Blick des Mädchens fiel auf den Ring mit der erbsengroßen Südseeperle.

»Sag mal, ist das nicht Luises?«

Isa nickte und legte einen Finger auf die Lippen. »Hat sie mir vermacht«, sagte sie leise, und wieder überkam sie diese wüste Traurigkeit, die ihr die Brust zusammenschnürte und sie leise aufstöhnen ließ.

»Pass bloß auf, dass Carl nichts davon mitbekommt«, flüsterte Caro. Fürsorglich rieb sie Isas Hände. Tatsächlich schienen die Temperaturen mit jeder Minute weiter zu fallen. Der Weihnachtsbaum neben dem Altar zitterte ganz leicht im eisigen Wind, der durch die Risse im alten Mauerwerk fuhr.

»Steht doch im Testament«, gab Isa zurück. »Wirst schon sehen.«

»Trotzdem ...«

Mit dem Kinn wies Caro nach vorn, wo Carl mit seiner Frau Anette in der ersten Reihe direkt vor dem Sarg thronte. Luises Sohn war im Krieg gefallen, deshalb hatte sie vor ein paar Jahren die beiden Söhne ihrer Schwester Klementine in die Geschäftsführung der Baumschule berufen. Und obwohl die Brüder gleichberechtigt waren, ging der drei Jahre ältere Carl nun breitbeinig und stolz in seiner Rolle als Familienoberhaupt auf. Johann dagegen hatte sich auf die andere Seite unter die Kanzel neben seine Mutter gesetzt, als wollte er an diesem Tag nicht im Mittelpunkt stehen. Über seinem Kopf prangte das Wappen der Familie, ein silberner Höckerschwan mit weit ausgebreiteten Flügeln auf rotem Schild. *Puritas enim cordis*, so lautete der Wappenspruch der von Schwans, »Reinheit des Herzens«.

Luise hatte den Spruch immer als Verpflichtung betrachtet, aber ob die beiden Brüder ihm gerecht werden konnten? Zweifeln durfte man da schon.

Isa fischte ein Taschentuch aus ihrem Ärmel und wischte sich über die feuchten Augen. Gesang, das ging ihr immer so zu Herzen. Weiße Atemwölkchen stiegen über den Köpfen der versammelten Trauernden auf, und die Strohsterne an der Weihnachtstanne schaukelten im Takt. Oder war das der Wind?

Auch Pastor Siebeling suchte Halt, er trat zurück und legte eine Hand auf Luises Sarg, als wollte er ihn segnen. Sein Blick huschte hinauf zu den Fenstern, dann betrachtete er zweifelnd den Tannenbaum neben sich. Die Douglasie, ein mächtiges Exemplar aus dem Nadelholzquartier der Baumschule, hatte Carl gestiftet. So wollte es die Tradition. Und wie in jedem Jahr hatte der Baum einen Makel, der ihn unverkäuflich machte. Dieses Mal waren es die beiden Spitzen, die Isa an Teufelshörner denken ließen.

Aber warum stand der hässliche Baum überhaupt noch?

Weil Pastor Siebeling alles zu viel geworden war, die Festtage und die Vorbereitungen für das Begräbnis.

Carl hatte die Augen verdreht, als er in die Kirche kam. Aber der hätte ja auch mal nach dem Rechten sehen können, dachte Isa nun. Luise, so viel stand fest, wäre das nicht passiert. Die hätte auch den Baum mit den Teufelshörnern nicht abgesegnet. Und überhaupt …

Nee, jetzt kullerte doch eine Träne. Und noch eine und noch eine.

Caro strich ihr wieder über die Hand. Das Mädchen roch gut, ein heller Sommerduft nach Heu und Honig, der der Kälte etwas entgegensetzte und Isa ein wenig tröstete.

»Bald geschafft«, flüsterte Caro.

Bald geschafft?

Du liebes bisschen, dieses Kind. Caro hatte ja keinen Begriff davon, was nach der Trauerfeier noch auf Isa wartete.

Kaffee und Kuchen im Herrenhaus für fünfzig Gäste, Abendessen für dreißig Personen. Die Übernachtungsgäste und das Frühstück am nächsten Morgen. Und dann die Wäscheberge und all das Silber und Kristall, das in die Schränke zurückmusste.

Der Kuchen war gebacken, und die Kartoffeln waren gepellt. Aber mehr als zwei Mädchen zur Hilfe hatte Carl ihr für die Beerdigung nicht genehmigt. Und dabei war sie doch auch schon zweiundsiebzig.

Wieder zog Isa das Taschentuch aus dem Ärmel, um sich ausgiebig zu schnäuzen. Früher, da hatte es eine Köchin und drei Dienstmädchen im Haushalt gegeben. Dazu noch die Knechte, Gärtner, Stallmeister – nur für die Bewirtschaftung des Herrenhauses, die Baumschule noch gar nicht eingerechnet.

Aber das waren andere Zeiten gewesen. Nicht wahr, Luise? Nicht unbedingt glücklicher, aber gediegener.

Wie lange war das her?

Trotzig presste Isa die Lippen zusammen, dann versuchte sie, den Ring von ihrem Finger zu ziehen. Aber der wollte partout nicht und krallte sich fest, als ob er nun mit ihr verwachsen wäre.

Caro lächelte, und das Feuerwerk ihrer Haare sprühte übermütig Funken. »Der bleibt jetzt wohl bei dir.«

Ja? Wäre wohl das Erste, was bei ihr bliebe, dachte Isa. War das Leben nicht ein wilder Strom, der einem ständig das Liebste aus den Händen riss?

Seufzend drehte sie den Ring, sodass die Perle verborgen in ihrer Hand saß. Dann faltete sie die Hände zum Gebet, so wie es Pastor Siebeling nun verlangte.

Segne uns, allmächtiger Gott,
Schöpfer allen Seins.
  Begleite mit deinem Segen …

Es war der Wind, der sie aus der Stille des Gebets riss. Und der Baum, der sich plötzlich seufzend nach vorne neigte, als wollte er sich verbeugen.

»Düvel ok!«

Ein Schrei ging durch die Kirche, als die Douglasie mit den zwei Spitzen Pastor und Sarg unter sich begrub.

CARL

2

Sein erster Gedanke? Er konnte es nicht leiden, wenn andere Fehler machten. Und die Douglasie nicht gleich nach den Feiertagen zu verfeuern war ein unverzeihlicher Fehler gewesen. Trocken, wie der Baum inzwischen war, hatte er nicht mehr fest in seinem Ständer gestanden. Und dann noch dieser elende Sturm, der an den Nerven zerrte.

Eine Welle heißen Zorns durchflutete Carl und lähmte ihn. Für einen Moment war er wie erstarrt, doch dann setzte sein Verstand wieder ein, und er ballte die Hände zu Fäusten und sprang auf.

Seiner Frau war der Schreck anzumerken, blass sah sie aus, verstört, und seine Mutter schlug entsetzt die Hände vors Gesicht. Aber zum Glück war Pastor Siebeling nichts passiert, soeben krabbelte er benommen unter dem Baum hervor. Johann half ihm auf und zupfte ihm einen Strohstern aus dem Haarkranz, dann führte er Siebeling rasch nach rechts zu seiner Bank unter der Kanzel und redete beruhigend auf ihn ein.

Gut so. Nur die Ruhe bewahren!

Carl drückte das Kreuz durch und drehte sich zu den Trauergästen um, die zum Teil aufgesprungen waren und wild durcheinanderredeten. Hatte man so etwas schon mal erlebt? Am turbulentesten ging es in den hinteren Reihen bei den Bauern zu, während die Gäste im vorderen Drittel ihn nur sprachlos anblickten und auf eine Erklärung zu warten schienen.

»Tante Luise wollte immer unter einem Baum begraben werden«, versuchte Carl einen Scherz, doch niemand lachte. Sein Blick streifte kühle, verständnislose Mienen und blieb schließlich an Carolins rotem Schopf hängen. Ziviler Ungehorsam war das, ihr Haar leuchtete wie das Banner der kommunistischen Partei. Wollte sie alles um sich herum in Brand setzen? Am liebsten hätte er sie gepackt und kräftig geschüttelt, um ihr die Flausen auszutreiben.

Er spürte, wie eine Ader an seiner Stirn pulsierte und ihm das Blut in die Wangen schoss. Umständlich rückte er seine Krawatte zurecht, dann flüchtete er sich an das rettende Ufer seiner gräflichen Autorität: »Mannslüüd!«

Wie auf Kommando sprangen ein paar Männer aus Schwanenholz auf. Carl dirigierte, mit großen, eindrucksvollen Gesten, und nach einigem Hin und Her gelang es ihnen, den Baum vom Sarg herunter und zurück in den Ständer zu hieven, während der Organist auf der Empore geistesgegenwärtig improvisierte.

Na also. Ging doch!

Festlich sah es nun nicht mehr aus, der Altarraum glich einem Schlachtfeld. Überall Strohsterne, Tannennadeln und zerdrückte Rosen und Kränze, auch die weißen Kerzen waren umgefallen und verloschen. Aber der Sarg stand gänzlich unbeeindruckt in diesem Chaos, wie ein Fels über dem schäumenden Meer, und für einen Moment meinte Carl, ein leises Glucksen zu vernehmen, das aus der Tiefe aufstieg. Tante Luise schien sich prächtig zu amüsieren, und auf einmal fühlte er sich in seine Kindheit zurückversetzt, als sie noch mit hochgezogenen Brauen und einem versteckten Lächeln im Mundwinkel über alle seine Streiche zu Gericht gesessen hatte.

Carl setzte sich wieder und machte dem Pastor ein Zeichen, mit dem Gottesdienst fortzufahren, doch sowohl Siebeling als auch sein Bruder schüttelten den Kopf.

Ja, wie nun?

Also wieder hoch und rüber zu Siebeling.

»Sie muss doch unter die Erde.«

»Aber doch nicht unter diesen Umständen!«

Der Pastor wirkte ehrlich empört, als verlangte Carl etwas Unmögliches von ihm. Ein Kratzer, aus dem ein wenig Blut sickerte, zog sich wie ein Schmiss quer über seine Wange, und der Talar hatte einen Riss an der Schulter.

»Da sitzen hundertfünfzig Leute und warten darauf, dass es weitergeht.«

»Interessiert mich nicht«, erwiderte Siebeling mit einer Festigkeit, die Carl ihm nicht zugetraut hätte. »Wir sind doch hier nicht im Theater.«

»Aber …«

»Carl«, mischte sich sein Bruder besänftigend ein, »das können wir Tante Luise nicht antun.«

Carl holte tief Luft. Johanns Gutmenschenstimme und sein Verständnis für alles und jeden konnten ihn wahnsinnig machen. Er spürte, wie sein Blutdruck stieg, nervös fuhr er sich mit der Zunge von innen über die Zähne. Er sehnte sich nach einer Zigarette, jetzt, sofort!

Also alle zurück ins Herrenhaus, in der Kirche aufräumen und dann noch mal von vorn? War es das, was die beiden wollten? Gereizt sah er Johann an, und seine Nägel bohrten sich schmerzhaft in die Handballen, dann blickte er auf seine Uhr: Es war bald drei.

»Dann ist es dunkel, bis wir sie unter der Erde haben«, knurrte er heiser.

Siebeling schüttelte den Kopf. »Morgen ist auch noch ein Tag«, sagte er ruhig und wischte sich über die Wange. Carl wurde den Eindruck nicht los, dass ihm die Verschiebung der Trauerfeier ganz gelegen kam.

»Mutter?«

Carl suchte ihren Blick, doch Klementine von Rüstow, geborene von Schwan, schien noch ganz unter dem Eindruck der Ereignisse zu stehen. Ihre Lider flatterten nervös, und sie umklammerte Johanns Hand. Das schwarze Kostüm betonte ihre schlanke Taille, und auf einmal fiel ihm auf, wie schmal und zerbrechlich sie geworden war.

Also gut. Seufzend stieß Carl den Atem aus, dann machte er kehrt, trat an den Altar und reckte das Kinn. Mit fester Stimme verkündete er die Verschiebung der Trauerfeier auf den nächsten Tag.

Die Trauergäste erhoben sich nur zögerlich, sie fühlten sich um Kaffee und Kuchen betrogen. Einige murrten, aber dann kam doch Bewegung in die hintersten Reihen, und die ersten Bauern verließen die Kirche. Wenn es heute keinen Leichenschmaus mehr gab, dann konnte man ja gleich zum Melken fahren.

Und der Sarg?

Carl hob fragend die Arme, doch Pastor Siebeling bedeutete ihm, dass sie ihn in der Kirche stehen lassen sollten. Wohl kein Problem bei diesen Temperaturen.

Aber der Baum, um den würden sich seine Leute nachher als Erstes kümmern. Raus damit!

Nach einem letzten Blick auf Luises Sarg reichte Carl seiner Frau den Arm und geleitete sie steif den Mittelgang hinunter. Vor etwas mehr als fünf Jahren hatten sie sich in dieser Kirche die Ehe versprochen, und für einen Augenblick dachte er an die nüchterne Zeremonie zurück. Er hatte Anette nicht aus Kalkül geheiratet, aber auch nicht aus brennender Liebe. Sie mochten sich, schon seit dem Studium, und Anette brachte ein wenig frisches Kapital in die Familie. Geld, das sie in der Baumschule dringend benötigten. Im Tausch hatte sie den gräflichen Titel bekommen und die Aussicht auf ein angenehmes Leben, das sie ganz ihren Pferden und einer zu gründenden Familie widmen konnte. Es hatte etwas gedauert, bis sie schwanger geworden war, aber nun sollte ihr erstes Kind in etwa drei Wochen auf die Welt kommen. Mit einem Seufzer schob Anette ihren mächtigen Bauch vor sich her, und er konnte an ihrer Miene ablesen, dass sie wenig Lust hatte, das Prozedere morgen noch einmal über sich ergehen zu lassen.

Carl biss sich auf die Lippen und tastete in seiner Hosentasche nach dem Zigarettenetui. Der engere Familienkreis konnte im Herrenhaus übernachten – und der Rest? Er würde gleich jemanden damit beauftragen müssen, die Hotels in der näheren Umgebung abzutelefonieren. Aber Silvester stand vor der Tür, und die Preise …

Es dauerte einen Moment, bis Carl bemerkte, dass die Prozession ins Stocken geraten war. Im Vorraum stauten sich die Leute, etwas hielt sie auf, die Stimmen schwollen wieder an. Ein ehrfürchtiges, ungläubiges Geraune, das den heulenden Wind übertönte.

Noch ein Baum, der umgestürzt war?

Entschlossen bahnte Carl sich einen Weg durch die Menge, doch als er mit seiner Frau an der Hand aus der Kirche hinaustrat, begriff er kaum, was geschehen war.

Alles war weiß.

Ein wildes, wirbelndes, wogendes Weiß, lebendig wie ein wütendes Tier, und das Fauchen des stürmischen Windes machte ihm Angst.

Der Schnee hatte alles verschluckt, den Friedhof, das Pfarrhaus und die Wiesen und Felder, die sich dahinter erstreckten. Eine unwirkliche Szenerie, denn als sie die Kirche vor nicht einmal anderthalb Stunden betreten hatten, regnete es noch. In der Zwischenzeit mussten etwa dreißig Zentimeter Schnee gefallen sein, gleichzeitig waren die Temperaturen auf unter null gerutscht.

So etwas hatte er noch nie erlebt. Der Wind war inzwischen so stark, dass er den Schnee nahezu waagerecht übers Land peitschte und zu Verwehungen auftürmte. Einige Grabsteine waren schon nicht mehr zu sehen, ebenso wenig die Laufwege zwischen den Gräbern und der Zaun, der den Friedhof zur Straße hin abgrenzte. Der Himmel war schwarz, als wäre es bereits Nacht. Schwer und unheilschwanger hing er über dem Land.

Als sie aus dem Windfang hinaustraten, schlugen ihnen die Schneeflocken ins Gesicht. Anette klammerte sich an seinen Arm, als hätte sie Angst davonzufliegen.

»Ich bring dich zum Wagen«, sagte Carl. Er legte den Arm um sie, und plötzlich gab es nur noch sie beide und das Baby in ihrem Bauch, das er beschützen wollte.

Auf dem Parkplatz an der Straße rutschten die ersten Wagen davon. Die Straße musste spiegelglatt sein, denn Bauer Habeck, der seinen Diesel beherzt beschleunigte, schoss gleich quer über die Fahrbahn und landete auf der anderen Seite im Graben.

Menschenskinder!

Carl stemmte die Beifahrertür seines weinroten Mercedes Coupés auf und bugsierte Anette in den Wagen.

»Ich bin gleich wieder da!«

Wo war seine Mutter? Und wo war Johann?

Der Wind versetzte ihm Hiebe. Mühsam kämpfte er sich gegen den Strom der geduckt laufenden Trauergäste zur Kirche zurück.

Im Vorraum stieß er auf Carolin, die Isa Wollin untergehakt hatte. Beide würdigten ihn keines Blickes, so als wäre alles, was geschehen war, seine Schuld. Angespannt stemmte Carl die schwere Holztür zum Kirchensaal auf.

Die Kirche hatte sich inzwischen geleert. Seine Mutter stand vorne am Sarg, sie schien in ein Zwiegespräch mit ihrer Schwester vertieft zu sein. Fürsorglich hatte ihr Johann den Arm um die Schultern gelegt, so gelassen, als hätten sie alle Zeit der Welt.

Carl hastete nach vorn.

»Wir müssen los, da draußen ist …«

Nach einem kurzen Seitenblick auf den Pastor, der die Kerzen am Altar wieder aufrichtete, ließ er den Satz unvollendet zwischen ihnen stehen.

Johann schüttelte bedächtig den Kopf und bedeutete ihm mit einer Geste, Klementine nicht in ihrer Andacht zu stören. »Ich nehme sie gleich mit«, las Carl von seinen Lippen ab. »Kümmerst du dich um Isa?«

Er hätte nicht sagen können, was ihn mehr aufregte. Dass Johann schon immer der Liebling seiner Mutter gewesen war oder dass er gleich die grummelnde Köchin und ihr vorwurfsvolles Doppelkinn zum Herrenhaus zurückkutschieren durfte.

Ungehalten drehte Carl sich auf dem Absatz um und eilte aus der Kirche.

KLEMENTINE

3

Ein Riss durch die Zeit. Als der Baum sich wie ein Vorhang auf den Sarg senkte, hatte sie sofort Bilder ihrer Kindheit vor Augen. Ein Weihnachtsfest Anfang des Jahrhunderts. Wie alt waren sie damals? Neun, sechs und fünf? Fritz hatte eine Spielzeugeisenbahn bekommen, eine elektrische Märklin, Lok, Wagen und Gleise. Dazu noch Zinnfiguren, eine ganze Armee. Was für ein Spektakel! Die Mädchen hatten ihre neuen Puppenwagen bald stehen gelassen und Fritz angebettelt, mit der Bahn spielen zu dürfen. Ihr Bruder zeigte sich gnädig, »aber nur ein Mal!« Als Gegenleistung verlangte Fritz Marzipan und kandierte Früchte von ihren bunten Tellern.

In der Nacht hatte Klementine bemerkt, wie Luise aus ihrem Bettchen schlich. Ganz leise war sie ihr gefolgt, über die Korridore, die Treppe hinab ins Weihnachtszimmer, wo Fritz die Bahn in einem weiten Rund um den Baum herumgeführt hatte. Luise saß im Dunkeln, den Persianerkragen, ein Geschenk des Vaters für die Mutter, umgelegt, die Hand am Regler. Der Raum duftete nach Tannennadeln, Kerzenwachs und Zuckerzeug, und mit ihren Mahagonilocken und dem silbrigen Pelz sah Luise wie ein dunkler Weihnachtsengel aus. Behäbig und mit Nüssen beladen, schnaufte

die kleine Lok durch den Wald aus Tannengrün und Weihnachts-
glück.

Klementine blieb an der Tür stehen und schaute ihr durch den
geöffneten Spalt fasziniert zu. Sie traute sich nicht, das Weihnachtszimmer zu betreten. Das, was Luise da tat, war verboten.
Die Mädchen durften die Bahn nur mit Fritzens Erlaubnis fahren,
aber Luise scherte sich nicht darum. Ihre gold gesprenkelten Augen
blitzten, und das Gesicht schien von innen heraus zu leuchten, so
groß war ihr Vergnügen, und in diesem Moment begriff Klementine, dass Luises Leben reicher sein würde als ihres. Nicht ein-
facher, aber größer. Ein Evenement.

Nicht dass sie dies damals schon hätte in Worte fassen können,
aber sie spürte es. Ein Gefühl, das wehgetan hatte, ein Brennen
ganz tief in ihrem Inneren.

Ein paar Minuten später war ihre Mutter die Treppe herab-
gekommen, sie schickte die Mädchen zurück ins Bett. Und am
nächsten Tag hatte Friedrich Wilhelm von Schwan über seine beiden Töchter gerichtet. Geschlagen wurde nicht im Hause von
Schwan, nicht einmal der Französischlehrer durfte den Rohrstock
gebrauchen, um ihnen die Konjugationen einzubläuen. Aber eine
väterliche Anordnung war nicht verhandelbar.

»Habt ihr mich verstanden?«

»Jawohl, Herr Papa.«

Klementine kam mit einem Tadel davon. Schmerzlich genug.
Aber Luise musste ihren Puppenwagen hergeben.

Sie bekam ihn nie zurück. Jahre später, sie waren inzwischen
längst erwachsen und verheiratet, hatte die Schwester Puppe und
Wagen auf dem Dachboden in einer Kiste mit vergessenem Weih-
nachtsschmuck entdeckt. Da erst waren ihr die Tränen gekommen, die sie damals nicht vergossen hatte.

Ja, das war Luise.

Angestrengt versuchte Klementine, sich zu erinnern, was mit der Eisenbahn geschehen war. Auch sie war verschwunden, mitsamt den Zinnfiguren, nur ein paar Wochen später, denn Fritz hatte nicht mehr lange zu leben gehabt. Eine Scharlachinfektion, die die beiden Mädchen mit Halsschmerzen, Schüttelfrost und Fieber glimpflich überstanden hatten, führte bei ihm zu einer schweren Mandelentzündung, die seinen dünnen Jungenkörper mit Bakterien überschwemmte. Ein toxischer Schock. Nur zweiundsiebzig Stunden, nachdem Fritz über die ersten Symptome geklagt hatte, verlor er in den Armen seiner Mutter das Bewusstsein, dann hörte sein Herz einfach auf zu schlagen.

Vielleicht hatten die Eltern ihm die Eisenbahn mit ins Grab gegeben, untröstlich, wie sie waren?

Der einzige Sohn.

Der Erbe.

Es kam keiner mehr, konnte keiner mehr kommen, bei so viel Traurigkeit im Haus, die bleiern von den Wänden tropfte.

Gab es danach überhaupt noch ein Weihnachtsfest, an dem keine Tränen flossen?

Ach, wenn sie nur daran dachte, musste sie weinen. Klementine blinzelte und pflückte eine der zerdrückten weißen Rosen von Luises Sarg und roch daran.

Dass ausgerechnet sie nun beide Geschwister überlebt hatte!

Die Kleine, Zarte, Fügsame.

Klementine spürte, wie Johann sie fester umfasste.

Zwei Söhne hatte sie der Familie geschenkt. Der eine stolz und mit Aplomb, ein ganzer Kerl, so einer, wie ihr Bruder Fritz es vermutlich geworden wäre, wenn Gott ihn nicht zu sich geholt hätte. Der andere zarter, eine verletzliche Seele, einer, der sich immer wieder in den Fängen der Frauen verheddette.

Sie liebte beide, aber wenn Gott sie auf die Probe stellte?

Sie würde Johann wählen.

Nicht weil sie eine Frau war, immer noch, nicht wahr? Sondern weil er ihr viel näher war. Weil er das Land liebte und nicht die Zahlen. Und weil er sie nicht an seinen Vater erinnerte.

Klementine räusperte sich und spitzte die Lippen. Nun war es aber auch genug mit diesen Sentimentalitäten. Sie hob den Blick, und trotz ihrer schlechten Augen bemerkte sie, dass Carl in die Kirche zurückgekommen war.

Er hatte den Vorfall gut bewältigt, nicht gelassen, aber mit einiger Nachdrücklichkeit in seinen Anweisungen. Doch offenbar war die Krise noch nicht ausgestanden, sie hörte es seinen schnellen Schritten an.

Der Wind, der Wind, er mahnte zum Aufbruch.

Das bisschen Sturm.

Ach, Kinder, wir haben doch schon Schlimmeres mitgemacht, dachte sie.

Nicht, dass sie an die Vergangenheit rühren wollte, aber das bisschen Wetter? Du liebe Güte.

»Ich fahr mit dir zurück«, flüsterte sie Johann zu.

Und das tat sie dann auch.

In Johanns Wagen sah es aus wie früher in seinem Jungenzimmer. Bücher, Zeitungen, Apfelreste.

Bisweilen dachte sie, dass er sich nur von Äpfeln ernährte.

Nur mit Mühe kamen die Scheibenwischer gegen das Schneetreiben an, das alle Farben verwischte.

»Mit wem fährt Carolin zurück?«

Johann zuckte die Achseln, angestrengt sah er auf die Straße. Die Kirche, in der einst schon die Wikinger ihren Göttern gehuldigt hatten, lag etwas außerhalb des Ortes, an einem Nebenarm der Schlei. Alles war weiß und die Kolonne der vor ihnen fahrenden

Wagen im dichten Schneetreiben kaum auszumachen. Für einen Moment stellte Klementine sich vor, dass Luise da oben auf einer Wolke saß, mit den Beinen baumelte und es schneien ließ. Einfach so, weil es ihr gefiel.

»Sie ist irgendwie zur Kirche gekommen, also wird sie auch wieder zurückkommen. Vielleicht hat Niki an der Straße auf sie gewartet?«

Niklas war Caros Freund, ein unbekümmerter, hoch aufgeschossener Taugenichts, Sohn des Sparkassendirektors aus dem Nachbarort. Die beiden hatten sich in der Schule kennengelernt, und seit ein paar Wochen »gingen« sie miteinander. Praktisch hieß das wohl, dass sie die Schule schwänzten und mit Nikis Mofa über die Dörfer düsten.

»Machst du dir keine Sorgen?«

»Um Caro?« Johann schüttelte den Kopf, und da war der Anflug eines Lächelns, das sich um seine Mundwinkel malte. Als erinnere er sich noch daran, wie dieses Gefühl von Freiheit schmeckte. »Sie kann Carl die Stirn bieten, warum sollte ich mir Sorgen machen?«

»Du tust deinem Bruder unrecht.«

»Weil ich seine herrische Art nicht mag?«

Vorsichtig bog Johann vom schmalen Kirchenweg auf die Dorfstraße ein, die quer durch Schwanenholz führte. Der kleine Ort war aus dem Bauerndorf hervorgegangen, das früher zum Gut gehört hatte. Neben den Höfen und einer kleinen Molkerei gab es noch einen winzigen Tante-Emma-Laden. Und das Kriegerdenkmal an der Blutbuche, dessen Obelisk sich wie ein mahnender Fingerzeig aus dem Schnee erhob. Dann kam auch schon die lange gepflasterte Allee, die auf das Gut zuführte. Zwei Kilometer Katzenkopf und Eichen, mehr als hundert Jahre alt. Das Laub der Bäume schloss sich im Sommer zu einem schattigen Dach.

»Ihr müsst euch zusammenraufen, wenn ihr die Existenz der Baumschule nicht aufs Spiel setzen wollt.«

Johann antwortete ihr nicht.

»Wir mussten alle Opfer für die Familie bringen«, fuhr Klementine fort. »Immerzu.« Dann schwieg sie ebenfalls. Je älter sie wurde, desto mehr Platz nahmen die alten Geschichten in ihrem Herzen ein. Nachdenklich strich sie den Rock ihres Trauerkostüms glatt.

Nach einer Weile tauchte aus dem Sturm der wirbelnden Flocken das Gut vor ihnen auf. Behutsam lenkte Johann den Wagen durch das historische Torhaus, dann fuhren sie zwischen den Wirtschaftsgebäuden und den Scheunen links und rechts um die herrliche Kastanie herum auf das Herrenhaus zu.

Der prächtige quaderförmige Backsteinbau stammte aus dem Spätbarock und war an drei Seiten von Wasser umgeben. Wegen seines weißen Anstrichs und des majestätischen Mittelrisalits wurde das Herrenhaus in der Umgebung auch »Schloss Schwanenholz« genannt. Im Giebelfeld prangte das Wappen der Familie, ein mächtiges Walmdach mit halbrunden Gaubenfenstern krönte das Haus, das ihrem Großvater einst samt Titel vom dänischen König für seine besonderen Verdienste »um die Verbreitung nutzbarer Holzpflanzen in den Forsten des Landes« verliehen worden war. Hinter dem Haus, über eine steinerne Brücke zu erreichen, erstreckte sich ein alter englischer Landschaftsgarten, dessen Bäume im Osten in die geometrischen Quartiere der Baumschule übergingen. Achtzig Hektar Land, Anbaufläche für die berühmten Bäume mit dem Schwanenwappen, die dort soldatisch aufgereiht wuchsen.

Klementine war erst am Morgen aus dem nahe gelegenen Kiel angereist, und der Anblick ihres Elternhauses versetzte ihrem Herzen einen Stich.

Johann fuhr den Wagen bis vor die breite Sandsteintreppe, auf der eine Reihe kugeliger Buchsbäume Spalier standen. Früher, zu Vaters Zeiten, hatte ein Diener die ankommenden Gäste empfangen. »*Enchanté, Madame.*« Aber die Vergangenheit interessierte ja keinen mehr.

Klementine seufzte und gab sich wehmütig den Erinnerungen hin, während Johann sie nachdenklich von der Seite her ansah. Er schien ihr anzumerken, dass sie auf einer ihrer Seelenwanderungen war, wie er ihre sentimentalen Anwandlungen gelegentlich bezeichnete.

Erst als sie nickte, stieg er aus, um ihr die Wagentür zu öffnen.

»Bitte sehr, Gräfin«, sagte er liebevoll, denn er wusste, wie viel ihr an dem Titel lag, dann reichte er ihr den Arm. »Willkommen auf Schwanenholz.«

JOHANN

4

Tante Luise hatte sie gewarnt. »Wenn ich einmal unter die Erde komme, werdet ihr euer blaues Wunder erleben«, hatte sie gelegentlich augenzwinkernd gedroht, wenn ihr die Neffen mit ihren Kapriolen die Nerven raubten. Aber dass sie ihre Drohung tatsächlich wahr machen würde …

Johann stellte seinen alten Wagen vor der großen Gerätescheune ab, wo bereits ein paar andere Autos parkten, dann lief er mit hochgeklapptem Kragen auf das Herrenhaus zu.

Der Sturm war herrlich. Der Wind packte ihn, schob ihn vorwärts, als wäre er ein Segelschiff, das durch das Wasser der Schleimündung flog. Windstärke acht, in Böen zehn, und da kam noch mehr. Johann breitete die Arme aus und schlitterte durch den Schnee, der sofort alle Spuren verschluckte. Alle, die heute noch über Land fahren mussten, würden nicht mehr weit kommen.

War das ein Blizzard? Darüber hatte er doch schon einmal etwas gelesen.

Seltsam, dass die Meteorologen diesen Temperatursturz nicht vorhergesagt hatten. Lächelnd leckte er sich über die Lippen. Der Schnee war übers Meer gekommen und schmeckte nach Salz.

In der Halle tropften die Mäntel.

»Wo ist mein Bruder?«, fragte er Heike, die sich um die Garderobe der Gäste kümmerte. Das blasse Mädchen sah in seinem schwarzen Kleid wie eine vertrocknete Blume aus, beflissen nahm es ihm die Jacke ab und wies nach rechts auf die hohe Flügeltür. »Der Herr Graf hat uns angewiesen, den Kaffee im Gartensaal zu servieren.«

Der Herr Graf …

Johann wandte sich ab und verdrehte die Augen, während er sich auf den Weg nach unten in die Küche machte. Im Gegensatz zu Johann hatte Carl nie wirklich im Herrenhaus gelebt (wenn man von seiner Kindheit absah). Sein Bruder hatte in Hamburg und Frankfurt studiert und später als Rechtsanwalt in Kiel gearbeitet. Unternehmensrecht, dazu noch CDU-Anhänger mit exzellenten Beziehungen zur Landesregierung. Als Carl heiratete, hatte er sich mit dem Geld seiner Frau (Einzelkind, Eltern früh verstorben) einen luxuriösen Bungalow mit Panoramafenstern und Swimmingpool auf die grüne Wiese gesetzt. Nach Schwanenholz kam er nur zum Arbeiten.

In der Küche prusteten die Kaffeemaschinen. Isa hatte sich eine Schürze über das schwarze Kleid gebunden und schnitt Blechkuchen. Auf dem Küchentisch warteten bereits ein paar schwer beladene Silberplatten mit Bienenstich und Butterkuchen. Vor den Souterrainfenstern heulte der Sturm, als wollte er sich nicht damit abfinden, draußen vor der Tür bleiben zu müssen.

Johann nahm sich ein Stück Bienenstich und biss hinein, süß und sahnig quoll die Füllung heraus, und er leckte sich die Finger ab.

»Weißt du, mit wem Caro gefahren ist?«

Isa schüttelte den Kopf, aber sie blickte nicht auf.

»Das war ja was«, sagte sie düster.

»Schätze, wir werden noch mehr Übernachtungsgäste haben«, erwiderte Johann. Das Herrenhaus verfügte über zwei Gästezimmer, sicherlich hatte Isa schon im Vorfeld für frisch bezogene Betten und saubere Bäder gesorgt.

»So viele Wärmflaschen haben wir gar nicht«, seufzte Isa. Sie zuckte die Achseln, dann arbeitete sie weiter. Die Heizung des Herrenhauses stammte noch aus Vorkriegszeiten und war eine Katastrophe. Ein kilometerlanges, undurchdringliches Geflecht aus Leitungen, das niemand durchschaute. Richtig warm wurde es nie. In strengen Wintern blühten Eisblumen auf dem alten Fensterglas, und sowohl Isa als auch Caro gingen mit je zwei Wärmflaschen zu Bett.

»Da hilft nur Alkohol«, bemerkte Johann.

Er zwinkerte ihr zu und aß sein Kuchenstück auf, dann begann er, den Kaffee in große silberne Thermoskannen umzufüllen. In der Küche gab es einen kleinen Speiseaufzug, der das Kellergewölbe mit dem oberen Stockwerk verband. Als er die Aufzugtüren öffnete, um die Kannen hineinzustellen, sprang ihm Luises grauer Kater entgegen.

»Na, dich hab ich schon vermisst.« Isa wischte die Hände an der Schürze ab und stellte dem ausgehungerten Tier eine Schale Futter hin. Dann strich sie ihm ruppig über das Fell. »Du Döspaddel.«

Zum ersten Mal sah Johann ihr die Traurigkeit an, in die Luises plötzlicher Tod sie gestürzt haben musste. Schwarz und schwer hockte sie ihr auf den Schultern. Die beiden Frauen hatten fast siebzig Jahre zusammen in diesem Haus verbracht, denn Isa war schon als kleines Kind mit ihrer Mutter, die ebenfalls Köchin auf Schwanenholz gewesen war, ins Haus gekommen und nie wieder fortgegangen. Seine Tante hatte ihm einmal erzählt, dass Isa nur einmal versucht gewesen sei, ihre Anstellung einer Ehe zu opfern.

Aber Kochen, Putzen und Waschen, das hätte sie auch bei ihrem Mann gehabt, und so habe sie sich schließlich gegen die schwankenden Planken einer Ehe und für die soliden Mauern von Gut Schwanenholz entschieden. Eigentlich war Isa längst in Rente, aber sie arbeitete einfach weiter. Ließ nicht mit sich reden! Luise hatte ihr die Treue mit unerschütterlicher Zuneigung und einem lebenslangen Wohnrecht auf dem Gutshof gedankt.

»Kann ich sonst noch was für dich tun?«, fragte Johann und sah sie forschend an. Irgendwie wurde er das Gefühl nicht los, dass er das Kleid, das sie trug, schon einmal bei seiner Tante gesehen hatte.

»Nee, lass mal gut sein.« Mit einer resoluten Handbewegung scheuchte Isa ihn aus ihrem Reich. »Du gehörst doch nach oben.«

Johann verzog das Gesicht, aber dann machte er sich doch auf den Weg zurück ins Erdgeschoss.

Der Gartensaal war der schönste Raum des Herrenhauses, das einst für die Geliebte eines dänischen Königs und die Versorgung der unehelichen Kinderschar erbaut worden war. Die verblassten Seidentapeten mit Rokokomotiven und die prächtige Deckenbemalung, ein Wirbel aus tanzenden Nymphen, die den Raum schmückten, stammten noch aus dieser Zeit. Immer wenn sich etwas für die Familie Bedeutsames ereignet hatte, war es im Gartensaal mit Blick auf den weitläufigen Park begossen worden. Gute Geschäfte, Krieg und Frieden, Rettung aus höchster Not (meist finanzieller Natur).

Und nun also Luises Beerdigung – oder zumindest der Versuch.

Johann lockerte die Krawatte, dann band er sie ganz ab und steckte sie in die Hosentasche. An der Tür zögerte er kurz, bevor er den Raum betrat.

Die Baumschule von Schwan feierte im kommenden Frühjahr ihr hundertjähriges Bestehen. Seine Tante hatte ein Fest geplant und eine Chronik in Auftrag gegeben, doch die Aktivitäten konnten nicht darüber hinwegtäuschen, dass es um die Baumschule nicht zum Besten stand. Entscheidungen standen an, sie mussten handeln, wohl auch investieren, um das Unternehmen, das seine Pflanzen in alle Welt verkaufte, auch in Zukunft auf Kurs zu halten.

Carl wollte Wachstum, Johann Qualität. Gesunde Bäume, besondere Bäume, die man nur in der Baumschule von Schwan kaufen konnte. »Charakterbäume«, hatte seine Tante diese begehrten Exemplare genannt. Solitäre, die einen Garten oder Park wegen ihrer besonderen Größe oder Färbung optisch dominierten und ein gutes Jahrhundert und mehr überdauern konnten. »Gesunde Wurzeln, gerader Wuchs, majestätische Krone.«

Johann wischte sich das Haar aus dem Gesicht, strich sich über den Bart, dann gab er sich einen Ruck. Immer wieder geriet er mit seinem Bruder über die zukünftige Ausrichtung des Unternehmens aneinander. Luises Tod hatte sie zu einer Art Waffenstillstand genötigt, doch sie wussten beide, dass sie diesen Kampf nach kurzem Innehalten wieder aufnehmen würden.

Johann seufzte leise, dann öffnete er die Tür. Mit dem Tod seiner Tante hatte er seine größte Fürsprecherin verloren.

Im Gartensaal waren weniger als zwanzig Personen versammelt, offenbar hatte sich ein Großteil der Trauergäste wegen des Wetters vorsorglich auf die Heimfahrt gemacht oder ins Hotel nach Kappeln begeben. Er sah seinen Bruder und dessen Frau, seine Mutter, die in einem der Sessel versunken war, ein paar Angestellte der Baumschule, den Bürgermeister von Schwanenholz mit Frau und Sybille Meister, die Journalistin, die Luises Firmenchronik geschrieben hatte. Ein Feuer brannte im Kamin und verbreitete wohlige Wärme.

Seine Tochter fehlte.

»Johann!«

Carl winkte ihn zu sich, und er folgte der Aufforderung, ließ sich Kaffee einschenken und einen Cognac, der ihn ein wenig versöhnlicher stimmte. Wie aus weiter Ferne verfolgte er die kurze Ansprache seines Bruders, der Luises Wirken noch einmal würdigte, bevor er zu den organisatorischen Details kam, welche die Verlegung der Trauerfeier mit sich brachte.

»Auf Ihre Tante!«

Sybille Meister war an seine Seite getreten, sie hob das Glas und nickte ihm zu. Die Journalistin, sie war ein klein wenig älter als Johann, arbeitete für die Lokalzeitung in Kappeln. Im vergangenen Jahr hatte sie gemeinsam mit Luise das Familienarchiv durchforstet. Die Chronik, die Luise sich in den Kopf gesetzt hatte, war ein ambitioniertes Werk geworden: »Von Himmel und Erde. 100 Jahre Baumschule Gustav von Schwan, 1879–1979«. Texte und Bilder auf mehr als einhundertzwanzig Seiten, dazu einige Glückwunschadressen aus aller Welt, denn Bäume aus der Schwanenholzer Baumschule wuchsen sowohl im Garten des Weißen Hauses als auch am japanischen Kaiserhof.

»Sie hatte noch so viel vor.«

Nachdenklich ließ Sybille Meister den Blick durch den Gartensaal wandern. Ihr Blick blieb an einem Familienporträt hängen, das Luises Vater mit Frau und den drei Kindern zeigte. Friedrich Wilhelm von Schwan hatte das Unternehmen 1896 von seinem Vater Gustav übernommen und erfolgreich ausgebaut.

»Der erste Erbe«, sagte sie, dann musterte sie Johann forschend. Für die Chronik hatte sie auch mit den Brüdern ein Gespräch geführt, und obwohl sie sich beide bemüht hatten, sich ihren Zwist nicht anmerken zu lassen, musste sie die Spannungen wahrgenommen haben, die unter der Oberfläche brodelten.

»Mein Großvater hat den Grundstein für den Erfolg des Unternehmens gelegt«, erwiderte Johann. Er dachte daran, dass Friedrich Wilhelm den ausgesuchten Baumschulkatalog seines forstwirtschaftlich denkenden Vaters um Obstbäume und Ziergehölze erweitert hatte. Außerdem hatte er sich auf Straßen- und imposante Einzelbäume sowie Heckenpflanzen spezialisiert. Die Nachfrage dafür war um die Jahrhundertwende stark angestiegen, weil die Wohlhabenden ihre Villen dahinter verstecken konnten. »Je größer, desto begehrter«, lautete damals die Maxime, und der Handel mit Großbäumen und Solitären war zu einer Spezialität der Baumschule von Schwan geworden, die auch heute noch von Bedeutung war. Sein Großvater hatte den guten Ruf der Baumschule in Bankiers- und Unternehmerkreisen sowie im europäischen Adel begründet.

»Und Ihre Tante hat das Unternehmen äußerst erfolgreich fortgeführt. Nicht einfach für eine Frau in diesen Zeiten und in dieser konservativen Branche.«

Johann nickte, ja, das war wohl so. Zwei Weltkriege und die dazugehörigen Wirtschaftskrisen und Umwälzungen hatten die Baumschule mehrfach an den Rand des Ruins geführt. Doch Luise hatte sich nie unterkriegen lassen. Auch nicht, wenn es hieß, sie sei ja nur die Tochter vom alten Schwan. In einer seiner frühesten Erinnerungen an seine Tante stapfte sie mit Hut und in Gummistiefeln wie ein General durch die Baumschulquartiere und bellte Anweisungen an ihre Gärtner. Die Bäume jedoch behandelte sie stets mit Liebe und Respekt. »Sie hat ihr Reich mit Zähnen und Klauen verteidigt«, sagte er traurig, weil er ihren Elan und ihre Zuversicht schon jetzt vermisste.

»Ich hatte bei unseren Gesprächen bisweilen den Eindruck, sie hätte sich auch ein anderes Leben vorstellen können«, sagte Sybille Meister. Sie holte ein Päckchen mit Zigaretten aus der Tasche, und Johann gab ihr Feuer.

Vor den hohen Sprossenfenstern war es inzwischen dunkel, es ging auf halb fünf Uhr zu. Johann bemerkte, dass der Schneesturm aus dem Inneren des Hauses betrachtet einen anderen Eindruck auf ihn machte. Das Fauchen des Windes und die lauernde Kälte, die unter dem Getöse zu spüren war, ließen die Welt da draußen nun feindlich und bedrohlich wirken.

»Sie wissen aber, dass sie dieses Leben bewusst gewählt hat«, erwiderte er überrascht.

Luises Vater war immer mit der Zeit gegangen. Nach dem Tod des Sohnes, dem Ende des Kaiserreichs und der mit der Republikgründung am 9. November 1918 verbundenen neuen demokratischen Grundordnung, die auch das Frauenwahlrecht beinhaltete, hatte er es seiner ältesten Tochter freigestellt, sich für oder gegen das Erbe und die Familientradition zu entscheiden. Und so war Luise nach einem Jahr, das sie 1927 reisend verbracht hatte, aus freien Stücken nach Schwanenholz zurückgekehrt, um dem Ruf der Familie zu folgen und ihr Leben der Baumschule zu widmen. Danach hatte es nur noch das Unternehmen für sie gegeben, das Land, die Arbeiter und die Bäume, die ihr anvertraut worden waren. Selbst ihr privates Glück und die Ehe mit einem Unternehmer, der der einzige Sohn Fritz entsprang, hatte sie dem Wohl des Familienbetriebs untergeordnet.

Sybille Meister nickte. Sie rauchte beiläufig, ihre silbergrauen Augen suchten Johanns Blick. Sie war eine Frau, die Kraft und Selbstsicherheit ausstrahlte, in Gesellschaft bewegte sie sich stolz wie eine Löwin. Ihr sandfarbenes Haar trug sie lang und offen, und die Fingernägel (vielleicht auch die Zehennägel?) waren stets rot lackiert. Luise hatte sie gemocht und ihr vieles anvertraut, und auch Johann fand sie klug – und attraktiv.

»Haben Sie sich schon entschieden?«, fragte sie ihn.

»Entschieden?«

Johann lächelte, weil sie Fragen formulierte, die er sich selbst nicht zu stellen wagte.

»Werden Sie bleiben?«, setzte sie nach, und ihrer Miene entnahm er, dass sie von den Überlegungen wusste, ihn als Kandidaten der Grünen Liste für die Landtagswahlen aufzustellen. Die Wählervereinigung war aus der Anti-Atomkraft-Bewegung hervorgegangen, im kommenden Herbst würde die Liste erstmals bei den Wahlen in Schleswig-Holstein antreten. »Bleiben Sie auf Gut Schwanenholz, oder gehen Sie ganz in die Politik?«

Johann schürzte die Lippen, dann blickte er Hilfe suchend zum Deckengemälde hinauf. Der sinnliche Tanz der Nymphen in ihrem blauen Schwalbenhimmel ließ ihn schwindeln.

»Ich bin ein politischer Mensch, und natürlich interessiere ich mich für Politik«, setzte er zu einer Antwort an, so leise, dass sein Bruder ihn nicht hören konnte. »Aber meine politischen Überzeugungen sind eng mit dem Fortbestand des Gutes und der Baumschule verknüpft. Uns allen geht es doch um die Bewahrung der Natur und um den Erhalt der natürlichen Lebensgrundlagen.«

Er schwieg, lauschte dem Nachhall der Worte, die in diesem herrschaftlichen Ambiente ganz anders klangen als in den nüchternen Versammlungsräumen der Wählervereinigung. Sybille Meister entließ ihn nicht aus ihrem Blick, und er bemerkte, wie sich das Kaminfeuer in ihren Pupillen spiegelte.

»Ihr Bruder fährt einen anderen Kurs«, erwiderte sie und schien dabei insgeheim über seinen offenen Hemdkragen zu lächeln.

»Wissen Sie«, sagte Johann und schwenkte das Cognacglas in seiner Hand, bevor er den letzten Schluck nahm, »das Land hier ist alt, ein Großteil der Bäume wurde schon vor unserer Geburt gepflanzt. Wir sollten uns selbst nicht so wichtig nehmen. Unsere Tante hat uns ihr Vertrauen geschenkt, und Carl und ich werden einen Weg finden, um ihr Erbe fortzuführen.«

Wieder flüchtete er sich zu den heiteren Bildern des Reigens über ihm. Die Nymphen zwinkerten ihm zu, und für einen Moment wollte er seinen zuversichtlichen Worten tatsächlich Glauben schenken.

CAROLIN

5

Den letzten Kilometer mussten sie das Mofa schieben. Der Wind kam von der Seite und traf sie mit Wucht, an manchen Stellen türmte sich der Schnee, und sie versanken bis zu den Knien darin. Eine Landschaft ohne Horizont. Mit einer Hand hielt Carolin sich an Niki fest, die andere ruderte durch die eisige Luft, um das Gleichgewicht zu halten.

Wie im Krieg, dachte sie plötzlich und wusste nicht, woher dieser Gedanke kam. Wahrscheinlich hatte sie zu viele von den alten Fluchtgeschichten gehört. Wie ihre Oma Klementine sich mit den beiden kleinen Jungen bei eisiger Kälte von Pommern aus auf den Weg nach Westen gemacht hatte, über die zugefrorene Ostsee. Am Wegesrand die zurückgelassenen Kinderwagen mit den blaugefrorenen Püppchen darin, die zu Tode erschöpften Alten, die im Eis versunkenen Schlitten und Gespanne, das Gepäck voller Erinnerungen an ein zerstörtes Leben, das im Schnee liegen geblieben war. Und im Nacken die Angst vor den russischen Panzern, davor, auch noch das letzte bisschen zu verlieren, was einem geblieben war: das nackte Leben.

»Irre«, hörte sie Nikis Stimme, er musste schreien, damit sie ihn verstehen konnte. Er hörte sich glücklich an, fast euphorisch, als erlebte er gerade das größte Abenteuer seines Lebens. »Kann ich bei euch pennen?«

»Klar«, schrie sie zurück. Wenn das mit dem Sturm so weiterging, würde ihn wohl niemand vor die Tür setzen. Dann stellte sie sich vor, nachts die Arme um seinen mageren, vor Tatendrang vibrierenden Körper zu schlingen, sich an ihn zu schmiegen, so wie sie es tat, wenn sie hinter ihm auf dem Mofa saß und sie über die Dörfer fuhren.

Auf der Allee hatte der Schnee die Spuren der vorausfahrenden Wagen schon wieder verschluckt. Die Bäume ächzten und schienen sich vor der Gewalt des Sturms zu ducken. Es kam ihr so vor, als wären sie die letzten Menschen. Die ersten Menschen. Niki und Caro. Sie versuchte, in seinen Spuren zu laufen.

Niklas. Niki.

Es war ihr fast ein wenig unheimlich, wie verliebt sie plötzlich in ihn war.

In der Schule hatte Carolin ihn zunächst kaum wahrgenommen, es war das Mofa, eine rote Sachs Hercules 503, die seine Eltern ihm im Herbst zum Geburtstag geschenkt hatten, was ihn besonders machte. Das Gefährt befreite sie aus ihrem ländlichen Gefängnis, verlieh ihnen Fliehkräfte. Anderthalb Stunden bis nach Kiel oder eine Stunde nach Flensburg. Dazu der Fahrtwind, das Kitzeln im Bauch bei einem waghalsigen Manöver. Die kleinen Fluchten in den Wald, an die Küste, an den Strand.

Wenn sie dann zusammen auf seinem Parka saßen, rauchten und er ihre Gedanken lesen konnte, ein Lächeln in den Augen, schmeckte das Leben nach mehr. Irgendwann, das spürte Carolin nun, würde sie immer weiterfahren und nicht mehr nach Hause zurückkehren wollen.

Ihre Großtante Luise hatte als Erste bemerkt, wie viel Niki ihr bedeutete. »Genießt es!«, hatte sie gesagt. Kein mahnender

Zeigefinger, kein Verbot, keine Vorbehalte, als hätte sie eine Ahnung davon, wie es war, alle Türen aufzustoßen und hindurchzustürmen. Verdammt, Luise. Sie fehlte ihr.

Isa war da anders, fast schon ängstlich. »Die Schule, Kind. Dein Vater. Und dein Onkel.« Aber eigentlich meinte sie dabei wohl nur sich selbst. »Denk doch auch an mich, Caro-Herzchen.« Ein wogendes Meer mütterlicher Liebe, denn es war Isa gewesen, die sie aufgezogen hatte. In ihrer Küche hatte Carolin die ersten Schritte gewagt und sich die Finger verbrannt, Kartoffeln schälen konnte sie schon mit vier. Die Hausaufgaben am Küchentisch, die heiße Schokolade mit Zwieback an verregneten Herbstnachmittagen, die Brettspiele und Patiencen, Rührkuchen und Wunschkonzerte im Radio. Eltern, die gab es im eigentlichen Sinne für sie nicht. Ihre Mutter hatte es Jo überlassen, sich um sie zu kümmern, und der ließ seine Tochter laufen. Als Carolin drei oder vier Jahre alt gewesen war, hatte sie ihre Mutter zum letzten Mal gesehen. Danach hatte sich Beates Spur in einer Hippiekommune in Westberlin verloren.

Als sie das Torhaus erreichten, schob Carolin ihre Hand unter Nikis warmen Parka, und er gab ihr einen schnellen, atemlosen Kuss. Der Torbogen spannte sich wie ein schützender Schirm über sie, und für einen Moment lauschten sie dem tobenden Wind, der an den Dachziegeln rüttelte und nur darauf zu warten schien, sein wildes Spiel fortzusetzen und sie vor sich herzutreiben.

»Scheint doch nicht so viel los zu sein bei euch«, sagte Niki und deutete durch das wirbelnde Weiß in die Dunkelheit. Ein paar Autos verloren sich auf dem Vorplatz, Carolin erkannte den protzigen Benz ihres Onkels und atmete erleichtert auf, weil Isa offenbar heil angekommen war.

»Lass uns hintenrum durch die Küche gehen«, sagte sie und holte tief Luft, dann rannte sie los, auf das Herrenhaus zu, das doch immer ein Frauenhaus gewesen war.

Isa öffnete ihnen die Tür. »Dein Vater sucht dich schon«, sagte sie, bevor Carolin überhaupt zu Atem gekommen war. Wieder einer dieser Sätze, hinter denen sie die eigene Unruhe verbarg. »Sind alle oben und stoßen auf Luise an.«

Carolin zuckte die Achseln. Da stand noch ein Rest Kuchen auf dem Tisch, sie nahm sich zwei Stücke und hielt Niki eines davon hin. Von oben drang durch die geöffneten Türen des Speiseaufzugs fernes Stimmengewirr zu ihnen herab.

»Niki schläft hier«, sagte sie. Aber nicht weil sie musste, sondern weil sie es wollte. Weil sie klare Verhältnisse mochte.

Isa schwieg, sie sah erschöpft aus, traurig, müde, verloren. Das schwarze Seidenkleid und der Schmuck, all das Zeugs von Luise, an das Isa sich klammerte wie an einen Rettungsring, ließen sie noch verlorener wirken. Sie erinnerte an eine Schiffbrüchige.

»Gib wenigstens deinem Vater Bescheid, dass du da bist«, sagte Isa nach einer Weile, als hätte sie plötzlich nicht mehr die Kraft, die Verantwortung für ihren Zögling zu schultern. »Und zum Abendessen könnt ihr euch nachher was holen. Es gibt Roastbeef und Bratkartoffeln.«

Überrascht sah Carolin sie an, mit so wenig Widerstand hatte sie nicht gerechnet. Eigentlich hatte sie … Ach, egal. Luises Tod nahm alle mit, stärker, als die Familie es wahrhaben wollte, und das vorhin in der Kirche schien alle Naturgesetze außer Kraft gesetzt zu haben.

Schnell griff sie nach Nikis Hand und zog ihn mit sich die Treppen hinauf bis unters Dach. Dort ließ man sie in Ruhe.

Vor ein paar Jahren hatte sie sich diese Kammer ertrotzt, die früher ein Dienstmädchen beherbergt hatte. Das kleine Mansardenzimmer war ihr Heiligtum. Carolin hatte die Wände grün gestrichen und eine große Matratze hinaufgeschleppt, ihre Kleider hingen an Haken, die sie in die Balken geschlagen hatte. Dazwischen

Zettel mit Zitaten, Gedichten und Songtexten, wie Blätter an einem Baum. Hier oben fühlte sie sich frei, unbeobachtet, ohne Zwang, und im Sommer nisteten die Schwalben vor ihrem Fenster und weckten sie mit ihrem sonnenhellen Geplauder. Bisweilen kam es ihr so vor, als lebte sie in der Krone eines mächtigen Baumriesen.

»Da sind wir.«

Stolz stieß sie die Tür zu ihrem Zimmer auf.

»Abgefahren.« Niki grinste anerkennend, sein Blick wanderte über Plattenspieler, Gitarre und Bücherstapel und blieb schließlich an ihrem Matratzenlager hängen. »Bisschen kalt vielleicht.«

»Viel wärmer wird's hier oben nicht.«

Bedauernd hob Carolin die Arme, dann trat sie energisch gegen die glucksende Heizung unter dem Fenster. Als sie sich wieder umwandte und ihn vor der Matratze stehen sah, erwartungsvoll und mit Kuchenkrümeln auf den weichen Lippen, fühlte sie sich plötzlich beklommen. Das fransige, vom Wind zerzauste Haar, die wasserblauen Augen, die milchige Haut, der nervöse, ungelenke Körper, der noch nicht seine endgültige Form gefunden zu haben schien – auf einmal war Niki ihr viel näher als bei jedem ihrer Ausflüge über die Dörfer. Vielleicht, weil die Welt um sie herum fehlte?

Die Möglichkeit, aufzustehen und davonzustürmen.

Eine lange Sekunde schwiegen sie beide, auch der Sturm schien für einen Augenblick Atem zu holen, bevor er erneut Anlauf nahm und wie ein Rammbock gegen die Fassade des Herrenhauses prallte. Die alten Mauern ächzten und stöhnten, Mörtelstückchen prasselten auf die Dielen.

Niki zog die Augenbrauen hoch, er schlüpfte aus dem nassen Parka, ließ ihn auf den Boden fallen und streckte fröstelnd die Arme nach ihr aus. »Kommst du?«

Carolin holte tief Luft und trat einen Schritt auf ihn zu. Sie versuchte, dieses überschäumende Etwas zu fassen zu bekommen, das sie gerade noch im Schnee für ihn empfunden hatte, aber dann huschte sie schnell an ihm vorbei zur Tür hinaus. »Warte mal, ich hol dir eben was Trockenes von Jo.«

Auf der Treppe hielt sie kurz inne: Was war das für ein merkwürdiges Gefühl, das sich da in ihr breitmachte? Erleichterung, weil sie ihm für einen Moment entkommen war? Verwirrt drehte sie sich das feuchte Haar im Nacken zu einer lockeren Kordel.

Das Zimmer ihres Vaters lag im ersten Stock, und eigentlich bewohnte Jo gleich zwei Räume, die durch eine Schiebetür miteinander verbunden waren. Im größeren Zimmer standen seine Bücherregale und Schränke sowie der Schreibtisch, an dem er an seinen Weltverbesserungstheorien arbeitete, im kleineren, nur mit einem Bett möblierten, schlief er. Die Fensterfront der beiden Räume blickte nach hinten über den Wassergraben auf den Park und die Baumschulquartiere, bei gutem Wetter und klarer Sicht konnte man zwischen den Baumkronen ganz fern am Horizont den Silberstreif der Ostsee erahnen.

Carolin öffnete die Tür, ohne anzuklopfen. Das Zimmer war in einem verheerenden Zustand, es sah aus, als wäre ihr Vater schon seit Wochen nicht mehr zum Aufräumen gekommen. Leere Flaschen und Gläser, Apfelgehäuse, Papierstapel, Flugblätter, aufgerollte Plakate und schmutzige Wäsche. Isa würde die Hände über dem Kopf zusammenschlagen.

Auf dem Weg zum Kleiderschrank schob Carolin beiläufig ein paar Bücher zur Seite. Ihr Vater war ein Büchernarr, schlimmer noch als sie. Am meisten interessierte er sich für Friedenspolitik und ökologische Themen: Umweltkrisen, Kernenergie und die Grenzen des Wachstums. »Untergangsprophezeiungen«, sagte ihr Onkel verächtlich dazu. Carl hielt nichts von Verzicht und Mülltrennung, und während der Ölkrise hatte er sich ganz selbstverständlich ein neues Auto gekauft. Auch für die Romane, die Jo in atemberaubendem Tempo verschlang, hatte er nicht mehr als ein Achselzucken übrig.

Carolin schüttelte den Kopf. Wie konnten zwei Menschen, die dieselben Wurzeln hatten, nur so unterschiedlich sein? Ihre Großtante war immer davon ausgegangen, dass sich das gegensätzliche Temperament der Brüder belebend auf die Geschäfte der Baumschule auswirken würde. »Johann denkt, und Carl verkauft«, pflegte sie zu sagen, und wenn es die beiden allzu toll trieben, griff sie korrigierend ein. Aber in Zukunft würde die Familie ohne Luise auskommen müssen, und weder ihr Vater noch ihr Onkel schienen darauf vorbereitet zu sein. Jedenfalls benahmen sie sich so. Ihre Großtante war nie krank gewesen, sie hatte sich noch nie einfach so aus dem Staub gemacht. Irgendwie waren die beiden Männer wohl davon ausgegangen, dass Luise bis in alle Ewigkeit die Zügel in der Hand halten und alle Fehler großzügig ausbügeln würde.

Nachdenklich betrachtete Carolin sich in dem großen alten Ankleidespiegel neben dem Schrank. Er musste einmal Luises Großvater gehört haben, denn neben einem Schwanenrelief waren seine Initialen in den Rahmen geschnitzt: *GvS*. Sie fremdelte immer noch mit dem roten Schopf, in den sie ihr Haar vor ein paar Wochen aus einer Laune heraus verwandelt hatte. Aber die Reaktion ihres Onkels war so heftig und gleichzeitig so beglückend gewesen, dass sie jetzt schon aus Prinzip nicht mehr zu ihrem Aschblond zurückkehren konnte, das sich am Ansatz bereits wieder zeigte.

Auch die Sicherheitsnadel im Ohr war ein Volltreffer. Ganz kurz zog sie daran und fühlte einen köstlichen Schmerz unterhalb des Bauchnabels. War sie ein Punk? Faules Holz?

Carolin mochte Patti Smith und The Velvet Underground, auch die Sex Pistols und The Clash, das Rohe, Entschlossene, Ungeschönte dieser Musik, aber sie mochte auch Bach, Mozart und Beethoven, und sie wusste nicht, wie das zusammenpasste.

»Ta, ta, ta, taaa«, murmelte sie, als sie die Schranktüren öffnete. Schnell fand sie einen Pulli und eine Jeans, die Niki vermutlich passten, dann suchte sie noch nach ein paar dicken Socken. Als das Telefon auf dem Schreibtisch klingelte, zuckte sie erschrocken zusammen.

Das Herrenhaus verfügte über drei Telefone mit jeweils separaten Durchwahlnummern. Ein Apparat stand im Kontor der Baumschule im Erdgeschoss und einer in der Küche, weil dort eigentlich immer jemand war. Den dritten hatte Johann bei sich stehen, weil er abends oft noch mit seinen Freunden von der Umweltinitiative telefonierte.

Ganz kurz kam Carolin der Gedanke, dass ihre Mutter anrufen könnte, weil sie von Luises Tod gehört hatte. Ihr Herz klopfte, und sie zögerte kurz, bevor sie zum Telefon eilte.

»Hallo?«

»Siebeling hier.« Die Stimme des Pastors hörte sich erleichtert an, als hätte er nicht mehr damit gerechnet, jemanden an den Apparat zu bekommen. »Unten nimmt keiner ab.«

»Ja?«

»Kann ich bitte deinen Vater sprechen?«

»Ist nicht da.«

»Nicht da?«

Na gut, er war unten, aber irgendwie war er ja nie da, wenn sie ihn brauchte, und so unterließ es Carolin, den Pastor auf die physische Präsenz ihres Vaters hinzuweisen.

»Carolin, ich habe hier noch einen Gast, sie ist zu spät zur Trauerfeier gekommen.«

Sie.

Carolin sah das Taxi vor sich, das ihnen auf dem Kirchenweg entgegengekommen war. Ein Kieler Kennzeichen. Niki hatte noch gescherzt, dass es sich verfahren haben müsse. Als der Wagen im Schritttempo an ihnen vorbeirollte, hatte sie eine Frau mit langem dunklen Haar auf dem Rücksitz wahrgenommen. Ein fremdes, ein schönes Gesicht.

»Sie soll herkommen«, sagte Carolin leichthin, »wir haben noch jede Menge Kuchen übrig.«

AIMÉE

6

Zu spät. Nach all den Anstrengungen und der langen Reise war sie zu spät gekommen. *Merde.*

»Kommen Sie doch erst einmal herein.«

Der Pastor öffnete ihr die Tür, und der Wind ließ ihr keine andere Wahl, als einzutreten. In ihrem Rücken hörte sie das Taxi wenden und davonfahren.

»Ihnen ist kalt.«

Der Pastor nahm ihr den Mantel ab und hängte ihn auf. Aimée dachte, dass er aussah wie jemand, den man vor langer Zeit in dieser Einöde ausgesetzt und dann vergessen hatte.

»Und Sie kommen aus Arles?«, fragte er, als er sie aus dem dunklen muffigen Flur des Pastorats in eine Art Arbeitszimmer schob. Ein Kreuz hing über dem Bücherregal, und auf dem Schreibtisch brannte eine weiße Kerze. In der Ecke polterte ein Kachelofen, aus einer Kanne schenkte er ihr Tee ein.

»Ja, aus Arles.« Sie nickte dankbar und setzte sich auf den Stuhl, den er für sie an den Ofen gerückt hatte. »Ich habe einen Brief bekommen, dass Frau von Schwan gestorben ist.« Sie trank einen Schluck Tee, dann korrigierte sie sich: »Entschuldigen Sie, mein Vater hat den Brief bekommen. Monsieur Antoine Caroux.«

»So.«

Der Pastor nickte, er klappte ein Buch zu und schob ein paar Blätter mit Notizen auf seinem Schreibtisch zusammen. Auf einmal bemerkte sie die Ähnlichkeit seiner Schrift mit der Handschrift auf dem Briefumschlag, den sie erhalten hatte.

»Kannten Sie meinen Vater?«, fragte sie.

»Nein.« Er lächelte leise und schüttelte den Kopf. »Ich bin erst ein paar Jahre nach dem Krieg nach Schwanenholz gekommen.«

»Aber …« Aimée schwieg, sie lehnte sich zurück und sah ihn an. Auf seiner Wange klebte ein Pflaster, und auch an den Händen hatte er ein paar frische Kratzer.

»Mein Vater ist vor drei Monaten gestorben«, sagte sie nach einer Weile, weil sein Schweigen sie dazu aufforderte.

»Das tut mir sehr leid.«

Seine Antwort war mehr als ein Reflex, sie schien von Herzen zu kommen.

»Ich wollte nicht kommen«, sagte sie. »Ich habe den Brief zerrissen.«

»Aber nun sind Sie doch da.«

Ja, verdammt, warum war sie gekommen? Warum war sie nicht unterwegs aus dem Zug gestiegen und wieder zurückgefahren?

»Warum haben Sie meinem Vater geschrieben?«, fragte sie heiser.

»Frau von Schwan hatte mich darum gebeten«, sagte er. »Vor ein paar Wochen kam sie zu mir und bat mich, im Falle ihres Todes Herrn Antoine Caroux in Arles eine Traueranzeige zu schicken.«

»Hat sie von mir gesprochen?«

»Nein.« Bedauernd schüttelte er den Kopf. Einen Moment lang wollte Aimée ihm Glauben schenken, aber dann flackerte etwas in seinem Blick auf, und sie dachte, dass er ein erbärmlicher Lügner war.

»Dann sollte ich wohl zurückfahren.«

Er hob die Arme und ließ sie wieder sinken.

»Wir haben die Beerdigung auf morgen verschoben«, sagte er. »Vielleicht möchten Sie sich ein wenig frisch machen, und dann überlegen wir gemeinsam, wie es weitergeht.«

»Die Beerdigung ist verschoben worden?«

Aimée lehnte sich vor, die Hände auf den Knien. Die Ofenwärme schien endlich ihre eiskalten Beine aufzutauen, sie spürte ein Kribbeln unter der Haut.

»Es gab einen kleinen Unfall in der Kirche.« Er deutete auf das Pflaster an seiner Wange. »Die Familie hielt es für besser abzuwarten, bis der Sturm sich legt.«

Die Familie.

Das Wort löste etwas in ihr aus, und auf einmal konnte sie die Tränen nicht mehr zurückhalten. Ein warmer Strom, der auf ihren Wangen kitzelte.

Der Pastor sagte nichts, er ließ sie weinen. Erst als sie in ihrer Tasche nach einem Tempo suchte, reichte er ihr ein Stofftaschentuch. Ein Kreuz war darauf eingestickt, und plötzlich musste sie lächeln, dass es so etwas noch gab.

»Ich bin gestern ziemlich überstürzt aufgebrochen und habe mich noch nicht um ein Hotel gekümmert«, sagte sie. »Würden Sie mir helfen?«

»Aber natürlich.«

Er nickte, dann zeigte er ihr den Weg zur Toilette.

Als Aimée zurückkam, das Gesicht mit kaltem Wasser erfrischt, einen Hauch von Rot auf den Lippen und einen Spritzer Parfüm auf dem Puls, bot er ihr an, sie zu fahren.

Sein Wagen stand in einem Unterstand neben dem Pastorat, wo auch das Holz für den Ofen lagerte. Amüsiert registrierte sie, dass er einen weißen Citroën 2 CV fuhr. Der Pastor spähte prüfend in die weiße Welt hinaus, dann legte er noch einen Spaten neben ihre

Tasche auf die Rückbank, schließlich setzte er den Wagen zurück. Mühsam arbeitete sich das kleine Auto an der Kirche vorbei durch den hohen Schnee. Aimée blickte aus dem Fenster, im Scheinwerferlicht sah der Friedhof aus, als ob jemand eine Daunendecke über die Gräber geworfen hätte. Runde, weiche Formen, ein namenloses Feld.

Als sie auf die Straße bogen, traf sie eine heftige Böe, die den Citroën zur Seite schob. Für einen Moment stand der Wagen quer auf der Fahrbahn, die Räder drehten durch, es roch nach verschmortem Gummi.

»Ist das normal?«, fragte sie. Ihr Herz klopfte, die Gewalt des Sturms ängstigte sie.

»Nein«, sagte er knapp und konzentrierte sich darauf, den Wagen wieder unter Kontrolle zu bekommen und im wirbelnden Weiß nicht die Orientierung zu verlieren. Je länger sie fuhren, desto schlechter wurde die Sicht. Sie dachte, dass sie besser umkehren sollten.

»Wohin fahren wir?«

»Ich bringe Sie zum Schloss.«

»Zum Schloss?«

Aimée blickte ihn erschrocken an, meinte er etwa das *Maison de Maître*, von dem ihr Vater so viel erzählt hatte? Das Herrenhaus?

»Ich habe angerufen«, sagte er beschwichtigend, »die Familie erwartet Sie.«

»Aber …«

Am liebsten wäre sie aus dem Wagen gesprungen, doch der Schneesturm ließ eine Flucht nicht zu. Es kam ihr so vor, als schöbe sie der Wind mit Macht auf etwas zu, vor dem sie immer davongelaufen war.

»Warum tun Sie das?«, fragte sie, und ihre Stimme bebte empört.

»Weil ich das Gefühl habe, dass ich es tun sollte.«

Er sah sie nicht an, seine Stirn war vor Anstrengung gerunzelt, und die Wangen glühten, als hätte ihn plötzlich ein Fieber erfasst.

»Haben Sie ihnen gesagt, dass ich die Tochter von Monsieur Caroux bin?«

»Ich habe von einem verspäteten Trauergast gesprochen. Und nun lassen Sie mich fahren. Ich muss mich auf die Straße konzentrieren, sonst landen wir noch im Graben.«

»Aber ...«

Aimée wollte erneut widersprechen, aber dann presste sie die Lippen zusammen und dachte an ihren Vater. Daran, wie er vor etwas mehr als fünfunddreißig Jahren nach Schwanenholz gekommen war. Müde, hungrig und gedemütigt. Er hatte es ausgehalten, also würde sie es auch schaffen.

Als sie nach einer schier endlosen Zeit auf die Allee einbogen, von der sie wusste, dass sie zum Herrenhaus führte, fuhr der Wagen sich in einer Schneewehe fest.

Der Pastor seufzte ergeben, dann sah er sie auffordernd an.

»Können Sie fahren?«

»*Bien sûr!*« Sie nickte knapp, und nachdem er mit einer Decke und dem Spaten ausgestiegen war, rutschte sie ans Steuer. Unruhig beobachtete sie, wie er den Schnee zur Seite schippte. Als er ihr ein Zeichen gab, trat sie vorsichtig aufs Gas, und mit einem Ruck fuhr der Wagen sich frei.

Der Pastor stieg auf der Beifahrerseite wieder ein.

»Sie schaffen das!«, sagte er, und sie wusste nicht, ob er die restliche Strecke meinte oder alles andere, was noch vor ihr lag. Doch als sie den Wagen schließlich durch das Torhaus lenkte, hatte sie tatsächlich das Gefühl, die erste Etappe eines langen Weges bewältigt zu haben.

Das riesige weiße Haus sah aus wie eine Burg aus Eis. Es glitzerte kalt, doch hinter den hohen Fenstern brannte Licht, warmes, Behaglichkeit verströmendes Licht. Da war so etwas wie ein Wiedererkennen, ein süßes Gefühl, das sie an einem versteckten Ort in ihrem Herzen trug.

Aimée wischte sich über die Augen. Obwohl sie eigentlich keine Erinnerungen an das Haus haben konnte, stiegen doch Bilder in ihr auf. Verblasste Szenen aus der Kindheit? Oder war es der Nachhall der Erzählungen ihres Vaters, seine Stimme, die malen konnte?

»Danke«, sagte sie, als der Motor verstummte.

Der Pastor schien ihren inneren Aufruhr zu bemerken, er strich ihr beruhigend über den Arm. »Kommen Sie«, sagte er freundlich, »ich begleite Sie noch hinein.«

ISA

7

Manchmal wusste man einfach nicht, wo einem der Kopf stand. Und wenn keine Zeit blieb, sich zu sortieren, dann half nur ein Schluck Weinbrand. Seufzend holte Isa den Chantré aus dem Schrank. Sie goss sich reichlich in eine von Luises blauweißen Tassen ein, dann nahm sie einen beherzten Schluck.

Gut so. Mit geschlossenen Augen spürte sie dem Alkohol nach, der sich weich um ihre angespannten Nerven legte. Und noch ein Schluck. Und dann noch ein dritter, weil aller guten Dinge …

Ach nein.

»Auf dich, Luise«, murmelte sie.

Also, was war jetzt zu tun?

Kaffee und Kuchen waren oben, sie hörte es dem Gemurmel aus dem Speisenaufzug an, dass die Gesellschaft für den Moment satt und zufrieden war. Als Nächstes musste das angebratene Fleisch in den Ofen, hundertvierzig Grad, unterste Schiene, fünfzig Minuten.

Die Kartoffeln waren vorgekocht und in Scheiben geschnitten, das hatte Zeit. Isa holte die Remoulade aus dem Kühlschrank, damit sie etwas Temperatur annahm.

Und zum Nachtisch?

Eis mit Rumtopf, den hatte sie im Sommer noch mit Luise angesetzt. Kirschen, Pflaumen und Aprikosen aus dem Quartier mit den Obstgehölzen.

Aber nicht für Caro und ihren Freund, das wäre ja noch schöner!

Oder doch? Ausnahmsweise?

Plötzlich, wie aus einem Hinterhalt, sprang sie ein fröhliches Bild an. Drei Mädchen in Sommerkleidchen und eine Karaffe mit einer Handbreit Kirschlikör darin. Luise hatte den Likör aus dem Zimmer ihrer Mutter stibitzt, und dann hatten sie im Rondell hinter der Orangerie feine Dame gespielt. Alle drei.

Alle drei?

Na ja, Isa war natürlich die Jüngste gewesen, das kleine Mädchen. Aber sie hatte mitspielen dürfen. Am Abend hatte sie sich übergeben, und die Farbe des Erbrochenen hatte ihre Mutter sofort auf die richtige Fährte geführt. Entsetzt hatte Berta Wollin die Hände über dem Kopf zusammengeschlagen, weil doch schon der Vater ein Trinker gewesen war.

Später hatte sich dann alles aufgeklärt, denn Luise hatte im Kontor ihres Vaters die Missetat gestanden. Ihre Strafe? Drei Wochen keinen Reitunterricht. Das war hart gewesen für Luise, weil sie doch ein Auge auf den blonden Hans geworfen hatte, der das Pferd an der Longe über den Reitplatz führte. Aber der war dann ja auch nicht mehr lange auf dem Hof gewesen. Heldentod, in Ypern gefallen, 1917. Der blinde Taumel in die Katastrophe.

Wie alt war Luise damals gewesen? So alt wie Caro heute?

Isa ruckelte wieder an dem Ring.

Nein, keinen Rumtopf für Caro. Und das mit dem Übernachten, das würde sie ihr auch nicht einfach so durchgehen lassen. War doch ein bisschen früh. Sie hatte nichts gegen Niki, eigentlich, und nach Hause kam der heute wohl auch nicht mehr. Aber … Isa dachte an den Duft von Heu und Honig, den Caro in der Kirche verströmt hatte. Roch wie eine Sommerwiese, die Kleine.

Ihr Caro-Herz.

Wie die Zeit verging.

Herrje, jetzt musste sie schon wieder gegen die Tränen anblinzeln. Isa atmete ein paarmal tief ein und aus. Wenn sie Johann nachher sah, würde sie ihn mal zu den beiden raufschicken. War ja schließlich seine Tochter. Und alle Verantwortung konnte man bei ihr auch nicht abladen.

Entschlossen genehmigte sie sich noch einen Schluck Weinbrand, dann sah sie sich nach dem Kater um, der jetzt zusammengerollt auf der Küchenbank schlief. Sie würde ihn nachher mit zu sich nehmen, wo er doch immer in Luises Bett geschlafen hatte. Konnte man ja nicht so allein lassen, den Grauen.

So, wo war sie stehen geblieben?

Die Remoulade.

Die Soße duftete nach Kräutern und Gewürzgurken. Isa seufzte und hackte noch ein wenig Petersilie klein, die sie unter die Mayonnaise hob.

Draußen klapperten die Regenrinnen, es hörte sich an, als hätte sich der Sturm darin verbissen. Die Gewalt des Windes und die eisige Stille des Schnees. Die Bedrohung, die darin lag, ließ sie frösteln. Dann klingelte das Telefon.

Isa legte das Messer zur Seite, aber sie hob nicht ab. Die Küche war heute nicht zu sprechen. Sehnsüchtig linste sie zu der Flasche mit dem Weinbrand.

Ein letzter Schluck noch, oder, Luise?

Plötzlich wurde ihr schwindelig, und sie musste sich setzen. Auf einmal hatte sie das Gefühl, dass all die Toten, die sie in diesen Mauern gemeinsam beweint hatten, um sie herumtanzten.

Ach, Luise.

Der Kater hob sein Köpfchen, sah sie an, dann kam er zu ihr und rieb sich an ihrem Arm. Als sie ihm das satte Bäuchlein streichelte, schnurrte der Graue behaglich.

Isa lächelte zaghaft.

Iss was, Trine, schalt sie sich, denn sie hatte seit dem Frühstück nichts mehr zu sich genommen. Dann fiel ihr das Fleisch wieder ein, das musste erst noch in den Ofen.

Sie nahm sich ein Stück Brot, tunkte es in die Remoulade, biss ab, dann wickelte sie das Fleisch in Alufolie ein.

Und ab in den Ofen. Drei schöne große Lendenstücke von Bauer Priem aus dem Dorf. Nee, nicht vom Priem, sondern von seinen Rindviechern. Von Milch und Fleisch verstand der was, und auch im Krieg …

In ihrem Rücken rumpelte der Aufzug, dann kam eine erste Ladung schmutziges Geschirr unten an.

Es war nicht so viel Kuchen gegessen worden, wie sie gedacht hatte, aber dann fiel ihr ein, dass sie morgen ja noch einmal eine Gesellschaft zu beköstigen hatte.

Kurz überschlug Isa die Vorräte an Butter, Eiern und Mehl, sie würde nachher wohl doch noch einmal backen müssen.

Eine kurze Nacht also, Luise.

Aber das Fleisch, das konnte sie morgen auch kalt servieren. Gott sei Dank! Dazu Bohnen- und Tomatensalat. Fertig.

Isa biss in ein Stück Butterkuchen. Der war ihr wirklich gut gelungen, ein altes Rezept ihrer Mutter mit Bergen von Butter und süßen Mandelblättchen und einem Schuss Rum. Ja, ihre Mutter war eine Künstlerin gewesen, die hatte auch im Krieg noch aus nichts etwas zaubern können. Unvergessen ihr *Ragout fin* von der Steckrübe mit Löwenzahnsalat und Gänseblümchen. Ein Gedicht. Aber so was aß ja heute keiner mehr.

In der Küche verbreitete sich der köstliche Schmorgeruch des Fleisches, und plötzlich hatte sie wieder Caro vor Augen.

Caro und Niki, ganz allein unter dem Dach.

Dazu der Duft von Heu und Honig.

Isa runzelte die Stirn.

Wie war das noch in ihrer Jugend gewesen mit der Liebe? Nicht so früh vielleicht, aber aufhalten ließ sie sich nicht, wenn sie erst einmal anklopfte. Isa blickte auf Luises Ring, drehte die schimmernde Perle nach oben und dachte an ihren Kurt zurück. Ein Werftarbeiter war er gewesen, Howaldtswerke in Kiel. Schmucker Kerl, große, schamlose Hände, die sie erforscht hatten, überall. Junge, Junge, da hatte man ja nicht an sich halten können. Sie hatte immer Glück gehabt, war nie was passiert. Nicht so wie bei ihrer Mutter, die gleich beim dritten Mal schwanger geworden war. Konnte man nichts machen.

Aber ihr Caro-Herz, die konnte doch gerade erst seit ein paar Jahren über den Küchentisch gucken.

Voller Unruhe genehmigte Isa sich noch einen Schluck Chantré.

Nee, sie musste jetzt doch mal hoch und Johann zu den Kindern schicken.

Auf der Treppe, als Luises schwere Seide an ihren Strümpfen knisterte, überfielen sie wieder die Bilder von Kurt. Was war das für ein Mannsbild gewesen! Groß, weißblondes gescheiteltes Haar und Muskeln wie der Schmeling. War 'ne schöne Zeit gewesen mit ihm, er hatte sie sogar heiraten wollen. Aber das Geld war nie da, noch nicht einmal für einen Ring hatte es gereicht. Isa sah ihn vor sich, wie er beim Stapellauf der *Deutschland* stolz sein Fähnchen schwenkte. Fanfaren und Jubelrufe, als der Koloss satt in die Förde glitt, danach ein benommenes Schäferstündchen in seinem Zimmer auf dem Ostufer. Wann war das gewesen? Noch zwei Jahre vor dem Führer. Der olle Hitler hatte den Panzerkreuzer später in

Lützow umbenannt, nicht dass die *Deutschland* in seinem Krieg noch unterging. Aber das Schiff war zäh gewesen, erst die Russen, denen das Wrack nach dem Krieg zugeschlagen worden war, hatten es unter Wasser bekommen. Da war ihr Kurt wohl schon tot, und auch Deutschland war längst untergegangen.

Isa brummelte melancholisch und strich sich ein paar Strähnen, die sich aus dem Dutt gelöst hatten, hinter die Ohren zurück.

In der Eingangshalle hatten sich kleine Pfützen unter den Mänteln gebildet, missbilligend schüttelte sie den Kopf. Warum sahen die Mädchen so was nicht? Brummelnd stieg sie wieder in die Küche hinunter, dann kam sie mit dem Mopp zurück und wischte.

In einer Ecke, hinter der Standuhr, hatten sich noch ein paar Lamettafäden verfangen, die sie aufklaubte und in die Schürzentasche steckte. Zuletzt band Isa die Schürze ab und legte sie zum Mopp auf die Treppe nach unten. Doch als sie an der herrschaftlichen Tür zum Gartensaal lauschte, kam ihr der Gedanke, dass sie Johann doch wohl besser nicht stören sollte.

Also hoch mit ihr unters Dach!

Seufzend blickte sie die großzügig geschwungene Treppe mit dem geschnitzten Geländer hinauf. Früher war ihr das Treppensteigen leichtgefallen, aber heute ächzten die Knochen wie unter Nadelstichen. Schwerfällig zog sie sich am Handlauf nach oben. Die Jagdtrophäen und Familienbilder der von Schwans, die den Aufgang schmückten, beäugten sie mit leerem Blick, und als sie ein Porträt von Luise passierte, das in ihren Zwanzigern gemalt worden war, hielt sie kurz inne, um zu verschnaufen.

Das Gemälde musste nach Luises großer Reise entstanden sein, denn sie trug darauf einen leuchtend blauen japanischen Kimono, den sie sich von unterwegs mitgebracht hatte. Das dunkle Haar war mit Kämmen aufgesteckt, der Blick streng, die Lippen entschlossen.

In der Hand hielt sie ein lockeres Gebinde aus Wiesenblumen, das wie ein Brautstrauß aussah, und wieder wunderte Isa sich über den Widerspruch zwischen Pflichtgefühl und Sinnlichkeit, den das Bild ausstrahlte. Eine Jahreszahl war neben der Signatur am unteren rechten Rand zu finden: 1928. Damals hatte Luise die Geschäfte von ihrem Vater übernommen und musste gleich fünfzehn Gärtner entlassen. Drei Jahre später war der alte Friedrich Wilhelm von Schwan dann verstorben.

Gut, dass Isa sich da schon unentbehrlich gemacht hatte. Sie setzte sich wieder in Bewegung.

Im ersten Stock stand die Tür zu Johanns Zimmer einen Spaltbreit offen, ein schmaler Streifen Licht fiel auf den Läufer im Korridor.

Wer war denn da so nachlässig gewesen?

Sachte drückte sie die Tür auf.

In einem Durcheinander von Geschirr und Bücherstapeln saß Carolin, ein aufgeschlagenes Buch in den Händen, sie schien sich festgelesen zu haben. Überrascht blickte sie auf.

»Was machst du denn hier?«

»Aufräumen«, antwortete Caro achselzuckend, als wäre Isa schwer von Begriff.

»Aufräumen?«

»Du hast doch immer so viel zu tun.«

»Und was ist mit Niki?«

Caro sah sie schuldbewusst an, und in ihrem Blick lag eine innere Zerrissenheit, die sie anrührte.

»Ach, Mädchen.« Isa lehnte sich gegen den Türrahmen, das Herz trommelte ihr in der Brust. »Bisschen viel auf einmal, was?«, sagte sie leise.

Caro nickte, das flammende Haar fiel ihr über die Schultern ins Gesicht.

»Können wir zu dir in die Küche kommen?«, fragte sie leise und legte das Buch zur Seite.

»Ihr könnt die Bratkartoffeln machen«, erwiderte Isa, »ich schaff das heute nicht allein.«

»Gut, dann hol ich Niki runter.«

Erleichtert sprang Caro auf und lief an ihr vorbei, es sah fast so aus, als hätte man sie von einer Pflicht entbunden.

Isa schüttelte den Kopf. Versteh einer die Jugend, dachte sie. Dann trat sie in Johanns Zimmer und sammelte ein wenig von dem schmutzigen Geschirr zusammen. Konnte sie ja gleich in die Küche mitnehmen. Doch auf der Treppe wurde ihr wieder schwindelig, und das Atmen fiel ihr schwer. Ächzend ließ sie sich auf dem Absatz nieder.

Nee, nun war ihr doch komisch.

Ihr Herz rollte wie ein Schiff im Sturm, und auf einmal dachte Isa, dass sie ihr Leben gelebt hatte. Was sollte noch kommen? Sie hatte die Letzten Dinge längst geordnet und von ihrem Ersparten eine Grabstelle gekauft, schräg gegenüber vom Familiengrab der von Schwans. Ruhig stellte sie das Geschirr zur Seite, dann faltete sie die Hände. Doch während sie noch nach einem passenden Gebet suchte, um Abschied zu nehmen, läutete es unten an der Tür.

Besöök.

Wer konnte das jetzt noch sein?

Isa grunzte, das Leben hielt wohl doch noch Überraschungen für sie bereit.

CARL

8

Das Licht ging aus, einfach so, ganz kurz, nachdem die Glocke in der Eingangshalle geläutet hatte.

Ein Stromausfall.

Verdammt!

Und wer stand da draußen vor der Tür?

Carl hielt den Atem an.

Gab es eine Verbindung zwischen der plötzlichen Finsternis und dem Läuten, das so drängend in ihm nachhallte? Im Geist ging er die Gästeliste durch, aber ihm fiel niemand ein, der in der Kirche gefehlt hätte.

Zögernd machte er einen Schritt in Richtung Tür, er fühlte die Blicke der anderen im Rücken. Sahen sie ihm an, dass er sich vor dem, was da draußen wartete, fürchtete?

Sein Herz hämmerte, und einen Moment lang wusste er nicht, was er tun sollte, dann wandte er sich schnell dem Kamin zu und zündete noch mehr Kerzen an.

Die Gäste folgten ihm ins Licht, Mutmaßungen summten durch den Raum.

War es Windbruch, der den Stromausfall verursacht hatte? Der viele Schnee?

Oder das Eis, das eine oberirdische Leitung herabgerissen hatte?
Carl bemerkte die Unsicherheit der anderen, die sich in den
Zigarettenrauch wob, und ihr Unbehagen beruhigte ihn. Er war
nicht allein.

Wird schon, versuchte er, sein galoppierendes Herz zu besänftigen. Kommt alles wieder in Ordnung. Nur zu!

Doch dann läutete es ein zweites Mal, energischer noch, als
hinge da draußen jemand mit seinem ganzen Gewicht am Klingel-
stab. Als ginge es um Leben und Tod.

»Ich geh schon«, sagte Johann. Er warf ihm einen merkwürdi-
gen Blick zu, bevor er sich eine Kerze nahm und mit langen Schritten hinauseilte.

»Warten Sie!«

Aus dem Dämmerlicht löste sich Sybille Meister, die aufbrechen
wollte. Das Bürgermeisterpaar und die Gärtner schlossen sich an,
und schließlich blieb Carl nichts anderes übrig, als seinen Gästen
zu folgen.

In der dunklen Halle hörte sich der Sturm noch dramatischer
an, in dem hohen, offenen Raum verstärkte sich sein Toben zu
einem tosenden Echo, das bis hinauf unters Dach hallte.

Carl erstarrte. Etwas von dem namenlosen Schrecken, dessen
Wurzeln tief in seine Kindheit zurückreichten, flackerte in ihm
auf, und er biss sich auf die Lippen. Nur mit Mühe unterdrückte er
einen Schrei. O Gott, bisweilen hasste er dieses alte Haus mit seinen düsteren Ecken, Geräuschen und Erinnerungen. Stöhnend
glitt er in die Garderobe und tat so, als suchte er die Mäntel heraus.
Der strenge Geruch von nasser Wolle hüllte ihn ein, ein feuchter
Pelzkragen streifte sein Gesicht. Da war der alte Hut seiner Tante
mit der Fasanenfeder. Überall totes Getier. Ein Würgen stieg in
ihm auf.

Johann schien die Dunkelheit nichts auszumachen.

»Wollen Sie wirklich fahren?«, fragte er Sybille Meister, während er die Halle durchquerte und auf die Eingangstür zuging. Ein wandernder, flackernder Lichtpunkt. »Der Sturm hat seinen Höhepunkt noch nicht erreicht.«

Die Journalistin folgte ihm. »Ich habe das Gefühl, dass ich morgen früh in der Redaktion gebraucht werde«, erwiderte sie, und ihre Stimme klang ernst. »Wenn wir auch noch Hochwasser bekommen, wird das kein normaler Jahreswechsel.«

»Trotzdem ... Mir ist nicht wohl dabei.«

Johann, dieser Lump.

Carl durchfuhr es heiß, ein Stich wie von einer langen, glühenden Nadel. Für einen Augenblick verdrängte der Bruderzwist die Furcht vor dem Unbekannten, und er wagte sich einen Schritt aus der Deckung hervor.

»Sie können gern auf Schwanenholz übernachten«, rief er Sybille Meister hinterher. Sollte ihm niemand nachsagen können, dass er eine Frau bei diesem Wetter vor die Tür setzte. Und, wer weiß, vielleicht könnte sie ihm mit ihren Verbindungen noch nützlich sein?

In diesem Moment schlug die Bronzeglocke im Eingang zum dritten Mal an, sie explodierte förmlich über ihren Köpfen.

»Junge, Junge«, sagte der Bürgermeister nur.

Carl taumelte zurück, seine Kerze verlosch. Heftig atmend drückte er sich zwischen die Mäntel, während Johann ohne ein weiteres Wort die Tür öffnete.

»Guter Gott, Siebeling!«

Der Wind fegte ihnen eine schmale Person mit einer glitzernden Krone aus Schnee ins Haus, dann folgte der Pastor. Auch sein Mantel war vom Schnee durchtränkt, und er schüttelte sich wie ein nasser Hund.

»Alles in Ordnung bei euch?«, fragte Siebeling, als er wieder zu Atem gekommen war.

»Stromausfall.« Carl räusperte sich, als er aus seinem Versteck hervortrat, schnell zündete er die Kerze in seiner Hand wieder an. Noch nie war er so froh gewesen, die brüchige Stimme des alten Siebeling zu hören.

»Na so was, eben war doch noch Licht.« Mit einem verwunderten, fast heiteren Lächeln schüttelte der Pastor den Kopf.

»Kommt man denn durch?«, fragte Sybille Meister.

Sie nahm Carl ihren Mantel ab, wirkte aber weniger entschlossen als noch vor ein paar Minuten. Neugierig musterte sie die Frau, die Siebeling begleitete.

Der Pastor zuckte die Achseln. »Hab mich einmal festgefahren, aber auf den großen Straßen wird wohl geräumt. Wo wollen Sie denn jetzt noch hin?«

»Nach Kappeln.«

»Wir sollten vielleicht erst Nachrichten hören. In der Küche gibt es ein batteriebetriebenes Radio.« Johann wieder. Er streckte der Unbekannten die Hand entgegen, die Kerze in seiner linken Hand wackelte.

»Johann von Rüstow«, sagte er, »bitte entschuldigen Sie die Umstände. Heute führt der Sturm Regie.«

Die Frau erwiderte seinen Handschlag, aber sie sagte nichts. Ihre Lider flatterten im Kerzenlicht. Sie war vielleicht Anfang dreißig, hatte sich jedoch etwas Mädchenhaftes bewahrt. Das sehr lange dunkle Haar trug sie in der Mitte gescheitelt, die Augen waren schwarz, auf rätselhafte Art, aber vielleicht war das auch nur das fehlende Licht. Ihr Mund war voll, die Lippen ohne ein Lächeln zusammengepresst.

Der Ausdruck in ihrem Blick erinnerte Carl an etwas, was auch er empfunden hatte, als er mit sieben Jahren zum ersten Mal in dieser Halle gestanden hatte. Sie wirkte eingeschüchtert – und gleichzeitig so, als suchte sie ihren Platz in dieser fremden Welt.

»Das ist Fräulein Aimée Caroux«, sprang Siebeling ihr zur Seite.

»Aus Arles.«

Arles?

In Frankreich?

Carl durchforstete sein Gehirn, die Baumschule hatte keine Kundenbeziehungen nach Frankreich. Noch nie gehabt.

»Ich komme für meinen Vater«, sagte sie leise. Trotzdem hatte ihre Stimme Tiefe und Kraft, sie hielt dem Sturm stand. Ihr Deutsch war ausgezeichnet, nur ein leichter Akzent. Zögernd, als müsste sie sich überwinden, reichte sie nun ringsum allen die Hand.

»Monsieur Antoine Caroux«, präzisierte sie.

»Dann war Ihr Vater mit meiner Tante bekannt?«

Carl hielt ihre schmale Hand einen Moment länger fest als nötig. Fragend hob er die Augenbrauen.

Antoine Caroux. Er kannte keinen Antoine Caroux. Nie gehört.

»*Oui.*«

Ihre Antwort sauste wie ein Schwerthieb auf ihn herab, und er ließ die Hand erschrocken los.

»Eure Tante hat mich gebeten, Monsieur Caroux zu ihrer Trauerfeier einzuladen«, fügte Siebeling erläuternd hinzu. »Ich habe ihm einen Brief geschrieben.«

Tante Luise. Aber wie war das möglich?

Verwirrt schüttelte Carl den Kopf, er hatte das Gefühl, nicht mehr mitzukommen. Hatte sie aus dem Jenseits zu Siebeling gesprochen?

»Ja.« Sybille Meister nickte, als wüsste sie etwas davon. »Sie hat mich bei einem unserer letzten Gespräche gefragt, was ich davon hielte.«

»Aber …« Carl suchte Johanns Blick und stellte erleichtert fest, dass sein Bruder genauso ahnungslos war wie er selbst. »So etwas wie ein letzter Wunsch?«

»Nein.« Siebeling schüttelte den Kopf. »Vielleicht so etwas wie ein … Liebesdienst.«

Donnerwetter, das war ein Wort.

Verblüfftes Schweigen senkte sich über die Runde. Da war nur der Wind, der eisige Wind.

Aimée Caroux wischte sich den Schnee aus dem Haar, dann schlüpfte sie aus ihrem Mantel und drückte ihm diesen ganz selbstverständlich in die Hand, als wäre er ihr Lakai.

»Lebt denn Mademoiselle Isa noch?«, fragte sie mit ihrer leisen Stimme in die tosende Stille hinein.

CAROLIN

9

Das Licht der Taschenlampe glitt die Stufen hinab. Vorsichtig, Schritt für Schritt, tasteten sie sich durch die Dunkelheit. Aus der Halle drangen Stimmen zu ihnen herauf, ein undeutliches Gemurmel, Carolin meinte, Siebelings pfeifenden Bariton herauszuhören, den der Wind wie eine schräge Melodie zu ihnen herauftrug. Gut, er war angekommen.

Sie zog Niki hinter sich her, er war wieder trocken, hatte aber den Geruch ihres Vaters angenommen. Grüne Äpfel und trockenes Kiefernholz.

Niki kicherte, der Stromausfall machte ihm Spaß, er schien das Haus in ein Schattentheater zu verwandeln. »Die Bratkartoffeln könnt ihr vergessen«, sagte er und zog spielerisch an ihren Haaren, »heute bleibt die Küche kalt.«

Carolin schüttelte den Kopf, sie wollte ihn an den alten gusseisernen Herd erinnern, den es noch in der Küche gab. Man konnte ihn mit Briketts und Holz befeuern, und Isa hatte sich immer geweigert, ihn auszumustern. Doch dann stockte sie. Der Lichtkegel der Lampe erfasste einen dunklen Buckel.

War das Isa, die da auf der Treppe zusammengesunken war? Hatte die Trauer sie niedergerungen?

»Ist sie tot?«

Niki blieb wie angewurzelt stehen, seine Hand drückte die ihre so fest zusammen, dass sie leise aufschrie.

O nein, nicht auch noch Isa!

Hatten sich die beiden alten Damen etwa verabredet? Traten sie auch ihre letzte Reise gemeinsam an?

Erschrocken reichte Carolin Niki die Lampe, dann ging sie in die Knie und tastete vorsichtig nach Isas Puls. Im bläulichen Licht schimmerte Luises Ring wie ein ferner Stern.

»Ich bin noch da.«

Isa schlug die Augen auf und pustete ihr ins Gesicht, ihr Atem roch nach Weinbrand und Petersilie.

»Mensch, Isa!« Erleichtert ließ Carolin sich neben sie sinken. Hinter ihnen lachte Niki hysterisch auf.

»Was hast du dem denn gegeben?« Isa rieb sich die Knie, dann hustete sie einmal trocken und klopfte sich gegen die Brust, als müsste sie ihren Motor wieder anwerfen. »Könnt ihr mich unterhaken? Die Bratkartoffeln müssen in die Pfanne.«

»Wir haben keinen Strom, Isa.«

»Aber Holz.«

Carolin verdrehte die Augen. Was musste noch geschehen, damit Isa an etwas anderes als an ihre verdammte Küche dachte? Aus der Erinnerung tauchten verschwommene Bilder auf, Luise und Isa, ein Wortgefecht unten in der Küche, Isa mit einem hölzernen Kochlöffel in der Hand. Für sie unverständliche Worte, geflüstert und trotzdem scharf, die Isa schluchzend zurückließen. Dann war dieser Satz gefallen, der anderen hinterhergemurmelt wie eine Verwünschung: »Immer nur die verdammten Bäume! Wirst schon sehen, was du davon hast.«

Wie alt war sie damals gewesen? Vier? Fünf? Carolin erinnerte sich noch, dass sie unter dem Küchentisch gesessen und Murmeln gegen die Fußleisten gekickt hatte. Das Geräusch von Glas auf Holz, klack-klack, klack-klack. Sie hatte nie erfahren, warum die beiden Frauen sich gestritten hatten.

»Denn man tau!«

Isa stieß sie leicht in die Seite. »Hab ein bisschen zu viel Weinbrand gehabt«, flüsterte sie ihr ins Ohr, »aber verrat mich nicht!«

»Ich zieh dich hoch.«

Carolin schob das Geschirr zur Seite und rappelte sich auf. »Auf drei«, sagte sie, und gemeinsam mit Niki half sie Isa auf die Beine.

Unten hatte sich der Auftrieb in den Gartensaal verzogen, nur eine flackernde Kerze wachte auf dem Posttisch neben der Eingangstür. Die Tür nach unten stand offen. Aus der Küche stieg ihnen appetitlicher Schmorgeruch in die Nase, und Isa grunzte zufrieden.

»Ob die Schleswag das heute noch in Gang kriegt?«, unkte sie, und in ihrer Stimme lag etwas Heiteres, als hätte der Stromausfall sie von der Last der Perfektion befreit. Oder war es der Alkohol, der sie beflügelte?

»Keine Chance!« Niki klang genauso unerbittlich wie sein Vater, Sparkassendirektor Ernst Kuhlmorgen, wenn er einen Kredit ablehnte. Er ließ Isa los und richtete die Taschenlampe auf die Standuhr. Es war inzwischen kurz nach sechs. »Bei dem Wetter fährt doch keiner mehr raus.«

»Isa? Caro?«

Von der Treppe nach unten kam ihnen ein Licht entgegen. Jo. Wie schon in der Kirche dachte Carolin, dass er in seinem dunklen Anzug fremd aussah. Verkleidet.

»Ich hab mir schon Sorgen gemacht.«

Sorgen?

»Unkruud vergeiht nich!« Isa gluckste und schwankte leicht. »Wer ist denn da noch gekommen?«

Jo öffnete den Mund, aber dann blieb sein Blick an Niki hängen. Und an seiner Lieblingsjeans.

»Eine Frau, Siebeling hat sie vorbeigebracht«, sagte Carolin schnell und hakte Isa wieder unter.

Jo zog eine Augenbraue hoch, aber er sagte nichts. Weder zur Jeans noch zu ihrem Wissen über den verspäteten Trauergast.

»Ich hab eben Nachrichten gehört«, fuhr er stattdessen fort. »Auf der Autobahn ist der Verkehr zusammengebrochen. Und zwischen Flensburg und Kiel scheint ein Zug im Schnee festzustecken. Da draußen ist ordentlich was los.«

»Und der Strom?«, fragte Isa heiter.

»Dazu haben sie noch nichts gesagt, vielleicht ist es nur ein lokales Problem. Reicht ja schon, wenn nur die Leitung raus nach Schwanenholz betroffen ist.«

»Na, Kerzen haben wir jedenfalls genug im Haus, noch vom Weihnachtsmarkt. Und die Heizung läuft auch so.«

Isa nickte zufrieden und trat ungeduldig von einem Fuß auf den anderen, sie wollte zu ihrem Roastbeef.

»Was ist mit dir?« Jo blickte Niki an. »Wissen deine Eltern, dass du hier bist?«

Niki schüttelte den Kopf. »Noch nicht.«

»Großartig.« Jo seufzte. »Das Telefon ist nämlich auch tot.«

»Ach …« Niki wischte seine Sorgen mit einer Handbewegung fort. »Die sind doch froh, wenn ich nicht zu Hause bin.«

»Da wäre ich mir aber nicht so sicher.« Jo zog die Brauen zusammen, er dachte nach, schien jedoch keine Lösung für das Problem zu finden.

»Wenn die beiden mir helfen, können wir um halb acht essen«, fuhr Isa dazwischen. »Dauert leider ein bisschen, den alten Herd in die Gänge zu bringen.«

»Ach, Isa …« Jo lächelte und tätschelte ihr ganz leicht die Wange.

»Was täten wir nur ohne dich? Dann schau ich mal, wie die Stimmung im Gartensaal ist.«

»Ihr müsst die Betten verteilen und ...«

»Isa!« Carolin knuffte sie wieder in die Seite. »Die Mädchen sind ja auch noch da und kriegen das schon hin. Lass uns mal nach unten gehen.«

»Ich mein ja nur ...«

Isa löste sich aus Carolins Arm und drückte sich an Jo vorbei. Im nächsten Moment schienen ihre Knie nachzugeben, jedenfalls verschwand sie in der Dunkelheit, und etwas rutschte polternd die Treppe hinab.

Klack-klack, klack-klack.

»ISA!«

Ein Schrei aus zwei Kehlen. Die Hände ihres Vaters griffen ins Leere, dann hielt er sich an Caro fest, während Niki in ihrem Rücken schon wieder kicherte.

Carolin riss ihm die Taschenlampe aus der Hand, zitternd fuhr der Lichtstrahl die Treppe hinab.

Isa. Da saß sie, drei Stufen tiefer, mit vergnügt lächelnden Weinbrandbäckchen. Geblendet kniff sie die Augen zusammen, dann rieb sie sich schnaufend den Arm.

»Mir geht's gut, Kinder«, sagte sie leichthin, »das war nur der Mopp.«

AIMÉE

10

Sie summte ein Lied. Ein Lied, das nur sie hören konnte:

Ami, entends-tu le vol noir des corbeaux
sur nos plaines?
Ami, entends-tu les cris sourds du pays
qu'on enchaîne?

Das *Lied der Partisanen*. Die Worte beruhigten sie ein wenig, gaben ihr Kraft.

Freund, hörst du den schwarzen Flug
der Raben über unseren Ebenen?
Freund, hörst du die stillen Schreie des Landes,
das man in Ketten legt?

Aimée hatte oft von diesem Moment geträumt. Sich vorgestellt, wie sie zum ersten Mal durch die Türen dieses Hauses schritt. »*La maison des cygnes*«, so hatte ihr Vater es bisweilen genannt. »Das Haus der Schwäne.«

Dann hatte sie sich vorgestellt, wie sie ihnen begegnete.

Den Schwänen.

Und den Raben.

Der Familie.

Nie war es so gewesen, wie es nun war.

Aber gut, da waren sie, eingehüllt in einen Kokon aus weichem Kerzenlicht, der dem Raum etwas Höhlenartiges verlieh, umgeben vom Glanz des großen Namens und ihrer Geschichte, die doch noch nicht einmal bis zu Napoleon zurückreichte.

Lauter fremde Gesichter, obwohl sie so vieles von ihnen wusste.

Carl und Johann.

Was hatte ihr Vater von ihnen erzählt?

Sie waren noch Kinder, vier und sieben, als er sie zuletzt gesehen hatte. Dünn, ausgemergelt, verlaust. Vertriebene, gezeichnet von der Flucht. Kinder, die ohne Vater aufwachsen würden, denn Felix von Rüstow, den sie auch den »Unglücklichen« nannten, war im Sommer 1944 bei der Schlacht um Caen umgekommen. In Frankreich, was für eine Ironie.

Und da war Klementine, Luises Schwester, die nur mit ihren Söhnen und mit einem Bündel übers Eis gekommen war. Ein winziges Mädchen, gerade mal ein paar Wochen alt. Das Kind hatte die Strapazen der Flucht nicht überstanden, es war wohl schon mehr als zehn Tage tot, als Klementine mit Carl und Johann auf dem Gut ankam. Und trotzdem hatte sie sich nicht von dem Bündel trennen können, selbst als Luise ihr behutsam begreiflich machen wollte, dass die Kleine nicht mehr aufwachen würde. Klementine hatte das Kind an sich gepresst, bis Luise ihr das Bündel nach langem Zureden endlich abnehmen konnte. Später war das winzige Mädchen unter der großen Linde hinten im Park beerdigt worden. Einen Namen hatte es nicht bekommen. Aber Luise hatte ein kleines silbernes Kreuz in den Stamm geschlagen, und der Baum hatte Tränen aus Harz vergossen.

Aimée reichte Klementine die Hand. »*Mes condoléances.*«

»Wie, sagten Sie, heißen Sie?«, fragte Klementine und erwiderte den Händedruck.

»Caroux, Madame. Aimée Caroux.«

»Die Geliebte. Was für ein seltsamer Name.«

»Madame?«

»Ihre Eltern müssen Sie sehr geliebt haben.«

»Sie haben sich geliebt, Madame. Sehr.«

»So.« Pause. »Gibt es das?«

Aimée senkte den Blick, offenbar konnte Luises Schwester nichts mit ihrem Namen anfangen. Hatte Luise ihr Geheimnis nie offenbart? Hatte sie bis zuletzt geschwiegen?

»Sie sagt, dass Tante Luise ihren Vater kannte.« Carl, unruhig wanderte er vor dem Kamin auf und ab. Aimée bemerkte, wie er ihr immer wieder misstrauische Blicke zuwarf.

Seine Mutter neigte den Kopf zur Seite. Mit einer undurchdringlichen Miene musterte sie Aimée noch einmal ausführlich, dann zuckte sie fast gleichgültig die Achseln. »Was machen wir nur mit Ihnen?«

»Pastor Siebeling ist wieder los, er wollte nicht bleiben. Bis morgen …«

Carl schien den Faden zu verlieren, offenbar wurde ihm nun bewusst, dass sie über Nacht bleiben musste. Fast hätte sie gesagt, dass sie ihnen keine Umstände machen würde.

Ami, entends-tu le vol noir des corbeaux sur nos plaines?

Aimée biss sich auf die Lippen, und Carl erstarrte, ein winziger Moment, kaum wahrnehmbar, bevor er sie ansah, als würde er in ihr sich selbst wiedererkennen.

»Kommen Sie«, sagte er, milder nun, »setzen Sie sich zu meiner Frau ans Feuer. Was möchten Sie trinken?«

Da war Carls Frau, Anette, mit weichen Gesichtszügen und

klugen Augen unter den langen brünetten Ponyhaaren. Sie war schwanger. Sehr schwanger. Es ging auf das Ende zu. Ein Mädchen, das sah Aimée sofort. Höflich reichte Anette ihr die Hand.

»Woher sprechen Sie so gut Deutsch?«

»Mein Vater hat es mir beigebracht, er liebte die deutsche Literatur. Das Wahre, Schöne, Gute – Sie wissen schon, die Seele darin. « Sie schluckte, bevor sie fortfahren konnte. »Er hat die deutschen Klassiker verehrt.«

Aimée musste an ihn denken, an seine Güte, seine Kraft. Bis zuletzt hatte er sie darin bestärkt, ihren Weg zu gehen, an sich selbst zu glauben. Unbedingt.

Und obwohl er sie allein großgezogen hatte – nie wieder hatte er sich verliebt, weil er all seine Liebe ihr schenken wollte –, hatte es ihr an nichts gefehlt. Sie wollte Luise nie kennenlernen, obwohl sie von ihr wusste. Bis er ging und sie allein zurückließ. Da erst war ihr die Fehlstelle in ihrem Leben schmerzlich bewusst geworden. Die andere, große Familie, die vielen Fragen, der ferne Acker.

»Es ist alles durcheinander heute«, sagte Anette matt, um Höflichkeit bemüht. »Halb sieben, eigentlich hätten wir längst zu Tisch gehen sollen.«

»Roastbeef«, erwiderte Aimée wissend, denn sie hatte den Bratenduft in der Halle wahrgenommen. »Luises Leibgericht. Selbst im Krieg hat Bauer Priem ihr noch Fleisch gebracht, versteckt unter dem Heu für die Pferde. Und als die Engländer kamen, um den Hof zu besetzen, hat sie Major Thompson als Erstes Isas Roastbeef serviert. Mit Bratkartoffeln und grünen Bohnen. Und mit einem guten Roten, noch aus den Beständen ihres Großvaters.«

»Das hat Ihnen Ihr Vater erzählt?«

Anette sah sie ungläubig an, in ihrem Blick spiegelten sich Überraschung und Verblüffung über Aimées Wissen.

Aimée nickte lächelnd. Sie wusste auch von dem Streit zwischen

Luise und Antoine, der darauf gefolgt war. Der sich daran entzündet hatte, dass Luise den Major umgarnte, ihn durch den Park führte, diesen alten *englischen* Garten. Dass sie ihm ihre Bäume zeigte, die unbeugsamen Stieleichen und deren winzige, kaum fingerhohen Sprösslinge, die den Beginn der neuen Zeit markieren sollten. Die Bäumchen, die Luise den vom Krieg zerstörten Städten schenken wollte, Berlin, Hamburg, Dresden, Köln und auch Coventry und London, und die den Menschen wieder Hoffnung bringen sollten. Hoffnung, dass aus den Ruinen neues Leben sprießen konnte.

»In fünfundzwanzig Jahren, Major Thompson, säumen diese Bäume die Straßen und Plätze eines neuen Deutschland. Glauben Sie mir, wir haben unsere Lektion gelernt. Von deutschem Boden darf nie wieder Krieg ausgehen.«

Ja, so hatte Luise gesprochen, und Antoine, ihr Vater, der den beiden durch die Baumschulquartiere folgte, hatte innerlich die Hände über dem Kopf zusammengeschlagen: Mein Gott, sie redet sich um Kopf und Kragen. Doch Major Thompson hatte gut gegessen und gut getrunken, und er musste ein Philanthrop gewesen sein oder doch zumindest ein Liebhaber der englischen Gartenkunst, denn er ließ Luise im Schnelldurchgang entnazifizieren und ordnete an, dass man zur Bekämpfung der drohenden Hungerkatastrophe Blumenkohl, Kartoffeln und Steckrüben zwischen den Baumreihen anpflanzte. Im Übrigen jedoch ließ er Luise, die noch keine Nachricht von ihrem Sohn hatte und deren Mann seit Jahren in Russland vermisst wurde, das Haus und das Land und die Bäume. Und später, als nach der Währungsreform eine junge Baumpflanzerin mit Kopftuch, die einen Eichensteckling in die Trümmer setzte, auf der Fünfzigpfennigmünze prangte, hatte Luise wohl wehmütig gelächelt und Major Thompson im Stillen noch einmal für seine Großherzigkeit gedankt.

Aber das war fürs Erste vielleicht zu viel Geschichte für die Familie und insbesondere für Carl, der sich nun anschickte, in einem komplizierten Verfahren die Zimmer für die Nacht zu verteilen. Aimées Erscheinen, so viel verstand sie, hatte seine Planungen auf den Kopf gestellt, und da er vielleicht nicht einschätzen konnte, welche Bedeutung ihr zuzumessen war, räumte er ihr gönnerhaft eines der beiden Gästezimmer im ersten Stock frei. Das andere Zimmer hatten bereits die beiden Hilfen bezogen, die übers Wochenende bleiben würden. Aber dann? Da war noch die Familie unterzubringen. Und diese Frau, die sie ebenfalls in der Halle empfangen hatte, aber offenbar doch nicht ganz dazugehörte.

Aimée sah, wie Carl hin und her überlegte, heftig an seiner Zigarette zog, auf und ab lief und sich durch das zurückweichende Haar fuhr, bis er endlich eine Lösung präsentierte: »Mutter bekommt Tante Luises Zimmer. Anette und ich«, hier wies er auf den Bauch seiner Frau, »nehmen Johanns Bett. Für Frau Meister schlagen wir ein Bett in Johanns Bibliothek auf, und Johann …«

»Ich kann doch nicht in Luises Bett schlafen!«

Das war seine Mutter, entrüstet, als hätte man ihr vorgeschlagen, dass sie das Bett mit dem Leibhaftigen teilen sollte.

»Sie ist doch nicht in ihrem Zimmer gestorben.« Carl seufzte und senkte die Stimme, als verrate er seiner Mutter ein Geheimnis. »Sie ist in dem Sessel gestorben, in dem du seit mehr als einer Stunde sitzt.«

»Oh.« Klementines Hände fuhren auf, als wollte sie etwas abwehren, doch dann sanken sie wieder herab und krallten sich in den Samtbezug; sie war wohl zu erschöpft, um sich aus der Umklammerung des Ungetüms zu befreien.

»Wunderbar. Und Johann …«

»Ich schlafe hier unten.«

Johann kam soeben herein, er wies mit einer lässigen Handbewegung auf das Sofa vor dem Kamin.

»Gut, dann sind ja so weit alle versorgt und …«

Carl stutzte, er blickte in die hellen Flammen des Feuers, offenbar ging ihm auf, dass sein Bruder mit dem ausladenden Sofa vor dem offenen Kamin vermutlich die beste Wahl getroffen hatte.

Verblüfft beobachtete Aimée, wie sich seine Gesichtszüge wandelten, von Überlegenheit hin zu einem gespenstischen Ausdruck, der so etwas wie blanken Hass verriet. Einen Moment lang sah es so aus, als hätte Carl seinen Bruder am liebsten gepackt und ins Feuer gestoßen.

Aimée zuckte zusammen. Das also war ihre *große* Familie – in allen verstörenden Dimensionen.

Die Schwäne.

Und die Raben.

Wo war das Wahre, das Schöne, das Gute?

Betroffen wandte sie den Blick von den Brüdern ab und starrte aus dem Fenster in die dröhnende Dunkelheit, wo der wirbelnde Tanz der Flocken nur zu erahnen war. Wie ferne Lichter spiegelten sich die Kerzenflammen auf dem Fensterglas. In ihrem Inneren hörte sie die Stimme ihres Vaters. Was hatte er noch über die beiden gesagt? »Wie die Äste eines Baumes streben sie in unterschiedliche Himmelsrichtungen.«

KLEMENTINE

11

An Schlaf war nicht zu denken, aber das hatte sie auch nicht erwartet. Sie hatte nur für sich sein wollen, um den Tag in Gedanken noch einmal durchzugehen.

Klementine zog die Beine an und drehte sich auf die Seite. Sie lag auf dem Bett ihrer Schwester, in Johanns Pyjama und obendrein gut verpackt in einem Schlafsack, den er ihr gebracht hatte, weil sie sich weigerte, unter Luises Plumeau zu schlüpfen. An ihren Füßen gluckerte eine Bettflasche, ein zweites, umhäkeltes Ding hielt sie im Arm.

Luises Bett.

Und Luises Zimmer.

Nein, eigentlich war es das Schlafzimmer ihrer Eltern gewesen und davor schon das Schlafzimmer der Großeltern, und wenn sie die Reihe fortsetzte und die Jahre weiter zurückschritt, würde sie wohl irgendwann beim Lotterbett des dänischen Königs landen, der in diesem Haus seiner Leidenschaft gefrönt hatte.

Und du, Luise?

Klementine drückte die Wärmflasche an die Brust und öffnete die Augen. Es war noch nicht so spät, vielleicht halb neun, sie hatte das Abendessen ausfallen lassen. Die Kerzen, die sie nicht löschen

mochte, erhellten einen schmalen Radius rund um das Nacht-
schränkchen aus rötlich schimmerndem Kirschholz. Jugendstil,
natürlich. Luise hatte die Modernität dieser dekorativen Möbel-
stücke immer geschätzt. Dem Bett gegenüber stand ein großer
Kleiderschrank, die Maserung des Holzes erinnerte Klementine
an eine alte Landkarte, und wenn sie die Augen zusammenkniff,
meinte sie sogar, die Welt darauf zu sehen.

Aber vielleicht war das auch nur eine Folge des wolkigen Sehens.
Oder Einbildung? Weil sie wusste, dass dieser Schrank Luises Welt
enthielt. *Die Grandezza der Gräfin.*

Klementine blinzelte und seufzte auf. Vergeblich versuchte sie,
eine der Fotografien zu fokussieren, die in silbernen Rahmen wie
Revuetänzerinnen auf dem Nachttisch posierten, bis sie schließlich die Bilder ihrer Erinnerung befragte, die so viel schärfer
waren.

Die Garderobe ihrer Schwester war immer auch ein Spiegel
ihrer selbst gewesen, und an einigen Stücken, von bester Qualität
und oft maßgeschneidert, hatte Luise ihr Leben lang festgehalten.
Ihre Schwester war immer eine Erscheinung gewesen, von anzie-
hender Unnahbarkeit, auch wenn es Phasen in ihrem Leben gegeben hatte, wo sie das ihr eigene Strahlen hinter Farblosigkeit zu
verstecken suchte.

Den ersten unverkennbaren Einfluss auf Luises Stil hatte ihre
große Reise 1927 gehabt, denn von unterwegs hatte sie sich allerlei
Schönes mitgebracht, Schmuck und Stoffe, die sie an die fernen
Länder erinnerten. Bald nach der Rückkehr und der Übernahme
der Firma im Frühjahr 1928 jedoch hatte Luise allem Tand abge-
schworen und sich tagsüber nur noch in Hemd, pludrigen Breeches
und Stiefeln gezeigt. Aus der höheren Tochter war eine Amazone
geworden, die mit festem Schritt auftrat und deren Händedruck
spürbar war. Keine Garçonne mit Bubikopf, das nicht, aber eine

84

Frau, die wusste, wer sie war, und die ein gutes Geschäft bisweilen auch mit einem Scotch und einem Zigarillo zu feiern pflegte: »Auf gutes Gelingen, meine Herren!« Nach dem Krieg, als es nur darum ging, zu vergessen und nach vorne zu blicken, hatte es eine Zeit gegeben, wo Luise am Morgen scheinbar wahllos etwas aus dem Kleiderschrank zog und sich noch nicht einmal die Mühe machte, das Haar zu richten. Unverzichtbar waren die Tücher gewesen, die sie sich um die wirren Locken schlang, und die Herrenhüte, die sie bei der Arbeit in der Baumschule vor der Sonne schützten. Im Alter dann, als das, was man wohl Emanzipation nannte, die Frauen in Miniröcke und Schlaghosen zwang, war Luise zu den gerade geschnittenen Hängekleidern der Zwanziger zurückgekehrt, als wollte sie ihr Leben noch einmal befreit von vorne beginnen.

Klementine hielt inne und seufzte schwer.

Was würde sie finden, wenn sie die Schranktüren öffnete?

Ganz kurz schloss sie die Augen, um sie im nächsten Augenblick wieder zu öffnen, dann richtete sie sich auf und zog den Reißverschluss des Schlafsacks auf. Entschlossen schwang sie die Beine aus dem Bett. Nein, es war ausgeschlossen, so früh und in diesem Zimmer, das so eindringlich den Geist der Schwester verströmte, zur Ruhe zu kommen. Vielleicht würde Johann ihr später das Sofa im Gartensaal überlassen, wenn sie ihn darum bat?

Konzentriert lauschte Klementine in das Zwielicht hinein, aber der Sturm verschluckte jedes Geräusch, das von unten nach oben dringen und sie über den Verlauf des Abendessens informieren könnte. War die Gesellschaft schon beim Nachtisch angelangt, oder saß man noch beim Roastbeef?

Luises Leibgericht, schon als Kind geliebt, weil der Vater beim Sonntagsbraten von früher erzählte. Vom dänischen König und von dem märchenhaften Aufstieg des Großvaters, der nicht als Graf von Schwan, sondern als Gustav Schwansen, Sohn eines

Waldarbeiters, zur Welt gekommen war. Ein Sonntagskind und Mann mit Fortüne, so hieß es, der jede Gelegenheit genutzt hatte, um voranzukommen. Der Großvater war es auch gewesen, der in den Firmenstatuten festgeschrieben hatte, dass die Baumschule stets in Familienhand bleiben und an den erstgeborenen Sohn gehen solle. Der über die Jahrhundertwende anhaltende Erfolg, der Namen und Unternehmen erst groß gemacht hatte, war jedoch dem weltgewandten Sohn, ihrem Vater Friedrich Wilhelm von Schwan, geschuldet. Und dann …

Auf einmal blitzte das Gesicht der Französin vor ihrem inneren Auge auf, Aimée Caroux, wie ein Nachbild, gleißend hell die dunklen Partien, und dann dieser ungeheuerliche Satz, der noch deutlich in ihr nachhallte: *Sie haben sich geliebt, Madame. Sehr.*

Wie ein Fanal hatten die Worte im Raum gestanden, eine versteckte Drohung vielleicht, aber weder Carl noch Johann schienen etwas von ihrer Dramatik bemerkt zu haben, und so hatte sie die junge Frau mit einer barschen Replik zum Schweigen gebracht.

Mein Gott, was wollte diese Aimée Caroux von ihnen?

Klementine drückte die Bettflasche noch fester an ihre Brust, sodass sich die Hitze bis zum Herzen vorarbeitete und die Haut darüber schmerzhaft brannte.

Wer hatte sich sehr geliebt?

Aimées Vater und Luise?

Etwas Undenkbares spukte ihr durchs Hirn. Eine Liebe, die nicht hatte sein dürfen.

Nein, das war doch nicht möglich.

Klementine schüttelte den Kopf, wie um den lästigen Gedanken zu vertreiben.

Und überhaupt …

Liebe – was war das schon?

Weder Luise noch sie hatten Erfüllung in der Ehe gefunden.

Luises Mann Wolfgang war seiner Frau nie treu gewesen, während ihr Mann Felix zur Melancholie geneigt hatte. Es hatte sie immer getröstet, dass auch der *großen* Luise ein beständiges Eheglück versagt geblieben war. Obwohl ...

Klementine kniff spitz die Lippen zusammen, die Erinnerungen kamen nun in Wellen, so wie Wehen. Ein paar Minuten lang saß sie unbewegt auf dem Bett und ließ sich von ihnen umspülen.

Doch, da hatte es etwas gegeben, jetzt fiel es ihr wieder ein. Eine flüchtige Liaison, noch vor Luises Hochzeit und wohl als Reaktion auf den großen Eklat zu verstehen, als Klementine der Schwester den Verlobten ausgespannt hatte. Aber das war schon so lange her, dass es vielleicht schon nicht mehr wahr war.

Schluss damit, Klementine!

Stumm betrachtete sie den von Schatten umstellten Schrank, und je länger sie ihn anschaute, desto mehr hatte sie den Eindruck, dass er sie ebenfalls betrachtete. Wieder brandeten Wellen der Erinnerung an ihren inneren Strand, und sie fragte sich, ob er nicht nur die Kleidung ihrer Schwester barg, sondern auch ein Zeugnis jenes Zerwürfnisses enthielt, das Luise und sie so lange entzweit hatte. Ein Stoff fast wie bei Shakespeare, der das Zeug dazu gehabt hatte, die Familie zu zerreißen.

Aufgewühlt legte Klementine die Bettflasche zur Seite, dann ballte sie die Hände zu Fäusten, sie konnte einfach nicht anders.

»Fort!«, das hatte Luise ihr vor fünfzig Jahren ins Gesicht geschleudert, und beinahe wäre der Wunsch der Älteren, sie nie wieder sehen zu müssen, sogar in Erfüllung gegangen. Wenn die Russen nur etwas schneller vorangekommen wären und ihr den Fluchtweg vollständig abgeschnitten hätten.

Aber nein, daran wollte Klementine partout nicht denken. Was brachte es, die Zeit wie eine Zwiebel zu häuten? Am Ende blieben doch nur Tränen und Trostlosigkeit.

Erschöpft öffnete sie die Fäuste und fuhr sich mit den Händen durch das dünne weiße Haar, um nach einem anderen Gedanken, nach irgendeinem Halt zu suchen. Ihr Blick fuhr die viel zu langen gestreiften Hosenbeine des Pyjamas hinab, der sie an Sträflingskleidung erinnerte.

Ein abscheuliches Stück, trug Johann so etwas tatsächlich im Bett?

Unwillkürlich musste sie an seinen Vater denken. Ihr Mann hatte cremefarbene Seide oder fein gesponnene Wolle vorgezogen, meist ein langes Hemd mit weiten Ärmeln. Wie ein farbloser Falter hatte Felix von Rüstow neben ihr im Ehebett gelegen, stets auf dem Rücken, die Flügel zusammengeklappt, das Kinn auf die Brust gedrückt. Und wenn er sie umarmte und seine Schnurrbarthaare tastend wie Fühler über ihr Gesicht strichen, hatte sie immer gehofft, dass die alten Griechen recht hatten und den Tieren ein fremder Atem, eine fremde Seele innewohnte. Denn nur mit der Vorstellung, dass da etwas Fremdes über sie kam und nicht ihr ungeliebter Mann, konnte sie den freudlosen Akt des Beischlafs geschehen lassen. Eine stille Pflichterfüllung ohne Widerworte.

Aber nun war sie schon wieder bei der Liebe gelandet.

Und bei ihrer Schwester.

Verflixt noch mal, Luise.

Mühsam stand Klementine auf und trat mit tastenden Schritten vor den Schrank. Sie fühlte sich, als watete sie durch die Untiefen eines gefährlichen Gewässers. Ihr Herz pochte, sie spürte seinen hastigen Schlag bis hinauf in die Schläfen.

Nein, sie hatte ihrer Schwester nicht wehtun wollen. Aber sie hatte sich bemerkbar machen wollen, damals, als Luise das Erbe selbstbewusst für sich reklamierte und ihr Vater die Schwester tatsächlich auf eine große Reise schickte, »damit sie an den fremden Eindrücken wachse«. Und während Luise die Welt vermaß,

Amsterdam, London, Boston, San Francisco, Kyoto und zuletzt ein längerer Aufenthalt bei einem Freund ihres Vaters im Botanischen Garten von Kopenhagen, hatte Klementine begonnen, Felix von Rüstow schöne Augen zu machen. Ebenjenem reichen Erben, dem eigentlich Luise längst versprochen war und dessen umfangreiche Ländereien in Hinterpommern der erste Schritt zu einer Expansion der Baumschule von Schwan in die Gegenden östlich der Oder hätten sein sollen.

Aber dann hatte es jene verhängnisvolle Intimität am Ende einer langen Ballnacht auf Schloss Wotersen gegeben – ein Kuss, hitzig und champagnerselig, der ihr schmeichelte und bei Felix zu einem Sinneswandel führte und schließlich zur Lösung der Verlobung mit der fernen Braut.

Klementine, die Verräterin.

Ihr Vater hatte ihr die bereits ausgearbeiteten Pläne zur Geschäftserweiterung vor die Füße geworfen, bevor er sich verschuldete und sechzig Hektar Land bei Schwerin kaufte.

Und Luise?

Zum Zeitpunkt des schwesterlichen Treuebruchs hatte sie sich in Kyoto befunden, auf das Telegramm des Vaters hatte sie nur mit Schweigen geantwortet. Zu Hause dann, mehr als vier Monate nach dem Eklat, folgte doch noch ein wüster Zornesausbruch.

Und dann?

Wieder Schweigen.

Fast zwanzig Jahre lang.

Dabei habe ich dich vor einem Langweiler bewahrt, Luise.

Vorsichtig legte Klementine eine Hand auf das schimmernde Holz. Unverrückbar erhob der Schrank sich über ihr, maßgefertigt, so wie Luises Garderobe. Da gab es Türen und Schubladen und eine Platte zum Ausziehen, um frisch gebügelte Wäsche darauf abzulegen.

Ja, ihre Ehe war ein Irrtum gewesen. Das Triumphgefühl, die große Schwester ausgestochen zu haben, das sie mit Leidenschaft verwechselt hatte, war bald nach dem ersten Kuss in sich zusammengefallen. Und schon beim Gang zum Altar hatte Klementine gewusst, dass es ein Fehler war, Felix von Rüstow zu heiraten. Sie war froh gewesen, ihre Tränen hinter dem blumenberankten Schleier aus Brüsseler Spitze verstecken zu können, und in der Hochzeitsnacht hatte sie geträumt davonzulaufen.

Aber sie war nicht davongelaufen.

Sie hatte sich in ihrer Ehe eingerichtet, war ihrem Mann in die dunklen Nadelwälder bei Köslin gefolgt und hatte das Leben gelebt, das sie auch von ihrer Mutter kannte. Die Kinder hatten sich erst spät eingestellt, wie bei einem Walnussbaum, der etwa zehn Jahre brauchte, bis er Früchte trug. Carl im neunten Jahr ihrer Ehe und Johann drei Jahre später.

Und in all der Zeit nie ein Wort ihrer Schwester. Keinen Gruß, den ihr die Mutter bei einem ihrer Besuche ausrichtete, keine Karte, keinen Brief, obwohl sie selbst Luise immer mit den Jahresberichten ihrer Ehe auf dem Laufenden hielt. Selbst als die Jungen geboren worden waren, nur lautes Schweigen.

Dabei …

Eine Welle der Erinnerung schlug über ihr zusammen, ein Brecher, und sie rang nach Luft. Hatte Luise sich nicht ebenfalls schuldig gemacht?

Entschlossen zog Klementine an einem Knauf und öffnete den Schrank. Wie ein Schlag traf sie Luises altvertrauter Duft, und ihr war, als stürzte das Leben der Schwester mit der Wucht eines Wasserfalls auf sie ein. Benommen taumelte sie ein paar Schritte zurück und ließ sich wieder auf das Bett fallen.

Da waren sie, die Blusen, Hängekleider und Jäckchen aus Georgette, Jersey, Tweed und Wolle. Dazwischen, wie eine exotische Blüte, ein blauer Kimono aus Seide. Und bei seinem Anblick fiel ihr alles wieder ein.

Luise hatte ihn aus Kopenhagen mitgebracht, nicht aus Japan, wie sie so manchen in der Familie glauben ließ. Und sie hatte ihn all die Jahre in Ehren gehalten, weil er sie an ihren ersten Mann erinnerte.

Eine Amour fou, eingestanden erst viele Jahre später, als längst wieder gesprochen wurde und der Eklat durch die Wirrnisse der Zeit zu etwas Unbedeutendem zusammengeschmolzen war.

»*Den danske elsker*«, flüsterte Klementine.

Der dänische Liebhaber.

Er hatte keinen Namen gehabt, nur eine Profession. »Der Porzellanmaler«, so hatte Luise ihn genannt. Und jene bildhafte Bezeichnung hatte der Episode einen märchenhaften Charakter verliehen, dem sie nie so recht hatte Glauben schenken wollen. Bis jetzt.

Klementine seufzte schwer und erhob sich wieder. Sie wollte den mürben blauen Stoff berühren, spüren, was er ihr über die Schwester zu erzählen vermochte. Ob es wirklich wahr war, was Luise behauptet hatte. Behutsam schob sie die Kleiderbügel auseinander, bis das Gewand frei vor ihr hing.

Luise hatte nicht viel über den Dänen erzählt, nur so viel, dass es ausgereicht hatte, ihr den Treuebruch heimzuzahlen. Man hatte sich im Botanischen Garten kennengelernt, wo er die Farne studierte und sie ihm von ihrer großen Reise und den Nachtwanderungen durch Kyoto erzählte.

Nicht wahr, Luise?

War es der Kummer über die gelöste Verlobung gewesen, der sie in seine Arme trieb?

Eine Trotzreaktion auf den Vertrauensbruch der jüngeren Schwester, die nun vor ihr heiraten würde – und den Vater und den Betrieb in Schulden gestürzt hatte?

Oder das Wissen, dass sie bald die Verantwortung für die Baumschule übernehmen und nie wieder so frei sein würde wie in diesem Moment?

Fünf Wochen hatten Luise und der Porzellanmaler miteinander gehabt. Unvergessene Wochen, wohl auch im Alter noch mit einem Lächeln erinnert.

Übrig geblieben waren das Porzellan aus Kopenhagen mit den kornblumenblauen Ranken und der Kimono, den der Maler ihr zum Abschied geschenkt hatte.

Klementine zog das Gewand vom Bügel und roch daran.

»*Den danske elsker*«, flüsterte sie wieder, dann hob sie siegesgewiss den Blick.

Ja, vielleicht hatte Luise einmal geliebt. Den Dänen, aber bestimmt keinen Franzosen. Diese Aimée Caroux musste sich irren.

Selbstsicher lachte Klementine auf. Sie genoss ihren Triumph, doch dann knarrte der Schrank, und wieder sprang sie hinterrücks etwas an. Ein Gefühl der Bedrohung, es ließ sie einfach nicht los.

Und wenn diese Frau einen finsteren Plan verfolgte? Wenn sie ihnen schaden wollte?

Auf einmal hatte Klementine das Gefühl, dass eine kalte Hand nach ihrem Herzen griff. Nicht von außen kam die Gefahr, nicht durch den Sturm. Nein, das Böse war längst ins Haus gelangt, das spürte sie nun, es gab keinen Zweifel.

Gott steh uns bei!

Entsetzt stöhnte Klementine auf, sie musste ihre Söhne vor dieser Frau warnen. Schnell, schnell, bevor Aimée Caroux in dieser Familie Unheil anrichten konnte.

JOHANN

12

Eine Tafel, wie für ein Festmahl gedeckt. Isa hatte das Service mit dem Goldrand aus den Schränken geholt, dazu die gestärkten Damastservietten mit Hohlsaum und eingesticktem Wappen, das polierte Silber, das böhmische Kristall und Blumenschmuck. Als könnte der glanzvolle Rahmen ihnen Halt bieten. Und dann das Wunder einer warmen Mahlzeit, trotz des Stromausfalls. Isas butterzartes Roastbeef und dazu die krossen Bratkartoffeln.

Der Tag schien doch noch ein gutes Ende zu nehmen, und der Duft der Speisen legte sich besänftigend über die erschöpfte Runde. Einträchtig versammelten sich die Reste der Trauergesellschaft um den großen Tisch im Speisezimmer. Selbst Carl schien seine Mitte wiedergefunden zu haben, jedenfalls ignorierte er souverän Caro und Niki, die den Mädchen beim Auftragen halfen. Verblüfft bemerkte Johann den Ernst der beiden. Caro hatte sogar die Sicherheitsnadel aus dem Ohr genommen und das Haar zu einem Zopf zurückgebunden, und Niki trug ein schiefes Lächeln zur Schau. Offenbar hatte Isa ihnen eingeschärft, den Abend nicht zu vermasseln.

»Wer sind die beiden?«

Aimée Caroux saß zu seiner Rechten, weil seine Mutter schon zu Bett gegangen war. Sie deutete auf die Kinder.

»Carolin ist meine Tochter. Und Niklas ist … ihr Freund.«

»Und die Mutter?«

»Wir sind getrennt.« (Na gut, das stimmte nicht ganz.)

»So.« Die Französin nickte, ratlos betrachtete sie das blutige Fleisch auf ihrem Teller, sie schien keinen großen Appetit zu haben. »Wie kommt sie damit zurecht?«

»Caro? Mit der Trennung?«

Johann spießte ein paar fettglänzende Kartoffelstückchen auf. Gut, wollte er antworten, aber auch das stimmte nicht. Natürlich fehlte ihr Beate. Er hatte ihr die Mutter nie ersetzen können, hatte es gar nicht erst versucht. Und nun war es zu spät.

»Unsere Köchin hat sie schon vor Jahren unter ihre Fittiche genommen«, antwortete er vage, »Isa ist ein Schatz, die gute Seele von Schwanenholz. Sie hat sich schon um mich gekümmert, als ich noch ein Kind war.«

»Warum isst sie nicht mit uns?«

Die Französin legte ihre Gabel zur Seite und nahm einen winzigen Schluck Rotwein. Im schimmernden Licht, den der vielarmige Kronleuchter mit seinen Kerzen und Kristalltropfen über den Tisch streute, sah sie sehr blass aus. Wie die Heldin aus einem alten Jane-Austen-Roman.

»Eine alberne Tradition.« Johann deutete mit dem Kinn in Carls Richtung, der Luises Platz am Kopfende der Tafel eingenommen hatte und sich leise mit seiner Frau unterhielt. »Das war schon immer so in diesem Haus. Und ich glaube, sie würde sich hier oben auch gar nicht wohlfühlen.«

»Sie fühlen sich doch auch nicht wohl.«

Aimée Caroux fixierte ihn aus ihren dunklen Augen, und für einen Moment fragte er sich, was sie sich da herausnahm.

»Ich trauere um meine Tante«, antwortete er scharf.

»Ja, natürlich, verzeihen Sie mir.«

Sie ließ von ihm ab und vergrub ihre Hände in der Serviette. Fast hatte Johann den Eindruck, dass sie ein Lied summte. Da war diese kaum merkliche Bewegung der Lippen, und wieder fragte er sich, wer zum Teufel sie war. Warum war ihm der Name Caroux nicht bekannt? Und warum fragte er Aimée nicht einfach danach?

Nachdenklich bearbeitete er sein Fleisch. Pastor Siebeling schien eine Ahnung gehabt zu haben, jedenfalls hatten sein hintergründiges Lächeln und der schnelle Aufbruch ihm diesen Eindruck vermittelt. »Ein Liebesdienst«, so hatte Siebeling seinen Einsatz in dieser Sache vielsagend kommentiert. Oder hatte er sich verhört? Und auch Sybille Meister, die wegen der unsicheren Verkehrslage nun doch geblieben war und ihm gegenübersaß, hatte angedeutet, dass sie etwas über diese Verbindung nach Frankreich wisse. Er würde sie nach dem Essen dazu befragen. Oder sollte er sich besser gleich an Isa wenden, die nun, nach Luises Tod, so etwas wie das Gedächtnis des Hauses war?

Aus den Augenwinkeln sah er wieder zu Aimée Caroux hinüber. Sie hatte ihr Besteck zur Seite gelegt und hielt den Kopf gesenkt. Mit dem Zeigefinger der linken Hand zeichnete sie den Goldrand ihres Tellers nach. Sie sah sehr verletzlich aus, und plötzlich überkam ihn Mitleid.

»Sie essen ja gar nichts. Mögen Sie das Fleisch nicht?«

»Ich glaube …« Johann sah, wie sie nach einer höflichen Ausrede suchte, doch dann schüttelte sie den Kopf. »Es tut mir leid.«

»Das macht doch nichts. Soll ich Ihnen etwas anderes bringen lassen?«

»Ich hatte wirklich gedacht, dass ich das Roastbeef mögen würde.«

»Warum?«

Er sah sie erstaunt an. Inzwischen kannte er genügend Leute, die Fleisch nicht essen mochten, besonders dann nicht, wenn es so blutig war.

Aimée zögerte, dann antwortete sie. »Mein Vater hat mir so viel davon erzählt. Das berühmte Roastbeef ...« Sie betupfte ihre Lippen mit der Serviette und trank noch einen kleinen Schluck Rotwein, dann sah sie ihm in die Augen. Ein intensiver, glänzender Blick. Johann nickte, wieder musste er an Siebelings Worte denken, die dieser wie ein Rätsel in den Raum gestellt hatte. Ihr Vater – warum war er nicht selbst zur Trauerfeier gekommen?

Aimée Caroux schien die Frage zu erahnen. (Oder konnte sie Gedanken lesen?)

»Mein Vater konnte nicht mehr kommen«, sagte sie nur. »Aber vielleicht wäre er auch nicht gekommen. Manchmal ist es besser, wenn man die Erinnerung nicht mit der Realität konfrontiert. Kennen Sie das nicht auch?«

»O doch.« Johann lachte leise auf, unterließ es aber, über Caros Mutter zu sprechen, an die er in diesem Moment unweigerlich denken musste. »Das heißt, Ihr Vater war schon einmal auf Schwanenholz?«, fragte er.

Sie nickte. »Er hat an dieser Tafel gesessen, von diesen Tellern gegessen, Rotwein getrunken, getanzt.«

»Er war hier zu Gast?«

Nun war sie es, die auflachte. Ganz kurz, heiser fast, eher ein Bellen. Johann bemerkte, wie Carl am Kopfende streng aufblickte und die Brauen hob.

Aimée Caroux folgte seinem Blick. »Ihr Bruder sieht auch nicht glücklich aus«, sagte sie leise, fast in sein Ohr.

»Die Wahrheit ist, dass er der einsamste Mensch ist, den ich kenne«, antwortete Johann. Im nächsten Moment wunderte er sich, dass er sich ihr so vorbehaltlos anvertraute.

»Ich dachte immer, man ist nicht allein, wenn man Geschwister hat.«

»Wie kommen Sie denn darauf?«

Sie zuckte die Schultern, wieder ein kleiner schneller Schluck aus dem Rotweinglas. »Eine romantische Vorstellung vielleicht?« Johann schüttelte den Kopf. Er hatte das Gefühl, dass sie ihm auswich, von sich ablenken wollte. Und richtig, da fuhr sie auch schon fort: »Erzählen Sie mir etwas über sich!«

»Das wird Sie langweilen.«

»Ach, kommen Sie …«

Wieder ein langer Blick, sie knetete die Hände im Schoß.

»Also gut.« Johann räusperte sich und legte das Besteck zur Seite. »Ich bin in Köslin geboren, heute Koszalin. Wissen Sie, wo das ist?«

»Polen.« Sie nickte wissend, als erzählte er ihr nichts Neues. »Irgendwann einmal deutsch, vor dem Krieg.«

»Mit vier Jahren bin ich nach Schwanenholz gekommen, im Frühjahr 1945. Tante Luise hat uns aufgenommen.«

»Sie hatten alles verloren, auch Ihren Vater.«

»Woher wissen Sie das?«

Johann neigte den Kopf und sah sie forschend an, doch sie antwortete nur mit einer Geste, die ihn aufforderte weiterzuerzählen.

»Meine Mutter hatte alles verloren«, präzisierte er, denn Klementine hatte fortan von der Gnade und vom Geld der großen Schwester gelebt. Sie hatte wirklich gelitten, seine arme Mutter, die das Schicksal so hart getroffen hatte. Das Gut war fort, das Vermögen, der Mann, während Luise immerhin den Mann zurückbekommen hatte, wenn auch gezeichnet durch die Kriegsgefangenschaft. »Klementine ohne Land«, so nannte man sie fortan hinter vorgehaltener Hand, während er sich auf Schwanenholz nie fremd gefühlt hatte.

»Ich erinnere mich weder an Köslin noch an meinen Vater. Ich erinnere mich auch nicht an die Flucht. Meine frühesten Erinnerungen sind die an meine Tante Luise – und an Isa, an ihre Küche, die Wärme dort unten. Nach dem Krieg bin ich im Nachbarort zur Schule gegangen, später kam ich aufs Gymnasium in die Stadt. Ich war kein besonders guter Schüler, deshalb habe ich zunächst eine Baumschullehre absolviert und dann, nach einer Reise, auf Luises Zureden hin doch noch Gartenbau studiert.« Er hob sein Glas und prostete seiner Tante zu, deren Bild, mit einem Trauerflor geschmückt, auf dem Büfett stand. Die Fotografie war an Weihnachten vor einem Jahr entstanden, Luise trug darauf ein elegantes weinrotes Kleid, ihre Perlen und einen fast schon majestätischen Blick. »Ich bin meiner Tante sehr dankbar, dass ich das Unternehmen in die Zukunft führen darf. Ich liebe Bäume, jeder Baum für sich ist ein großes Wunder.«

Aimée Caroux erhob ebenfalls ihr Glas, und auf einmal stimmten alle in den Toast ein und tranken auf Luise. Die bunte Runde hätte seiner Tante gefallen, und auch das Heulen des Schneesturms im Hintergrund, das nun wie ein dramatisch schluchzender Trauerchor klang. Mehr als ein halber Meter Schnee war inzwischen gefallen, Johann hatte vorhin noch einmal hinausgeschaut. Er hatte die Küchentür kaum aufbekommen, weil der Schnee von außen dagegendrückte. Sein Wagen vor der Scheune war kaum noch zu erkennen gewesen. Und es schneite und stürmte unverdrossen weiter, als bekäme das Sturmtief nicht genug davon, sich endlich einmal auszutoben. Als hätte es sich lange auf diesen Tag vorbereitet. Im ganzen Land war der Verkehr zusammengebrochen, weil niemand rechtzeitig Räumfahrzeuge losgeschickt hatte. Die Natur zeigte mit ihrem eisigen Tanz, wie verwundbar die moderne Gesellschaft war.

Lächelnd wandte er sich wieder der Französin zu, die ihr Glas noch nicht abgestellt hatte. Über den Rand hinweg sah sie ihn mit einem schwer zu deutenden Ausdruck an.

»Und nun erzähle ich Ihnen etwas über Sie.«

»Nur zu!« Er rückte seinen Stuhl ein wenig von der Tafel ab und schlug ein Bein über das andere.

»Als Sie Ende März 1945 hier vor der Tür standen, trugen Sie die Pelzmütze eines Toten auf dem Kopf. Und in Ihrer Manteltasche steckte ein Zauberstab. Sie sprachen kein Wort, es hat fast sechs Wochen gedauert, bis Mademoiselle Isa Ihnen die ersten Worte entlocken konnte. ›Milchreis mit Zimt und Apfelkompott‹, haben Sie damals gesagt, denn das war Ihr Lieblingsessen, und sie hat es Ihnen zur Belohnung gekocht. Und dann …«

»Woher wissen Sie das alles?« Johann schnellte vor und packte die Handgelenke der Französin, sodass sie etwas Wein auf das Tischtuch verschüttete. Ein Fleck, der aussah wie die Spur eines blutenden Vogels.

Erschrocken sah Aimée Caroux ihn an. Sie wollte zu einer Antwort ansetzen, aber da platzte Klementine mit großem Getöse in den Raum. Sie trug einen blauen Kimono über dem Pyjama und sah aus wie der Geist seiner verstorbenen Tante.

ISA

13

Was war denn da oben los?
In der Küche bereitete Isa den Nachtisch vor. Eis mit Rumtopf, auch für die Kinder, das hatten sie sich verdient. Später dann wollte sie mit den Mädchen die Kühltruhe ausräumen, in der es bald zu tauen beginnen würde. Alles raus, vor die Tür in den Schnee, dann ließ sich vielleicht noch etwas retten. Denn um das schöne Fleisch und die eingefrorene Weihnachtsgans wäre es doch zu schade, und von der Schleswag ließ sich ja doch niemand blicken.

Aber nun?

Aufgeschreckt legte Isa den Eislöffel zur Seite und trat an den Speiseaufzug. Während des Essens waren die gedämpften Geräusche eines manierlichen Tischgespräches nach unten gedrungen, dazu das Geklapper von Geschirr, leises Gläserklirren. Roastbeef-Ruhe. Sie war sogar dazu gekommen, selbst etwas zu essen, und hatte den kleinen Weinbrandrausch verdaut.

Donnerlüttchen, da oben tobte doch jemand! Oder war das der Wind?

Erschrocken steckte sie den Kopf in den dunklen Schacht, um noch besser zu hören. Ein erprobtes Manöver, schon von der

Mutter abgeschaut. Auf diesem Weg war ihr so manches zu Ohren gekommen, was eigentlich niemand hören sollte.

War das Klementine, die da zeterte?

Die lag doch schon im Bett.

Brummelnd zog Isa den Kopf wieder heraus.

Na, hatte sie sich doch gleich gedacht, dass es keine gute Idee war, Klementine zu Luise ins Bett zu legen. Die beiden hatten sich ja schon als Kinder bekriegt. Und später dann der große Streit, dabei war es doch eigentlich nie um den unglücklichen Felix gegangen. Nein, Klementine hatte immer um die Gunst des Vaters gekämpft. Und ihn doch nie für sich gewinnen können.

Herrje, was heckte sie nun wieder aus?

Seufzend steckte Isa sich eine Rumkirsche in den Mund, dann wandte sie sich wieder ihrem Nachtisch zu. Bei Kerzenlicht war das gar nicht so einfach mit der Garnitur. Sie hätte gern Musik gehört, aber Johann hatte das Küchenradio mit nach oben genommen.

Als sie gerade beim letzten Schälchen angelangt war, platzte Caro in die Küche. »Hast du Melissentee da?«, fragte sie aufgeregt. »Oma tickt aus.«

Also doch. Seufzend setzte Isa Teewasser auf, dann suchte sie im Schrank nach dem gewünschten Tee. »Was hat sie denn?«

Caro zuckte die Achseln. »Sie hat sich in Luises alten blauen Morgenmantel gewickelt und behauptet, man wolle ihren Söhnen das Erbe stehlen.«

Der Kimono.

Tatsächlich, die alte Geschichte.

»Weißt du, das ist so eine fixe Idee von ihr.«

»Das mit dem Erbe?«

Isa nickte. »Schon immer. Seitdem Luise 1928 die Geschäfte übernommen hat. Deine Oma hat sich immer benachteiligt gefühlt, obwohl sie doch den ganzen Schmuck und die Pelze ihrer Mutter bekommen hat. Und dazu noch Tischwäsche und ein Silberbesteck für vierundzwanzig Personen. Da kommst du mit dem Verstand nicht gegen an.«

»Carl versucht, sie wieder ins Bett zu bekommen.«

Caro naschte einen Löffel Vanilleeis, ihre Wangen leuchteten so rot wie das Haar. Es war warm in der Küche, der Herd bollerte, und der Teekessel begann zu summen.

»Und dein Vater?«

Isa wischte sich mit dem Taschentuch über das Gesicht, dann bückte sie sich und rollte die Strümpfe runter. Hätte sie längst machen sollen.

»Der kümmert sich um die Französin.«

»Welche Französin?«

Isa richtete sich wieder auf, da hatte sie sich wohl verhört.

»Siebeling hat sie vorbeigebracht, vorhin, als wir dich oben auf der Treppe eingesammelt haben.«

Das Läuten. Drei Mal, während ihr Herz beinah koppheister gegangen war. Sofort schossen Isa die Tränen in die Augen.

»Gießt du mal den Tee auf?«, bat sie Caro, während sie sich setzte, um nicht schon wieder umzukippen.

Doch ihr Caro-Herz ließ sich nicht so einfach täuschen. Sofort kniete sie sich neben die Küchenbank und suchte argwöhnisch ihren Blick.

»Was hast du denn?«

»Nix. Wieso?« Schnell drehte Isa den Kopf zur Seite und fächelte sich mit der Zeitung Luft zu. »Wie sieht sie denn aus?«, fragte sie, so unaufgeregt wie nur möglich.

Zeit gewinnen, sich nur nichts anmerken lassen. Was anderes konnte sie jetzt nicht tun, auch wenn ihr Körper vor Aufregung, Schreck und Freude zitterte. Diese Patience hatten andere zu lösen.

»Die Französin?«

Caro wollte zu einer Antwort ansetzen, aber da taumelte Niki mit einem Berg schmutziger Teller in die Küche.

»Scheiß Stromausfall«, keuchte er, bevor er die Teller scheppernd auf dem Tisch ablud.

»Vorsicht, junger Mann, das ist das gute Porzellan«, schimpfte Isa, und weil ihre Nerven blank lagen, holte sie mit der Zeitung nach ihm aus. Doch Niki sprang geschickt zur Seite, und sie erwischte ihn nur am Ärmel.

»Carl fragt nach dem Tee«, sagte er und grinste frech zu ihr herüber.

»So.« Isa stemmte sich wieder hoch. Der Bengel hatte auch schon so einen herrschaftlichen Ton am Leibe, da würde sie sich beizeiten mal drum kümmern müssen. Aber für den Augenblick war sie ihm dankbar, weil das Geplänkel Caro ablenkte.

Dann ließ auch schon der Teekessel sein schrilles Pfeifen vernehmen, und Isa hastete an den Herd und goss den Tee auf. Extra stark und dazu noch zwei von ihren kleinen Herztabletten. Die sorgten erst einmal für Ruhe.

Als sie sich mit der Kanne in der Hand umdrehte, begegnete ihr Caros misstrauischer Fuchsblick, das Mädchen ließ sie nicht aus den Augen.

»Sie heißt Aimée Caroux«, sagte Carolin. »Schon mal gehört?«

O Gott, sie war tatsächlich gekommen.

»Nein«, antwortete Isa, so fest sie konnte. Geistesgegenwärtig deutete sie auf den Platz neben der Küchenwaage, wo sonst das Radio stand. »Ich kenne nur den Caruso, und der lebt nicht mehr. Und jetzt bringt mal den Tee nach oben, Kinder!«

Als die beiden zur Tür hinaus waren, Niki mit dem Nachtischtablett beladen, ließ sie sich wieder auf die Küchenbank sinken. Jetzt konnte sie die Tränen endlich laufen lassen.

Aimée. Ihre süße kleine Aimée.

War sie tatsächlich zurückgekommen?

Nach so vielen Jahren?

Gerührt schluchzte Isa in ihr Taschentuch, dann griff sie wieder nach der Weinbrandflasche.

Guter Gott, was hatte sie das Kind geliebt. Sie hatte zwei Weltkriege überstanden, den furchtbaren Tod der Mutter und das spurlose Verschwinden des schönen blonden Kurts, aber als man ihr Aimée genommen hatte, da hatte sie gedacht, sie könnte nicht mehr weiterleben. Ja, sie hatte sich sogar in den Schlossgraben gestürzt, bei Nacht und vom Weinbrand benebelt. Der olle Rentzel hatte sie mit seinem kaputten Arm wieder herausgefischt und ihr ein paar kräftige Backpfeifen verabreicht, die sie wieder zur Besinnung brachten. *Dat word all weer, min Deern!*

Und trotzdem war der Schmerz nie ganz gewichen, wie ein Gespinst aus geronnenen Tränen hatte er ihr über die Jahre das Herz eingeschnürt. Isa hatte Mützchen für das Kind gestrickt, immer wenn der Schmerz sie zu sehr drückte, und jedes Jahr, an Aimées Geburtstag, hatten Luise und sie Streit bekommen. Streit, ob es nicht endlich an der Zeit wäre, über das Kind zu sprechen.

Und jetzt hatte Gott, hatte Siebeling ihnen die Kleine ins Haus gebracht. Einfach so, als ob das alles nie gewesen wäre.

Wusste der Pastor etwa von der alten Geschichte?

Isa ruckelte an Luises Ring. Der gehörte nun Aimée, das war klar, aber wie weiter?

Wieder zog sie den Weinbrand zu sich. Sie trank nun wie ihr Vater, direkt aus der Flasche, und als das nicht half, griff sie sich den Kater, weil ihre Hände etwas Warmes, Weiches, Lebendiges berühren mussten. Weil sie beschäftigt sein wollten, denn sonst wäre sie hinaufgestürmt, um Aimée in die Arme zu schließen. Ihr süßes Mädchen.

Aber nein, das ging ja nicht, das war ja noch zu früh. Viel zu früh! Isa hatte überhaupt noch keinen Plan, keine Idee, wie sie sich verhalten sollte. Sie hatte Luise doch vor ewigen Zeiten versprochen, ihr Geheimnis zu bewahren. Und dann lagen ihr ja auch noch Johann und Caro am Herzen. Wie sollte das gut gehen?

Ach Gott, ach Gott.

Wenn sie doch nur wüsste, ob Luise dahintersteckte. Ob Luise sich endlich entschlossen hatte, reinen Tisch zu machen. Und ob sie nun endlich sprechen durfte.

Ratlos blickte Isa zum Telefon. Sie konnte ja noch nicht einmal bei Siebeling anrufen und ihn um Beistand fragen.

Was tun? Was sollte sie nur tun?

Rastlos bearbeitete Isa den Grauen, und je länger ihre Hände durch das Fell des Katers strichen, desto ruhiger wurde sie innerlich. Bis sie sich entschieden hatte.

Nein, sie würde sich nichts anmerken lassen. Noch nicht.

Ruhig bleiben, weitermachen, das Schiff auf Kurs halten, das war ihre Devise. Kam ja keiner weg bei dem Sturm. Und außerdem stand es ihr nicht zu, in die Geschicke der Familie von Schwan einzugreifen. Sie hatte sich nie eingemischt, in all den Jahren nicht. Nur einmal hatte Isa einen Brief nach Frankreich schicken wollen, als man ihr wegen der Dritten alle Zähne gezogen hatte und sie zum ersten Mal dachte, dass sie vielleicht sterben würde, ohne Aimée noch einmal wiederzusehen. Als Luise dahintergekommen war, hätte sie ihr fast die Freundschaft aufgekündigt. Und die Anstellung dazu.

»Bleib du bei deinen Pötten«, hatte Luise ihr an den Kopf geworfen. Und natürlich hatte sie recht gehabt. Hier, in ihrer Küche, da kannte Isa sich aus, doch alles, was oben geschah, war entweder Chaos oder kalte Berechnung, jedenfalls nichts, wovon sie etwas verstand. Da konnte sie doch nichts ausrichten. Nur manchmal, da gelang es ihr, mit einer heißen Suppe, einem fein gewürzten Braten oder einer süßen Speise gegenzusteuern. Aber für heute war sie am Ende mit ihrem Latein. Und auch mit ihren Kräften.

Mit zittriger Hand schrieb Isa ein paar Anweisungen für die Mädchen auf einen Zettel (*Abwaschen! Tiefkühltruhe ausräumen! Frühstückstisch eindecken!*), dann klemmte sie sich den Kater unter den Arm.

Nee, sie ging jetzt auch zu Bett, denn morgen würde man sie wieder brauchen.

Gute Nacht!

Freitag, 29. Dezember 1978

CARL

14

Nach Mitternacht. Und seine Mutter war endlich an Anettes Seite eingeschlafen, in Johanns Bett. Er hatte ihr noch eine Schlaftablette gegeben und ihr versichern müssen, die Französin nicht aus den Augen zu lassen. Na gut, was man so sagte, wenn man bereit war, für ein paar Stunden Schlaf alles zu versprechen. Müde fuhr Carl sich über das Gesicht. Keine Frage, wenn der Sturm sich gelegt hatte und alles überstanden war, würde er das seltsame Fräulein Caroux persönlich zur Bahn bringen. Einmal einfache Fahrt, bitte sehr! Für den Moment jedoch hatte sie sich nach der peinlichen Szene seiner Mutter auf ihr Zimmer zurückgezogen. Ein Blick am Rand der Tränen.

Mit dem blauen Kimono im Arm betrat Carl Luises Zimmer. Weg damit! Nach dem Aufwachen würde seine Mutter sich wohl nicht mehr an ihren Ausbruch erinnern, so wie sie sich an manches Missliebige nicht mehr erinnerte.

Missmutig betrachtete er das Trauerkostüm, das Klementine akkurat gefaltet über einen Stuhl gehängt hatte. So langsam machte sich das deprimierende Gefühl in ihm breit, dass es heute mit der Beerdigung wieder nichts werden würde. Das Schneemonster wälzte sich ohne Pause über das Land, und dass er dem Wetter so hilflos ausgeliefert war, bescherte ihm rasende Kopfschmerzen. Carl stöhnte auf. In einer seiner plötzlichen Gefühlsaufwallungen, die ihn bisweilen aus dem Nichts überfielen, trat er heftig nach dem Stuhl, der erst polternd zur Seite rutschte und dann umkippte.

So, das half. Der Druck war raus, nun war ihm etwas leichter. Seufzend stellte Carl den Stuhl wieder auf und legte das Kostüm in die Reisetasche seiner Mutter. Als er den Kimono in den Schrank zurückhängen wollte, stutzte er. Da war doch etwas Hartes, festes Papier, mit einer Stecknadel von innen an den Stoff geheftet.

Ein Umschlag, Carl zog ihn rasch hervor und fand, darin verborgen, die Fotografie einer Frau, deren Körper über und über mit Blumen bemalt war.

Donnerlüttchen!

War das Tante Luise?

Verdutzt betrachtete er die Schöne, deren Gesicht im Schatten lag. Ihr Lächeln und die weichen Wangen hatten nichts mit der ernst blickenden jungen Luise gemein, die er von dem Porträt im Treppenaufgang kannte.

Ja, ich habe geliebt, besagte dieses Lächeln.

Ja, ich war frei.

Staunend strich Carl mit den Fingerspitzen über den Körper, dann räusperte er sich. Ob jemand dieses Bild kannte?

Er betrachtete es noch einmal, dann steckte er es kopfschüttelnd ein und verließ den Raum. Sein Bruder hatte sich bereit erklärt, die Nacht in Luises Zimmer zu verbringen, aber Johann war noch unten und half beim Aufräumen.

Wo sollte er sein Lager aufschlagen?

Im Gartensaal, vor dem Kamin?

Oder im Kontor, wo seine Tante schon vor Jahren eine Chaiselongue für ihre Mittagsstunde hatte aufstellen lassen?

Auf der Treppe nach unten kam Carl ein Lichtstrahl entgegen, und augenblicklich ärgerte er sich, dass er sich hier mit einer dicken, tropfenden Weihnachtskerze herumplagte, während die rote Caro und ihr Troubadour ihm mit der Lampe frech ins Gesicht leuchteten. Warum gab es im ganzen Haus nur diese eine Taschenlampe?

»Nacht«, sagte Carolin, als sie an ihm vorbeischlüpfte. Ihr Ton war eher beiläufig als patzig, trotzdem ärgerte er sich über sie. Gereizt blickte er den beiden nach.

»Ihr werdet da oben erfrieren«, hörte Carl sich sagen, weil er sich vorstellen konnte, was die zwei gleich unterm Dach treiben würden. Und weil er sich insgeheim ausmalte, wie seine Nichte nackt aussah. Ihr verheißungsvoller junger Körper und das rote Haar, ausgebreitet auf einer großen Matratze. Offenbar regte die Fotografie, die er in der Brusttasche trug, seine Fantasie an.

»Das sagt Jo auch.« Carolin drehte sich noch einmal zu ihm um. »Wir holen uns nur ein paar Decken und legen uns unten auf den Teppich ins Gartenzimmer. Vor den Kamin.« Einen Augenblick sah sie schweigend auf ihn herab, ein maliziöses Lächeln auf den Lippen. »Wenn du nichts dagegen hast, Onkel Carl.« Dann drehte sie sich um und legte lässig einen Arm um ihren Freund.

Wumms, das saß!

Sprachlos blickte Carl ihnen nach, auf einmal fühlte er sich furchtbar alt. Im nächsten Moment fragte er sich, wann er zum letzten Mal mit seiner Frau geschlafen hatte. In den ersten Monaten der Schwangerschaft hatte Anette unter entsetzlicher Übelkeit gelitten, und er mochte sie nicht anrühren. Dann war der Bauch gewachsen und mit ihm seine Sorge, ob er dem Kind schaden könnte. Ob er seinem Sohn womöglich im Leib seiner Frau begegnen würde. Anette hatte ihn zwar ausgelacht, aber auch nicht zum Sex ermuntert. Seitdem sie schwanger war, schien sie sich selbst zu genügen, und bisweilen dachte er, dass sie den Pferden mehr Zuneigung entgegenbrachte als ihrem eigenen Mann.

Seufzend tastete Carl sich die Treppe hinab. In der kalten, düsteren Halle, wo ihm immer noch Schauer über den Rücken liefen, riss er seinen Mantel von der Garderobe, dann wandte er sich rasch nach rechts und öffnete die Tür zum Kontor.

Schon besser! Der Geruch nach staubigen Auftragsbüchern, alten Baumschulkatalogen und poliertem Holz, der ihm entgegenschlug, beruhigte ihn ein wenig. Die Geschäftsräume waren das Herz des Unternehmens, hier fühlte er sich sicher. Drei aufeinanderfolgende Zimmer, schmal und lang gestreckt und mit hohen Decken, deren Fenster auf die mächtige Hofkastanie blickten, die im Herbst so viel Laub produzierte. Tante Luise hatte die Räume mit großen Arbeitstischen ausstatten lassen, an denen sich planen ließ, und mit Regalwänden, in denen ihre Fachbücher und das Baumschularchiv schlummerten. Dunkle Ledersessel und ein Spieltisch, darauf ein Kästchen mit Rauchwaren und eine Karaffe mit schottischem Whisky, luden zum Verweilen und Überdenken der Bilanzen ein. Die Gewissheit der Zahlen, ihre verlässliche Schönheit, für die sein Bruder sich unbegreiflicherweise überhaupt nicht interessierte.

Dafür behauptete Johann, alles über Bäume zu wissen: Welche Art wuchs langsamer, welche schneller? Welche Pflanze brauchte viel Sonne, welche mehr Wasser? Und welche kam ohne viel Chemie aus? Carl verdrehte die Augen, und sein Blick fiel auf die alte Schrotflinte in der Ecke, mit der Luise bisweilen Kaninchen und Maulwürfe aus dem Park vertrieben hatte.

Auf seinem Schreibtisch leerte Carl ein Glas mit Bleistiften und Kugelschreibern und stellte seinen weißen Kerzenstumpen hinein, dann zog er den Mantel über, zündete sich eine Zigarette an und ließ sich in einen der Sessel fallen.

Nur rauchen, nicht denken.

Mit den Lippen formte er weiße Kringel aus Rauch, wie er es schon als Junge in Pommern gelernt hatte, und sein Urgroßvater, dessen Bild über dem Schreibtisch seiner Tante hing, nickte ihm wohlwollend zu. Der fixe Gustav, so hieß der Alte im Familienjargon, dabei fand Carl, dass der Beiname Gustavs legendärem Unternehmergeist überhaupt nicht gerecht wurde. Was hatte der Urahn nicht alles auf die Beine gestellt, um sich von den Fesseln des niederen Standes zu befreien!

Gustav Schwansen hatte als Waldarbeiter angefangen und sich schließlich durch Glück, Geschick und die Verehelichung mit der Tochter des königlichen Forstbaumschuldirektors selbst zum Direktor hochgedient. In der Forstbaumschule zu Kiel hatte er Soldaten zu Förstern ausgebildet; sie sollten den Waldbestand im Lande wieder vergrößern, der durch den Raubbau der vergangenen Jahrhunderte dramatisch zurückgegangen war. Schon in dieser Funktion war er dem König durch Ehrgeiz und Fleiß und seine periodischen Briefe aufgefallen, in denen er seine Erfolge selbstbewusst auflistete und »Ihro Majestät« huldigte. Später durfte der fixe Gustav auf dem Forstbaumschulgelände eine gewerbliche Baumschule betreiben und die Gärten der königlichen Paläste in Kopenhagen, Glücksburg, Helsingør und Kolding mit Bäumen beliefern. 1860 dann, noch vor dem Deutsch-Dänischen-Krieg, erfolgte der Ritterschlag, von dem die Familie bis heute zehrte: »Wir, König Friedrich VII. Karl Christian von Dänemark, Herzog von Schleswig und Holstein, tun hiermit allen kund und zu wissen ...« Die Urkunde der Nobilitierung mit dem prächtigen Siegel hing, gerahmt und hinter Glas, zwischen allerlei Medaillen, die man der Baumschule im Laufe der Jahre für ihre exquisiten Gehölze verliehen hatte. Nach dem Krieg, der die Herzogtümer von Dänemark schied und Schleswig-Holstein zunächst unter preußische

Verwaltung stellte, bis 1871 das Deutsche Kaiserreich ausgerufen wurde, begann Gustav noch einmal von vorn. Mit einundfünfzig Jahren wagte er den Sprung in die Selbstständigkeit und gründete auf seinem eigenen Land die Baumschule Gustav von Schwan. Die ältesten Buchen, Eichen, Kastanien und Platanen in den Quartieren erzählten noch von diesem großen Schritt.

Ja, das war der fixe Gustav gewesen.

Carl goss sich ein Glas Scotch ein und prostete ihm zu.

Dem Alten hatte er übrigens seine deutliche Nase zu verdanken, ein aristokratischer Zinken, der den späteren Titel quasi vorweggenommen hatte. Und nicht nur wegen dieser anatomischen Ähnlichkeit fühlte Carl sich ihm verbunden. Nein, er spürte förmlich, dass er ähnlich erfolgreich sein könnte, wenn man ihn nur machen ließe. Und wenn Johann ihm mit seiner versponnenen Weltsicht nicht in die Quere käme.

Na, er würde schon einen Weg finden, seinen Bruder zu überzeugen.

Wieder hob Carl das Glas, und der fixe Gustav nickte ihm zu.

Nur schade, dass der Vorfahr kein Erfinder gewesen war. Bosch, Daimler, Siemens – deutsche Ingenieurskunst statt Bäume umzutopfen, das hätte ihm gefallen, da wäre er gern dabei gewesen. Allerdings, so kam es Carl nun in den Sinn, wäre die Familie dann gewiss längst ins Fadenkreuz der RAF geraten. Der Herbst des Vorjahres mit seinen Toten und einer Republik am Rande des Wahnsinns steckte doch allen noch in den Knochen. Gut, dass Kanzler Schmidt die Nerven behalten hatte. Carl war ja kein Freund der Sozis, aber der Schmidt, der hatte Rückgrat, das konnte man nicht anders sagen. Hatte er ja auch schon während der Hamburger Flutkatastrophe bewiesen.

Ach, was kam da alles in ihm hoch …

Carl rauchte und trank und verlor sich in der Betrachtung

vergangener Zeiten, während der Sturm in immer neuen Volten um das Haus wirbelte. Nach einer Weile, die Carl in einem fast traumartigen Zustand verbracht hatte, holten ihn die Ereignisse rund um Luises Beerdigung wieder ein, und er zog die Fotografie seiner Tante hervor und legte sie vor sich auf die Knie.

Die junge Luise, 1901 geboren und fast so alt wie das zwanzigste Jahrhundert, auf dem Bild musste sie wohl Mitte zwanzig sein. Schön war sie gewesen, hübscher als die jüngere Schwester, seine Mutter, die immer ein wenig zu hager und zu kantig gewesen war, um sinnlich zu wirken. Merkwürdig eigentlich, überlegte Carl nun, dass sein Vater Klementine gewählt hatte. Da hatte es mal eine Sache gegeben, über die keine der beiden Frauen später mehr sprechen mochte. Einen Streit. Aber vielleicht war es dabei gar nicht so sehr um seinen Vater gegangen als vielmehr um das Los, das seine Mutter mit der Hochzeit gewählt hatte. Denn Klementine hatte eine Niete gezogen, jedenfalls geografisch gesehen, und hatte durch den Krieg alles verloren, während Luise nur ein paar Hektar Land bei Schwerin einbüßte, deren Verlust zwar wehgetan hatte, aber letztlich zu verschmerzen gewesen war. In der Nachkriegsordnung war das Gut Schwanenholz jedenfalls so etwas wie ein Hauptgewinn gewesen, während Klementine und ihre Kinder fortan als Vertriebene galten. Polacken, unerwünscht und lästig.

Klementine hatte nicht einmal ein Fotoalbum retten können, nicht ein einziges Bild, das sie an die glücklichen Jahre ihrer Ehe erinnerte, während das Herrenhaus wie durch ein Wunder völlig unbeschadet durch den Krieg gekommen war. Der einzige Treffer – Ballast, den eine Maschine der Royal Air Force auf dem Rückflug von einem Luftangriff auf Kiel über dem Gut abwarf – hatte den Hühnerstall hinten im Gemüsegarten getroffen, in dem die alte Köchin Schutz gesucht hatte. Berta Wollin war das einzige Opfer gewesen, das auf Schwanenholz zu beklagen war, während

Klementine nichts hatte retten können. Nichts, was ihn an sein geliebtes Zuhause in Köslin erinnerte.

Und trotz dieser widrigen Umstände war er nun …

Da war ein Geräusch. Carl horchte auf. Machte sich da jemand an der Tür zu schaffen? Schnell sprang er auf und griff nach der Flinte.

Im nächsten Moment erschien sein Bruder im Kontor. Johann hatte das Küchenradio dabei, und in der anderen Hand hielt er eine alte Petroleumlampe, die er sich irgendwo organisiert haben musste.

»Ich wollte nur mal nach dem Rechten schauen«, sagte Johann, als er Carl bemerkte. »Alle Kerzen löschen.« Die auf ihn gerichtete Waffe kommentierte er nicht.

Carl nickte und ließ das Gewehr sinken, dann setzte er sich wieder. Mit einer Geste, die ihm unerklärlich war, klopfte er auf den freien Sessel neben sich. »Gibt's was Neues?«, fragte er dann, auf das Radio deutend. Verdammt, er sehnte sich nach Gesellschaft. Wäre es nicht besser, wenn sie in dieser finsteren Nacht wie Brüder zusammenhielten?

Johann zögerte kurz, bevor er antwortete. »Da draußen herrscht das Chaos«, sagte er schließlich, und das klang selbst für seine Verhältnisse ungewöhnlich dramatisch. Er stellte das Radio auf dem Schreibtisch ab, dann setzte er sich. Offenbar schien auch Johann nicht besonders wild darauf zu sein, in Tante Luises Zimmer zu schlafen.

»Der Sturm hat alle auf dem falschen Fuß erwischt«, fuhr sein Bruder fort. »Die Behörden hatten sich auf Hochwasser eingestellt, aber das ist kein Land unter, das ist Schnee unter. Angeblich sind da draußen noch nicht einmal Räumfahrzeuge unterwegs, und auf der Autobahn müssen die Leute in ihren Autos ausharren.«

Carl wandte sich ihm zu. »Kommen wir klar?«

Er kannte zwar alle Betriebszahlen, aber ihm fehlte der Überblick über die Vorräte an Lebensmitteln, Brennholz oder anderem, was man in so einer Ausnahmesituation benötigte. Für das häusliche Klein-Klein war immer sein Bruder zuständig gewesen.

Johann hob die Schultern. »Kommt drauf an, wie lange der Schneesturm dauert. Ein oder zwei Tage können wir sicher überbrücken. Und verhungern werden wir auch nicht.«

Eine Weile saßen sie stumm nebeneinander, dann bemerkte Johann das Foto.

»Wer ist das?«

»Tante Luise.« Mit dem Stolz des Finders hielt Carl ihm das Bild vor die Nase.

»Erstaunlich«, murmelte Johann, doch seine Stimme klang so, als ob ihn nach diesem Tag und im Hinblick auf seine Tante nichts mehr erstaunte.

CAROLIN

15

Sie wachte auf. Da war ein merkwürdiges Geräusch, ein Scharren und Gleiten, als ob etwas durch den Schornstein in die Tiefe rutschte. Verschlafen richtete Carolin sich auf. Es musste früher Morgen sein, aber das milchig weiße Licht, das durch die überfrorenen Scheiben drang, irritierte sie. Im nächsten Moment landete eine gewaltige Ladung Schnee im Kamin. Patsch! Kalte Asche wirbelte auf, und sie musste erst niesen und dann husten.

Niki schien von alldem nichts mitzubekommen, er schlief tief und fest, und sie beugte sich über ihn und betrachtete ihn zärtlich. Zum Einschlafen hatte er sich die Kapuze des Parkas über den Kopf gezogen, lediglich Mund und Nase lugten hervor. Seine Lippen, die ein wenig aufgeworfen waren, bewegten sich ganz leicht im Schlaf, als lutschte er an etwas herum. Träumte er von Isas Rumkirschen, oder sehnte er sich nach ihr?

Behutsam beugte Carolin sich noch tiefer hinab, sodass sein Atem über ihr Gesicht strich, und küsste ihn ganz leicht auf die Lippen. Das Gefühl war wieder da: dieses bedingungslose Hingerissensein. Ein banges Ziehen unter dem Nabel, als säße sie mit geschlossenen Augen hinter ihm auf dem Mofa, ohne sich festzuhalten. Ein Seiltanz ohne Netz, wirbelnder Wind in den Haaren.

Nikis Küsse hatten sie in den Schlaf begleitet, ein Erforschen und Tasten, hitzig und intensiv. Mehr jedoch war nicht passiert, und das konnte sie nun wirklich keinem erzählen, wo doch alle Mädchen in ihrer Klasse längst weiter waren. Als hätte der mahnende Blick der Nymphen über ihren Köpfen sie beide eingeschüchtert. Mensch, wie viele Chancen auf das erste Mal wollte sie noch verstreichen lassen?

Gähnend reckte Carolin sich. Sie war ganz steif von der Nacht auf dem Teppich, auch wenn sie sich ein Sofapolster untergelegt hatten. Als sie aufstand, knackten die Knie wie trockene Zweige. Fröstelnd wickelte sie sich in ihre Jacke und humpelte zum Lichtschalter.

Nichts, der Strom war immer noch nicht zurück.

»Scheiße«, sagte Carolin leise und lauschte dem Wind, der sich nun anhörte wie die Brandung eines tobenden Meeres. Der Galopp weißer Pferde.

Himmel, sie war es gewohnt, dass alles auf Knopfdruck funktionierte, der Stromausfall war tatsächlich eine existenzielle Erfahrung. Hätte sie nicht gedacht. Schon jetzt fehlten ihr die Musik, ihre Platten und das Kratzen der Nadel auf dem Vinyl. Der eigene Raum, den die Musik schuf. Eine Kuppel wie aus Glas, die sie unempfindlich machte gegen die Behäbigkeit der anderen. Musik gab ihr Kraft. Manchmal dachte Carolin darüber nach, wie es wäre, ihre Lieblingsmusik an jeden möglichen Ort mitzunehmen. Dann könnte sie sich jederzeit in diesen gläsernen Raum zurückziehen und alles andere an sich abprallen lassen. Sie hatte von einem winzigen tragbaren Kassettenrekorder mit Kopfhörern gehört, den angeblich ein Tüftler entwickelt hatte. Das war stark! Mensch, sie wäre die Erste, die sich so etwas kaufen würde.

Am Fenster hauchte sie ein Guckloch in das dichte Geflecht der Eisblumen. Draußen schneite es, jedenfalls nahm sie das an, denn es war doch noch dunkel. Ein kompaktes, undurchdringliches Schwarz. Niki hatte sie gebeten, die langen Kerzen in den dreiarmigen Leuchtern brennen zu lassen, und das Licht, das sie wahrgenommen hatte, schien eine Reflexion des Kerzenlichts auf dem überfrorenen Fensterglas zu sein. Einen Moment lang stand Carolin ratlos vor dem Fenster, dann schob sie Anzündeholz in den Kamin und schichtete ein paar Holzscheite darüber, um das Feuer wieder in Gang zu setzen. Als die Flammen aufflackerten, seufzte sie erleichtert auf. Für den Moment würden sie wohl nicht erfrieren, aber der alte Kupferkessel mit Brennholz war beinahe leer.

Wer würde es auf sich nehmen, für Nachschub zu sorgen?

Wieder richtete Carolin den Blick in die kompakte Dunkelheit.

Das Holzlager befand sich im Geräteschuppen, und der Schnee lag wohl inzwischen so hoch, dass es ihr nahezu unmöglich erschien, die kurze Strecke quer über den Hof zu bewältigen.

Sie waren tatsächlich eingeschneit.

EINGESCHNEIT!

Ein Wahnsinn!

Hoffentlich würde ihre Familie nicht komplett durchdrehen. Unvermittelt dachte Carolin an den Abend zurück, an das Auftauchen der Französin, die absurden Vorwürfe ihrer Großmutter und Isas merkwürdige Reaktion darauf. Da war doch etwas faul im Staate Dänemark! Sie hatte immer geglaubt, dass die Frauen in diesem Haus den Durchblick hätten, aber das hatte sich seit gestern Abend gründlich geändert. Inzwischen schienen alle mehr oder weniger hysterisch zu sein. Der Schneesturm zerrte an den Nerven.

Kopfschüttelnd legte Carolin noch ein Stück Holz nach, bis die Reste des Schnees zischend verdampft waren und das Feuer hell brannte, dann beschloss sie, den Ofen in der Küche anzufeuern. Ihr Hals kratzte, als bekäme sie eine Erkältung, und sie sehnte sich nach einem Löffel Honig und einem heißen Getränk.

In der Halle leuchtete Carolin mit der Taschenlampe nach der Uhr. Kurz nach sechs, um halb sieben würde Isa aufstehen, und sie könnten gemeinsam eine Tasse Tee trinken. Sie wollte gerade die Treppe hinabsteigen, da fielen ihr plötzlich die Schwäne ein.

O nein.

Drei Schwanenpaare lebten auf Gut Schwanenholz, Nachkommen jener zahmen Höckerschwäne, die der dänische König einst ihrem Ururgroßvater Gustav von Schwan geschenkt hatte. Über die Jahre mussten sich jedoch auch ein paar wilde Schwäne daruntergemischt haben, denn die Tiere waren scheu und blieben am liebsten im Schlossgraben für sich. Nur in strengen Wintern nahmen die Vögel Futter an und zogen sich über Nacht in einen Verschlag zurück, der hinten in der Orangerie untergebracht war.

Hatte in dem ganzen Durcheinander gestern Abend jemand daran gedacht, die Schwanenklappe zu öffnen, oder waren die Tiere im Schnee erfroren?

Die Vorstellung ließ Carolin zusammenzucken, eine Axt durchfuhr ihr Herz. Sie stand einen Moment still, aber das schreckliche Gefühl verstärkte sich nur. Sie brauchte Hilfe! Rasch machte Carolin kehrt, um die Treppe hinaufzusteigen, aber dann folgte sie ihrem Gefühl, öffnete die Tür zum Kontor und leuchtete hinein.

Tatsächlich, da war ihr Vater, er schlief in einem der verkratzten Ledersessel, den Kopf nach hinten gelegt. Und neben ihm, als hätten die beiden in der Nacht noch einträchtig Bruderschaft miteinander getrunken, lehnte ihr Onkel mit offenem Mund und schnarchte leise. Whiskygeruch hing in der Luft, und zwischen Carls Beinen klemmte Luises Jagdgewehr.

Ungläubig schüttelte Carolin den Kopf.

Wie konnten die beiden noch so seelenruhig schlafen?

Fast empört ging sie zu ihrem Vater und rüttelte ihn.

»Jo!«

Ihr Vater stieß einen tiefen Seufzer aus, dann klappten seine Augen auf. Er war sofort hellwach.

»Ist was passiert?«

Sie schüttelte den Kopf.

»Alles ruhig. Aber ich mach mir Sorgen um die Schwäne.«

»Verdammt!« Ihr Vater begriff sofort, was sie meinte. Sorgenvoll fuhr er sich mit den Händen übers Gesicht. »Schneit es noch immer?«, fragte er dann.

Carolin nickte, sie hob ein Foto auf, das ihrem Vater heruntergefallen war. Schnell streckte er die Hand danach aus, als ob sie es nicht sehen sollte, und nur deshalb schaute sie es genauer an.

Eine Frau.

Und Blumen.

Eine Frau unter Blumen.

Ihr Körper wie ein atmendes Ornament.

Einen Moment lang fragte sie sich, ob das Bild ein altes Foto ihrer Mutter war.

»Das ist Luise«, sagte ihr Vater in die Stille, ihr Onkel zuckte zusammen und erwachte. Carl sah sie an wie eine Erscheinung, und Carolin dachte daran zurück, dass er bei ihrer Begegnung in der Nacht im Gesicht so grün wie ein Entenei gewesen war. Als er sich bewegte, rutschte die Flinte mit einem Knall zu Boden.

»Hast du gestern noch an die Schwäne gedacht?«, fragte Jo ihn ohne allzu große Hoffnung in der Stimme.

»Die Schwäne?«

Carl sah ihn an, ganz seltsam, er schien die Nacht zu rekapitulieren und schließlich zu dem Schluss zu kommen, dass die gemeinsam verbrachten Stunden nur ein Irrtum gewesen sein konnten.

Langsam schüttelte er den Kopf.

»Ist der Strom wieder da?«, fragte er stattdessen.

Carolin verneinte. »Wir müssen raus und die Schwäne suchen.«

»Wir müssen gar nichts.«

Carl erhob sich steif und sammelte das Gewehr auf. Einen Moment lang hielt er es unschlüssig in den Armen, dann stellte er es hinter den Sessel in die Ecke.

O Mann. Carolin hielt den Atem an. Auf einmal fühlte sie sich ganz wund, überall. Ihr Herz galoppierte.

Jo legte beruhigend eine Hand auf ihren Arm, weil er spürte, dass sie gleich die Beherrschung verlieren würde. »Ich komme mit.«

»Durch den Gartensaal?« Sie sah ihn fragend an, über die Terrasse war die Orangerie am schnellsten zu erreichen.

Jo nickte und schob sie ein Stück von ihrem Onkel weg.

»Ist Isa schon wach? Ich könnte einen Kaffee vertragen.«

Carl wieder. Carolin wirbelte herum und funkelte ihn an. So, nun war es so weit, jetzt verlor auch sie die Beherrschung.

»Koch dir doch selbst einen!«

»Moment mal, mein Fräulein.« Ihr Onkel trat drohend auf sie zu, es sah so aus, als wollte er ihr tatsächlich an die Gurgel gehen. Seine Augen waren ganz rot und schienen ihm fast aus dem Kopf zu springen. »So nicht!«

»Carl!«

Ihr Vater trat dazwischen, aber er packte sie am Ellbogen und zog sie wie einen unartigen Hund aus dem Kontor.

»Jo!«, protestierte sie vorwurfsvoll.

»Die Schwäne«, sagte er nur, und das reichte, um sie wieder zur Besinnung zu bringen. Mit einer heftigen Bewegung schüttelte sie seinen Arm ab.

Im Gartensaal schlief Niki immer noch.

»Isa hat ihn gestern ordentlich rangenommen, was?«, sagte ihr Vater, er zwinkerte ihr zu. Was sollte jetzt diese dumme Bemerkung?

Carolin warf ihm einen vorwurfsvollen Blick zu, hatte sie je ein Wort über seine Affären verloren?

»Der wird schon noch wach.«

Ungeduldig trat sie an die mittlere Flügeltür und schob den Riegel zurück, doch die Tür ließ sich nicht öffnen. Auch nicht, als sie gemeinsam und mit aller Kraft dagegendrückten.

»So wird das nichts.« Jo nahm ihr die Taschenlampe aus der Hand und leuchtete hinaus. »Da liegen wenigstens anderthalb Meter Schnee vor der Tür«, sagte er dann, als könnte er die Schneeverwehung auf den Zentimeter genau vermessen. Und auf einmal verstand sie, warum es noch so dunkel war.

»Aber die Schwäne …«

Ein Schluchzen stieg in ihr auf, echte Verzweiflung. Carolin hatte das Gefühl, dass es nun auf jede Minute ankam. Wenn die Tiere noch zu retten waren, dann mussten sie sofort da raus und nach ihnen suchen.

Jo atmete mit einem tiefen Seufzer aus, er dachte nach. »Vielleicht haben sie unter der Brücke Schutz gesucht«, sagte er dann, aber er klang wenig überzeugt, als wollte er sie nur beruhigen. »Sie halten sich gegenseitig warm.«

»Das glaubst du doch wohl selbst nicht.«

Verzweifelt und wütend zugleich stampfte Carolin mit dem Fuß auf.

»Was soll ich denn tun?« Jos Blick fiel auf den Rest Brennholz im Kessel, dann sah er sie mit einem Ausdruck echter Hilflosigkeit an. »Mir tun die Vögel doch auch leid, aber wir müssen warten, bis es draußen hell wird. Gegen den Schnee kommen wir beide nicht an.«

»Ich will aber nicht warten!«, sagte sie laut. »Und was ist überhaupt mit der Orangerie? Hast du schon mal an die Sammlung gedacht?«

Im Hintergrund wurde Niki endlich wach.

»Was'n los?«, murmelte er verschlafen, doch da hatte Carolin sich schon ein Stück Holz gegriffen und ein Loch in die Scheibe geschlagen.

AIMÉE

16

Da saß ein Schwan vor ihrem Fenster. Für einen Moment meinte Aimée zu träumen. Aber nein, sie war wieder wach, nach einer Nacht, die wenig erholsam gewesen war, und als sie mit der Kerze an das Fenster trat, saß da der Schwan auf dem Sims, wie eine Skulptur aus Eis. Den Kopf hatte er unter den Flügeln verborgen, im Kerzenlicht schimmerte sein Federkleid eher silbern als weiß. Sie wollte ihre Kamera holen, aber dann war es einfach nur schön, ihn anzuschauen. Ein Bild wie ein Traum.

Wie war er da hinaufgekommen?

Sachte klopfte Aimée gegen das Fensterglas, und der Schwan schien zu erwachen. Ein Zittern durchfuhr seinen Körper, dann hob er den Kopf, ohne den Hals zurückzubiegen. Mit seinen schwarzen Augen sah er sie undurchdringlich an. Ein rückwärtiger Blick. Sie konnte den schwarzen Höcker über dem orangenfarbenen Schnabel erkennen, die fein gezeichneten Atemlöcher. Der Wind wirbelte durch sein Gefieder, und sie dachte, dass er frieren musste, und öffnete das Fenster.

Ein Schwall eisiger Luft traf sie, Schneeflocken stoben herein, und erschrocken trat Aimée ein paar Schritte zurück, die Arme um den Körper geschlungen, um sich zu schützen.

Der Schwan rührte sich nicht.

»*Viens, mon beau!*«, sagte sie leise und schnalzte lockend mit der Zunge.

Keine Reaktion, als ob er sie nicht verstehe.

»Komm doch, Schöner!«

Wieder ein Zucken.

Der Vogel seufzte dramatisch auf, dann bog er grazil den Hals zurück und ließ sich einfach kopfüber ins Zimmer fallen. Wie eine Katze landete er sicher auf seinen komischen blauschwarzen Plattfüßen.

»Hoppla«, sagte Aimée, und ein Glücksgefühl durchströmte sie. Ein Heben und Senken in ihrem Bauch wie von Flügeln, das die Nachwehen der unruhigen Nacht etwas milderte.

Der Schwan sah sie erwartungsvoll an. Er war riesig, fast so groß wie ein Truthahn. Hatte sie nicht einmal gehört, dass Schwäne beißen konnten?

»Ich will dir helfen, *d'accord*?«, sagte sie sanft, wie zu einem Kind, das sich verlaufen hatte. »Kann ich das Fenster schließen?«

Aimée wartete ab, aber der Vogel rührte sich nicht. Vorsichtig, mit kleinen, unaufgeregten Bewegungen, die ihn nicht erschrecken sollten, schloss sie das Fenster.

Geschafft!

»Hast du Durst?«

Sie ging ins Bad und kam mit einem Zahnputzbecher voll Wasser zurück. Dann zog sie sich erst einmal an. Der Schwan sah ihr zu, still und geduldig, als wäre er ein verzauberter Prinz, der auf Erlösung hoffte.

Unten waren die Ersten wach, jedenfalls hatte sie Türenschlagen gehört. Ein Rumpeln in den Eingeweiden des alten Hauses. Aimée überlegte, ob sie Mademoiselle Isa noch schnell begrüßen sollte, bevor man ihr ein Taxi rief. Aber dann dachte sie, dass sie der alten Dame diese Aufregung lieber ersparen sollte. Sie wollte doch nur weg, und das würde die Köchin nicht verstehen. Ihr Vater hatte ihr schließlich erzählt, wie sehr Isa sie damals geliebt hatte.

Schon beim Abendessen hatte Aimée beschlossen zurückzufahren. So schnell wie möglich. Sie passte einfach nicht hierher. Was hatte sie sich nur von der Reise versprochen? Klementines Geschrei hatte ihr endgültig gezeigt, dass man sie auf Schwanenholz nicht haben wollte. Was für eine furchtbare alte Dame!

Nein, sie würde sich die Erinnerung an ihren Vater und seine Liebe nicht von ihnen kaputt machen lassen.

»Ich habe es wirklich versucht«, sagte Aimée zu dem Schwan, der sie geduldig anblickte. »Aber was soll ich hier? Sie sind sich selbst genug.«

Eigentlich wollte sie den Schwan im Zimmer zurücklassen und unten Bescheid geben, doch als sie die Tür öffnete, erhob er sich und folgte ihr hinaus bis zur Treppe.

»Und nun?«

Aimée überlegte kurz, ob sie ihn auf den Arm nehmen könnte. Nein, das dann doch nicht.

Sie lockte ihn noch einmal, dann lief sie voran, und er hüpfte ihr nach, mit leichtem Flügelschlag. Stufe für Stufe, als hätte er das irgendwo schon einmal heimlich geübt.

Sein rührender Ernst zauberte ihr ein Lächeln ins Gesicht.

»Gut so«, lobte sie ihn. Wieder musste sie an ihren Vater denken. Daran, dass er damals auch bei den Schwänen geschlafen hatte.

In der Halle begegnete sie Carl, er sah noch ganz müde aus. Schwarze Flecken unter den Augen und ein dunkler Schatten auf den Wangen, was sein schmales Gesicht noch länger wirken ließ. Sein Anzug war verknittert, das Hemd aus der Hose gerutscht.

Carls abweisender Blick wanderte von ihr zum Schwan und wieder zurück, dann sagte er etwas, das so klang wie ein heiseres »Ha!«. Ein Wort wie ein Schuss.

»Er saß vor meinem Fenster«, erklärte sie. »Ich dachte, er erfriert vielleicht.«

Carl erwiderte nichts, aber seine Hände zuckten nervös, bis er sie in die Hosentaschen steckte. Mit dem Mantel über den Schultern sah er aus wie ein übernächtigter Clochard. Die Welt hatte sich gegen ihn gestellt, alles war verdreht.

»Er scheint recht zahm zu sein.«

»Dann gehört er nicht zu uns.«

»Was soll ich mit ihm machen?«

Carl zuckte die Achseln, dann kehrte er ihr den Rücken zu und ließ sie stehen. Offenbar hatte er gerade andere Probleme zu lösen.

»Aber …«

Aimée sah ihm nach, wie er sich die Treppe hinaufschleppte. Auf einmal tat er ihr leid. Sie erinnerte sich daran, was Johann über seinen Bruder gesagt hatte. War er wirklich so allein?

»Komm!«, sagte sie zu dem Schwan und durchquerte die Halle, denn aus dem Gartensaal hörte sie Stimmen.

Als sie die Tür öffnen wollte, kam Johann ihr entgegen. Er schaffte es gerade noch, ihr auszuweichen, aber dann stolperte er über den Schwan. Fauchend schlug der Vogel mit den Flügeln.

»Was zum Teufel?«

Johann taumelte zurück, und sie fing ihn auf, damit er nicht fiel. Der Schwan beruhigte sich wieder und faltete seine Flügel zusammen.

»Er saß vor meinem Fenster«, sagte sie noch einmal.

»Na, so was.«

Johann schüttelte den Kopf, und ein Lächeln zuckte über sein Gesicht. »Dann haben wir ja den ersten gefunden. Carolin macht sich nämlich Sorgen um die Schwäne. Aber …« Er wies in den Saal, als seien ihm die Details dieser Geschichte zu kompliziert, und sie verstand, dass sie einfach selber nachsehen sollte. »Ich muss den Verbandskasten holen.«

Also trat sie in den Saal.

Die jungen Leute standen eng umschlungen am Feuer. Carolin blutete, eine Wunde quer über das Handgelenk. Glasscherben lagen zu ihren Füßen, durch eine kaputte Scheibe wehten Schneeflocken herein.

»Was ist passiert?«

»Sie wollte zu den Schwänen.«

Carolin zitterte, sie war ganz blass, gleich würde sie ohnmächtig werden. Ein Schock, Aimée erkannte die Symptome.

»Wir müssen sie hinlegen«, sagte sie zu Niki. »Schnell, auf den Teppich und die Beine auf den Sessel da!«

Niki starrte sie an, als hätte er sie nicht verstanden. Hatte der Schwan ihn hypnotisiert?

»Leg sie hin!«, sagte Aimée in jenem deutschen Generalston, den ihr Vater so treffend hatte nachahmen können, und da gehorchte Niki. Wie eine leblose Puppe ließ er Carolin auf den Teppich gleiten, und sie konnte die Beine des Mädchens hochlegen. Dann kümmerte sie sich um die Wunde.

Ein oberflächlicher Schnitt, die Arterie war nicht verletzt, aber er reichte vom Handteller bis hinauf zum Unterarm. Aus der Hosentasche zog Aimée das Taschentuch des Pfarrers hervor, aber da war Johann schon mit dem Verbandskasten zurück. Als sie sah, wie schwer er sich tat, nahm sie ihm die Rollen aus der Hand.

»Mein Vater war Arzt«, sagte sie, während sie Carolins Hand bandagierte. »Kinderarzt. Ich habe mir eine Menge bei ihm abgeschaut.«

»Was für ein Glück!« Johann sah sie dankbar an.

Carolin stöhnte auf, aber ihr Blick war wieder klarer.

»Sie braucht ein Schmerzmittel, das tut weh. Aber kein Aspirin.«

Johann nickte. »Ich mach mich auf die Suche.«

Aimée blickte zu Niki. »Und du holst ihr etwas zu trinken. Wasser oder Tee.« Mit einer Handbewegung scheuchte sie ihn davon. Dann setzte sie sich neben Carolin auf den Teppich und hielt ihre unverletzte Hand. Carolins rotes Haar schien zu knistern, da war ein Funke, der übersprang. Ein starkes Gefühl der Verbundenheit durchströmte Aimée, eine wärmende Glut, die ihr Herz erfasste. Noch nie war sie einem der Familienmitglieder so nah gewesen.

»Bleib noch einen Moment liegen, ja?«

Carolin nickte matt.

»Was wolltest du denn tun?«

Aimée dachte an die Verzweiflungstaten zurück, die sie schon in ihrem Leben unternommen hatte. Manchmal musste man sich einfach spüren, um nicht durchzudrehen.

»Die Schwäne. Sie erfrieren doch da draußen.« Carolin versuchte ein Lächeln, das auf halbem Wege verrutschte. Tränen stiegen ihr in die Augen.

»Na, einen habe ich dir doch schon gebracht.«

Aimée deutete mit dem Kinn über ihre Schulter.

Carolin schüttelte schwach den Kopf, sie schien nicht zu verstehen.

»Da ist er doch!«

Doch als Aimée sich umdrehte, war der Vogel tatsächlich verschwunden.

JOHANN

17

Die Nacht zwischen Dämmer und Traum zerrte an ihm. Hatte er überhaupt irgendwann geschlafen? Immer wieder waren ihm Aimée Caroux' Worte durch den Kopf gegangen.

Die Pelzmütze.

Der Zauberstab.

Etwas arbeitete in ihm. Etwas, das er nicht zu fassen bekam.

Mit der Lampe in der Hand hastete Johann die Treppe hinauf. Im Bad fiel sein Blick in den Spiegel: wirres Haar, zerzauster Bart, Furchen auf der Stirn. (Eine wohlmeinende Betrachterin hätte vielleicht eine entfernte Ähnlichkeit mit dem Seewolf Raimund Harmstorf konstatiert. Dolles Buch übrigens und ein doller Film!) Sein Kopf schien zu explodieren, so viele Gedanken. Lauter lose Enden, sie ließen ihm keine Ruhe.

Lass zu!, sagte der Teil von ihm, der sich einst auf den Weg zu sinnstiftender Erkenntnis gemacht hatte. Werte nicht! Aber schon damals war er gescheitert, und seine Tochter war wohl das beste Zeugnis dafür. Sie war ein Geschenk, das er nicht verdiente und deshalb wohl in seiner komplexen, überschäumenden Herrlichkeit nicht zu schätzen wusste.

Lass zu!

Werte nicht!

Na gut, vielleicht half es ihm, sich seine Fehler einzugestehen?

»Ich bin ein erbärmlicher Vater«, murmelte Johann seinem Spiegelbild zu. Er konnte Caro ja noch nicht einmal verarzten. Kein Wunder, dass sie gerade eine schwierige Phase durchmachte. Er bot ihr einfach keinen Halt.

Half ihm das?

Nein, das half überhaupt nicht.

Wie Pfeile richteten die Worte sich schmerzhaft gegen ihn, und erschrocken versuchte Johann, zu seinem Mantra zurückzufinden, das ihm einst auf dem Hippietrail wie ein reifer Apfel in den Schoß gefallen war.

Lass zu!

Lass los!

Lass es einfach sein!

Ja, das war besser, die Worte beruhigten ihn, überdeckten das Durcheinander in seinem Kopf, das Gefühl des Versagens.

Halbwegs besänftigt, spritzte Johann sich ein wenig kaltes Wasser ins Gesicht, er fuhr sich durchs Haar, glättete den Bart. Noch ein letzter Blick in den Spiegel, dann verschmolz er wieder mit der Person, die er seit vielen Jahren vorgab zu sein: Johann der Weltenretter.

Wie ein Mantel legte sich sein anderes Ich schützend um seine Schultern. Seine Stirn glättete sich, dafür schlich sich das vage angedeutete Lächeln in sein Gesicht, hinter dem er sich gern verschanzte. Gab es nicht größere Themen, als sich im Würgegriff der Selbstbespiegelung zu quälen? Caro würde das alles überleben, keine Frage, und die Scheibe ließ sich ersetzen. Erst einmal konnten sie Pappe davornageln. Es war nur schade um das alte Glas, das ein ganz besonders weiches Licht zauberte, gerade in den Abendstunden. Kein Vergleich zu den neuen Thermopenfenstern, die

Carl in seinem Bungalow verbaut hatte, um sich von der Welt abzuschirmen.

Johann wühlte in einer Schublade nach den Schmerztabletten, dann nickte er sich noch einmal aufmunternd zu.

(Lass zu! Lass los! Lass es einfach sein!)

Auf dem Weg nach unten galt seine Sorge der Orangerie. Der lang gestreckte Glasbau war dem Herrenhaus erst später zur Seite gestellt worden, unter der Ägide seines Großvaters. Friedrich Wilhelm von Schwan hatte auf Betreiben seiner Mutter ein solides Pensum humanistischer Bildung genossen, was seinen Sinn für Schönes geweckt hatte. Er war nicht nur ein Pflanzenkenner, sondern auch ein Sammler gewesen. Neben einer kleinen Bibliothek mit Werken der bedeutendsten Botaniker und Gartenplaner und einigen besonders schönen Pflanzenstichen, die die Flure in der oberen Etage schmückten, hatte er von seinen Reisen auch botanische Schätze mitgebracht. In der Orangerie gab es diverse Kübel mit jahrhundertealten Olivenbäumen und frostempfindlichen Granatapfel-, Feigen-, Lorbeer-, Orangen- und Zitronenbäumchen sowie Palmen. Dort standen auch ein sehr alter Kanarischer Drachenbaum und ein paar japanische Bonsaibäumchen, Raritäten, für deren Kultivierung der alte Friedrich Wilhelm eine besondere Vorliebe gehabt hatte. Tante Luise hatte die Bonsaikunst von ihm erlernt und hatte sie wiederum im Laufe der Jahre an Johann weitergegeben, weil Carl sich nie dafür interessiert hatte. (Und weil er die Geduld nicht aufbrachte.)

Alle diese Schätze vertrugen keinen Frost. Es gab einen kleinen Ofen in der Orangerie, und inzwischen war es höchste Zeit, ihn anzufeuern, aber Johanns größte Sorge war die Schneelast. Wie viel Gewicht konnte das alte Glasdach aushalten?

Es war inzwischen halb sieben, und in der Küche war Isa zugange, pünktlich wie immer. Sie machte sich am Herd zu schaffen, während Niki, der auf Tee wartete, auf dem Küchentisch saß, mit den Beinen baumelte und ihr seelenruhig dabei zusah.

»Was macht Caro?«, begrüßte Isa Johann atemlos, während sie ein brennendes Streichholz an den Stapel aus Zeitungspapier und Holz hielt, den sie aufgeschichtet hatte. »Geht's denn wieder?«

»Sie ist da oben in guten Händen«, erwiderte er, »unser französischer Gast versteht etwas von ordentlichen Verbänden.«

»Dann ist ja gut.«

Isa nickte, überraschend schnell beruhigt, und schloss die Herdklappe mit Schwung, dann setzte sie Wasser auf.

»Sie kennt übrigens deinen Namen«, fuhr Johann fort. »Sie weiß überhaupt eine Menge über die Familie. Geschichten aus dem Krieg. Erinnerst du dich denn an einen Antoine Caroux, der hier einmal zu Gast war?«

»Pffft«, machte Isa – oder war das der Wasserkessel? Sie trug schon wieder das schwarze Kleid und die Perlen, darüber eine Strickjacke und eine ihrer blütenweißen Schürzen. »Was haltet ihr von Eiern mit Speck zum Frühstück?«, fragte sie, ohne seine Worte weiter zu beachten.

»Super!«

Niki applaudierte überschwänglich, und auf einmal fiel Johann ein, dass Nikis Eltern immer noch nicht wussten, wo ihr Sohn steckte. Hatten sie schon die Polizei informiert?

»Dann kannst du Eier aufschlagen.«

Isa scheuchte Niki vom Tisch, wies ihn ein und goss Tee auf, erst dann wandte sie sich wieder Johann zu. »Wir brauchen Holz«, sagte sie. »Das, was wir hier unten haben, langt vielleicht noch für einen halben Tag, dann macht die Heizung schlapp.«

»Ich weiß.« Johann stellte Tassen auf ein Tablett, um den Tee nach oben zu bringen. »Wir brauchen nicht nur Holz, wir brauchen auch einen Plan für die Orangerie. Wenn das so weiterschneit, kracht uns das Glasdach runter.«

»Wir könnten die Pflanzen ins Haus holen«, sagte Isa, als hätte sie sich darüber auch schon Gedanken gemacht. »Im Krieg hatten wir die Kübel im Gartensaal stehen, weil in der Orangerie die Flüchtlinge schliefen.«

»Gut, dass die Pflanzen nicht frieren mussten«, erwiderte Johann, und Isa warf ihm über ihr Doppelkinn hinweg einen ihrer strengen Blicke zu. »War halt so«, sagte sie nur.

»Ja.« Johann zuckte die Achseln. Kurz fragte er sich, wo er im Krieg gestanden hätte. Konnte er ganz sicher sein, dass er sich damals auf der richtigen Seite befunden hätte, aufrecht und unbeugsam? »Wie viele Schneeschippen haben wir eigentlich im Haus?«

»Eine. Fällt doch kein Schnee mehr.« Isa lachte, überhaupt machte sie heute einen viel besseren, fast gelösten Eindruck auf ihn. »Da steht noch eine Schaufel hinten beim Holz. Und ein paar alte Petroleumlampen müsste es da auch noch geben. Kannst du gerne mitbringen.«

»Ich schau mal, was sich machen lässt. Vielleicht wird inzwischen ja geräumt, und wir bekommen Unterstützung aus dem Dorf. Ich hör gleich mal Nachrichten.«

Als der Tee fertig war, nahm Johann das Tablett. Auf der Treppe formierte sich in seinem Kopf eine Liste mit den dringlichsten Problemen, für die eine Lösung gefunden werden musste: die Orangerie, das Feuerholz, Nikis Eltern und Tante Luise. Dass die Beerdigung seiner Tante wohl auch heute kaum möglich sein würde, hatte selbst Carl in der Nacht noch eingesehen. Konnte ihr Sarg einfach in der Kirche stehen bleiben? Für einen Augenblick stellte Johann sich vor, wie er mit dem Trecker zur Kirche fuhr, um Luise aufzuladen und sie wieder nach Hause zu holen.

Aber was weiter?

Da fiel ihm nichts ein.

Hoffentlich funktionierte das Telefon bald wieder, sie brauchten unbedingt Hilfe auf Schwanenholz. Und dann waren da ja auch noch die Parteikollegen, die auf seine Zusage warteten. Johann hatte ihnen versprochen, sich bis zum Jahreswechsel zu entscheiden.

Sollte er wirklich für die Grüne Liste kandidieren?

Das würde bedeuten, im nächsten Jahr in den Wahlkampf zu ziehen und über die Dörfer zu tingeln. Im Mittelpunkt zu stehen und doch auf verlorenem Posten, denn die Wähler in Schleswig-Holstein waren konservativ bis auf die Knochen. Seine Chance, in den Landtag einzuziehen, war gleich null, da machte Johann sich nichts vor. Es ging ihm lediglich darum, ein Zeichen zu setzen gegen den Raubbau an der Natur. Ein Protest gegen Kernkraft, Luft- und Wasserverschmutzung und die toten Bäume in den Wäldern, die ihm Sorge machten. Gerade in der DDR mit der Braunkohleverstromung und auch im restlichen Osteuropa sah es fatal aus, ganze Waldgebiete waren großflächig betroffen. In Expertenkreisen sprach man schon von einem Waldsterben, und allein das Wort raubte Johann den Atem.

Aber bliebe ihm dann noch genug Zeit für die Baumschule? Dafür, sich gegen die Pläne seines Bruders zur Wehr zu setzen, der das Land am liebsten in eine Weihnachtsbaumplantage umgewandelt hätte? Ein solides Geschäft mit kalkulierbarem Risiko, behauptete Carl. Dann wäre die Baumschule von Schwan unabhängig von sich wandelnden Geschmäckern und Moden. Weihnachtsbäume wollten die Leute immer. Mit Grausen dachte Johann an die monotonen Reihen Tausender Douglasien und Nordmanntannen, eng gepflanzt und schnell hochgepäppelt, um ein paar Tage im Jahr vergängliche Freude zu schenken, statt wie ein Solitär Generationen mit seinem Farbenspiel und Wuchs zu erfreuen.

In der Halle kam ihm Carl entgegen, er hatte sich rasiert und sah etwas frischer aus. Seine Augen waren klarer, das Haar war akkurat zurückgekämmt, die Krawatte ordentlich gebunden wie für einen Geschäftstermin. Unter dem Arm klemmte Isas Radio, das er sich aus dem Kontor geholt hatte. Offenbar wollte Carl die Hoheit über alle Informationen zurückgewinnen.

»Wo ist der Schwan geblieben?«, fragte er, als gäbe es gerade nichts Wichtigeres zu tun.

»Keine Ahnung, zuletzt war er im Gartensaal.«

Carl runzelte die Stirn. »Wir müssen die Französin im Auge behalten. Nach dem Frühstück ...«

»Hast du mal rausgeguckt? Uns geht das Brennholz aus.«

»Es kann ja wohl nicht so schwer sein, Holz ins Haus zu holen.« Carl schnaubte verächtlich auf. »Und außerdem rückt die Schleswag bald an. Die müssen den Schlamassel doch heute in den Griff bekommen.«

»Darauf würde ich mich nicht verlassen.« Johann nickte in Richtung Radio. »Hast du schon was gehört?«

»Um sieben.«

Carl folgte ihm in den Gartensaal. Als er das kaputte Fenster bemerkte, blieb er seltsam ungerührt. Er atmete nur einmal tief ein und aus und warf Carolin einen abfälligen Blick zu, dann nahm er eines der Sofakissen und stopfte es zwischen die Sprossen.

»So!«

Zufrieden mit sich, schob er einen Sessel ans Feuer und schaltete das Radio ein. Ein gewichtiges Handzeichen, wie ein Dirigent: Silentium! Es war fast auf die Sekunde genau sieben Uhr, das Senderzeichen des NDR ertönte, dann verlas der Sprecher die Nachrichten: »Das nördliche Europa kämpft gegen Schnee. Glatteis, meterhohe Schneeverwehungen und Hochwasser verursachten in der vergangenen Nacht in Schottland, im Norden der Bundesrepublik Deutschland und in der DDR sowie in Dänemark ein Verkehrschaos. Zerstörte Versorgungsleitungen führten zu Stromausfall und verschärften die Situation.«

Nichts Neues. Das war im Prinzip auch das, was schon gestern Abend und in der Nacht zu hören gewesen war. Hatte man denn noch immer nichts unternehmen können? Johann schüttelte den Kopf, sprachlos. Was war mit den Bauern im Dorf, die zum Melken dringend Strom benötigten? Und mit den großen klimatisierten Mastbetrieben im Land, wo Abertausende Hühner und Schweine erfrieren würden? Augenblicklich sah er den alten Bauer Priem vor sich – konnte auf seinem Hof noch jemand von Hand melken?

»Die Autobahn A7 nördlich der Anschlussstelle Schuby ist für den Verkehr gesperrt«, fuhr der Sprecher ungerührt fort, als kämen die Nachrichten aus einer anderen Welt. »Silvesterurlauber werden dringend gewarnt, an die Küsten oder nach Dänemark zu fahren. Nördlich des Nordostseekanals sind mehrere Ortschaften von der Außenwelt abgeschnitten, Montagetrupps kommen nicht durch.«

»Das kann doch nicht sein!« Carl war aufgesprungen, es sah so aus, als wollte er am liebsten jemanden im Landeshaus in Kiel anrufen und durch den Hörer ziehen. »Da muss doch die Bundeswehr ran.«

»Geht halt auf Silvester zu. Das lange Wochenende.«

Johann bemühte sich, ruhig zu bleiben, obwohl es in ihm ebenfalls brodelte. Der Ministerpräsident war wohl im Weihnachtsurlaub, und in den Katastrophenstäben der Kreise rieb man sich womöglich gerade erst verwundert die Augen. Das Unwetter, so viel war klar, schien alle Verantwortlichen überrumpelt zu haben. Von der Sturmflut bis zu einem Angriff des Warschauer Paktes und dem damit einhergehenden ABC-Fall waren alle Kalamitäten im Katastrophenschutzgesetz des Landes geregelt, aber dass das Land im Schnee versinken könnte, war offenbar nicht vorgesehen. Den Katastrophenfall, der den Einsatz der Bundeswehr möglich machte, hatten die Behörden jedenfalls noch nicht ausgerufen. Es würde also noch Stunden dauern, bis die ersten Soldaten in die Kasernen zurückbeordert wären und die Bergungspanzer rollten, um die Straßen zu räumen.

Alle schwiegen und versuchten, das soeben Gehörte zu begreifen. Caro hatte sich inzwischen im Schneidersitz auf dem Sofa niedergelassen, sie war noch ein wenig blass, hatte aber eine Schmerztablette genommen und trank ihren Tee. Ab und zu hustete sie trocken. Die Französin, schmal und rätselhaft, saß im zweiten Sessel, sie hielt ihre Tasse ganz vorsichtig, nur mit Daumen, Zeige- und Mittelfinger, so wie er es auch von seiner Tante kannte, und pustete leise und beständig in den Tee. Carl suchte nach seinen Zigaretten.

Dann ging die Tür auf, und Sybille Meister betrat den Raum. Sie sah sehr wach aus, als hätte sie zwischen seinen Apfelresten und Bücherwänden außerordentlich gut geschlafen. Ihr Haar war locker zurückgesteckt und offenbarte ihre ganz wunderbar geformten, geradezu klassisch schönen Ohren, über dem Trauerkostüm trug sie ihren weit schwingenden Mantel. Sie schaute in die Runde, schenkte jedem für ein paar Sekunden ihre Aufmerksamkeit, dann ließ sie sich schnell über die Lage informieren.

»Wie kann ich helfen?«, fragte sie, als Carl geendet hatte. Ihre pragmatische Haltung schien alle aus ihrer Erstarrung zu reißen.

Johann sah sie an, Bewunderung überwältigte ihn. Ein starkes glühendes Gefühl, das seine Wirbelsäule hinabströmte und sich im ganzen Körper verteilte. Diese hinreißende Entschlossenheit! Plötzlich erschien sie ihm wie die Antwort auf alle seine Fragen. Wie elektrisiert richtete er sich auf.

Carl zündete sich eine Zigarette an, dann suchte er den Blick seines Bruders. Es schien fast so, als wollte er sich mit ihm abstimmen, und Johann nickte ihm zu. Einer musste jetzt das Kommando übernehmen, das war klar.

»Wir frühstücken jetzt erst einmal«, sagte Carl fest, Johanns Einverständnis schien ihm Selbstvertrauen zu geben. »Und dann teilen wir uns auf. Die einen holen Brennholz, und die anderen kümmern sich um die Orangerie. Die Pflanzen müssen ins Haus.« Ja, das war vernünftig.

Versonnen blickte Johann Sybille Meister an, und sie lächelte ihm aufmunternd zu. O Mann, was könnte er mit einer Frau wie ihr an seiner Seite alles erreichen!

CARL

18

Um 11.28 Uhr rief der Landrat den Katastrophenfall für den Kreis Schleswig-Flensburg aus. Das Verteidigungskommando 111 der Bundeswehr, zuständig für den Landesteil Schleswig, beorderte die Hälfte der Soldaten aus dem Weihnachtsurlaub in die Kasernen zurück. Alarmstufe Sturmvogel II. Mit Hubschraubern versuchte man, erste Reparaturteams zu den vom Schneesturm zerstörten Stromleitungen zu fliegen. Doch von alldem erfuhr Carl erst später, denn um halb zwölf steckte er buchstäblich bis zum Hals im Schnee.

Was für eine Scheiße!

Ja, das konnte man so sagen.

Carl hasste Schnee, selbst als stimmungsvolle Kulisse zu Weihnachten mochte er ihn nur bedingt, und auch als Kind hatte er nichts damit zu tun haben wollen. Jede Schneeballschlacht war ihm ein Gräuel gewesen, den Schulhofkämpfen war er stets aus dem Weg gegangen. Das Dorf gegen *die Polacken*. Einmal hatte er versucht, Johann unter einem Pulk grölender Jungen hervorzuziehen, war aber zur Strafe von Kopf bis Fuß mit Schnee eingeseift worden. Ein Gefühl höchster Demütigung.

Als Carl jetzt vor der Haustür im Schnee versank, spürte er

den Schmerz von damals wieder, die Kälte im Nacken und die im Schnee versteckten Steinchen, die über die Haut kratzten und ihm wütende Tränen in die Augen trieben. Nein, was Schnee betraf, hatte er immer den Kürzeren gezogen. Und nun musste er sich ausgerechnet mit Caros Troubadour durch diese feindliche Masse kämpfen.

Carl stöhnte auf, durch diese weißen Haufen zu marschieren war unmöglich, denn bei jedem Schritt versank er bis zu den Oberschenkeln. Da blieb nur Schaufeln, ein quälendes mühsames Umschichten des Schnees, um sich quer über den Hof bis zur Gerätescheune vorzuarbeiten.

Das war der Plan. Die Umsetzung erwies sich jedoch als Ding der Unmöglichkeit, denn Niki und er verfügten lediglich über eine Schneeschippe, einen Eimer, eine Kehrschaufel und mäßige Kondition, und über das Vorgehen herrschte keine Einigkeit. Ja, Niki schien noch nicht einmal die Notwendigkeit des ganzen Manövers einzusehen. Immer wieder ließ er sich rücklings in den Schnee fallen und ruderte mit den Armen, als wäre das alles ein großer Spaß.

Gereizt biss Carl die Zähne zusammen. Es stürmte und schneite noch immer, die Schneeflocken schossen ihm schmerzhaft ins Gesicht, und die Luft war schneidend kalt. Bald hatte er kein Gefühl mehr in den Händen. Hinter ihm fluchte der Troubadour, das sei ja wie in Sibirien. Nach einigem Hin und Her hatte der Bengel Eimer und Kehrschaufel übernommen, womit er den von Carl gelockerten Schnee halbherzig auf die Seite kippte. Immer wieder hörte Carl, wie er sich über das lächerliche Instrumentarium echauffierte, das ihnen zur Verfügung stand. Unternehmen Barbarossa! Stattdessen plädierte Niki dafür, im Haus Türen aus den Angeln zu heben und auf den Türblättern über den Schnee zu rutschen.

Zum Donnerwetter, es war zum Aus-der-Haut-Fahren! Um nicht ausfällig zu werden, hieb Carl verbissen auf den Schnee ein. Nur gut, dass er die wichtigen Kunden, die gestern zu Luises Beerdigung angereist waren, im Hotel in Kappeln sicher untergebracht wusste. Hoffentlich nahmen sie ihm den unfreiwilligen Aufenthalt dort nicht übel. Nicht, dass sich der Schneesturm noch auf die Geschäftsbeziehungen auswirkte, wo die Herren doch die teuersten Bäume für ihre Gartenbauprojekte in der Baumschule von Schwan kauften: kanadische Eiche, japanische Säulenkirsche, Magnolie und Schlitzahorn zum Beispiel, und auch Solitäre wie vierzigjährige Rotbuchen, Himalajazedern und Zimtahorne sowie Rhododendren, Heckenelemente und Formgehölze.

Aber was sollte er tun? Das war doch höhere Gewalt.

Und wo steckten überhaupt seine Arbeiter? War doch erst Freitag, überlegte Carl gallig, warum kam ihnen niemand zu Hilfe? Die konnten doch nicht *alle* in ihren Häusern festsitzen?

Nach einer Stunde jaulte Niki, er spüre seine Füße nicht mehr, dabei hatten sie es gerade mal die Treppe hinuntergeschafft. Verdammt noch mal, so wurde das nichts! Zähneklappernd kehrten sie auf eine Zigarette und für eine Strategiebesprechung ins Haus zurück.

Auf der anderen Seite sah es nicht besser aus. Johann hatte Frau Meister und die Französin bei sich, dazu eine Schaufel, zwei Eimer und einen Wäschekorb. Die rote Caro fiel verletzt aus, während Anette Isa in der Küche half und die beiden Mädchen oben Betten machten, im Gartensaal Platz für die Pflanzen schufen, die Heizung in Gang hielten und den vermaledeiten Schwan suchten, der sich in Luft aufgelöst zu haben schien. Als Carl nach der Truppe seines Bruders sah, registrierte er erleichtert, dass die drei auch erst ein paar Meter geschafft hatten, weil Carolin ihnen immer wieder im Weg stand und wegen der Schwäne jammerte, die sie immer noch suchte.

Na, wenigstens blamierte er sich nicht.

Beruhigt kehrte er zu Niki zurück. Vielleicht war das mit den Türen doch gar keine so schlechte Idee? Wenn sie es erst einmal über den Hof geschafft hätten, könnten sie in der Scheune den Frontlader mit der Schaufel vor den Trecker spannen und eine Schneise freischieben. Dann wäre alles Weitere ein Kinderspiel.

Als Carl in die Halle zurückkam, stieg Isa schnaufend mit heißem Grog in Thermoskannen nach oben.

»Stärkung«, flötete sie fröhlich und servierte.

Na, die hatte gut reden. In ihrer Küche war es warm und trocken.

»Deine Frau macht sich Sorgen«, sagte Isa, als sie ihm ein zweites Mal einschenkte. »Um die Pferde.«

Anette?

Im Ernst?

Carl verbrannte sich die Zunge an dem heißen Gesöff. Anettes Pferde standen auf dem Hof von Bauer Habeck, Luxusboxen, hundertfuffzig Mark pro Pferdenase, Futter extra. Machte tausend Mark im Monat für ihre Herde, die er bezahlte. Habeck hatte Kraftfutter und Heu bis unters Dach gebunkert, den Viechern konnte gar nichts passieren.

»Ich kümmere mich nachher darum«, knurrte er.

»Wie denn?«

Isa genehmigte sich auch einen Grog und sah ihn von unten herauf an. Was nahm die sich denn wieder heraus?

»Wir müssen nur an den Trecker kommen«, stieß er gepresst zwischen den Zähnen hervor. Seine Zunge fühlte sich pelzig an und brannte wie Feuer.

»In Russland sind sie damals auch gescheitert«, fuhr Isa unbarmherzig fort, offenbar wollte sie ihn quälen.

»Weiß ich doch, Isa.«

Sein Vater hatte das Scheitern schon vorhergesagt, da war die Wehrmacht noch berauscht von ihren Anfangserfolgen in Richtung Moskau gezogen. »Die werden untergehen wie einst Napoleons große Armee«, hatte Felix von Rüstow hinter vorgehaltener Hand prophezeit. Überhaupt war sein Vater kein Freund Hitlers gewesen, den er flüsternd »den Gammler aus Wien« genannt hatte. Aber wie große Teile des Militärs war er der Meinung gewesen, dass man die Schmach von Versailles rächen müsse. Dieses demütigende Diktat der Siegermächte. In die Partei war Felix von Rüstow erst 1938 eingetreten, als man ihm in Köslin unverhohlen mit Konsequenzen drohte, während Luises Mann Wolfgang von Anfang an begeistert dabei gewesen war. Schon vor 1933, als die NSDAP in Schleswig-Holstein bereits ordentlich Zuspruch erfuhr. Wolf habe sich stets einer vierstelligen Parteimitgliedsnummer gerühmt, so hatte es jedenfalls seine Mutter erzählt.

»Luises Mann sind in der Gefangenschaft die Zehen abgefroren«, fuhr Isa ungerührt fort, sie hörte sich selbst gerne reden. »Da ist der Wolf nie drüber weggekommen.«

»Ist mir bekannt.« Carl funkelte sie an, damit sie vor dem Troubadour nicht noch mehr unappetitliche Geschichten ausplauderte. Aber Niki schien gar nicht richtig hinzuhören, er war mit seinem Grog beschäftigt.

»Lass uns mal weitermachen!«, drängte Carl ihn zurück an die Arbeit. Er wollte es mit den Türblättern versuchen.

Die Idee war nicht schlecht, das zeigte sich schnell. Vor allem als Carl einfiel, dass sein Bruder noch ein Brett zum Stehsegeln im Keller hatte. Türblatt und Segelbrett abwechselnd vorwärtsschiebend, bewegten sie sich bäuchlings liegend über den Schnee. Ein Arbeiten mit den Armen, fast wie Kraulen. Das war zwar anstrengend, aber viel effektiver als das Schaufeln. Isa, die zurückblieb, trank Grog und rief ihnen von der Treppe immer wieder aufmunternd Durchhalteparolen zu.

Nach etwa einer Dreiviertelstunde waren sie mit der Schneeschippe an der Scheune angekommen. Eine weitere halbe Stunde später hatten sie das Scheunentor freigeschaufelt, der Trecker lief und verbreitete seinen zuversichtlichen Geruch nach Schmieröl und Diesel. Der Frontlader war sogar schon montiert, sodass sie nur noch die große Schaufel einhängen mussten. Dann begann Carl, eine Schneise freizuschieben. Vor und zurück, vor und zurück, die parkenden Autos und besonders seinen Mercedes umfahrend, während Niki Schubkarren mit Brennholz befüllte. Carl kam sich vor wie ein Held.

»Wir brauchen dich hinten!«, rief Johann ihm von der Treppe aus zu, als es fast geschafft war. Die Kunde von seinem Triumph war offenbar auch zu seinem Bruder vorgedrungen.

Ja, das hatte Carl sich schon gedacht. Mit dem Trecker kam er zwar nicht über die schmale Brücke des Wassergrabens, aber wenn er das Wasser umfuhr, konnte er zwischen Brücke und Orangerie freiräumen. Außerdem ließen sich die schweren Kübel mit dem Frontlader gut bis zur Brücke transportieren, wo man sie dann auf die Schubkarren umladen konnte, um sie in den Gartensaal zu bringen.

Entschlossen fuhren sie fort, sich gegen den Schnee zur Wehr zu setzen. Die Evakuierungsmaßnahmen zogen sich bis in den späten Nachmittag hinein, nur unterbrochen von einer weiteren Pause mit dicker Erbsensuppe, die Isa für den Fall der Fälle literweise in Weckgläsern vorrätig hatte, und Carolins Gejaule, weil Johann vor der Schwanenklappe vier Schwäne erfroren im Schnee entdeckt hatte. Es dämmerte bereits, als die letzten Pflanzen in den Gartensaal umgezogen waren.

Mann, was waren sie stolz.

Und erledigt.

Carolins Troubadour verkrümelte sich gleich, er war stehend k. o. Zur Belohnung schickte Isa ihnen Kaffee und Kuchen nach oben, die Mädchen servierten im Speisezimmer, weil der Gartensaal nun einem Gewächshaus glich. Die Teppiche waren zurückgeschlagen, und die Kübel mit den Bäumchen drängten sich vor den Fenstern und zwischen den Sesseln und Sofas. Palmen streckten ihre Wedel bis unter die Saaldecke und kitzelten den Nymphen die Füße. Die Schalen mit Friedrich Wilhelms alten Bonsais waren ins Speisezimmer auf das Büfett gezogen, ein Miniaturwäldchen, das Luises Bild umrahmte. Die winzigen Bäumchen waren empfindlicher als Mimosen, sie vertrugen keine Zugluft.

Beim Kaffeetrinken bemerkte Carl, wie die Französin, die den ganzen Tag über sehr still gewesen war, aber tatkräftig mit angepackt hatte, mit den Tränen kämpfte.

War ja auch nicht einfach für sie, so weit weg von zu Hause. Womöglich kannte sie gar keinen Schnee?

Eigentlich hätte Carl erwartet, dass sein Bruder sich um sie kümmerte, aber der war mit Sybille Meister beschäftigt, er plauderte und schäkerte. Und Anette hatte sich wieder hingelegt.

»Ich muss mich noch mal für meine Mutter entschuldigen«, sagte er quer über den Tisch. Das war seine Art, sich für ihren Einsatz zu bedanken. »So sind wir eigentlich nicht.«

Aimée Caroux sah ihn dankbar an, offenbar begriff sie seine Worte als eine Art Brückenschlag. Und dann brach es aus ihr heraus, ein Strom von Worten. Als wäre der Damm, den sie um ihr Innerstes errichtet hatte, ganz plötzlich gebrochen. Als könnte sie nun nicht mehr länger schweigen.

Verdammt! Warum nur hatte er nicht den Mund gehalten?

Carl verstand nicht alles, was sie sagte, aber er verstand genug, um zu begreifen, dass man ihn zum zweiten Mal in seinem Leben von seinem Land vertreiben könnte. Denn Aimée Caroux behauptete, dass ihr Vater auf dem Gutshof gearbeitet habe. Als Zwangsarbeiter im Krieg. Und dass sie Luises Tochter sei.

AIMÉE

19

So, nun war es heraus, Aimée hatte einfach nicht länger schweigen können. Die Schalen mit den Bonsaibäumchen, die um Luises Bild standen, riefen starke Empfindungen hervor. Sie hatten alles hervorbrechen lassen. Denn genauso war sie aufgewachsen: die Fotografie der Mutter auf dem Schreibtisch ihres Vaters und daneben, wie ein Wächter, jene mehr als hundert Jahre alte, zu einer Skulptur umgeformte Mädchenkiefer in einer flachen eckigen Schale. Luise hatte ihrem Vater das kostbare Bäumchen zum Abschied geschenkt.

»Ich bin die Tochter von Antoine Caroux und Luise von Schwan.« Wie eine zerstörerische Flutwelle waren ihre Worte über die Familie gekommen.

Und dann – Stille.

Jene Stille, die einen alles versengenden Glutkern in sich trug.

Aimée wischte sich über die tränennassen Augen, sie fühlte die Blicke der anderen auf der Haut. Blicke, die sie durchbohrten, verletzten. Was redete diese Frau denn da?

»Es gab zwei Mädchenkiefern«, fuhr sie nach einer Weile fort und deutete auf den uralten Bonsai, der rechts neben Luises Bild stand. »Friedrich Wilhelm von Schwan hatte sie in Japan geschenkt bekommen, nach einer Lieferung an den Kaiserhof, die er persönlich begleitet hatte. Luise hat diese Bäumchen sehr geliebt. Bei seiner Rückkehr nach Frankreich hat mein Vater eines mitgenommen, als eine Erinnerung an meine Mutter. Eine Erinnerung für mich.«

»Da könnte ja jeder kommen.«

Carl fand als Erster die Sprache wieder, er stützte die Hände auf den Tisch, als wäre er im Begriff aufzuspringen, um sie am Schlafittchen zu packen und vor die Tür zu setzen.

»Bestimmt gibt es einen Beweis, den Sie vorlegen können. Eine Geburtsurkunde vielleicht?«

Das war Johann, nicht weniger durcheinander, aber beherrschter, um Haltung bemüht. Seltsamerweise blickte er zu der Frau mit dem Löwenhaar, von der Aimée inzwischen wusste, dass sie Journalistin war.

»Ich habe die Einladung zur Trauerfeier bekommen«, sagte sie leise, denn ein offizielles Dokument hatte sie tatsächlich nicht vorzuweisen, und die alte Köchin als einzige Zeugin würden die Brüder gewiss nicht akzeptieren. Nachdem ihr Vater mit ihr nach Frankreich zurückgekehrt war, hatte er den Namen ihrer Mutter beim Standesamt nicht angegeben. Er hatte so getan, als wäre sie ein Findelkind, dessen er sich unterwegs angenommen hatte. Eine Kriegswaise. Ja, er hatte sie in Frankreich sogar noch einmal adoptiert. Damals hatte er sie vor dem Hass der Nachbarn schützen wollen, sie sollte nicht als Kind der Schande aufwachsen, so wie die von Wehrmachtssoldaten im Land gezeugten Kinder. *Les enfants maudits* – die verfluchten Kinder, so wurden sie ganz unverhohlen genannt. Ihnen und ihren Müttern, die sich während der Besatzungszeit auf eine Liebesbeziehung mit einem Deutschen eingelassen hatten, war nach dem Krieg Schreckliches angetan worden, und noch heute sprach man nicht über ihr Schicksal.

»Damit werden Sie nicht weit kommen.«

Carls Augenbrauen zogen sich zusammen, seine Hände spielten mit dem schweren silbernen Kuchenmesser, das vor ihm lag. Aimée bemerkte das auf dem Schaft eingeprägte Familienwappen, den stolzen Schwan mit den ausgebreiteten Flügeln.

»Das ist mir bewusst«, erwiderte sie fest, denn seltsamerweise verlieh ihr seine bedrohliche Geste Kraft. Jene Kraft, die auch ihren Vater in den Widerstand getrieben hatte. »Ich hatte gehofft, auf dem Gut Antworten zu finden. Mein Vater sagte, dass ich hier getauft worden bin.«

»Dann gäbe es …« Johann setzte zu einer Antwort an, doch sein Bruder unterbrach ihn mit einer unwirschen Geste.

»Papperlapapp.«

»Ich weiß von den Zwangsarbeitern, die auf dem Hof und in der Baumschule gearbeitet haben«, fiel die Löwenfrau ein. Sie sprach sehr deutlich, ohne jede Emotion, fast wie eine Chronistin. »Acht Franzosen, drei Polen und ein Russe. Ihre Tante hat mir bei unseren Gesprächen einige Aufzeichnungen dazu gezeigt.«

»Na, herzlichen Dank auch.«

Carl warf ihr einen vernichtenden Blick zu, doch Sybille Meister ließ sich nicht von ihm einschüchtern. »Ihre Tante verwahrt die Arbeitskarten dieser Männer noch in ihrem Archiv, das ließe sich also leicht nachprüfen«, fuhr sie ungerührt fort.

»Und warum hat sie nicht mit uns darüber gesprochen?« Damit wandte sich Johann wieder an die Löwin, er sah sie an, fast ein wenig vorwurfsvoll, als hätte sie ihm etwas verschwiegen.

Sybille Meister erwiderte seinen Blick, sie hielt ihm stand. »Ich kann nicht für Ihre Tante sprechen«, sagte sie schließlich, »aber ich denke, sie ist wohl zu dem Schluss gekommen, dass die Zeit dafür noch nicht reif ist. Bis heute hat sich kein Unternehmen im Land zur Zwangsarbeit bekannt, obwohl wir doch alle wissen, dass es sie gab.«

»Dann hat sie sich also damit beschäftigt?« Aimée spürte wieder ein Schluchzen in sich aufsteigen, es schnürte ihr die Kehle zu.

»Ich glaube, sie war sich bewusst, dass da noch eine alte Schuld zu begleichen ist.« Sybille Meister sah ihr unverwandt in die Augen. »Aber sie wusste nicht, wie sie sich zu dieser Verantwortung bekennen sollte. Ich glaube, sie hat in den letzten Monaten schwer mit sich gerungen.«

»Moment mal«, fiel Carl wieder ein. Er hatte sich inzwischen eine Zigarette angezündet und zog heftig am Filter. Seine Stimme klang so, als könnte er sich kaum noch beherrschen. »Wir schaffen hier jetzt keine Fakten. Wer sagt uns denn, dass diese Person da keine Hochstaplerin ist?« Er zeigte mit dem Finger auf Aimée, als wäre sie tatsächlich irgendeine dahergelaufene Spinnerin. Als wollte sie ihm etwas wegnehmen.

Nein, das war jetzt wirklich zu viel. Empört sprang Aimée auf, dann begann sie zu singen, laut und gegen den Lärm des Sturms:

»Ami, entends-tu le vol noir des corbeaux
sur nos plaines?
Ami, entends-tu les cris sourds du pays
qu'on enchaîne?«

Wieder Stille. Verblüffte Gesichter, Carolin, die rechts neben ihrem Vater saß und dem Spektakel bislang schweigend gefolgt war, wischte sich über die Augen, dann versteckte sie ihr Gesicht hinter den langen Haaren.

Schließlich begann Carl, höhnisch in die Hände zu klatschen. Er hörte gar nicht mehr auf damit.

Quel crétin.

Seine Verachtung raubte ihr für einen Moment den Atem, und ihr Herz stolperte. Entschlossen trat Aimée vor ihn hin. »Mein Vater«, sagte sie, und ihre Stimme bebte vor Wut, »hat versucht, Leben zu retten. Jüdisches Leben. Nach den Razzien in Marseille hat er eine Familie aufgenommen und in seinem Haus vor der Deportation versteckt. Er wurde am 15. September 1943 festgenommen, als er mit einigen anderen Mitgliedern der Résistance die Gleise auf der Bahnstrecke zwischen Arles und Nîmes sprengen wollte. Er war kein Terrorist, wie die Deutschen behaupteten, er war ein guter Mensch. Ein Arzt, der geschworen hatte, Leben zu retten.«

»Das werden wir prüfen.«

Carl drückte seine Zigarette auf dem Kuchenteller aus, dann stand er auf. Ohne ein weiteres Wort verließ er den Raum und knallte die Tür hinter sich zu.

Johann zuckte zusammen, seine Hände strichen über das weiße Tischtuch, als wäre dort eine Botschaft für ihn in den Stoff eingewebt.

Erschöpft setzte Aimée sich wieder auf ihren Platz, all ihre Energie war verbraucht. Es kam ihr so vor, als hätte sie gerade schwere Pfeiler in die Erde gerammt, ein Fundament gelegt.

»Es tut mir leid, dass ich gerade jetzt für so viel Unruhe sorge«, sagte sie unvermittelt. Die Worte rutschten einfach so aus ihr heraus. Sie wollte kein Geld. Sie wollte auch nicht die Mutter ihrer frühen Kindheitsträume finden. Sie sehnte sich einfach nur nach Antworten – und nach einer Familie. Konnten die Brüder das nicht verstehen?

Johann nickte, dann stützte er den Kopf in die Hände, alles an ihm schien erschlafft. Er sah müde aus, erschöpft – genau so, wie Aimée sich fühlte. Fast hätte sie ihm über den Tisch hinweg die Hände gereicht.

»Wie ist Ihr Vater nach Deutschland gekommen?«, hörte sie ihn leise fragen.

Aimée atmete tief durch, bevor sie antworten konnte. »Nach der Festnahme und den Verhören in Arles und Marseille ist er nach Deutschland deportiert worden. Mit vielen anderen Gefangenen, zusammengepfercht in einem Güterwaggon. Die Fahrt dauerte drei Tage und wurde häufig unterbrochen. Es gab nichts zu essen und kaum etwas zu trinken, und es war so eng, dass man sich nicht einmal setzen konnte. Nach dem Transport kam er in ein Arbeitslager bei Kiel und von dort auf den Gutshof, wo schon einige Franzosen arbeiteten.« Sie zögerte kurz, bevor sie fortfuhr: »Er war erleichtert, dass er auf dem Land arbeiten konnte. Er hat mir immer gesagt, die Bäume hätten ihm das Leben gerettet. Das Wahre, Gute, Schöne ...« Ihre Stimme bebte, und sie schwieg.

»Hat man ihn anständig behandelt?«

»Auf Schwanenholz?«

Johann antwortete nicht, er nickte nur. Kleine, kaum wahrnehmbare Bewegungen, die seine Anspannung verrieten.

»Ja«, antwortete sie, denn ihr Vater hatte nie etwas anderes behauptet. Die Verpflegung sei ausreichend gewesen, ebenso die Unterkünfte in den Scheunen. »Am Sonntagnachmittag hatten die Arbeiter frei«, fügte sie hinzu, weil sie absurderweise das Gefühl hatte, Johann trösten zu müssen. »Sie haben im Park oder in der Scheune Theater gespielt.«

»Welche Arbeiten mussten die Männer verrichten?«

Aimée hob die Hände, was sollte sie Johann über die Arbeit auf dem Hof und in den Quartieren erzählen? Wusste er das nicht viel besser als sie? »Landwirtschaftliche Arbeit. Baumschularbeit. Das Verschulen, Beschneiden, Transportieren der Bäume. Soviel ich weiß, hat Luise Wert darauf gelegt, dass die Aufzucht möglichst vieler unterschiedlicher Sorten weiterbetrieben wurde, auch wenn während des Krieges nur militärisch wichtige Gehölze angebaut werden durften. Luise hatte immer die Zeit nach dem Krieg vor Augen, den Wiederaufbau. Sie hoffte auf den Frieden, aber sie war sich bewusst, dass Deutschland den Krieg nicht gewinnen würde.«

»Mein Onkel war an der Front«, sagte Johann, »die meisten Gärtner und Gehilfen waren im Krieg. Wer hat die Arbeiter …« Er verstummte beklommen.

»Bewacht?«, führte Aimée seinen Satz zu Ende. Dachte er etwa, dass ihr Vater Luise überwältigt hatte?

»Es gab einen Gärtnermeister, er war im Ersten Weltkrieg verwundet worden. Irgendetwas war mit seinem Arm. Ich erinnere mich nicht mehr an seinen Namen.«

»Max Rentzel?«

»Ja, das könnte sein.«

Aimée nickte, ihr Vater hatte ihn als einen harten Mann beschrieben, der mit zwei Schäferhunden bewaffnet über »seine« Gefangenen wachte. Immer wieder war er mit Luise wegen nächtlicher Zählappelle und anderer Schikanen aneinandergeraten. »Er war ein großer Hundefreund.«

»Max Rentzel ist vor etwa zehn Jahren verstorben.«

Johann nickte, offenbar deckte ihre Schilderung sich mit dem Bild, das er noch vom alten Rentzel hatte. Er suchte ihren Blick, rang um Worte.

»Wenn das so war, dann tut es mir sehr leid.«

Seufzend nahm Johann seine neben ihm sitzende Tochter in die Arme und drückte sie an sich.

Im nächsten Moment platzte Carl wieder in den Raum. Er warf

Aimée einen vernichtenden Blick zu, dann zog er seinen Bruder ohne ein weiteres Wort mit sich aus dem Speisezimmer.

Wieder knallte die Tür. Wie oft würde man sie ihr in diesem Haus noch vor der Nase zuschlagen?

KLEMENTINE

20

Und Klementine?
Schlief.
Den ganzen Tag.

Als sie aufwachte, saß Luise an ihrem Bett, ein rotes Tuch über den Locken. Sie streckte die Hand nach ihr aus, streichelte ihr spielerisch über die Wange.

Klementine, Apfelsine.

Ach, Luise.

Gerührt schluchzte sie auf.

»Oma! Was ist denn?«

War das nicht Carolins kieksende Stimme?

Klementine blinzelte, o Gott, jetzt wurde sie auch noch tüdelig. »Wie spät ist es?«, fragte sie benommen, denn es war noch dunkel, und sie hatte das Gefühl, aus einer anderen Welt zurückzukommen. Eine Hälfte von ihr schien irgendwo im Nebel festzustecken. Verwirrt befühlte sie Carolins Haar. Das schöne Haar, nein, das einst so schöne Haar. Jetzt half wohl nur noch ein radikaler Schnitt.

»Bald sieben Uhr abends. Du bist einfach nicht aufgewacht. Wir haben immer wieder nach dir geschaut.«

»Bald sieben? Sieben Uhr abends?«

Das hieße ja …

Wie ein Schachtelteufel sprang Klementine die Erinnerung an den gestrigen Abend an.

»Was ist mit der Französin?«, stieß sie hervor, während sie versuchte, sich aufzusetzen. »Ist sie noch da?«

»Du hattest recht, Oma.«

Carolin half Klementine auf und stopfte ihr ein Kissen in den Rücken, damit sie nicht wieder zusammensank. Dann zündete sie noch mehr Kerzen an.

»Womit?«

»Dass sie uns ans Erbe will. Sie behauptet, Luises Tochter zu sein.«

O Gott, nun war es heraus. Und sie hatte nichts dagegen tun können. Klementine zog ihre Enkelin an sich, ganz nahe, damit sie wirklich sicher sein konnte, dass Carolin sie verstand. »Ihr dürft ihr nicht glauben. Kein Wort.«

»Carl tobt.« Carolin lächelte und zuckte gleichzeitig die Achseln. Sie wirkte seltsam ungerührt, als berühre sie das alles nicht. Als gehe es nicht auch um ihre Zukunft. »Und Jo versucht, ihn zu beruhigen.«

»Was hat sie euch erzählt?«

Klementine mühte sich, die Beine aus dem Bett zu schwingen. Sie musste da hinunter, aber ihr Körper schien ihr nicht zu gehorchen. Da war kein Gefühl in den Beinen, wie in Treibsand. Erschöpft sackte sie ins Kissen zurück.

»Sie sagt, dass sie auf Schwanenholz geboren wurde. Im Januar 1945. Ihr Vater war ein Zwangsarbeiter. Tante Luise hatte sich mit ihm eingelassen.«

Guter Gott, ein Kriegsgefangener.

Das war ja Rassenschande!

Klementine schlug die Hände vors Gesicht, während gleichzeitig eine blecherne Stimme in ihrem Kopf wie aus einem Volksempfänger tönte: »Deutsche, wahrt inneren und äußeren Abstand zu den Fremdvölkischen!«

Malwine kam ihr in den Sinn, Malwine aus Groß Möllen. Ihr Bügelmädchen hatte sich mit einem Ukrainer eingelassen. Nicht zu glauben! Dieses Mädchen, das die großen Tischtücher so wunderbar auf Kante bügeln konnte. Und das Ende vom Lied? Der Ukrainer war zum Tode verurteilt worden, und die heulende Malwine trieb man mit geschorenem Kopf durch den Ort. Bilder, wie man sie nach dem Krieg auch aus Frankreich kannte. Dann war Malwine ins Zuchthaus gekommen, man hatte nie wieder von ihr gehört. Die Urteilsbegründung? *Weil sie mit dem Kriegsgefangenen in einer Weise Umgang pflegte, die das gesunde Volksempfinden gröblich verletzte. (Geschlechtsverkehr.)* Ihr Mann hatte sich nicht für sie einsetzen können, weil man Felix da schon auf dem Kieker hatte. Sein »Heil Hitler« klang nämlich mehr wie »Heil Fittler«, wozu man wissen musste, dass Wulle Fittler die Dunggrube auf dem Gutshof in Köslin zu leeren pflegte.

Solche Dinge spukten Klementine im Kopf herum, während Carolin versuchte, ihr ein wenig heiße Milch und einen darin aufgeweichten Spekulatius einzuflößen.

»Du musst etwas essen, Oma. Dein Kreislauf!«

»Ich muss meinen Söhnen zur Seite stehen.«

»Ich hätte dir doch gar nichts davon erzählen dürfen, Omilein. Die wollen dich doch schonen.«

Schonen? Ach Gott, dann stand sie also auch schon mit einem Fuß im Grab?

»Isa kommt gleich, um nach dir zu sehen«, fuhr Carolin fort, »aber sie ist noch mit dem Abendessen beschäftigt.«

Die tüchtige Isa.

Auf einmal schälte sich eine Erinnerung aus den Nebeln der

Vergangenheit: Isa, wie sie einem Säugling die Flasche gab. Unten, in ihrer Küche. Das Kind war dann verschwunden, irgendwann zwischen Zusammenbruch und Neubeginn, als so vieles und so viele plötzlich verschwanden. Als ganze Lebenswege umgedeutet und zurechtgebogen wurden und man über das, was gewesen war, nicht mehr reden mochte. Als die Scham über die Nazizeit alles überdeckte und man nur noch vergessen wollte. Und sich das Schweigen wie Schnee über alles senkte.

»Das ist Isas Tochter«, brach es aus Klementine hervor. »Das muss Isas Tochter sein. Sie hatte ein Verhältnis …«

Klementine wischte die Tasse mit der Milch zur Seite. Nein, sie wollte jetzt nichts essen. Sie wollte zu ihren Söhnen. Noch einmal versuchte sie, die Beine zu bewegen, und endlich gelang es. Keine Toilette. Carolin fand ihre Reisetasche und half ihr beim Anziehen. Den Rücken gerade, das Kinn voraus, so ging es die Treppen hinab, das Trauerkostüm schien sie wie ein Korsett zu stützen.

Isa war in der Küche und schnitt im Licht einer Petroleumlampe den Braten vom Vortag auf. Als Klementine hereinkam, hielt sie inne und wandte sich um.

»Lass uns allein!«, sagte Klementine zu ihrer Enkelin.

»Aber Oma …«

»Nach oben mit dir!«, fiel Isa ein, und da gehorchte Carolin. Wortlos drehte sie sich um.

»Was soll das alles bedeuten?«, fragte Klementine, nachdem Carolin verschwunden war. »Wer ist diese Frau?«

»Du meinst die Französin?« Isa schien keine Miene zu verziehen, sie trocknete lediglich ihre eckigen roten Hände an einem Geschirrhandtuch ab. »Ich habe sie noch nicht zu Gesicht bekommen.«

»Du hast sie noch nicht gesehen?«

Klementine sackte in sich zusammen, ihre Verteidigungslinie fiel auseinander. Hätte Isa ihre Tochter nicht längst in die Arme geschlossen? Schweiß brach ihr aus, so heftig, wie sie es seit den Wechseljahren nicht mehr erlebt hatte. Er rann ihr den Rücken hinab und perlte ihr von der Stirn in die Augen. Sie hatte das Gefühl zu zerschmelzen. Hilflos lehnte sie sich gegen den Küchentisch.

»Sie ist noch nicht zu mir in die Küche gekommen.«

Isa stand aufrecht da, sie verschränkte lediglich die Arme. Ihr Gesicht blieb verschwommen, unklar, ausdruckslos.

»Die Französin behauptet, sie sei Luises Tochter«, stieß Klementine hervor. Sie dachte an ihre Söhne, an das Erbe, das sie beschützen musste. Sie hatten schon einmal alles verloren. Ein ganzes Leben. Mühsam stieß sie sich vom Tisch ab und ging auf Isa zu, um ihr in die Augen schauen zu können.

»So, tut sie das?«

Isa blinzelte schnell, verzog aber keine Miene. Sie pokerte. Ganz kurz dachte Klementine, dass sie ihrer Mutter wie aus dem Gesicht geschnitten war. Berta Wollin hatte ebenfalls diese unerbittliche Haltung einnehmen können, dazu das zur Schnecke gedrehte Haar, der selbstgefällige Blick, das auf die Brust gedrückte Truthahnkinn. Wenn Berta Wollin sich im Recht fühlte, hatte sie keine Gnade gekannt.

»Ich erinnere mich an ein Kind. Als wir auf Schwanenholz ankamen, gab es hier ein Kind. Ein kleines Mädchen, hier in deiner Küche.«

»Ja, das kann wohl sein.« Isas Nasenflügel zitterten ganz leicht. »Wir hatten viele Kinder im Haus. Ausgebombte. Flüchtlinge. Ihr wart ja nicht die Einzigen.«

Noch mehr Schweiß, Klementine schwankte. Nein, sie waren nicht die Einzigen gewesen, weiß Gott nicht. Hunderttausende hatten sich auf den Weg gemacht. Aber sie waren durchgekommen. Und sie waren die Einzigen gewesen, die einen Anspruch darauf gehabt hatten, hier unterzukommen. Sie war doch eine von Schwan, immer noch!

»Du hattest auch ein Kind bei dir«, hörte sie Isa da sagen. »Ein winziges Mädchen. Erinnerst du dich denn nicht?«

Sie? Ein kleines Mädchen?

Was redete Isa denn da?

Nein, daran erinnerte sie sich nicht.

Vergeblich versuchte Klementine, Isas gnadenlosem Blick auszuweichen.

»Wir haben es im Park begraben«, fuhr Isa ohne Mitleid fort. »Unter der Winterlinde, du mochtest ihre herzförmigen Blätter doch immer so gern. Hast als Kind Kränze daraus geflochten. Da hängt noch immer das silberne Kreuz von deiner Konfirmation am Baum. Aber du hast nie wieder nach deiner Tochter gesehen. Dabei wolltest du sie erst gar nicht hergeben, Luise musste dich regelrecht zwingen.«

»Ich bin mit meinen beiden Jungen gekommen.« Klementine trat ein paar Schritte zurück, sie versuchte, Isas Brausen zu entkommen. Ihre Stirn glühte, ein brennender Schmerz, als prägte sich das Gehörte wie ein Brandmal in die Haut ein.

»Du bist mit einem Bettnässer gekommen und mit einem süßen Blondschopf, der kein Wort mehr sprach. Ich habe dir die Jungen abgenommen, weil du so sehr um deine Tochter getrauert hast. Du hast deine Jungen doch gar nicht mehr gesehen.«

»Ich will das nicht hören.«

Noch ein paar Schritte zurück, bis sie die Kante des Küchentischs hart in ihrem Rücken spürte. Klementine keuchte, sie hatte das Gefühl, keine Luft mehr zu bekommen. Sie musste hier raus!

Ihr panischer Blick fiel auf den Kater, der auf der Küchenbank gelegen hatte und sich nun aufsetzte. Die aufgestellten Ohren, der starre, wissende Blick aus glänzenden Augen, sein getigertes Fell – so weich, so weich.

Irgendetwas in ihrem Inneren setzte sich in Bewegung. Ein kleines Rädchen begann, sich zu drehen, trieb ein weiteres an und so fort. Ein Mechanismus ähnlich einem Uhrwerk. Die Zeit schien nun rückwärts zu laufen, wie ein Film, den man zurückspulte. So viele Erinnerungen, die sie sorgsam in der hintersten Kammer ihres Herzens verwahrt hatte. Es kam ihr so vor, als öffnete sich eine Tür, die ewig geklemmt hatte. Aber das, was dahinter war, wollte sie auf keinen Fall sehen.

Fort, nur fort!

Klementine fühlte etwas Nasses zwischen den Beinen. Sie schluchzte auf, dann sackte sie, von einer gnädigen Ohnmacht erlöst, endlich in sich zusammen.

ISA

21

Na, das war ja mal wieder typisch Klementine! Immer gleich auf die dramatische Tour. Und das, wo es doch gleich Abendessen geben sollte.

Isa schnaubte. Das sollte sie sich mal erlauben!

Zum Glück stand Caro gleich auf der Schwelle, sie hatte wohl gelauscht. Gemeinsam bugsierten sie Klementine auf die Küchenbank. Dann ein kalter Umschlag mit ein paar Spritzern Kölnisch Wasser in den Nacken, damit konnte man Tote wecken. Dass bloß Carl und Johann nichts davon mitbekamen, die verstanden nämlich keinen Spaß, wenn es um ihre Mutter ging.

Klementine seufzte tief, aber sie weigerte sich, die Augen zu öffnen.

Isa zögerte, dann gab sie ihr noch ein wenig 4711 auf den Puls. War sie zu hart mit ihr gewesen? Oder hatte Klementine die Herztabletten nicht vertragen?

»Sie hat sich nass gemacht«, flüsterte Caro bestürzt und zeigte auf den dunklen Fleck, der sich auf Klementines Rock abzeichnete.

Ihr armes Caro-Herz war ja ganz durcheinander. Vielleicht, weil sie heute auch schon was mitgemacht hatte? Erst die Angst um die Schwäne und schließlich der Anblick der toten Vögel. Und verletzt hatte sie sich ja auch noch. Isa konnte den Blick nicht von dem Verband lösen, der sich wie ein damenhafter Handschuh um Caros Handgelenk schmiegte, sie berührte ihn kurz mit den Fingerspitzen. Nun war es also heraus, Luises Geheimnis. Und trotzdem traute sie sich nicht, Aimée endlich in die Arme zu schließen. Wer weiß, was die junge Frau plante. Also war Isa ihr heute mal lieber aus dem Weg gegangen, den Grog hatte Heike nach hinten gebracht. Und dass Aimée nicht zu ihr kam, war ja nicht weiter verwunderlich. Die kannte sie ja nur vom Hörensagen, so lütt, wie sie gewesen war, als Antoine damals mit ihr fortging.

»Ich mach das schon«, antwortete Isa beschwichtigend. 'ne nasse Büx war ja nun kein Weltuntergang. »Wir müssen sie nur nach oben bekommen, ohne dass uns jemand sieht.«

»Was hat das denn alles zu bedeuten, Isa?«

Caro setzte sich neben ihre Oma und nahm sie so behutsam in den Arm, als könnte sie zerbrechen. »Ich habe noch nie etwas von einem kleinen Mädchen gehört«, sagte sie leise. Isa bemerkte, dass sie wieder ihre Sicherheitsnadel im Ohr trug. Dass Caro sich das Haar man bloß nicht zu so einem Hahnenkamm hochtrimmte, wie sie es bei den Halbstarken am Kieler Hauptbahnhof gesehen hatte. Die sahen ja schlimm aus, so als hätten sie immer ein aufgeklapptes Taschenmesser bei sich.

Ja, was hatte das alles zu bedeuten?

Isa sah seufzend zu ihrem Fleisch, das auf sie wartete. Vielleicht konnten die Mädchen, die oben den Tisch eindeckten, nachher weiter anrichten? Es half ja nichts, irgendwann musste sie die Karten aufdecken und mit der Wahrheit rausrücken. Wäre es nicht allemal besser, Caro alles zu beichten anstatt Carl und Johann? Die hatte wenigstens ein großes, watteweiches Herz, das verzeihen konnte.

Aber erst einmal war Klementine dran, da gab es schließlich auch was zu erzählen.

Nach einem schnellen Blick auf Klementine, die sich immer noch nicht rührte, gab sie Caro ein Zeichen, ihr vor die Tür zu folgen.

»Du weißt doch, dass deine Oma fliehen musste«, sagte Isa, als sie im Keller vor dem Regal mit dem Eingemachten standen, denn sie brauchte noch Bohnenwasser für ihren Salat. Mit Caros Taschenlampe leuchtete sie die Reihen der sorgfältig beschrifteten Gläser ab. Da gab es sogar noch Kompott aus dem Jahr 1962, Renekloden, unter Kanzler Ludwig Erhard eingekocht, den sie den Dicken genannt hatten. Musste sie mal aussortieren. »Was du nicht weißt, ist, dass sie kurz vor der Flucht noch ein Kind geboren hat. Ein kleines Mädchen. Es ist unterwegs gestorben, erfroren im Schnee.«

»Dann hatten Jo und Carl also noch eine Schwester?« Caros Stimme klang belegt, stumm nahm sie ein großes Glas Brechbohnen entgegen, das Isa ihr vorsichtig in die heile Hand drückte. Sie schien einen Moment nachzudenken, dann sprach sie es aus: »Da war der Opa doch schon tot.«

»Ja, sie hatten eine kleine Schwester. Und dein Opa Felix war im April 1944 noch mal auf Fronturlaub zu Hause, da muss das wohl passiert sein.«

Isa nickte bekräftigend, schnell überschlug sie, ob sie noch ein zweites Glas Bohnen benötigte. Die Salatsoße war ihr ein wenig zu pikant geraten, da musste sie noch mal ran.

»Da war Oma doch schon über vierzig«, warf Caro ein. Offenbar schien sie den älteren Semestern alles Geschlechtliche absprechen zu wollen. Wenn die wüsste.

»Deine Oma hat alle ihre Kinder spät bekommen. Bei Carl war sie auch schon vierunddreißig. Wir dachten schon, das wird nichts mehr.«

»Aber warum hat denn nie jemand über das Kind gesprochen?«

Ja, warum?

Weil nach dem Krieg so vieles verschwiegen worden war?

Weil man froh war, vergessen zu können, um weiterzuleben?

Und weil in diesem Haus immer das Geschäft an erster Stelle gestanden hatte? Die Baumschule und das damit verbundene Nach-vorne-Blicken, das Denken in Jahrzehnten. Die berühmten Schwanenholzer Solitäre brauchten schließlich an die vierzig Jahre, bis sie verkauft werden konnten.

Unschlüssig durchleuchtete Isa ein weiteres Glas mit Brechbohnen. Die waren noch schön grün, weil sie beim Einkochen immer einen kleinen Leinenbeutel mit Pfennigstücken in den Topf legte.

»Deine Oma ist damals fast daran zerbrochen, Caro. Sie hat so sehr getrauert, das war schon nicht mehr normal. Doktor Schwitters aus Kappeln musste kommen, weil sie sich gar nicht beruhigen konnte. Ich glaube, er hat ihr Morphium gegeben oder ein anderes Teufelszeugs. Jedenfalls ging es Klementine davon so schlecht, dass wir Angst um ihr Leben hatten. Wir dachten, sie stirbt uns auch noch. Drei Wochen haben wir um sie gebangt, dann wurde es langsam besser. Aber das Kind, das hat sie nie wieder erwähnt, so als hätte sie es unterwegs in ihren Fieberträumen verloren.«

»Aber Jo …«

Caro warf ihr einen zweifelnden Blick zu, den das Licht der Taschenlampe auffing.

»Dein Vater war damals noch so klein, Herzchen, gerade mal vier. Und er hatte die Flucht hinter sich. Ich glaube nicht, dass er sich noch an sein Schwesterchen erinnert. Und der Carl hat sowieso immer alles in sich reingefressen, der lässt doch keinen an sich ran.«

»Hm.« Caro schwieg und zog die Nase kraus. Sie schien noch nicht überzeugt zu sein.

»Ihr jungen Leute habt ja keine Ahnung, wie das damals alles war«, setzte Isa nach. Es war immer gut, die unergründlichen Geheimnisse vergangener Zeiten ins Feld zu führen. Vielleicht kam sie doch noch um ihre Beichte herum?

Aber der Versuch misslang.

»Wir haben keine Ahnung, weil ihr nie was erzählt«, brauste Caro auf, dann hustete sie. Das Bohnenglas in ihrer Hand schwankte bedrohlich hin und her. »Was ist mit dem kleinen Mädchen, von dem Oma vorhin sprach? War das Aimée? Bist du ihre Mutter?«

»Deine Oma bringt da was durcheinander.«

Nee, ein Verhältnis mit einem Franzosen ließ Isa sich nun nicht anhängen. Sie hatte doch immer nur ihren Kurt geliebt, den heißblütigen, jede Ungerechtigkeit anprangernden Kurt Boltenhagen aus Kiel-Gaarden.

»Was bringt sie denn durcheinander?«

Caro wandte sich um, hinten beim Holz raschelte es. Waren das Mäuse, die die Kälte ins Haus getrieben hatte?

»Vielleicht hat sie mich mal mit einem Kind gesehen, da waren ja so viele Frauen mit kleinen Kindern bei uns einquartiert. Ausgebombte aus Kiel und Lübeck und Flüchtlinge aus dem Osten.«

»Und Aimées Vater? Stimmt es, dass hier Zwangsarbeiter auf dem Hof gearbeitet haben?«

Isa leuchtete nach den Mäusen, nee, nun fiel es ihr doch schwer, über Luises Geheimnis zu sprechen. In all den Jahren war das Schweigen ein Teil ihrer selbst geworden. »Die waren überall, Caro-Herz. Das war nichts Besonderes, die Männer sind uns zugewiesen worden. Unsere Gärtner waren ja alle an der Front, wer sollte denn die schwere Arbeit machen? Und Luise hat sie immer anständig behandelt, da lass ich nichts auf sie kommen.«

»Was heißt das?«

»Dass sie genug zu essen hatten und einen warmen Platz zum

Schlafen. Und bezahlt wurden sie auch, zehn Reichsmark die Woche. Auf Schwanenholz musste niemand um sein Leben fürchten. Deine Tante hat sich sogar einmal für einen Russen eingesetzt, den man im Dorf beim Stehlen erwischt hatte. Bauer Priem wollte ihm an den Kragen, aber Luise hat das auf ihre Art geregelt. Sie hat den Russen auf den Hof geholt und dem Priem eine Entschädigung gezahlt. Und 'ne Flasche von dem guten Roten gab's dazu. War ja eh schon kurz vor dem Zusammenbruch. Der Russe hat ihr später sogar noch mal geschrieben und sich bedankt. Wodka hat er geschickt.«

»Aber dann gab es doch auch keinen Grund zu schweigen. Das mit den Zwangsarbeitern steht ja noch nicht mal in der Chronik für die Hundertjahrfeier.«

»Das mit den Zwangsarbeitern steht in keiner Festschrift, wo denkst du denn hin? Frag doch mal bei den Werften in Kiel nach und bei der Carlshütte in Büdelsdorf. Oder auf den großen Höfen im Land. Da erinnert sich heute keiner mehr gerne dran. Unsere Generation hat das Reden doch nicht gelernt, nur das Gehorchen.«

»Das ist keine Entschuldigung. Es gab schon ein paar Leute, die den Mund aufgemacht haben. Damals wie heute.«

Ja, das stimmte, schließlich war ihr Kurt einer von ihnen gewesen, hatte ihn wohl auch das Leben gekostet, dachte Isa und blieb stumm. Schweigend kehrten sie in die Küche zurück.

Klementine hatte sich noch nicht gerührt, sie schien regelrecht erstarrt. So würde man sie nicht die Treppe hinaufbekommen. Ratlos blickte Caro Isa an.

»Hol du ihr mal was Trockenes zum Anziehen runter«, sagte Isa schulterzuckend. »Deine Oma wollte hier übernachten, die hat doch bestimmt was zum Wechseln dabei. Dann kann ich schon mal die Bohnen …«

Isa verstummte, weil ihr Caro-Herz die Augen verdrehte. Aber wenigstens fügte sie sich schließlich und machte sich auf den Weg nach oben.

Gut so, dann konnte sie sich Klementine noch einmal vorknöpfen.

»Weißt du, was«, sagte Isa und schenkte zwei Gläser Chantré ein, dann setzte sie sich Klementine gegenüber an den Tisch. »Was hältst du davon, wenn wir beide den Mund halten? Ich rede nicht mehr über dein kleines Mädchen, und du hörst auf zu behaupten, Aimée sei meine Tochter. Vielleicht will sie euch ja gar nicht ans Erbe? Hast du mal darüber nachgedacht, dass sie einfach nur ihre Familie kennenlernen will?«

Hatte Klementine sie verstanden?

Sie war bei Sinnen, sonst würde sie hier nicht so kerzengerade sitzen, aber sie reagierte einfach nicht, rührte nicht einmal den Weinbrand an, der vor ihr stand. Als wäre sie eingefroren.

»Klementine?«

Keine Reaktion.

»Ich weiß genau, dass du mich hörst, Klementine.«

Isa schüttelte den Kopf, dann schlug sie mit der Faust auf den Tisch, so heftig, dass die Gläser tanzten. Erschrocken fuhr der Kater auf, aber Klementine blinzelte noch nicht einmal.

»Das hat sie schon als Kind gekonnt«, seufzte Isa und blickte den Grauen kopfschüttelnd an. »Sich nicht rühren und allen mit ihren Launen auf die Nerven gehen. Luise hat sie dann den Stockfisch genannt. Fräulein Klementine von und zu Stockfisch.«

CAROLIN

22

Damit musste sie erst mal klarkommen: ihre *heilige* Familie nicht mehr als ein Potemkinsches Dorf. Glanzvolle Fassade und dahinter der Schmutz. Ein Ausbund an Schuld und Sünde. Auf einmal gab es angeblich nicht nur ein Kind, sondern gleich zwei Kinder, von denen sie nichts gewusst hatte. Also wirklich! Carolin zweifelte nicht an den Worten der Französin. Vor allem aber zweifelte sie nicht an deren Gesang, auch wenn sie das Lied nur halb verstanden hatte. Irgendwas von Freunden und Raben und Ketten. Punk, denn ihr war sofort klar gewesen, dass es darin um Widerstand ging. *Résistance.* Ein Wort wie ein Roman. Erinnerungen an den Geschichtsunterricht stiegen in ihr auf, das deutsch-französische Verhältnis. Von Erbfeindschaft und Blitzkrieg bis hin zur Wiederannäherung nach dem Zweiten Weltkrieg. Der Élysée-Vertrag, Adenauer und de Gaulle. Carolin hatte nie darüber nachgedacht, welche Schicksale sich hinter den Schlagworten verbargen und dass das Ganze auch etwas mit ihrer Familie zu tun haben könnte.

Verwirrt stieg sie die Treppe hinauf. Erst mal nach Niki sehen, bevor sie Klementines Sachen zusammensuchte. Der war nach der Schaufelei und dem Umtragen der Bäume und Isas Grog dermaßen

ausgeknockt gewesen, dass sie ihn nach oben gebracht hatte. Nicht
in ihre Kammer, wo inzwischen Eiszapfen wie Stalaktiten von den
Dachbalken wuchsen, sondern in Luises Zimmer, da traute sich eh
keiner mehr rein.

Niki schlief noch, dick eingemummelt in Luises schöne Stepp-
decke, doch als sie ihm mit der Taschenlampe ins Gesicht leuchtete,
schlug er die Augen auf und schlang blitzschnell die Arme um sie.

»Da bist du ja wieder«, murmelte er verschlafen und küsste sie.

»Au.« Er hatte nicht an ihre Hand gedacht. Carolin befreite sich
aus seiner Umarmung und boxte ihn mit der Linken in die Seite.
Sie wollte nicht zu ihm ins Bett, sie wollte reden.

»'tschuldige«, murmelte Niki zerknirscht und zuppelte an ihren
Haaren, was sie ein wenig versöhnlicher stimmte. »Ist was passiert?«

»Weiß nicht.« Carolin drehte den Kopf zur Seite, beleuchtete
mit der Taschenlampe die Bildergalerie auf dem Nachttisch ihrer
Großtante. Da stand auch ein Bild von Luises Sohn Fritz, der eine
Woche vor seinem sechzehnten Geburtstag im Krieg gefallen war.
»Scheint so, dass die Familie Zuwachs bekommt.«

»Wie jetzt?«

Niki rappelte sich auf, sein Haar stand fransig in alle Richtun-
gen ab, und die Augenbrauen hingen tief, als hätte er gekifft. Bett-
wärme strahlte von ihm ab. In diesem Moment sah er einfach nur
heiß aus, wie Mick Jones von The Clash.

»Die Französin«, fuhr sie fort, und dann erzählte sie die ganze
Geschichte, soweit sie sie verstanden hatte. »Sieht so aus, als hätte
meine Familie Dreck am Stecken. Von wegen Reinheit des Herzens und so.«

»Echt jetzt?«

Noch mehr Theater. Niki fing an zu grinsen, in seinen Augen
leuchtete all das, was sie so an ihm liebte. Seine Lust an der Auflösung aller Verhältnisse.

»Lass mich raten – dein Onkel nimmt gerade alles auseinander?«, fragte er, und seine Augen blitzten.

Carolin nickte, ja, das war wohl so. Jedenfalls hatte Carl sich mit ihrem Vater im Kontor eingeschlossen. Konnte gut sein, dass die beiden Männer das Firmenarchiv durchforsteten, um nach Munition für die Verteidigungsschlacht zu suchen.

»Isa sagt nichts dazu«, fuhr sie zögernd fort, denn darüber wunderte sie sich tatsächlich am meisten. Normalerweise trug Isa ihr Herz auf der Zunge, und wenn an dieser irren Geschichte etwas dran war, wüsste sie doch davon. So eng, wie Luise und Isa immer gewesen waren, die hatten doch ihr ganzes Leben miteinander verbracht.

»Vielleicht hängt sie mit drin?«

Niki zog sie wieder zu sich und küsste sie von Neuem. Seine Zunge spielte mit ihrer, Carolin schmeckte den süßen Grog, Rum und Zucker. Was sagte Isa immer? »Rum mut, Zucker kann, Water bruuk nich.« Ein Grog, der musste Prozente haben, sonst nutzte er nicht viel.

»Meine Oma behauptet, Aimée Caroux sei Isas Tochter«, murmelte sie zwischen zwei Küssen.

Niki ging nicht darauf ein, stattdessen wanderte seine Zunge zu ihrem Ohr und spielte mit der Sicherheitsnadel. Ein Ziehen zwischen Nabel und Scham, dass es ihr noch flauer wurde.

»He ...«, versuchte sie, Niki abzuwehren.

»Was denn?«

Niki hörte nicht auf, sie zu küssen. Er zog sie fester in seine Arme, und sie gab nach, ließ sich ziehen, um seine Wärme, seinen Atem zu spüren. Um Halt zu finden in diesem ganzen Durcheinander. Niki. Sein Herz trommelte wie ein Maschinengewehr, sie spürte es an ihrer Brust. Ermutigt wanderten seine Hände unter Pullover und Hemd und hakten ihren BH auf. Keine Barrieren mehr. »I guilty stand before you …«, sang Joe Strummer in ihrem Kopf, und Topper Headon wirbelte am Schlagzeug. Bam bam, bam bam! Ihre Gedanken überschlugen sich, und ehe sie sichs versah, rollte Niki sie auf den Rücken und schob ihr den Pulli hoch, dann küsste er ihre Brüste.

Noch mehr Rumoren unter ihrem Nabel. Bam! Bam! Bam! Und plötzlich war alles klar, und sie wollte ihn, so wie sie noch nie etwas gewollt hatte.

Als Carolin seine Jeans öffnete, nein, Jos Jeans, die Niki noch immer trug, sprang ihr seine Erektion entgegen, und auf einmal, für eine winzige Sekunde, dachte sie darüber nach, ob Fritz als Junge oder als Mann gestorben war. Verdammt.

Als sie sein Ding in die Hand nahm, bäumte Niki sich auf, dann war es schon vorbei. Wie ein Toter sackte er über ihr zusammen.

Echt jetzt?

Das war alles?

Unsicher, wie nun zu verfahren wäre, strich sie Niki behutsam über den Rücken.

»Scheiße«, murmelte er zerknirscht an ihrem Hals, dann hustete er. »Gib mir fünf Minuten.«

»Ich muss wieder in die Küche«, sagte sie verwirrt und irgendwie auch enttäuscht, »Isa wartet auf mich.«

Niki knurrte an ihrem Hals, aber er ließ sie ziehen.

»Bis gleich«, versprach er ihr.

Erst mal die klebrigen Hände waschen und bloß nicht in den Spiegel leuchten. Bestimmt war ihr die Schmach anzusehen. Hatte sie etwas falsch gemacht? Hatte Niki das Durcheinander in ihrem Inneren bemerkt? Carolin ließ das Wasser laufen. Doktor Sommer von der *Bravo* riet in solchen Fällen wohl zu Geduld.

Also alles wieder auf Anfang?

In Jos Bücherzimmer lag Anette auf dem Diwan, der eigentlich für Sybille Meister hergerichtet worden war. Sie war wach, schien aber zu faul zum Aufstehen zu sein. Oder war sie einfach nur zu unbeweglich?

»Ich soll ein paar Sachen für Oma holen«, erklärte Carolin und deutete nach nebenan. Ihr Blick blieb an Anettes Bauch hängen, der sich wie ein riesiger Kürbis unter der Bettdecke wölbte. Musste schrecklich unbequem sein mit dieser Kugel. Carolin unterdrückte ein Schaudern. Bei der Vorstellung, Leben in sich zu tragen, graute ihr. Noch schlimmer aber erschien ihr alles, was mit der Geburt zusammenhing. So viel Blut und Schmerzen, und nach dem Stillen hingen einem auch noch die Brüste wie Engelstrompeten herab. Vielleicht ganz gut, dass eben nichts passiert war. Über Verhütung hatten Niki und sie nämlich noch nie gesprochen, und auch Isa oder Jo hatten nie ein Wort darüber verloren.

»Soll ich dir was zu essen bringen?«, fragte sie Anette mitfühlend.

Anette lächelte dankbar, schüttelte jedoch den Kopf. »Ich steh gleich auf und komm zum Essen runter«, sagte sie, »aber vielleicht könntest du Carl hochschicken? Auf der Treppe ist es so dunkel, wäre schön, wenn er mich unterhakt.«

»Klar. Mach ich.«

Carolin fand Klementines Reisetasche und klaubte ein paar Sachen zusammen.

»Was ist denn mit Klementine?«, fragte Anette, als sie schon wieder gehen wollte.

»Sie hat Kaffee verschüttet«, improvisierte Carolin. Carl würde seine Frau früh genug mit den familiären Dramen konfrontieren, die Aimées Worte ausgelöst hatten, da wollte sie nicht vorgreifen.

»Ihr Rock ist ganz nass.«

»Ach je.«

»Ist nicht so schlimm«, verabschiedete sich Carolin, auf Isas
Worte vertrauend. »Ich sag deinem Mann Bescheid.«

Doch in der Halle kam ihr Isa schon mit wehenden Schürzen-
zipfeln entgegen. »Wo bleibst du denn?«, blaffte sie. »Dein Vater
ist unten und macht mir die Hölle heiß. Deine Oma hat immer
noch auf stur geschaltet, und Johann versteht nicht, was mit seiner
Mutter los ist.«

»Ich komm ja schon.«

Sollte sie jetzt etwa den Schlamassel richten? Carolin hastete an
Isa vorbei, und über dem Alarm vergaß sie Anette und ihren Auftrag.

In der Küche saß Jo neben seiner Mutter, er hielt ihre Hand.
Klementine hatte inzwischen die Augen geöffnet, aber sie rührte
sich immer noch nicht. Ihr Blick ging ins Leere.

»Vielleicht ist das ein Schlaganfall?«, sagte Jo, als sie hereinka-
men. »Bei Onkel Wolf war das doch genauso, die ganze linke Seite
gelähmt.« Er klang zutiefst besorgt.

»Das ist kein Schlag«, widersprach Isa energisch und scheuchte
ihn von der Bank. »Das ist der Dickkopf deiner Mutter.«

»Aber was ist denn hier passiert?«

Jos Blick hastete zwischen ihnen hin und her, und er murmelte
etwas, das sie nicht verstand. Carolin überkam Mitleid mit ihrem
Vater. Wer wusste denn, was Carl ihm im Kontor um die Ohren
gehauen hatte? Bestimmt war es wieder mal um nichts weniger als
um die Existenz der Baumschule gegangen.

»Sie hat das mit der Französin gehört«, räumte sie schuldbewusst ein.

»Hast du ihr davon erzählt?«, fuhr Jo sie an. Wütend, so wie sie
ihren Vater noch nie erlebt hatte, baute er sich vor ihr auf, die Arme
in die Hüften gestemmt.

»Ich …«

»Ich hab ihr davon erzählt«, kam Isa ihr schnell zu Hilfe und bot ihrem Vater die Stirn.

»Wie konntest du nur, Isa. Du weißt doch, wie empfindlich sie ist.«

Jos Stimme brach, und er schlug die Hände vors Gesicht. Seine Schultern zuckten. Weinte er etwa?

»Dat word al weer, min Jung.«

Isa tätschelte ihm besänftigend die Wange. Meinte sie Klementine, oder meinte sie das Drama, das sich über ihren Köpfen abspielte?

Jo schüttelte den Kopf.

»Diesmal sitzen wir in der Scheiße«, sagte er dumpf. »Braune Scheiße. Carl hat die Arbeitskarten von Antoine Caroux und einigen anderen im Archiv gefunden. Aimées Vater hat tatsächlich auf dem Hof gearbeitet. An der Geschichte mit den Zwangsarbeitern ist was dran.«

JOHANN

23

War das der Schock? Kraftlos schleppte Johann sich die Treppe hinauf, die Beine schwer wie Blei. Ihm war übel, und er fühlte sich erbärmlich. Wie durch den Wolf gedreht. Hoffentlich kriegte Isa das mit seiner Mutter wieder hin. Einen Schluck Chantré hatten sie Klementine immerhin einflößen können, aber was, wenn sie doch noch einen Arzt brauchte? Dann könnten sie ihr nicht helfen, denn der Sturm hatte nicht nachgelassen, und das Telefon blieb tot. Man hörte lediglich das Rauschen des Windes in der Leitung. Ein Summen, das unverständlich war. Im Radio hieß es zwar, dass Hilfe für die eingeschneiten Dörfer unterwegs sei, gleichzeitig riet man den Eingeschlossenen jedoch, auf Nachbarschaftshilfe zu setzen und sich zu Schaufelkolonnen zusammenzuschließen.

Schaufelkolonnen!

Johann lachte bitter auf. Die Schneise quer über den Hof wehte über Nacht gewiss wieder zu. Und wie lange es dauerte, die gut zwei Kilometer lange Allee ins Dorf mit dem Trecker freizuschaufeln, daran wollte er erst gar nicht denken.

Nein, er machte sich nichts vor, unter diesen Umständen könnte es noch Tage dauern, bis das Leben auf Schwanenholz wieder in gewohnten Bahnen verlief. Bis dahin waren sie auf sich allein gestellt.

Dat word al weer? Von wegen.

Auch wenn Isa ihm schon seit Kindertagen mit diesen Worten Trost gespendet hatte, gegen diesen Jahrhundertsturm und gegen das, was er seit dem Kaffeetrinken über seine Tante erfahren hatte, war auch sie machtlos.

O Mann!

Oben angekommen, musste Johann sich erst einmal sammeln. Unsicher schwenkte er die Lampe, die ein wenig Licht in die düstere Halle warf. Schon nach acht, und immer noch kein Abendessen auf dem Tisch. Alle häuslichen Strukturen zerfielen. Im Kontor hörte er seinen Bruder rumoren, sollte er ihm jetzt etwa beim Aufräumen helfen?

Eine säuerliche Welle stieg in ihm auf, und Johann schluckte schwer. Vor seinem inneren Auge sah er die Dokumente und Aufzeichnungen, die sie vorhin auf die Schnelle gesichtet hatten. Die Bücher von 1938 bis Kriegsende, ganz hinten aufgereiht, im letzten Raum des Kontors, wo sogar die Fenster mit Regalen zugestellt waren. Das vergilbte Papier, und neben den hässlichen Stempeln die schwungvolle Unterschrift seiner Tante. Beim hastigen Blättern schon hatte sich ihnen ein verheerendes Bild geboten. Und das, wo es ihn doch immer mit Stolz erfüllt hatte, dass seine Familie einigermaßen glimpflich durch die Nazizeit gekommen war. Bäume konnten schließlich niemandem etwas zuleide tun, nicht wahr?

Das hatte Johann jedenfalls immer geglaubt.

Doch die Bücher sagten etwas anderes.

Schwankend setzte Johann sich wieder in Bewegung, jeder Schritt eine Qual, und so schaffte er es nur bis zur Standuhr, deren Ziffernblatt in der Dunkelheit leuchtete. Wie ein schweres Gewicht spürte er die Last der Vergangenheit auf den Schultern, sie drückte ihn nieder.

Also, was war gewesen?

Für die Baumschule, davon hatte auch Tante Luise immer wieder erzählt, hatten schon mit dem Ersten Weltkrieg schwere Zeiten begonnen. Erst brach der Handel mit dem Ausland zusammen, dann ging auch auf dem heimischen Markt nichts mehr. Luises Vater hatte lediglich die wertvollsten Baumbestände halten können, hatte Obst und Gemüse angebaut wie ein Bauer und jeden Tag auf ein Ende des Krieges gehofft. Doch als der verloren war, musste Deutschland Reparationszahlungen leisten, um seine Kriegsschulden zu begleichen. Nicht nur Goldmark, sondern auch Sachlieferungen gingen an die Siegermächte, und dazu gehörten auch Pflanzen und Bäume. Etliche der schönsten Solitäre der Baumschule von Schwan waren nach England und Frankreich verschifft worden, darunter mehr als vierzig Jahre alte Buchen, Eichen, Kastanien, Platanen und Zedern. Ihr wertvollstes Kapital. Luises Vater war beinahe daran zugrunde gegangen. Ein Wunder, dass ihm überhaupt noch Bäume zum Weitermachen geblieben waren. Die Inflation und Wirtschaftskrise nach dem Krieg setzten dem Betrieb weiter zu, die junge Republik hatte kein Geld für Gärten, Parks und öffentliches Grün. Das blieb auch nach der Machtergreifung der Nazis 1933 so. Die Kataloge aus den Folgejahren waren dünn und auf schlechtem Papier gedruckt, sie listeten vor allem Obstbäume und Fruchtsträucher und nur wenige Laubgehölze, Koniferen und Buxus auf. Der Handel mit den teuren Großbäumen lag noch immer am Boden. Egal, wie sehr Luise sich auch mühte, sie konnte nicht an die großen Zeiten ihres Vaters anknüpfen. Und dann, ganz plötzlich, die Wende: Mit dem Ende der Dreißigerjahre wiesen die Bücher wieder lukrative Großaufträge aus, zum Beispiel jene mehr als zwanzig Meter hohen Bäume, die zur

Tarnung militärischer Anlagen in Flensburg, Kiel und Hamburg dienen sollten. Dazu Anfragen und Bestellungen für die Gestaltung von Parks, Aufmarschplätzen und Versammlungsstätten der Nationalsozialistischen Partei. Heimische Bäume und Sträucher, gefordert wurden ein »deutsches Grün« und die »Reinigung der deutschen Landschaft von unharmonischen Fremdkörpern«. Auch die private Kundschaft zog nach und säuberte ihre Gärten von verdächtigem Wildwuchs, um Platz zu schaffen für heimisches Grün. »Ausländische Pflanzen und Bäume«, so war es Luises Aufzeichnungen zu entnehmen, waren nicht mehr gefragt.

Zitternd rieb Johann sich die Arme, die verstörenden Begriffe ließen ihn frösteln. Eine Kälte bis auf die Knochen. Die Nazis und ihre Kriegsvorbereitungen hatten wieder Geld in die Kasse gespült, und Tante Luise hatte das in ihren Büchern fein säuberlich dokumentiert. (Da war kein Zweifel möglich.)

Genauso säuberlich hatte sie übrigens auch die Arbeitskarten der Zwangsarbeiter abgeheftet, die in Kriegszeiten die schwere Arbeit in der Baumschule verrichten mussten. Denn das Verschulen und Transportieren der großen Bäume erfolgte damals noch ohne maschinelle Hilfe. Die viele Tonnen schweren Bäume waren schließlich empfindliche Geschöpfe, wie zu Kaisers Zeiten holte man sie mit Dreibock, Pferd und Muskelkraft aus der Erde, dann wurden sie auf Pferdegespannen zum Bahnhof oder bis zum Kieler Hafen geschafft und dort für den Weitertransport verladen.

Fassungslos schüttelte Johann den Kopf. Carl und er hatten auch die Karte von Antoine Caroux gefunden. Darauf das von der Gestapo gestempelte Foto, ein furchtloser Blick, Aimées Augen, ganz unverkennbar, und auch eine Ahnung ihrer geschwungenen Lippen. Eigentlich hatte Johann Isa darauf ansprechen wollen, aber die Gegenwart seiner Mutter und ihr desolater Zustand hatten ihn daran gehindert. Bloß nicht noch mehr Öl ins Feuer gießen, denn was Kriegsereignisse anbelangte, reagierte seine Mutter von jeher ausgesprochen dünnhäutig. Nie wieder hatte Klementine über Köslin gesprochen. Ihre Art, mit dem Verlust der Besitztümer umzugehen, war das besinnungslose Sammeln von altem Besteck und Porzellan gewesen, das sie in den vergangenen Jahrzehnten auf Flohmärkten zusammengetragen hatte. In ihrer Kieler Wohnung stapelten sich die vermeintlichen Schätze in drei- bis vierfacher Ausführung, dazu Regale voll mit angestoßenen Kaffee- und Teekannen, Berge von Leinenzeug und Spitzendeckchen, als ob das Horten den Verlust von damals wiedergutmachen könnte.

Und er?

Wieder kämpfte Johann gegen die Übelkeit an.

Natürlich musste er sich vorwerfen lassen, nie in die Bücher aus Kriegszeiten hineingeschaut zu haben. Nie gefragt zu haben, wie genau Luise den Betrieb mit dem kriegsversehrten Gärtner Rentzel und ein paar Hilfen sowie dem halbwüchsigen Sohn aufrechterhalten konnte, wo doch ihr Mann und die meisten Gärtner längst an der Front waren. O Mann, er hatte seiner Tante immer vertraut, ihr vertrauen wollen. Die prinzipientreue Luise schien doch das beste Beispiel für Lauterkeit zu sein. *Puritas enim cordis* – hatte sie ihnen das Familienmotto nicht stets mit Inbrunst vorgelebt?

Stöhnend tastete Johann nach seinem Herzen, das nun wild in seiner Brust schlug, als kämpfte es ums Überleben. Wohin mit seiner Bewunderung für Luise, wenn nichts mehr stimmte? Aimées Worte und die Dokumente aus dem Archiv seiner Tante hatten ihn zutiefst erschüttert, nach dem Fund der Arbeitskarten bestand wohl kein Zweifel mehr daran, dass Luise sich der Ausbeutung von Zwangsarbeitern schuldig gemacht hatte. Aber, und nun wurde es kompliziert, hatte sie tatsächlich ein Verhältnis mit Antoine Caroux gehabt?

Ganz kurz dachte Johann an die Fotografie zurück, die Carl ihm in der zurückliegenden Nacht präsentiert hatte. Die junge Luise hatte ihre Geheimnisse gehabt, gar keine Frage. Aber später, als sie mit Onkel Wolf verheiratet und 1929 Mutter geworden war? Als sie jeden Tag bis zur Erschöpfung um das Weiterleben der Baumschule gerungen hatte? Als ihr Mann in Russland vermisst wurde und sich auch noch ihr geliebter Sohn an die Front meldete?

Nein, das konnte Johann einfach nicht glauben, das hatte sich jemand ausgedacht. (In diesem Punkt musste die Französin sich einfach irren.) Denn eins konnte Johann sich partout nicht vorstellen: dass Luise ihr Kind weggegeben hatte.

Nein, das hätte sie gewiss nie getan.

Trotzdem hatte Johann vor, Aimée noch einmal um Vergebung zu bitten. Ihr in die Augen zu schauen und sich im Namen der Familie für die Vergangenheit zu entschuldigen. Das war wohl das Mindeste, was ihr zustand, denn ihrem Vater war furchtbares Unrecht zuteilgeworden. Unrecht, das sich wohl kaum wiedergutmachen ließ.

Würde Aimée ihm glauben, dass er selbst von alldem tatsächlich nichts gewusst hatte?

Am anderen Ende der Halle öffnete sich die Tür zum Kontor, als hätte Carl gespürt, dass er hier draußen stand und mit sich rang. Die Schritte seines Bruders klangen genauso schwer und schleppend wie seine, auch wenn Carl wohl weniger die moralischen als vielmehr die finanziellen Konsequenzen bedrückten, die aus dieser Sache erwuchsen. Hätte Antoine Caroux nicht einen Anspruch auf eine angemessene Entschädigung gehabt? Und was, wenn Aimée weiterhin behauptete, Luises Tochter zu sein? Würde sie vor Gericht ziehen, um ihren Anteil am Erbe einzuklagen? Als Tochter und nunmehr einzigem Kind stünde ihr wohl ein Großteil zu.

Ein Prozess könnte die Familie teuer zu stehen kommen, und der Ruf der Baumschule würde Schaden nehmen. (O Gott, jetzt dachte er schon wie sein Bruder!)

Auch Johann setzte sich wieder in Bewegung, doch Carl breitete die Arme aus und hielt ihn auf.

»Wo willst du hin?«

»Mich entschuldigen. Uns entschuldigen, auch in Luises Namen.«

»Das darfst du nicht, das wäre ein Schuldeingeständnis.«

»Diese Familie hat Schuld auf sich geladen.«

»Wir wussten doch nichts davon.«

»Wir haben es uns viel zu leicht gemacht. Wir haben verdrängt, haben Luise und ihrem Schweigen vertraut. Aber wir hätten doch wissen müssen, dass sie den Betrieb zu Kriegszeiten nur mithilfe von Zwangsarbeitern aufrechterhalten konnte. Das Verschulen und der Transport der großen Bäume war doch damals eine noch schwerere körperliche Arbeit als heute.«

Carl konnte kaum stillstehen, nervös fuchtelte er mit der Kerze vor seinem Gesicht herum. »Um Gottes willen, Johann, denk doch nach! Ein falsches Wort, und wir sind ruiniert. Nicht nur finanziell. Ich lass mir doch unseren guten Ruf nicht kaputt machen!«

»Was hast du vor?«

»Niemand hat diese Arbeitskarten je gesehen. Wir vernichten sie.«

»Du vergisst, dass Luise sie offenbar Sybille Meister gezeigt hat.«

»Das bekommst du doch hin.«

Carl zwinkerte ihm zu, und Johann wich vor ihm zurück. Sybille und er waren gerade erst zum Du übergegangen, was verlangte sein Bruder da von ihm?

Sprachlos starrte Johann ihn an. Carl war ihm in seiner überheblichen, selbstbezogenen Art schon immer fremd gewesen, aber dass er sich nun derart dreist über Recht und Moral hinwegsetzen wollte, widerte ihn an.

185

»Da mache ich nicht mit.«

»Deutschland hat seine Kriegsschulden bezahlt.«

»Soweit ich weiß, ist bislang kein Zwangsarbeiter entschädigt worden. Das ist doch verweigerte Verantwortung.«

Carl stöhnte auf, er schien langsam die Geduld mit ihm zu verlieren. »Wir sind für unseren Verlust auch nicht entschädigt worden«, presste er hervor. »Wir werden unseren Besitz in Köslin nie wiedersehen, der Brandt hat mit seiner Ostpolitik doch Fakten geschaffen. Sollen wir jetzt ein zweites Mal bezahlen? Für etwas, an dem wir nicht beteiligt waren? Uns trifft doch keine Schuld.«

»Das ist nicht dein Ernst, das kannst du doch nicht vergleichen.«

»Doch, das ist mein Ernst. Mir war sogar noch nie etwas so ernst wie das hier.«

Johann sah, dass Carl die Arbeitskarten aus der Jackentasche zog. Er hielt sie über die Kerze.

»Lass das!«

Hektisch versuchte er, ihm die Karten abzunehmen, doch Carl hielt dagegen. Aus dem Nichts boxte er ihm heftig gegen die Brust, und dann etwas tiefer auf den Solarplexus. Johann keuchte, das hatte er nicht erwartet. Nach Luft schnappend, taumelte er zurück, seine Lampe fiel zu Boden, und das Glas zerbrach. Scharf stach ihm das ausgelaufene Petroleum in die Nase. Verdammt noch mal, er hatte vergessen, wie stark sein Bruder war. Fluchend holte Johann aus und wischte Carl die Kerze aus der Hand. Eine Rangelei entspann sich, unbeholfene Griffe und Heber, ein Knurren wie von Hunden, bis es Carl schließlich gelang, ihn in den Schwitzkasten zu nehmen und zu Boden zu drücken.

Da erst bemerkte Johann, dass das Petroleum brannte. Eine bläulich züngelnde Feuerpfütze, die sich auf den Fliesen ausbreitete. Keuchend zappelte er mit den Beinen, wollte Carl etwa sein Gesicht in die Flammen drücken?

In seinem Rücken hörte er einen Aufschrei.

»Carl!«, gellte Anettes Stimme durch die dunkle Halle. »Johann! Um Gottes willen, was macht ihr denn da?«

Sie stürzte von der Treppe aus auf sie zu und versuchte, sie voneinander zu trennen. Ihr mächtiger Bauch schob sich zwischen sie.

»Misch dich nicht ein, Anette!«

Carl drückte noch einmal zu, und Johann wurde schwarz vor Augen, doch dann lockerte sein Bruder den Griff und ließ ihn los. Aufgebracht zog er seine Frau zur Seite.

Benommen stützte Johann die Hände auf die Beine und rang nach Luft. Er keuchte und hustete, würgte und spuckte aus, während die Arbeitskarten der Zwangsarbeiter zu seinen Füßen verbrannten.

CARL

24

Sein Bruder war wohl verrückt geworden! Wollte Johann tatsächlich alles opfern? Das Gut und die Baumschule? Für dieses Schneewittchen aus Arles? Diese kleine Französin konnte doch keinen Betrieb leiten, das sah man doch schon auf den ersten Blick.

Carl schüttelte die schmerzenden Arme aus, während Johann nach kurzer Erstarrung versuchte, das Feuer auszutreten. Wie ein Derwisch sprang er hin und her. Erst als Anette resolut einen Mantel über die Flammen warf, gab er auf. Carl spürte den vorwurfsvollen Blick seines Bruders im Nacken, er erwartete noch einen Angriff, doch Johann hatte offenbar genug, denn er schlich sich humpelnd davon. Carl hörte ihn hicksen. Hatte Johann Schluckauf, oder musste er sich übergeben?

Gleichgültig zuckte Carl die Achseln, sein Blick wanderte wieder zu den qualmenden Überresten zu seinen Füßen. Hoffentlich hatte Anette den Mantel seines Bruders erwischt, der war doch schon immer ein Spinner gewesen. Hehre Motive, aber keinen Plan. Das hatte sich damals schon gezeigt, als Johann nach seinem indischen Abenteuer mit einem Tropenfieber und einer Frau im Gepäck nach Schwanenholz zurückgekehrt war. Beata, die Gesegnete, mit Indianerfrisur und einem dritten Auge auf der Stirn. Später hatte sich herausgestellt, dass sie Beate Guhde hieß und die Tochter eines Dachdeckers aus Bremen-Vegesack war. Die durchgeknallte Beate hatte Johann ein Kind angedreht und ihn dann damit sitzen lassen. Und der Armleuchter hatte das mit sich machen lassen, obwohl Johann wohl noch nicht einmal sicher sagen konnte, dass Carolin tatsächlich seine Tochter war. Wer wusste denn schon, mit wem Beate sich in Goa bewusstseinserweiternd vergnügt hatte? Später hatte man ja so einiges über die langhaarigen Drogenjünger gehört. Selbst die Beatles hatten davon gesungen: *Lucy in the Sky with Diamonds* und …

»Was sollte das?«

Anette hatte sich das Licht vom Posttisch geholt. Sie warf ihm einen zornigen Blick zu, dann hielt sie sich den Bauch, als hätte sie Schmerzen.

»Alles in Ordnung?«, fragte Carl besorgt und zog sie an sich. Sobald es um sein Kind ging, wurde er weich, da hatte sie ihn in der Hand.

»Warum bist du nicht zu mir gekommen?«, gab sie fauchend zurück und entwand sich ihm mit einem Ruck. »Carolin sollte dich doch nach oben schicken.«

Die rote Caro? Dann hatte das Miststück also dieses Tohuwabohu zu verantworten?

Gereizt trat Carl eine letzte Flamme aus, die unter dem dampfenden Mantel hervorleckte. Die Arbeitskarten waren wohl nur noch Asche, aber er verspürte keinen Triumph. Stattdessen war da nur Leere, die mit eisigen Händen nach ihm griff. Würde er die Baumschule verlieren? Hatte seine Tante ihnen tatsächlich eine uneheliche Tochter verschwiegen?

Aber warum hatte Luise die alten Karten dann überhaupt aufbewahrt, wenn sie doch bis zu ihrem Tod nie über diesen blinden

Fleck in ihrem Leben hatte sprechen können? Es war doch allgemein bekannt, dass die Briten die Baumschule nicht im Visier gehabt hatten. Nach Kriegsende hatte es jedenfalls kein Verfahren gegen seine Tante gegeben, sie war lediglich wegen ihrer Mitgliedschaft in der NSDAP und einer untergeordneten Position im Bund deutscher Baumschulen als Mitläuferin eingestuft worden. Ihr Entlastungszeugnis von 1946 hatte Luise ebenfalls sorgfältig abgeheftet: »Hiermit wird bescheinigt, dass Gräfin von Schwan, Luise, geb. 28.03.1901, (…) unter den Bestimmungen der Verordnung 79 der Militärregierung entlastet worden ist.« Sie war doch keine Verbrecherin gewesen, sondern hatte nur das getan, was alle anderen auch getan hatten: Sie hatte ein wenig herumlaviert, sich mit den Verhältnissen arrangiert.

Irritiert schüttelte Carl den Kopf. In ihrer Akribie bezüglich der Dokumente, die die Firma betrafen, war seine Tante wirklich einmalig gewesen. Sie hatte sogar die Anfrage eines Sonderbeauftragten der SS archiviert, die der landschaftlichen Gestaltung von Auschwitz galt. War das zu fassen: Bäume für ein KZ? Zwar schien Luise nie darauf geantwortet zu haben, trotzdem hatte Carl den Wisch gleich zerrissen. Kaum auszumalen, was geschehen würde, wenn so etwas an die Öffentlichkeit gelangte. Dann würden aus ihren Charakterbäumen ganz schnell Nazieichen, ganz egal, was an der Geschichte stimmte.

»Kannst du mir mal sagen, was du da gerade verbrannt hast?«, brachte Anette sich wieder in Erinnerung, sie schnaubte wie eines ihrer Pferde. »Warum war Johann denn so aufgebracht?«

»Weil er ein Idiot ist«, knurrte Carl. »Weil er einfach nicht begreifen will, was gut für die Baumschule ist.«

»Hat das was mit der Französin zu tun?«

»Es hat was mit Luise zu tun. Und jetzt lass mich damit in Ruhe.«

Anette verschränkte die Arme, und im Halbdunkel erahnte Carl ihr rosiges Gesicht und den gerundeten Körper. Gott, was war er müde. Er sehnte sich nach seinem Zuhause, wo er sich jetzt am liebsten mit ihr ins Bett verkriechen würde. Winterschlaf, ein halbes Jahr, bis das alles hier endlich vorbei war.

»Morgen schau ich, wie ich zu deinen Pferden komme«, sagte er. Ein Versuch, ihre Barrikaden zu überwinden. Dann zog er sie an sich und gab ihr einen Kuss auf die prallen Lippen.

»Du lenkst ab«, erwiderte sie unerbittlich. »Sag mir endlich, was los ist!«

Carl schloss die Augen, zögerte ein letztes Mal, dann erzählte er es ihr. Alles.

Anette schien nicht besonders überrascht zu sein.

»Die Französin weiß ziemlich viel über die Familie«, sagte sie nur.

»Was soll das heißen? Glaubst du ihr etwa?«

Anette hob die Schultern.

»Du hast Angst um dein Erbe«, konstatierte sie nüchtern, als blätterte sie die Akten eines juristischen Falls auf.

»Sie hat keine Beweise«, setzte Carl nach. »Alles, was ihre Geschichte stützen könnte, ist soeben verbrannt.«

Anette folgte seinem Blick zu dem Scheiterhaufen vor ihren Füßen. »Was ist mit Isa?«, fragte sie zu Recht.

Isa. Ja, die ließ sich wohl nicht so einfach zum Schweigen bringen. Und anzünden konnte er sie wohl auch nicht.

Carl schwieg. Sein Kopf war zu müde, um über die nächsten fünf Minuten hinauszudenken.

»Isa soll hochkommen«, sagte Anette, »ins Kontor. Lass mich mal mit ihr reden.«

»Was willst du denn …?«

Carl verstummte. War das eine gute Idee – so von Frau zu Frau?

»Ich gebe ihr Bescheid«, sagte er nach einer Weile.

»Gut.«

Anette öffnete die Tür zum Kontor, und Carl trat den Weg in den Keller an. Unten waren Isa und Carolin am Küchentisch zugange, sie fuhren auseinander, als er in die Küche trat.

»Was ist denn hier los?«, fragte er, um gleich darauf zu verstummen. War das seine Mutter, die da halb nackt auf der Küchenbank saß?

»Carlchen«, flötete Klementine, als sie seine Stimme erkannte. So hatte sie ihn seit bald dreißig Jahren nicht mehr genannt. Sofort traten ihm die Tränen in die Augen.

»Wir müssen los«, fuhr seine Mutter fort, drängender nun, ihr Blick war in die Ferne gerichtet. »Der Russe kommt. Zieh dich warm an. Karol soll den Wagen anspannen.«

»Aber, Mutti ...«

Hilfe suchend blickte Carl sich nach Isa um.

»Sie ist schon seit einer Weile so komisch«, flüsterte sie ihm zu. »Erst hat sie gar nichts mehr sagen wollen und dann das. Da ist was aus der Spur gelaufen.«

»Hat Johann ihr etwa das von der Französin erzählt?«

Wie abgesprochen schüttelten Isa und Carolin die Köpfe.

»Wo ist dein Bruder?«, fragte seine Mutter dazwischen. »Hat er seine Pelzmütze auf?«

»Ich schau gleich mal, Mutti.«

Carl zog Isa beiseite. Er wollte der Sache auf den Grund gehen, ein Verhör beginnen, sie in die Mangel nehmen, aber dann konnte er nicht.

Auf einmal waren die Bilder wieder da.

Wie sie im Januar 1945 auf dem Gut in Hinterpommern die ersten nächtlichen Einquartierungen von Flüchtlingstrecks aus Ostpreußen erhalten hatten, die am nächsten Morgen weiterzogen. Wie sie in den letzten Februartagen selbst fieberhaft den Pferdewagen für die Flucht mit Bettzeug, Kleidung und Lebensmitteln bepackten, der gute Teppich aus dem Salon diente als Plane. Wie sie Besteck, Porzellan und Wertsachen in Kisten verstauten und hinten im Gemüsegarten vergruben, um die Sachen nach dem Krieg wieder hervorholen zu können. Wie er sich nicht entscheiden konnte, ob er seinen geliebten Zauberkasten verstecken oder mitnehmen sollte. Wie dann am 2. März nachts der Horizont im Nordosten plötzlich feuerrot war und alle wussten, jetzt ist der brandschatzende Russe da. Wie trotzdem niemand ohne Anweisung von oben fortgehen durfte. Wie sie dann doch losfuhren, Karol auf dem Bock, weil sich herumgesprochen hatte, dass der Bürgermeister längst mit dem letzten Zug fort war. Und dann, für immer unvergessen, der letzte Blick auf sein geliebtes Zuhause in Köslin. Auf die weißen Türme und das Baumhaus in der Buche, wo er die Schmetterlingssammlung seines Vaters und den Zauberkasten doch noch versteckt hatte. Auf seine Großeltern, Valentin und Martha, die sich entschlossen hatten zu bleiben. Und die vorne auf der großen Freitreppe standen und winkten.

AIMÉE

25

Zu zweit unter Palmen. Nachdem sie die Kaffeetafel mit ihrer Verkündigung gesprengt hatte und die Brüder im Kontor verschwunden waren, fand Aimée sich mit der Journalistin im Gartensaal wieder.

»Setzen wir uns?«, fragte Sybille Meister. Sie deutete auf das ausladende Sofa, bevor sie ein paar Scheite Holz im Kamin nachlegte. Draußen schien der Sturm etwas nachzulassen. Das Heulen des Windes klang weniger aggressiv als noch um die Mittagszeit. Oder bildete sie sich das nur ein?

»Ich hätte das nicht tun sollen«, murmelte Aimée und ließ sich in den grünen Samt sinken. Ihre Erschöpfung war total, die Augen brannten, als wären die Lider aus Schmirgelpapier. Wieder wünschte sie sich, nach Arles zurückfahren zu können. Die blaue Tür des Hauses am *Jardin d'Été* aufzuschließen, sich dort in die Küche zu setzen, die Schuhe auszuziehen, einen Kaffee zu trinken. Jetzt sofort.

»Warum nicht?« Sybille Meister nahm neben ihr Platz und lehnte sich zurück. Sie schien nicht halb so erschöpft zu sein wie Aimée, dabei hatte sie sich beim Umtragen der Bäume auch nicht geschont. »Es ist lange genug geschwiegen worden.«

»Wie kommt es, dass Luise mit Ihnen über die Zwangsarbeiter gesprochen hat?« Aimée setzte sich sehr gerade hin, die Hände auf den Knien, um sich der Sogwirkung der weichen Polster zu entziehen.

Sybille Meister lächelte leise. »Lassen wir doch das Siezen«, sagte sie und streckte ihr die Hand entgegen, »ich bin Sybille.«

»*Merci*.« Aimée schlug ein. »Aimée, die Geliebte. Nach Aimée Antoinette Camus.«

»Camus?«

Fragend zog Sybille die Augenbrauen in die Höhe. Dachte sie an den berühmten Schriftsteller, der über den Sinn der menschlichen Existenz philosophiert hatte?

»Nicht aus *der* Familie Camus«, erwiderte Aimée. Während des Krieges hatte Albert Camus im Widerstand publiziert. Ihr Vater hatte ihn bewundert, weil er sich später für die Versöhnung mit den Deutschen eingesetzt hatte. Aber um ihn ging es gerade nicht. »Aimée Antoinette Camus war eine französische Botanikerin«, erklärte sie schnell. »Luise hatte einige ihrer Bücher gelesen, auch ihr Werk über Bäume und Sträucher. Ganz besonders mochte sie ihre Abhandlung über Kastanien, das waren ihre Lieblingsbäume.«

Sybille nickte und wischte einen Palmenfächer zur Seite, der sich in ihrem Haar verfangen hatte. Die Palmen suchten Kontakt, vielleicht waren sie dankbar, dass man sie ins Warme geholt hatte?

»Luise und ich haben vor etwas mehr als anderthalb Jahren mit der Arbeit an der Chronik begonnen«, knüpfte sie an Aimées Frage an. »Ich durfte das gesamte Archivmaterial sichten, und irgendwann bin ich auch auf die Arbeitskarten der Zwangsarbeiter gestoßen. Dann habe ich gefragt, wie es meine Art ist. Und Luise hat geantwortet. Da war überhaupt keine Scheu, kein Abstreiten. Als täte es ihr gut, sich endlich öffnen zu können.«

»Und was ist dann passiert?«

Sybille hielt inne, sie holte einmal tief Luft, bevor sie weitersprach. Da war ein nervöses Flackern in ihren Augen, als müsste sie Aimée etwas beichten. »Luise hat mich gebeten, nichts davon zu schreiben. Noch nicht.«

»Noch nicht?«

»Sie sagte, dass sie zunächst eine sehr persönliche Angelegenheit ins Reine bringen müsse, bevor sie über dieses dunkle Kapitel sprechen könne.«

»Und ...« Nur mit Mühe konnte Aimée die Tränen zurückhalten. »Warum hast du dich darauf eingelassen?«

Sybille biss sich auf die Lippen, sie senkte den Blick, knetete unbehaglich ihre Hände, als könnte sie nun selbst nicht mehr begreifen, was da in sie gefahren war. »Ich habe mich darauf eingelassen, weil ich Luise während unserer Zusammenarbeit nahegekommen bin. Vielleicht zu nahe«, antwortete sie zerknirscht. »Sie ist mir ans Herz gewachsen. Ich habe Luise dafür bewundert, was sie in ihrem Leben geleistet hat. Ich weiß doch, wie schwer es ist, sich als Frau durchzusetzen. Vor allem damals nach dem Krieg und mit einem Mann, den die Gefangenschaft schwer gezeichnet hatte.«

Sybille schwieg einen Moment, dann fuhr sie fort: »Außerdem haben wir darüber gesprochen, dass wir in der Bundesrepublik noch lange nicht so weit sind. Der deutsche Schweigepakt ist noch stark.«

»Schweigepakt?« Irritiert hob Aimée die Augenbrauen. Was bedeutete dieses Wort?

»Wie ich vorhin schon sagte: Bislang hat sich noch keines der großen Unternehmen öffentlich zur Zwangsarbeit bekannt. Dabei gab es sie doch überall im Land. Hunderttausendfach. Sowohl in den großen Konzernen als auch in kleinen Familienbetrieben und in Privathaushalten sind Zwangsarbeiter ausgebeutet worden.«

»Und Luise ...«

Sybille nickte, sie schien noch einmal in sich hineinzuhorchen, dann nahm sie Aimées Hand. »Ich dachte wohl, dass es dazu einer historischen Einordnung bedarf, eines allgemeinen Verständnisses über die Verantwortung und Schuld der Unternehmen, die sich an den Naziverbrechen bereichert haben«, sagte sie. »Ich wollte einfach nicht, dass Luise die Erste ist, die vortritt, während die Flicks und Krupps und Quandts schweigen. Dass sie ihr Lebenswerk darüber zerstört. Schließlich war Schwanenholz keine Hölle, gemessen an den furchtbaren Zuständen anderswo. Aber das war ein Fehler, und dafür möchte ich mich bei dir entschuldigen, Aimée. Ich bin Journalistin, ich hätte darauf bestehen müssen, auch über die dunklen Momente zu schreiben. Und wenn ich von dir gewusst hätte, dann ...«

Sybille schwieg beklommen, und Aimée versuchte, diese Aussage zu begreifen.

»Ich habe ihr empfohlen, erst einmal mit Carl und Johann zu reden, ihnen alles zu erzählen«, fuhr Sybille nach einer Weile fort, als suchte sie nach einer weiteren Erklärung für ihr Versagen. »Wissen setzt doch überhaupt erst einen Prozess in Gang, an dessen Ende Versöhnung stehen kann. Ich hoffte wohl, sie wollte den Trubel der Hundertjahrfeier abwarten und ihre Neffen danach ins Vertrauen ziehen. «

»Und dann ist sie nicht mehr dazu gekommen.« Aimée nickte traurig. Am meisten schmerzte sie, dass Sybille offenbar keinen Nachweis ihrer Existenz in Luises Unterlagen gefunden hatte. Ihr Vater hatte immer behauptet, Luise Briefe geschrieben zu haben. Ab und zu hatte er ihrer Mutter sogar ein Foto geschickt, um ihr Aufwachsen zu dokumentieren. Bisweilen hatte er sie sogar vor der Messlatte in seiner Praxis fotografiert, als wäre sie ein Bäumchen, dem man beim Wachsen zuschauen konnte: ein Meter zweiundzwanzig, ein Meter achtundzwanzig, ein Meter vierunddreißig.

Aimée erinnerte sich noch gut daran, wie sie in einem Sonntags-
kleidchen und mit weißen Strümpfen posiert hatte, das Haar zu
zwei Zöpfen geflochten, ein skeptisches Lächeln auf den Lippen.
Für Luise. Wo waren diese Bilder geblieben?

Sybille schien ihr die Traurigkeit anzusehen, fast zärtlich strich
sie mit den Fingerspitzen über die Schrammen, die Aimée sich
beim Umzug der Bäume zugezogen hatte.

»Ich glaube dir, Aimée«, sagte sie. »Ich glaube dir, weil Luise immer mit großer Hochachtung von Antoine Caroux gesprochen
hat. Da war Bewunderung in ihrer Stimme, und manchmal meinte
ich sogar, noch mehr herauszuhören. So etwas wie Liebe vielleicht,
jedenfalls ein starkes Gefühl. Ich glaube dir, weil da so ein Ernst in
dir ist, mit dem du nach deinen Wurzeln suchst. Und weil du nicht
die Einzige bist.«

»Wie meinst du das?«

Sybille neigte den Kopf, sie sah Aimée in die Augen. »Der Umgang mit Kriegsgefangenen war zwar verboten, aber es gab immer
wieder Beziehungen zwischen deutschen Frauen und ausländischen Zwangsarbeitern. Sie kamen sich bei der Arbeit näher, ließen Nähe zu. Ich stelle mir vor, dass sie den schrecklichen Krieg
und die allgegenwärtige Bedrohung für einen Moment vergessen
wollten. Dass sie sich spüren und einfach leben wollten. Wenn die
Frauen schwanger wurden, versuchten viele, eine Abtreibung vor-
nehmen zu lassen. Solche Frauen wurden oft denunziert, auch von
Ärzten, die diese Beziehungen anzeigten. Ich weiß davon, weil ich
für einen Artikel alte Gestapo-Akten einsehen konnte. Die Frauen
kamen ins Zuchthaus, die Kinder wurden als Bastarde geächtet,
als unreines Blut, selbst nach dem Krieg, teilweise bis heute.«

Aimée nickte, erneut stiegen ihr Tränen in die Augen. Etwas in
ihr war zum Zerreißen gespannt. Wie sich die Geschichten glichen:
hier die Bastarde und dort die *enfants maudits.* Hier wie dort ver-

fluchte Kinder, hier wie dort bestrafte man die Kinder für das Unglück ihrer Eltern. Für eine Liebe und eine Lust am Leben, die nicht hatten sein dürfen. Blinzelnd blickte sie zu den Nymphen an der Decke empor, die im Kerzenlicht nur als wolkige Schatten auszumachen waren. Was hatten die Nymphen in diesen Räumen nicht alles beobachtet? Wohl auch die heimliche Liebe ihrer Eltern. Ihr Vater hatte ihr von den Deckenbildern erzählt und die Nymphen als Baumgeister bezeichnet. Er hatte ihnen Namen gegeben, der griechischen Mythologie entsprechend. Aimée erinnerte sich an diesen Abzählreim, den er ihr vor dem Einschlafen wie einen magischen Spruch ins Ohr geflüstert hatte: »Karya, Kraneia, Orea, Ptelea, Syke.«

Karya war der Nussbaum, Kraneia die Kornelkirsche, Orea der wilde Olivenbaum, Ptelea die Bergulme und Syke der Feigenbaum. Luise hatte ihm versprochen, später, in Friedenszeiten, für jede Nymphe einen Baum in ihren Park zu pflanzen. Als Zeugnis ihrer Liebe. Ob es diesen Baumkreis da draußen unter dem Schnee irgendwo gab?

Sybille betrachtete sie, ohne ihre Hand loszulassen. »Magst du mir erzählen, wie Luise und dein Vater zueinandergefunden haben?«, fragte sie behutsam.

Aimée senkte zögernd den Blick, starrte ins Feuer. Das war doch ihre Geschichte, ihr Schatz. Wollte sie andere überhaupt daran teilhaben lassen? Wie Luise ihren Vater kurz nach seiner Ankunft im November 1943 in der Orangerie dabei beobachtet hatte, dass er fasziniert die Bonsaibäume betrachtete. Wie sie ihm erzählte, auf welchem Weg die Bäumchen nach Schwanenholz gekommen waren und was ihr die Baumschule bedeutete. Der Familienbesitz, den sie unbedingt für die nächste Generation retten und ihrem Sohn Fritz vererben wollte. Wie sie Antoine später mitnahm in das Quartier der verbotenen Bäume, das sie so nannte, weil sie dort all jene fremdländischen Exemplare kultivierte, deren Anbau von den Nazis nicht mehr gestattet wurde, weil sie ihrem verqueren Heimatbegriff nicht entsprachen. Amerikanische Buchen, Douglasien, Japanlärchen, Roteichen oder Robinien. Wie sie ihm gestand, dass sie nicht mehr an dieses Deutschland glaube und verzweifelt hoffe, dass der Krieg ein Ende nehme. Wie sie seine Hand nahm und ihn um Verzeihung bat für das, was ihm angetan worden war. Und wie die Tage und Wochen vergingen und wie sie dann ... *zu-einanderfanden*. War dies das richtige Wort für Antoines große Liebe? Für jenes tiefe Gefühl, das ihr Vater als *mémorable*, unvergesslich, bezeichnet hatte? Etwas Unumkehrbares, das wie eine Naturgewalt über ihn gekommen war. Das aus kleinen Gesten zu etwas Großem anwuchs. Und das ihn nicht länger in Feindbildern denken ließ.

»Ich weiß nicht, ob ich die richtigen Worte finde«, antwortete Aimée schließlich, denn jede Erzählung von ihr könnte doch nicht mehr als eine unbeholfene Vorstellung davon bieten, wie es vielleicht gewesen war. »Sie fühlten sich sofort zueinander hingezogen. Luise hat dafür gesorgt, dass mein Vater nach dem furchtbaren Transport und der Zeit im Lager wieder zu Kräften kam. Eine Zeit lang konnte er sogar in der Orangerie schlafen, weil es dort wärmer war als in der Scheune, bis der Aufseher Verdacht schöpfte. Und als sie später gemeinsam in den Baumschulquartieren arbeiteten, war da Respekt füreinander. Und eine unbändige Neugier: Wer ist diese Person, die mein Leben reicher macht? Die mich trotz dieses schrecklichen Krieges und seiner furchtbaren Begleitumstände lächeln lässt. Die etwas in mir wachsen lässt, ein Sehnen, das Tag für Tag größer wird. Und dann ...« Aimée hielt einen Moment inne, besann sich auf die Worte ihres Vaters. »Da gab es diesen Russen im Dorf, er hatte sich einen halben Laib Brot genommen, weil er am Verhungern war. Bauer Priem hatte ihn schon am Fleischerhaken hängen. Aufknüpfen wollte er ihn, dabei war der Russe fast noch ein Kind, nicht mal achtzehn Jahre alt. Als Luise davon hörte, ließ sie alles stehen und liegen und ging sofort hin. Sie hat sich dem Priem in den Weg gestellt und ihm gedroht, dass er es bis ans Ende seiner Tage bereuen werde, wenn er dem Jungen wegen einer Handvoll Brot etwas antäte. Dass die Schuldgefühle ihn auffressen würden. Da ist der Priem wohl eingeknickt, jedenfalls kam Luise mit Mischa auf den Hof zurück und hat ihn sich erst mal satt essen lassen. Das war der Moment, in dem Antoine sich endgültig in sie verliebte. Luise war nicht länger *la Boche*, die Deutsche, auch nicht die Gräfin oder die verheiratete Frau. Sie war die Frau, die es wagte, alles infrage zu stellen. Die ihn inmitten all der Sinnlosigkeit an etwas glauben ließ. In Luise sah er nur noch den Menschen, die Frau, die er liebte. Sie war wohl die Antwort auf die vielen Liebesgeschichten in seinem Leben, die unvollendet geblieben waren.«

Sybille nickte, ihre Augen schimmerten feucht.

»Wie ist es ihnen gelungen, nicht entdeckt zu werden?«

»Sie waren sehr vorsichtig.« Aimée lächelte, endlich gestattete sie sich, sich in die Polster zurückzulehnen, ihre Hände entglitten Sybilles lockerem Griff. Immer wieder habe es Situationen gegeben, wo eine Berührung, eine Zärtlichkeit fast entdeckt worden wäre. Wo die Lampe des Aufsehers über Antoines Lager glitt, das mit einem Strohsack präpariert worden war, wo Luise und Antoine auseinanderfuhren, weil jemand ohne anzuklopfen ins Kontor marschierte, wo die alte Köchin sich empörte, weil sie aus ihrer Vorratskammer etwas vermisste, was ins Quartier der Zwangsarbeiter gewandert war. »Sie mussten diese Liebe vor allen geheim halten, besonders vor Luises Sohn, der vierzehn Jahre alt war und fest an Hitler glaubte.«

»Der junge Fritz.« Sybille nickte. Ahnte sie etwas von dem furchtbaren Zwiespalt, in dem sich Luise befand, nachdem sie sicher war, dass sie ein Kind von Antoine erwartete?

»Luise muss Fritz sehr geliebt haben«, sagte sie.

»Mein Vater sagte, sie sei nie darüber hinweggekommen, dass er sich im Oktober 1944 freiwillig gemeldet hat. Dass er dann einfach fort war. Sie hat immer gehofft, dass er eines Tages wieder in der Tür stehen würde: ›Da bin ich wieder, Mama. Aber schick mich bitte nicht mehr in die Schule.‹«

»Und dann ist es anders gekommen.«

Ja, es ist anders gekommen.

Alles ist anders gekommen.

Das Ziehen an ihrem Körper wurde nun stärker, ein Zerren wie mit starken Seilen, die man ihr um Hand- und Fußgelenke geschlungen hatte. Aimée schloss die Augen, sie war so unsagbar müde.

»Karya, Kraneia, Orea, Ptelea, Syke«, hörte sie die Stimme ihres Vaters in ihrem Kopf. Er hatte sie als Kind in den Schlaf zaubern können.

Eine Hand strich sanft über ihr Gesicht, eine Berührung wie von Fingerspitzen, dann überließ Aimée sich ihren Träumen.

ISA

26

Na, nun musste sie doch mal ein bisschen Ordnung in die Verhältnisse bringen, jetzt, wo Carl mit seiner Mutter abgezogen war. Und mit dem Abendessen musste es auch endlich vorangehen. Bald halb neun, guter Gott! Isa hakte Caro unter und dirigierte sie zur Anrichte. »Luises Ehe war nicht so doll«, sagte sie und schob ihr die Schüssel mit dem Bohnensalat rüber. »Schmeck den mal ab!«

Nicht so doll, das war natürlich untertrieben. Luises Ehe war eine Katastrophe gewesen. Een Desaster, wie man hier so sagte. Aber nachdem Luises Vater sich mit einer Schiffsladung mit Säulenzypressen und ein paar Solitären, die an einen New Yorker Bankier gehen sollte und auf See Schaden nahm, verspekuliert hatte und sich die Schulden zu etwas Unbeherrschbarem auftürmten, entschloss Luise sich, den Spediteur zu heiraten, bei dem sie mit einer hohen Summe in der Kreide standen. Spedition Bernacker & Söhne. Der Wolfgang Bernacker war ja schon seit der gelösten Verlobung um Luise herumscharwenzelt, er hatte ihr sogar das Autofahren beigebracht. Und immer, wenn er zum Geldeintreiben auf den Hof kam, hatte er eine riesige Pralinenschachtel für Luise dabei. »Küss die Hand, gnädiges Fräulein.«

Damals hatte der Wolfgang noch Format, und Luise wollte das Unternehmen retten. Eher gebe ich ein bisschen was von meiner Freiheit her, als dass ich das Land und die Bäume verliere, hatte sie sich wohl gesagt. Heiraten musste sie ja doch irgendwann, sie brauchte einen Erben für die Baumschule. Und nach Klementines Verrat und der Romanze in Kopenhagen verspürte sie wohl kein Bedürfnis mehr nach einer großen, romantischen Liebe. Wolfgangs Geld hatte den Betrieb für ein paar Jahre am Laufen gehalten, bis auch seine Branche Anfang der Dreißigerjahre in die Krise taumelte. Aber da war der Wolf schon längst in der Partei, bis zum Kreisleiter hat er es gebracht, und später organisierte er den Nachschub an die Front, bis die Russen ihn im Winter 1941 vor Moskau schnappten.

Verblüfft blickte Caro zu ihr hinüber. »Aber ich dachte immer, die beiden hätten aus Liebe geheiratet, so wie Oma.«

»Nix da.« Isa schüttelte heftig den Kopf, und ihr Kinn schlackerte. Natürlich wusste sie, dass man sich im Haus über ihren Truthahnhals lustig machte. Aber die Jungen sollten erst mal so alt werden wie sie. Bis vor zehn Jahren war an ihrem Hals nichts auszusetzen gewesen. »Der Wolfgang war ein schöner Mann, so galant wie der Willy Fritsch. Der hatte doch an jedem Finger zehn Frauen. Luise hat er wegen des Titels genommen, Wolfgang Bernacker Graf von Schwan, das klang doch so schön nach Operette. Und auf seinen Eisenbahnwaggons und Transportkisten hat sich das Schwanenwappen auch ganz gut gemacht. Für eine Weile war Luise seine Lilian Harvey, aber dann ging er wieder wildern.«

»Echt jetzt?«

Caro machte große Augen, seufzend tunkte sie einen Finger in die Salatsoße und süffelte, als ob sie Wein probierte. Dachte sie darüber nach, was ihr über diesen Mann erzählt worden war? Wolfgangs Kriegsgefangenschaft, seine zerrüttete Gesundheit und der frühe

Tod mit gerade mal neunundfünfzig Jahren hatten ihrem Groß-
onkel etwas Märtyrerhaftes verliehen. Dabei war Wolf nie einer der
Guten gewesen. Im Gegenteil. Was war Isa erleichtert gewesen, als
er in seinen großen Krieg gezogen war. Sogar Luise hatte aufgeat-
met, als ihr Mann und sein Nazigefolge mit einem letzten hacken-
schlagenden deutschen Gruß von ihrem Hof verschwunden waren.
Isa sah sie abwartend an.

»Zu scharf«, befand Caro schließlich.

»Dann gib noch Bohnenwasser dazu.«

Isa öffnete ihr das Glas, das sie vorhin geholt hatten, und Caro
goss einen Schwall in den Salat und rührte um.

»Warum hat Luise ihn denn nach dem Krieg überhaupt zurück-
genommen?«, fragte sie.

Tja, warum?

Weil ihr Sohn tot war und sie furchtbar unter ihren Schuld-
gefühlen litt?

Weil Luise glaubte, so etwas wie Liebe nicht mehr zu verdienen?

Und weil man damals halt zusammenblieb, auch wenn man
längst in unterschiedlichen Welten unterwegs war? Das Haus war
ja groß genug, man konnte sich aus dem Weg gehen.

»Was hätte sie denn tun sollen?«, gab Isa zu bedenken. »Als es
hieß, dass der Wolf aus der Gefangenschaft zurückkommt, haben
sie die Frauen im Dorf doch alle beneidet. Hast du mal auf das
Kriegerdenkmal an der Blutbuche geschaut? So viele Namen,
manchmal sind ja weder der Bauer noch die Söhne zurückgekommen. Deine Oma hat doch auch ihren Mann verloren. So gesehen
hatte Luise ja noch Glück.«

Der Mann wieder da, nachdem er schon verloren geglaubt war,
wenn auch mit verkrüppelten Füßen. Die Nachricht war durchs
Dorf gerast, Bauer Priem hatte davon gewusst, bevor Luise den
Schrecken überhaupt verdaut hatte.

»Ich hab ein Bild von Luise gesehen ...«, sagte Caro, wieder tunkte sie den Finger in die Soße und kräuselte die Nase. Ihr Caro-Herz hatte einen guten Geschmack, mit ein bisschen Übung würde sie eine ganz passable Köchin abgeben. Aber das war wohl nicht das, wonach sie strebte. »Darauf ist sie nackt und mit Blumen bemalt.«

»Jesses!«

Polternd ließ Isa das Bratenmesser fallen.

Luise, nackt. Und dann noch mit Blumen.

Dieses Bild hatte sie noch nie gesehen.

»Das muss der Porzellanmaler gewesen sein«, hauchte sie.

»Noch ein Typ?«

»Ihr erster Mann, noch in Kopenhagen. Der Porzellanmaler hat später versucht, meinem Kurt zu helfen.«

»Was war denn mit dem Kurt?«

Caro gab noch einen halben Löffel Honig in die Soße und rührte wieder um.

»Der musste doch verschwinden. War ja immer bei den Sozialisten und in der Gewerkschaft gewesen, hat gegen Hitler gewettert. Als der an die Macht kam, waren sie hinter ihm her. Bis zur deutschen Besatzung von Dänemark hat er sich nach Kopenhagen verkrümelt. Später dann wollte der Kurt wohl nach Norwegen weiter, wie der Brandt. Die beiden kannten sich ja noch aus der SAPD, aber da hieß der Brandt noch Herbert Frahm.«

Isa bückte sich nach dem Messer und wischte es an ihrer Schürze sauber. Willy Brandt hatte nicht so lange gezögert wie ihr Kurt, er war auch 1933 auf und davon, aber gleich nach Norwegen und zuletzt dann nach Schweden. War ihm später ja auch vorgeworfen worden, genauso wie die unklaren Familienverhältnisse. Der Vater unbekannt, die Mutter überfordert. Trotzdem war der Brandt ein guter Kerl, und er war ein ordentlicher Kanzler gewesen. Hätte man ja nicht gedacht, dass ein Deutscher noch mal einen Friedenspreis bekäme. Und dann gleich den von Alfred Nobel. Aber dass man danach in der SPD so übel mit ihm umgesprungen war!

Ungehalten ging Isa zum Speiseaufzug und horchte. Da oben war es plötzlich so verdächtig ruhig. Und wo blieben eigentlich die Mädchen? Die waren doch bald 'ne Stunde fort und konnten schon längst nicht mehr nur mit Tischdecken beschäftigt sein.

»Und du hast wirklich nie wieder von ihm gehört?«

Isa schüttelte den Kopf und trat wieder an Caros Seite. »Ach, das wurde schon schwierig, als er nach dem Reichstagsbrand nach Kopenhagen ging. Der Kurt war ja kein großer Briefeschreiber und ich auch nicht. Nach dem Krieg hab ich übers Rote Kreuz nach ihm gesucht und erfahren, dass das Fischerboot, mit dem er nach Norwegen wollte, untergegangen ist. Mehr weiß ich nicht, er blieb einfach verschwunden.«

»Ach, Isa.«

Caro schlang die Arme um sie, ganz fest, und Isa ging das Herz auf. Einen Augenblick standen sie so da, eng umschlungen wie ein Liebespaar, ein Bollwerk gegen die Welt, dann polterte Niki in die Küche. Der Bengel sah aus, als ob er Hunger hätte.

»Oben hat's gebrannt«, rief er aufgeregt, »in der Halle.«

Caro fuhr herum. »Das kann nicht sein!«

»Aber ja.«

Also alle Mann hoch.

Tatsächlich, es roch verbrannt. Der Kegel der Taschenlampe erfasste ein verkohltes Etwas, das dalag wie ein abgezogenes Fell. War das nicht Luises warmer Lodenmantel, den sie immer bei ihren Rundgängen in den Baumschulquartieren getragen hatte? Und daneben eine zerbrochene Petroleumlampe, die stammte doch noch vom alten Friedrich Wilhelm. Sah aus wie ein Dummer-Jungen-Streich, das Ganze. Unwillkürlich musste Isa daran denken, wie Carl und Johann als Kinder gezündelt und einmal beinahe die Packscheune abgefackelt hatten. Wenn Rentzels Hund nicht angeschlagen hätte, wäre das Malheur groß gewesen.

Caro bückte sich und stocherte in den Überresten herum. Schließlich zog sie einen Fetzen hervor, auf dem ein Gestapo-Stempel mit Adler und Hakenkreuz prangte. Pfui Teufel! Isa zog sich der Magen zusammen, dieses wild gewordene Hexenzeichen. Trotzdem hätte Luise niemals gewollt, dass man diese Dinge mit Füßen trat. Sie hatte doch immer so viel auf Ordnung gegeben. Das von ihrem Vater ererbte Archiv war Schicht um Schicht gewachsen, wie die Jahresringe eines Baumes. Ein Querschnitt durch das Jahrhundert: die schlechten Jahre dünn, die guten breit und mit reichlich Korrespondenz, also Auftragsbestätigungen, Lieferscheinen und Rechnungen. Alles doppelt und dreifach, mit Durchschlag auf Kohlepapier. Nee, das hier war mehr als ein Dummer-Jungen-Streich.

»Die haben was gefunden«, sagte Caro dumpf, sie hielt den Fetzen angeekelt von sich weg. »Und haben es verbrannt.«

Niki nahm ihr vorsichtig den Schnipsel aus den Händen. Kenntnisreich studierte er den Stempel, sein Opa, Herbert Kuhlmorgen, war schließlich ein hohes Tier bei der Geheimpolizei gewesen. Der hatte Isa sogar mal zum Verhör einbestellt, nachdem ihr Kurt verschwunden war. Schutzhaft hatte er ihr angedroht, bis Luise sie da mit einem Wisch ihres Mannes rausgeholt hatte.

»Wo sind die eigentlich alle?«

Isa lauschte. Im Kontor war alles dunkel, und auch aus dem Gartensaal drang kein Mucks.

»Carl ist mit seiner Frau und deiner Oma wieder nach oben«, sagte Niki. »Und deinen Vater hab ich nicht gesehen.«

»Und die Mädchen, Frau Meister, die Französin?«

Isa sah auf die Bescherung zu ihren Füßen, sollte sie das etwa wieder in Ordnung bringen?

208

Caro überlegte nicht lange, zielstrebig wandte sie sich nach links, und Isa und Niki folgten ihr. Zu dritt betraten sie den Gartensaal. Dort war es ziemlich dunkel, das Feuer im Kamin war heruntergebrannt, und irgendjemand hatte fast alle Kerzen gelöscht. Isa schnupperte. Es roch nach Wald, und irgendwie hatte sich da auch wieder ein Weihnachtsgeruch eingeschlichen. Waren das die Mandarinen- und Zitronenbäumchen, die angeblich noch aus den antiken Gärten von Palermo stammten? Vorsichtig umrundete sie die Kübelpflanzen. Auf dem Sofa, wie auf einer Waldlichtung, lag jemand und schlief, zugedeckt mit einem Mantel.

War das nicht Sybille Meisters schöner Kamelhaarmantel?

»Das ist die Französin«, flüsterte Caro und hakte sie unter.

Aimée.

Ihre Aimée.

Isa kniff die Augen zusammen. Mal besser nicht so nahe ran, ihr traten ja schon wieder die Tränen in die Augen.

»Ich schau mal nach der Tafel«, murmelte sie mit rauer Stimme und löste sich von Caro. Schnell eine Kerze und dann ab nach nebenan, ins Esszimmer. »Die Mädchen machen ja, was sie wollen«, rief sie Carolin noch über die Schulter zu, damit die sich nicht schon wieder wunderte.

Aber im Esszimmer war der Tisch gedeckt, alles tipptopp. Die Mädchen hatten sich Mühe gegeben, da konnte man nicht meckern.

Isa rückte einen Stuhl zurecht und strich noch einmal über das weiße Tischtuch, um etwas zu tun. Die Hände verlangten danach.

Was für eine schöne Tafel!

Auf einmal fiel ihr ein, wie sie damals den Tisch für Luise und Antoine gedeckt hatte. War das nicht auch dieses Tischtuch gewesen? Das mit der Lochstickerei, das fast bis auf den Boden reichte? Je ein Gedeck an den Kopfenden der Tafel, dazwischen die Leuchter und der Tischaufsatz mit den Schwänen aus Porzellan. Drei

Meter voneinander entfernt hatten Luise und Antoine damals gesessen, damit ja kein Gerücht aufkam. Aber ihre Mutter hatte doch was bemerkt, trotz der Verdunkelung. Eine Vertrautheit, fast wie bei Eheleuten, die man an diesem Tisch lange nicht mehr gesehen hatte. Und später hatten die beiden sogar noch miteinander getanzt: Slowfox, das hatten sie unten in der Küche genau gehört.

Es war Antoines Geburtstag gewesen, und Luise hatte sich bei ihm bedanken wollen, weil er Fritz, der im Winter immer unter Ohrentzündungen litt, geholfen hatte. Viel besser als Doktor Schwitters aus Kappeln mit seinen ewigen Kamillendampfbädern und Umschlägen. Das Trommelfell hatte Antoine ihm geöffnet und den Eiter abfließen lassen. Dann hatte er ihm ein Röhrchen aus Gold eingesetzt, gefertigt aus einem Ohrring von Luise. Eine Operation mit der Leselupe am Küchentisch, der stöhnende Fritz kaum betäubt, aber es hatte geholfen.

Es gab keine Komplikationen nach der Operation, und Fritz konnte sogar wieder besser hören. Zu gut, wie sich später herausstellte.

Luise hatte sich spendabel gezeigt.

Roastbeef hatte es für Antoine gegeben, was sonst, während sie nach der Rückkehr ihres Mannes nur einen Hackbraten auftragen ließ. Falscher Hase mit Stampfkartoffeln und Erbsen.

JOHANN

27

Kein Ort auf der Welt erschien Johann in diesem Moment tröstlicher als sein dunkles Arbeitszimmer mit den Büchern. Was stapelte sich da nicht alles in den Regalen und auf dem Boden: die Brontës, Camus, Kafka, Hemingway, Faulkner, die Manns, Sartre, Woolf, Zweig … Wenn ihn jemand fragte, konnte er mühelos eine Liste der hundert schönsten Bücher der Weltliteratur zusammenstellen. Er hatte sie alle gelesen! Und zwar aus Vergnügen und nicht, um damit anzugeben.

Ächzend zündete Johann eine Kerze auf seinem Schreibtisch an, dann ließ er sich auf dem Diwan nieder und stützte den Kopf in die Hände. Die Schiebetür zu seinem Schlafzimmer war fest geschlossen. Gut so, denn mit Carl war er fertig.

Für alle Zeiten!

Wenn das hier vorbei war, würde er als Erstes die Parteifreunde anrufen und ihnen zusagen. Jetzt hatte er gar keine andere Wahl mehr, denn so konnte er nicht weitermachen. Nicht nach dem, was er nun wusste. Und was Carl daraus gemacht hatte. Nach der Hundertjahrfeier im März war Schluss, dann würde er seinen Geschäftsführerposten niederlegen. Wahlkampf statt Bruderkrampf. Haltung zeigen, auch wenn es nicht für den Landtag reichte.

Obwohl …

Nachdenklich betastete Johann seinen schmerzenden Hals. Carls Würgegriff würde Spuren hinterlassen, so viel war sicher. Blaue Flecken, auch auf der Seele. Gequält schloss er die Augen. Im nächsten Moment sah Johann das Quartier der Laubgehölze vor sich, an einem Frühlingsmorgen, blau-weißer Himmel, taufeuchtes Licht, erstes Grün. Eine Amsel, die in den Zweigen einer Buche sang. Und trotzdem Stille, die einem durch und durch ging, wie in einem Wald. Ein reines, rieselndes Glücksgefühl.

Konnte er das einfach so hinter sich lassen?

Dazu noch das Herrenhaus, Isa, all das, was Carolins Zuhause war?

Auf jeden Fall würde er auf dem Land bleiben und sich ein altes Haus am Waldrand suchen. (Vielleicht.)

Johann seufzte tief auf, und seine Rippen antworteten mit einem diffusen Schmerz. Ach, der Wald. Sein Sehnsuchtsort, neben der Baumschule und den Büchern. Die Brüder Grimm hatten in ihrem »Deutschen Wörterbuch« übrigens über tausend Substantive und Adjektive aufgelistet, die das Wort »Wald« beinhalteten. Das schönste Wort darin? »Waldumrauscht«.

Für einen Augenblick gab Johann sich dem Klang des Wortes hin. Keine Frage, er war ein Romantiker. (Einfach hoffnungslos.)

Seufzend fuhr er sich über das Brustbein, um sich im nächsten Moment stöhnend zusammenzukrümmen. Da hatte er wohl einen wunden Punkt erwischt, Carls Rechte auf dem Solarplexus hallte dumpf in ihm nach.

Ach, die Bäume und der Wald, das war ja auch so ein verdammt deutsches Ding. In einem alten Schinken hatte Johann mal gelesen, dass man im Salon Französisch und im Wald Deutsch sprechen solle. (Haha!) Und was hatten die Sieger der Olympischen Spiele 1936 neben einer Medaille bekommen? Genau: einen Ableger *deutscher* Eichen (hier meinte Johann, das wahnsinnige rollende R des Führers in seinem Kopf zu vernehmen), Symbol *deutscherrr* Standhaftigkeit, aus der *deutschen* Baumschule Gustav von Schwan. Auch der schwarze Leichtathlet Jesse Owens hatte eine *deutsche* Eiche bekommen. Nein, gleich vier, denn Owens hatte Hitlers Jungs gleich viermal besiegt, dreimal im Sprint (Einhundert Meter, Zweihundert Meter, Einhundert-Meter-Staffel) und einmal im Weitsprung. Acht Meter null sechs war Owens gesprungen, olympischer Rekord. Und dann hatte ihm auch noch sein *deutscher* Konkurrent Luz Long als Erster zum Sieg gratuliert. Eine Umarmung vor den Augen der Weltöffentlichkeit, Schwarz und Weiß, für einen Augenblick vereint. Hitler musste auf der Tribüne des Olympiastadions verrückt geworden sein. Das Tragische daran: Owens hatte seinen Freund nie wiedergesehen, denn Luz Long war im Zweiten Weltkrieg gefallen. Noch tragischer: Roosevelt, der Präsident der Vereinigten Staaten, hatte seinem Landsmann noch nicht einmal ein Glückwunschtelegramm nach Berlin geschickt. Außerdem weigerte der Präsident sich später, Owens im Weißen Haus zu empfangen. Der Grund? Roosevelt steckte mitten im Wahlkampf und fürchtete sich vor den Reaktionen der Wähler aus den Südstaaten. Trotz der vier Goldmedaillen wurde Owens lange jede Anerkennung in der Heimat verwehrt, er musste sein Geld sogar mit Schaukämpfen verdienen, wo er gegen Rennpferde und Motorräder antrat. War gerade mal zwei Jahre her, dass Präsident Ford ihm die Freiheitsmedaille verliehen hatte, die aus Owens endlich einen amerikanischen Helden machte.

Und Owens Hitler-Eichen? (*Hitlerrrr*-Eichen.) Die standen wohl noch immer im Garten seiner Eltern in Oakville (sic!), wo Owens aufgewachsen war. War gute Ware gewesen, die Luise damals nach Berlin geliefert hatte. Abkömmlinge einer »Friedenseiche« von 1871 aus dem Park von Schwanenholz, die an den deutschen Sieg über Frankreich erinnerte. Luise war selbst nach Berlin gefahren, sie hatte davon erzählt. Stolz. Ein unvergessliches Erlebnis: Fest der Völker, Fest der Schönheit. Sie hatte sogar dem Führer die Hand gegeben.

Erschrocken stöhnte Johann auf. Mein Gott, wohin verirrten sich seine Gedanken denn da? Verwirrt richtete er sich wieder auf und schüttelte vorsichtig den Kopf. Seine Rippenbögen vibrierten, eine ihm unbekannte Melodie, und irritiert lauschte er den Klängen. Jetzt hatte er es doch parat, das in Büchern und Ordnern verpackte Wissen aus jener dunklen Zeit. Warum nur hatte er nie weiter nachgeforscht?

Weil diese Episode sich vor dem Krieg und damit vor den schlimmsten Nazigräueln abgespielt hatte? (Also vor der sogenannten »Endlösung« mit der monströsen Vernichtung der Juden. Vor dem Holocaust.)

Weil die Olympischen Spiele 1936 ihm noch irgendwie unverdächtig erschienen waren? (»Fest der Völker. Fest der Schönheit.«)

Weil die ganze Welt teilgenommen hatte? (Owens übrigens auf Druck seines Leichtathletikverbandes, nachdem er sich zunächst geweigert hatte, in einem Land anzutreten, das dunkelhäutige und jüdische Athleten diskriminierte.)

Johann konnte es nicht sagen.

O Mann.

Stöhnend ließ er sich zur Seite sinken, strich mit den Händen über den schillernden Überwurf, den er von seiner Reise nach Indien mitgebracht hatte und der einen süßen Duft verströmte. Wie Nebel waberte sein Mantra durch seine Gedanken, nistete sich ein, beduselte ihn: Lass zu! Lass los! Lass es einfach sein!

Ach, Luise.

Sie war gut zu ihm gewesen, immer.

Seine Tante hatte ihm Mut gemacht, als er mit der Schule und seinen Mitschülern gekämpft hatte. (»Hau ab, Polacke!«) Seine Lehre durfte er im geschützten Biotop der Baumschule von Schwan absolvieren. Und weil seine Tante Carl das Studium finanzierte, hatte sie ihm angeboten, nach der Lehre auf Reisen zu gehen. Denn dass Reisen bildete und frei machte, davon hatte sie ihm immer vorgeschwärmt.

Also hatte Johann sich im Sommer 62 aufgemacht, per Anhalter auf dem Hippietrail, der damals noch nicht so hieß. Über Istanbul, Teheran, Kabul, Peschawar und Lahore war er bis an die Strände von Goa gekommen. Die Reise hatte ihn verändert, ihn freier atmen lassen, und als er Beate, nein, die exotische Beata, am Kalacha Beach traf, hatte sie ihn auch noch zum Mann gemacht. Johann war sich ziemlich sicher, dass Carolin schon in ihrer ersten gemeinsamen Nacht gezeugt worden war. Er hatte das einfach gespürt, ein altes, ganz tief in seinem Herzen verankertes Wissen. Dazu das Palmenrascheln und die Trommeln, der süßlich schwere Geruch nach Räucherstäbchen und faulendem Müll, der überall herumlag. *Magic!*

Beate war über die Schwangerschaft nicht besonders erfreut gewesen, eigentlich hatte sie in Indien bleiben wollen. Und als sie das erste Mal nach Schwanenholz kam, hatte sie ihn ausgelacht.

»Eine Baumschule, im Ernst? Und ein Schloss? Das ist doch bourgeoiser Scheiß!«

Mann, das hatte wehgetan. Vor allem, weil er zugelassen hatte, dass sie ihm mit ihren Worten das Herz zerriss.

Aber Luise war großartig gewesen, wieder einmal. Kein Wort von ihr über Beates unmögliches Verhalten. Kein Tadel ob seiner Wahl. Luise schien zu verstehen, dass Liebe nicht verhandelbar war.

Und Isa sowieso.

Und er? Johann hatte sich aufraffen können, doch noch zu studieren. Schließlich wollte er seiner Tochter mal etwas bieten, wenn er schon die Mutter nicht hatte halten können. (Bürgerlicher Gedanke, er wusste das.)

Würde Caro ihn überhaupt noch angucken, wenn er jetzt auf die politische Bühne trat? Wenn er sich als Johann der Weltenretter zum Hampelmann machte, für Bäume stritt und gegen Aufrüstung und Atomkraft? »Wohlbefinden statt Wachstum« – so lautete ihr grüner Slogan. Im Brokdorf-Kreis Steinburg waren sie damit bei den Kommunalwahlen immerhin auf drei Sitze gekommen. Und in Nordfriesland, wo man gerade über ein Atomkraftwerk im Watt zwischen Sankt Peter-Ording und Sylt diskutierte, auf zwei Sitze im Kreistag.

Trostsuchend drückte Johann sein Gesicht in den Überwurf. Roch die Decke nicht auch ein wenig nach Sybille? Nach ihrem Parfüm mit der blumig holzigen Note nach Rosen, Moschus und Zimtrinde, das er so mochte?

Johann tastete gerade nach seinem sich regenden Geschlecht, da öffnete sich die Tür, und Sybille kam herein.

»Entschuldige«, sagte sie nur, als sie ihn bemerkte. »Ich hätte nicht einfach so …«

»Nein, nein«, ertappt rappelte er sich auf, »das ist dein Zimmer, jedenfalls so lange, bis der Sturm abzieht.«

»Bisschen viel, was?«

Sybille tat so, als bemerkte sie seine offene Hose nicht, sie setzte sich einfach neben ihn und schwieg. Hatte sie die Spuren des Feuers in der Halle bemerkt?

Eine Weile saßen sie schweigend nebeneinander, und Johann spürte, dass auch Sybille etwas bedrückte.

»Was ist passiert?«, fragte er schließlich, und da erzählte sie ihm von ihrem Gespräch mit Aimée.

O Mann. Was für eine Story!

Luise und dieser Antoine, dann war es also wirklich wahr?

Johann kämpfte mit seinen Gefühlen, und auch Sybille war berührt. Er bemerkte, wie sie neben ihm unablässig über den seidigen Überwurf strich, bis ihre Hände sich endlich fanden.

Durfte er auf Erlösung hoffen?

Johann wagte sich nicht zu rühren, bis Sybille eine Zigarette aus ihrem zerknitterten Päckchen schüttelte und anzündete. Sie nahm einen knisternden Zug, atmete aus und hielt ihm die Zigarette hin.

Am Filter erahnte Johann den Abdruck ihres Lippenstifts.

Unnötig zu sagen, dass er nicht rauchte.

Unnötig, darüber nachzudenken, dass sich seine Mutter und Carl mit Anette im Schlafzimmer hinter der Schiebetür aufhielten.

Johann nahm einen tiefen Zug und atmete den Rauch in Sybilles Mund. Ein letzter Gedanke noch, bevor er sich ihrer sanften Führung überließ: Wenn die Brüder Grimm in ihren Märchen Kinder im Wald aussetzten, mussten die dann nicht auch das Böse überwinden?

CAROLIN

28

Nahm dieser Tag denn gar kein Ende? Nur mühsam gelang es Carolin, ein Gähnen zu unterdrücken. Ihr verletzter Arm schmerzte, sie hustete und überhaupt ... Alles war dunkel und durcheinander. Sie hätte sich jetzt gern verkrochen, Musik gehört, ihre Gedanken sortiert und um die Schwäne getrauert, aber sie kam einfach nicht dazu, denn Isa hatte sie losgeschickt, die Mädchen zu suchen. Seit mehr als einer Stunde fehlte von Heike und Ulrike jede Spur.

Niki hatte ja so einen Verdacht. Und tatsächlich: Als sie oben vor dem Gästezimmer standen, hörten sie Gläserklirren und Gekicher. Eine Zimmerparty, Meuterei. Offenbar hatten die Mädchen keine Lust mehr auf Isas Kommando.

Also echt jetzt!

Empört wummerte Caro gegen die Tür. »Es gibt Abendessen«, rief sie mit einer dröhnenden Stimme, die sie selbst erstaunte, und Niki schickte mit der Taschenlampe Lichtblitze durch den Flur. Und wo sie schon mal dabei waren, wummerten sie auf dem Weg zurück zur Treppe gleich gegen alle Türen im ersten Stock.

Bam! Bam! Bam!

I guilty stand before you ...

Na, das gab betretene Gesichter an der Tafel. Jo konnte seinem Bruder nicht in die Augen schauen, und auch Carl stierte mit geschwollenem Kamm auf seinen Teller. Aimée dagegen war gar nicht erst erschienen, sondern hatte sich in ihr Zimmer verzogen, als wollte sie einer weiteren Auseinandersetzung mit den Brüdern aus dem Weg gehen. Anette mochte nichts essen und nippte lediglich an ihrem Rotwein, und auf Klementine, die Carl schon wieder ins Bett verfrachtet hatte, passte Isa oben auf. Selbst Luise auf ihrem Bild am Büfett sah irgendwie schuldbewusst aus.

Lediglich Sybille Meister wirkte entspannt. Ihre Wangen waren gerötet, als hätte sie gerade ... na ja. Carolin verschränkte die Arme und blickte Niki vielsagend an. Ihr Vater schien ja ein toller Hecht zu sein, hätte sie nicht gedacht.

Schamrot nach Isas Gardinenpredigt und kopflos wie die Hühner, liefen die Mädchen zwischen Küche und Tafel hin und her und reichten kalten Braten und Salat. Dazu gab es geröstetes Brot und Gänseschmalz. Heike ließ den Schmalztopf fallen, als Carl sich zurücklehnte und zufällig ihren Po touchierte. Und Ulrike schenkte den Rotwein in die Weißweingläser ein.

Na dann, Prost Mahlzeit!

Zum Nachtisch – in der Halle schlug es bereits zehn Uhr – ließ Carl die Nachrichten servieren. Er hatte auf Mittelwelle zum Deutschlandfunk gewechselt, der erschien ihm wohl seriöser als der eher linke NDR. Die Lage wurde trotzdem nicht besser. Im Gegenteil, die Stimme des Sprechers klang ernst, als er verkündete, dass das Schneechaos in Norddeutschland von Stunde zu Stunde schlimmer werde. Menschen in eingeschneiten Autos, entgleiste Züge und Deichbrüche an der Ostsee, das sei die gegenwärtige Lage im nördlichen Teil der Bundesrepublik, und durch das Knistern der Mittelwelle hörte es sich so an, als fiele auch im Studio Schnee. Insgesamt achtzig Ortschaften seien ohne Strom, und

Ministerpräsident Stoltenberg habe seinen Urlaub abgebrochen. Die Kaltwetterfront dehne sich inzwischen immer weiter nach Süden aus. Die Grenze liege zur Stunde etwa bei Kassel und ... Gespannt ließ Carolin ihren Blick über die Runde schweifen. Ihr Vater nahm die Nachrichten hin wie das Wetter, still und ergeben, da ließ sich nichts machen. Ihr Onkel trommelte mit den Fingern wütende Morsezeichen auf das Tischtuch. Tak, tak, tak. Dass man in Kiel inzwischen einen Krisenstab eingerichtet hatte, kommentierte er mit einem höhnischen »Wurde auch Zeit!«. Sybille Meister nickte zustimmend nach jedem Satz, als hätte sie ihn ebenso formuliert. Offenbar lieferten die Kollegen vom Deutschlandfunk ordentliche Arbeit ab. Und Heike und Ulrike wechselten entsetzte Blicke, weil ihnen aufging, dass sie wohl auch am Silvesterabend im Herrenhaus festsitzen würden. Das wiederum ließ Niki losprusten, er kriegte sich gar nicht wieder ein. Vorwurfsvoll stieß Carolin ihn mit dem Ellenbogen in die Seite. Ging es Niki denn gar nicht nahe, dass seine Eltern immer noch nicht wussten, wo er steckte? Dass sie vielleicht sogar das Schlimmste befürchteten?

Unterdessen warf der Deutschlandfunk einen Blick über die Mauer: »Eis, Schnee und Temperaturen bis minus siebzehn Grad auch in der DDR. Die staatliche Nachrichtenagentur ADN meldet, etwa achttausend Räum- und Streufahrzeuge seien unterwegs, um die Straßen freizuhalten. Große Verspätungen gab es im Eisenbahnverkehr, so fuhren für dreizehn Stunden zwischen der Bundesrepublik und Westberlin keine Züge.«

»Achttausend Räumfahrzeuge«, höhnte Carl, »zählen die drüben auch die Schubkarren mit?«

Jo schüttelte nur den Kopf, dachte an ihre Mutter, die wohl irgendwo in Berlin feststeckte?

Die Kaltfront reiche inzwischen im Osten von der Sowjetunion bis in die DDR, im Westen von Belgien über die Niederlande bis nach Großbritannien, fuhr der Sprecher fort, unbeeindruckt von den Einwürfen der Tafelrunde. Der Grund für die Unwetterkatastrophe sei das Zusammentreffen von subtropischen und arktischen Luftmassen. In der kommenden Nacht sollten die Temperaturen in Norddeutschland noch weiter sinken. Man erwarte minus zwanzig Grad.

Puh, das saß!

Alle stöhnten auf, schon jetzt hatte man ja den Eindruck, dass der Schnee von außen gegen die Mauern drückte, als suchte er mit Macht nach einem Weg, um endlich zu ihnen hereinzukommen. Sie zogen ihre Mäntel gar nicht mehr aus.

Carl drehte das Radio ab, um die Batterien zu schonen. Mit gerunzelter Stirn blickte er in die Runde: »Ich fürchte, wir müssen uns in unser Schicksal fügen. Im Moment bleibt uns wohl nichts anderes übrig.«

Schicksal?

Was war das denn für ein wehleidiges Geseire?

Sybille Meister lächelte, amüsiert zwinkerte sie Carolin zu.

Doch ihr Onkel bemerkte offenbar gar nicht, wie pathetisch seine Worte klangen, denn er fuhr im selben Tonfall fort: »Morgen früh werde ich einen Plan ausarbeiten, wie wir auf uns aufmerksam machen können. Es steht ja außer Frage«, hier nickte er nach einem giftigen Seitenblick auf seinen Bruder Sybille Meister zu, »dass wir Sie bis Silvester nach Hause bekommen müssen.«

»Ich könnte auch das Fräulein Caroux mitnehmen«, erwiderte Sybille Meister in Anspielung auf die Ereignisse vom Nachmittag. Sie lächelte spöttisch, offenbar traute sie Carl nicht im Mindesten zu, etwas an ihrer Lage zu ändern. »Wenn Sie das möchten …«

»Darüber sprechen wir morgen«, fiel Carl ihr schnell ins Wort. Ihr Onkel schien wohl zu glauben, dass er die Sache mit den Zwangsarbeitern durch beharrliches Schweigen aus der Welt schaffen könnte.

Erwartungsvoll blickte Carolin ihren Vater an, das war doch sein Stichwort. Jetzt könnte Jo sich mal behaupten, beweisen, dass er mehr war als ein Bäumeumarmer im Wollpullover. Jetzt könnte er aufstehen und sich für Aimée Caroux starkmachen. Doch Jo ließ das einfach so stehen, als hätte er gar nicht zugehört. Als ginge ihn das alles nichts an.

Der Feigling!

Und mit dieser Haltung wollte er in die Politik gehen, um die Welt zu retten?

Carolin schüttelte sich. Aber gut, wenn Jo nicht eingriff, musste sie eben ran. Provozierend fuhr sie sich durchs Haar und blickte ihren Onkel an: »Erzähl doch mal, was ihr in Luises Archiv gefunden habt!« Der Schnipsel mit dem Hakenkreuzstempel, auf dem sie auch noch einen halben gestempelten Fingerabdruck entdeckt hatte, befand sich inzwischen in Luises Zimmer. Sie hatte ihn dort in Fritzens Silberrahmen versteckt, bevor sie mit Niki die Brandstelle in der Halle beseitigt hatte, um Isa zu helfen.

Carl beantwortete ihre Frage mit einem kühlen, aber beherrschten Blick. Vielleicht hatte er so etwas schon erwartet. »Das werden wir zu gegebener Zeit analysieren«, setzte er zu einer nichtssagenden Antwort an, wobei er sich zurücklehnte und die Beine ausstreckte.

»Aber …« So einfach wollte sie ihren Onkel nicht davonkommen lassen, doch im nächsten Moment schien unter dem Tischtuch ein Ungeheuer zu erwachen. Es fauchte und raschelte, dann schnappte das Biest wohl zu. Carl jedenfalls fuhr auf, als sei er von der Tarantel gestochen.

»Was zum Teufel …?«, fluchte er und sah dabei so aus, als wollte er sich mit einem Sprung auf seinen Stuhl in Sicherheit bringen. Doch seine Frau hielt ihn zurück.

Carolin schlug das Tischtuch beiseite. Unter dem Tisch hockte der Schwan, der seit dem Morgen verschwunden gewesen war. Carl war ihm wohl zu nahe gekommen.

»Das ist nur der Schwan«, rief sie froh und lachte, weil wenigstens einer von Luises Schwänen gerettet war.

Aber Carl fand das gar nicht komisch. Er warf ihr einen vernichtenden Blick zu, dann drehte er sich um und lief in die Halle. Augenblicklich wusste sie, dass er mit der Flinte zurückkehren würde.

Jetzt musste sie schnell sein!

Ohne weiter nachzudenken, krabbelte Carolin unter den Tisch und packte den Schwan von hinten bei den Flügeln, so wie Luise ihr das einmal gezeigt hatte.

Mann, was war der schwer! Ein heller Schmerz explodierte in ihrer bandagierten Hand.

Aber der Schwan hielt still, als ahnte er, dass es um sein Leben ging, und so schaffte sie es, ihn unter dem Tisch hervorzuziehen. Niki stand schon bereit und übernahm den Vogel.

Dann rannten sie, so schnell sie konnten, die Treppe hinauf und schlossen sich mit dem Schwan in Luises Zimmer ein.

SAMSTAG, 30. DEZEMBER 1978

CARL

29

Der dritte Tag. Carl hatte geschlafen, mehr schlecht als recht, vielleicht sechs Stunden auf der Chaiselongue im Kontor, die Arme um die Flinte geschlungen. Das Radio blieb stumm, als er es einschalten wollte. Kein Saft mehr, weil er zum Einschlafen noch Musik gehört hatte. Besinnliches zwischen den Jahren. Hatte ihm gutgetan und den Schwan und alles andere aus seinen Träumen herausgehalten. Ein wenig zerknirscht stand er auf und genehmigte sich erst mal einen Schluck Scotch gegen den schlechten Geschmack im Mund. Hoffentlich hortete Isa in ihrem Reich noch ein paar Batterien.

Als Carl ans Fenster trat, war von draußen nichts zu sehen, nur eine Schicht aus Eis, die inzwischen auch die Fensterrahmen und Teile der Wand bedeckte. Sein Atem glich den Gedanken in seinem Kopf: ein einziger Nebel. Zitternd spürte er die eisige Zugluft, die durch die undichten Fensterrahmen flutete. Mensch, da müsste man doch mal ran an dieses alte Zeugs. An diesen morschen Kasten, der nur noch von Erinnerungen und vergangenem Glanz zusammengehalten wurde. Thermopenfenster, die machten was her, die hielten dicht. Und dann auch noch die Heizung neu und das schreckliche Bild mit den Nackten im Gartensaal überstreichen.

Raufasertapete an die Wände, fertig. Eventuell noch einen Schutz-
raum, so wie es ihn in seinem Bungalow gab – man konnte ja nie
wissen, wo einen der Russe erwischte. Vielleicht wurde was draus,
wenn die Weihnachtsbäume im nächsten Jahr genug abwarfen.
Dass Johann nicht begreifen wollte, dass Wirtschaften keine Frage
der Moral, sondern der Kosten war. Es ging doch um Gewinn und
nicht nur um Sinn!

Mit dem Ellenbogen schrubbte Carl den Reif weg. Dahinter
eine apokalyptische Landschaft, keine Aussicht auf Besserung. Im
fahlen Morgenlicht war alles weiß, die Scheunen vom Schneegestöber verschluckt, nicht einmal die Buckel der geparkten Autos
waren mehr zu sehen. Und der Ostwind zerrte weiter am Haus, er
schubste es, als wollte er dieses Hindernis, das ihm schon so lange
im Weg stand, endlich zur Seite schieben. Eine Regenrinne hatte
der Wintersturm in der Nacht heruntergerissen, Carl hatte es pol-
tern hören, und dieser Erfolg hatte dem Wind offenbar neuen
Schwung verliehen. Es fauchte und heulte, der Sturm schien ihn
auszulachen.

Ob die Orangerie noch stand?

Fassungslos schüttelte Carl den Kopf. Für einen Moment fühlte
er sich vollkommen entmutigt, doch dann riss er sich zusammen
und stakste über die Auftragsbücher hinweg, die er noch nicht
wieder in die Regale zurückgeräumt hatte. Erst mal in die Küche
und sich einen Kaffee geben lassen. Und dann zu Anette. Wenn
ihn nicht alles täuschte, hörte er Isa unten schon rumoren.

Es war bereits kurz nach acht, und natürlich war Isa längst
wach. Sie rührte in einem Teig, der nach Milch und Hefe roch.
Wollte sie frische Brötchen backen? Süße Hefebrötchen, von denen er als Kind so gern genascht hatte, bis er Bauchweh bekam?

Als Carl hereinkam, unterbrach sie ihre Arbeit. Sie schaute ihn
kurz an, als ob sie prüfen wollte, in welcher Verfassung er war,

bevor sie ihm wortlos einen Becher handgebrühten Kaffee auf die Wachstuchtischdecke stellte. Dazu noch einen ordentlichen Schluck Sahne, fast bis an den Rand, und ein paar Weihnachtskekse mit Mandeln und Marmelade. Bullenaugen.

Carl nickte dankbar und wärmte sich die Hände am Becher, dann trank er schweigend, während Isa auf ihren Teig einprügelte, ihn boxte und knetete, auseinanderzog und wieder zusammenfaltete, wohl zehn Minuten lang.

»Du hast lange nicht mehr hier unten gesessen«, sagte sie schließlich nach einem letzten Handkantenschlag und drehte sich wieder zu ihm um. Sie lächelte ihm zu, so freundlich, dass auch ihr Kinn für einen Moment der Schwerkraft enthoben schien.

Carl sagte nichts dazu, er schaute nur in seinen Kaffee, irgendwie überrumpelt. Ja, das stimmte wohl. Wie oft hatte er als Junge auf dieser Bank gesessen, mit Johann, der auf Isas Schoß krabbeln durfte, weil er sich von ihr kraulen ließ. Doch irgendwann hatte seine Mutter darauf bestanden, dass die Kinder oben bei den Erwachsenen an der Tafel sitzen sollten. Onkel Wolfgang gegenüber, der gar nicht aufhören konnte, Carl mit Blicken zu verschlingen, weil er ihn doch so an seinen Sohn erinnerte. Den forschen Fritz, der im Kampf um Berlin gefallen war. Aschblondes Haar, der Scheitel tief, die wässrigen blauen Augen, die nicht vergessen konnten.

»Deine Mutter schläft noch, ich hab vorhin schon mal geschaut. Und Anette auch. Alles in Ordnung da oben.«

»Gut.«

Carl räusperte sich, das erste Wort nach der Nacht. Da saß ein Kloß in seinem Hals, der ihn am Reden hinderte.

»Du darfst dem Schwan nichts tun«, fuhr Isa fort, sie schien ihm anzusehen, dass er gerade wehrlos war. »Das bringt Unglück, hat auch Luise immer gesagt. Solange es auf Schwanenholz Schwäne gibt …«

Ja, ja, Carl winkte ab, er kannte den alten Spruch. Solange es auf dem Schlossgraben Schwäne gab, würde es der Familie an nichts fehlen. War natürlich Aberglaube, Spökenkiekerei. Carl beobachtete, wie Isa ihre bemehlten Hände an der Schürze abwischte. Da saß ein Ring an ihrem Finger, ein schmaler Reif aus Gold, fast wie ein Ehering. Wo kam denn der auf einmal her?

»Und du darfst auch Aimée nichts tun. Das Mädchen kann doch nichts dafür.«

Wie jetzt? Unwirsch stellte Carl den Becher ab. Warum machte Isa ihn denn jetzt rund? Er war doch gestern auch einfach so in die ganze Sache hineingeworfen worden. Was konnte er denn dafür, dass diese Aimée Caroux offenbar noch eine Rechnung mit ihnen offen hatte? Das waren doch Altlasten, nicht aus den Büchern getilgt.

»Dann erklär du mir doch mal, was damals hier passiert ist«, sagte er rau. Der Kloß rutschte nun doch ein wenig tiefer, und vielleicht konnte er ihn gleich hinunterschlucken, wenn er ein wenig mehr Klarheit gewann. »Ich kann einfach nicht glauben, dass Luise sich mit einem Zwangsarbeiter eingelassen haben soll.«

»Warum denn nicht? Der Antoine, der war doch anständig.«

»Anständig?«

»Ein guter Mann. Sauber, verständig, hat immer gleich begriffen, was man von ihm wollte. Ein Glücksfall für die Baumschule. Die Bäume hat er mit Samthandschuhen angefasst.«

»Und Luise auch?«

Carl schüttelte den Kopf. Nicht im Traum wäre ihm eingefallen, dass Luise ihren Mann betrogen haben könnte. Onkel Wolfgang, der im Krieg so viele Opfer gebracht hatte. Der auch Kriegsgefangener gewesen war, seit 1942, im Lager in Nowaja Ljalja im Ural, wo es fünf Monate im Jahr Frost gab. Er hatte Buße getan für die Massaker der Wehrmacht, für den Wahnsinn vom Lebensraum im

Osten und die Mär vom jüdischen Bolschewismus, den es auszu-
rotten galt. Im November 1945 war Onkel Wolfgang dann als einer
der Ersten zurückgekommen, vollkommen zerrüttet, ein nervöses
Wrack. Ein Geschrei, wenn er nachts aus seinen Albträumen auf-
schreckte, als wäre der Krieg immer noch nicht zu Ende. Dystrophie,
das hatte Doktor Schwitters damals hilflos diagnostiziert und von
Mangelernährung gesprochen. Wenn das Essen auf den Tisch kam,
hatte Onkel Wolfgang auch immer sofort losgelegt, selbst zehn
Jahre nach seiner Rückkehr saß ihm der Hunger noch wie ein Ko-
bold mit Spitzhacke im Nacken. »Iss«, befahl ihm der Geist und
rammte ihm den Stahl ins Fleisch, »iss, so schnell du kannst, sonst
nimmt es dir noch jemand weg.« Carl hatte es seiner Tante angesehen, dass sie den Onkel für seine Unbeherrschtheit verachtete.
Kein Herr mehr, sondern nur noch Vieh. »Alle Tünche ab«, sagte
Onkel Wolfgang achselzuckend, wenn er ihren Blick bemerkte,
denn er hatte zu lange nur von Wasser und Brot und Gerüchten
gelebt. Von der Hoffnung, bald nach Hause zu kommen. Er hatte
für seinen Glauben an den Herrenmenschen mit seiner Menschlichkeit bezahlt.

»Da war ich doch nicht dabei.« Kopfschüttelnd wich Isa seiner
Frage nach Luise und Antoine aus.

Sie hob die Arme und wandte sich wieder ihrem Teig zu, um
Kugeln daraus zu formen, die sie auf ein bemehltes Backblech
legte. Carl stützte den Kopf in die Hände. Es war schön, ihr dabei
zuzusehen. Es machte ihn ruhiger. Ganz kurz dachte er an sein
Kind: Ob sein Sohn wohl süße Hefebrötchen mögen würde?

»Du musst das doch irgendwann mitgekriegt haben. Eine
Schwangerschaft lässt sich ja nicht ewig verheimlichen«, sagte er
ungläubig.

»Na, sie wurde ja nicht gleich schwanger«, rutschte es Isa raus.
Sie zuckte kurz zusammen, dann formte sie weiter Brötchen. Sie

tat das mit jener raumgreifenden Geschäftigkeit, mit der sie seit jeher über die Grundbedürfnisse der Familie von Schwan herrschte. Essen, Trinken, Sauberkeit, alles ihr Revier. Jede Putzfrau, die Luise ihr zur Seite stellen wollte, hatte Isa mit ihren hohen Ansprüchen vergrault. »Und als ich es bemerkt habe, war sie schon fast im siebten Monat.«

»Und dann?«

»Na, dann hab ich ihr geholfen, die Sache über die Bühne zu bringen, als es so weit war. Die Hebamme konnten wir ja nicht rufen, wär ja sonst alles rausgekommen. Und der Antoine, der hat auch tüchtig mitgeholfen, war ja sein Metier.«

»Wie meinst du das?«

»Der war doch Arzt, der kannte sich aus. Ist ja auch alles gut gegangen, obwohl Luise schon so alt war. Hätte ja keiner gedacht, dass sie mit fast vierundvierzig noch ein Kind bekommen könnte. Sie selbst hat es zuerst auch nicht geglaubt. Hat gedacht, sie sei schon in den Wechseljahren, als ihre Blutung ausblieb.«

»Ja, ja.« Carl verzog das Gesicht und winkte ab. Von diesen Dingen wollte er gar nichts wissen. Stumm starrte er in seinen Kaffee, bis ihm aufging, was Isa da gerade von sich gegeben hatte.

Das konnte doch nicht wahr sein!

Dann war Aimée tatsächlich Luises Tochter?

Die Erkenntnis traf ihn wie ein Hieb in den Magen.

Sofort sah Carl seinen Bruder und dessen überhebliches Gutmenschengehabe vor sich. Und wenn Johann sich nun mit Aimée gegen ihn verbündete? Wenn die beiden ihn aus dem Unternehmen drängten?

Carl schnappte nach Luft, unterdrückte ein Keuchen.

»Die Kleine ist dann zu mir in die Küche gekommen.« Isa hielt inne, versonnen betrachtete sie ihre Brötchen, den weißen, duftenden Teig. »Luise hat oben die Einquartierungen geregelt, sie war gleich wieder auf den Beinen. Dreißig Mäuler mehr hatten wir hier zu stopfen, dabei gab es ja fast nichts mehr. Auch auf Bezugsschein nicht. Und dann die Geschichten, das kannst du dir nicht vorstellen. All diese Schicksale, furchtbar. Manche von denen haben auch gar nicht mehr gesprochen, so wie dein Bruder. Nur die Augen, da hast du alles drin gesehen. Luise hat immer gesagt, das geht nicht mehr lange gut mit dem Hitler. Aber dass der sich dann feige das Leben nimmt, hätte man ja auch nicht gedacht.«

»Und dieser Antoine?«, krächzte Carl, weil es ihm nun endgültig die Sprache verschlagen hatte.

Isa schweifte ab, aber er wollte sie noch nicht in Ruhe lassen. Kurze Leine, immer schön zurück zur eigentlichen Geschichte, jetzt wollte er alles wissen. Vielleicht gab es doch noch Rettung für ihn?

»Hat alle entlaust, Haare geschoren, Krätze behandelt, Essen verteilt. Hat dafür gesorgt, dass die Arbeiter nicht meuterten, denn der olle Rentzel lag mit einer Lungenentzündung im Bett.«

»Wann sind die denn los?«

Krächz, krächz, krächz, er schien sich gerade in einen Raben zu verwandeln.

»Die Zwangsarbeiter?«

Isa hob die Schultern, dachte nach. »Nach der Befreiung, als die Engländer kamen. So peu à peu, wie man so sagt. Irgendwann gab's Papiere, dann hieß es: Abmarsch nach Hause! Nur Antoine blieb länger, wegen des Kindes. Aber dann waren die beiden plötzlich auch verschwunden.«

Isa zog eine Schublade auf, holte ein Messer hervor und begann, die Brötchen einzuritzen.

»Er hat Luise das Kind weggenommen?«

So, jetzt hatte er Isa am Haken! Jetzt hatte er was, woran er sich festhalten konnte. Ganz kurz fühlte Carl leise Hoffnung in sich aufsteigen. Vielleicht ließe sich daraus etwas für seine Verteidigungsschlacht zimmern?

Isa antwortete nicht. Ungerührt, als hätte sie ihn nicht gehört, ritzte sie weiter. Brötchen für Brötchen. Schnitte wie mit dem Lineal gezogen.

»Isa?«

Wieder bockte sie, wehrte ab, blieb bei ihren Brötchen. Das Gesicht so konzentriert, als säße sie über einer ihrer Patiencen. Wollte sie nichts dazu sagen, oder konnte sie nicht?

Carl trank den Kaffee aus, aß den Keks, der viel zu süß war, innen drin so wund, als wäre ein Schrapnell in seinem Bauch explodiert. Dann dachte er an seinen Vater, der in Frankreich gefallen war. Der ihm seine Schmetterlingssammlung vermacht hatte in diesen letzten Tagen im April 1944, als er zehn Tage Fronturlaub bekommen hatte, weil der Großvater fünfundsiebzig wurde. Sie hatten einen langen, herrlichen Nachmittag darüber gesessen, hatten die schillernden Falter unter der Lupe betrachtet, und sein Vater hatte ihm ihre Namen aufgeschrieben, die lateinischen, als wären sie sein Vermächtnis: *Vanessa atalanta, Aglais io, Gonepteryx rhamni.* Worte, so magisch wie ein Zauberspruch.

Dann hatte sein Vater sich noch einmal alle seine Zaubertricks vorführen lassen und ihm nach dem Knotentrick, der besonders gut gelungen war, applaudiert. Beim Abschied hatte er ihn fest in die Arme genommen. »Pass gut auf deinen Bruder und auf deine Mutter auf!« Als wäre Felix von Rüstow schon davon ausgegangen, nicht mehr zurückzukehren. Ja, und er war dann auch nicht mehr wiedergekommen. Sein Vater war mit einem Bauchschuss in einem Graben in Frankreich verreckt, weil die Kameraden ihn zurückgelassen hatten. Heute lagen seine sterblichen Überreste auf einem anonymen Gräberfeld bei Caen. Lange Reihen namenloser weißer Kreuze, Carl war einmal dort gewesen. Und dann das Haus, der weiße Traum in Köslin, wo jedes der mehr als dreißig Zimmer Kinderglück bedeutet hatte. Dafür hätte wohl kein Gepäck der Welt gereicht.

Carl biss sich auf die Lippen. Nein, nicht nur Aimée Caroux hatte noch eine Rechnung offen. Auch sein Konto befand sich im Minus. Er würde das nie so stehen lassen können.

Wieder blickte er zu Isa, und die erwiderte seinen Blick, war plötzlich wieder da, schenkte ihm noch Kaffee nach. Sahne. Keks. Carl stutzte. Dieses freundliche Gesicht, das Lächeln hinunter bis zum Kinn, das war doch nicht normal.

Als sie kurz vor dem Speiseaufzug stehen blieb und so tat, als würde sie nicht horchen, fiel es ihm wie Schuppen von den Augen. Da oben war doch was im Gange. Sollte sie ihn hier unten etwa festhalten? Von etwas ablenken?

Verdammt, auf einmal sah er die Abdrücke auf der Wachstuchdecke. Zwei feuchte Kreise, als hätten da vorhin schon einmal zwei Becher gestanden. Als wäre er nicht der Erste, der hier seinen Morgenkaffee trank.

Hektisch sprang Carl auf. Doch als er nach oben kam, hörte er den Trecker schon im Hof tuckern. Er riss die Tür auf, brüllte in den Wind, aber aufhalten konnte er seinen Bruder nicht.

JOHANN

30

Geschafft! Doch als sie durch das Torhaus fuhren, bekam Johann es mit der Angst zu tun. Würden sie überhaupt bis ins Dorf kommen? Die Allee hinunter und durch den Schnee, der ihn mit seiner schieren Masse nur fassungslos staunen ließ? Und dann noch weiter durch den Ort und hinaus bis zur Kirche? Bis zu Pastor Siebeling und den Taufbüchern von Schwanenholz, die hoffentlich Aufschluss gaben.

Nein, das war ein Himmelfahrtskommando!

Noch dazu bei minus sechzehn Grad.

Johann wäre nicht so wagemutig gewesen, wenn Sybille ihn nicht bestärkt hätte. Wenn sie die Tour nicht geradezu eingefordert hätte, vor allem wegen Aimée, der sie unbedingt helfen wollte. Jetzt, wo auch Isa ihnen beim Morgenkaffee ihre Geschichte in groben Zügen bestätigt hatte. Und wenn sie schon mal unterwegs waren, wollte Sybille sich auch ein Bild von der Lage im Dorf machen, mit dem Bürgermeister und den Bauern sprechen, die schon den zweiten Tag ohne Strom waren und nicht melken konnten. Wahrscheinlich hatte sie ihren Artikel dazu schon im Kopf: »Als Schwanenholz im Schnee versank«.

Doch zunächst einmal saß sie neben ihm in der Kabine, auf

dem Beifahrersitz über dem linken Hinterrad, dick eingepackt. Zwei Lagen Unterwäsche, zwei dicke Pullover, Parka, Handschuhe, Mütze, Schal. Er hatte sie in seinen Sachen wühlen lassen, und es hatte ihr gefallen, sich in einen Mann zu verwandeln. Sogar in seinen langen Unterhosen sah sie hinreißend aus. Lange Beine, schmale Hüften, vom Doppelripp umschmeichelt (und die Zehennägel rot lackiert!). Von wegen Liebestöter, Johann hätte sie am liebsten wieder auf die indische Decke gezogen. Wenn es nach ihm gegangen wäre, hätten sie dort liegen bleiben können. Ihr Duft nach Rosen, Moschus und Zimtrinde fuhr ihm direkt ins Hirn. *Magic!*

Aber gut, nun waren sie unterwegs, die Scheibenwischer kämpften gegen das Schneegestöber an. Flocken, die direkt aus den endlosen Weiten des Alls zu kommen schienen. Isa hatte ihnen zwei Thermoskannen mit heißem Tee mitgegeben, belegte Brote, Schokoriegel, Äpfel. Der Rucksack stand zu seinen Füßen. Große Winterexpedition – denn man tau!

Wie er auf dem Hof manövrieren musste, das hatte Johann sich gestern bei seinem Bruder abgeguckt, aber auf der Allee war es schwieriger. Wo sich die Straße befand, ließ sich nur noch anhand der Baumreihen erahnen, die die Allee links und rechts begrenzten. An manchen Stellen hatte der Wind den Schnee wohl bis zu drei Meter aufgetürmt, bis an die Baumkronen heran, die mit ihren weißen Kappen wie Fabelwesen daraus hervorragten. An anderen war der Schnee kaum einen halben Meter hoch. Das System dahinter ein Rätsel. Normalerweise benötigte man mit dem Auto keine fünf Minuten vom Gut bis ins Dorf, aber heute kämpften sie wohl mehr als zwei Stunden gegen den Schnee. Das war kein Fahren, das war ein Durchschaufeln und Durchschieben. Vor und zurück, vor und zurück, der Dieselmotor lief auf Hochtouren und stieß pechschwarze Rußwolken aus. Gut, dass der Deutz noch nicht so alt war (eine Morgengabe zu Carls Hochzeit), er konnte kräftig beißen.

Sie unterhielten sich nicht viel während der Fahrt, dafür war Johann zu angespannt und der Trecker zu laut. Ab und zu reichte Sybille ihm einen Schluck Tee, den er genauso dankbar entgegennahm wie einen ihrer beiläufig dargebotenen Küsse. (Kein Nachdenken über dieses Wunder, das hatte er sich verboten.) Nur einmal wollte sie wissen, ob er sich Sorgen um die Bäume in den Quartieren mache.

Ja, natürlich machte er sich Sorgen. Normalerweise kamen Bäume gut durch den Winter, Nadelbäume sogar noch besser als Laubbäume. (Wieder ein Punkt für Carl und seine Tannenbaumplantage.) Und Baumschulbäume waren besonders hart im Nehmen, denn sie wurden oft umgetopft und umgepflanzt, gedüngt und behutsam beschnitten, damit sie später gut anwuchsen. Aber diese Kombination aus Frost und Sturm und Schnee war etwas nie Dagewesenes, den jüngeren, empfindlicheren Exemplaren würde das extreme Wetter gewiss zusetzen. Es kam jetzt darauf an, wie lange dieser katastrophale Wintersturm noch wütete. Johann sah die Quartiere vor sich, die vom Schnee verschluckten Bäume, den schlafenden grimmschen Zauberwald. Würden seine Bäume wieder erwachen, wenn dem Sturm die Puste ausging?

Am Eingang von Dorf Schwanenholz war das Ortsschild im Schnee versunken, dafür gab es eine schmale, freigeräumte Spur, die quer durch den Ort führte. Die Schaufelkolonne! Trotzdem war niemand unterwegs, das Dorf wirkte wie ausgestorben. Dunkle Häuser mit meterhoch Schnee auf den Dächern, von den Regenrinnen hingen in langen Reihen Eiszapfen herab. Als sie am Tante-Emma-Laden vom Trecker kletterten und die durchgerüttelten Knochen sortierten, hörten sie die Kühe in den Ställen brüllen. Der Milchstau musste den Tieren höllische Schmerzen bereiten.

Mit klammen Fingern befestigte Johann einen Zettel an der Ladentür, auf dem stand, dass Niki sich wohlbehalten auf Gut

Schwanenholz befand. Isa hatte die Idee gehabt, der Laden war schließlich die Nachrichtenzentrale von Schwanenholz und Umgebung. Gisela Wolters hökerte mit allem, was die Dorfbewohner benötigten, vom geräucherten Aal bis zur Zahnpasta, und während sie abzählte, wog und einpackte, was an ihrer Theke verlangt wurde, würzte sie die Tüten und Päckchen stets mit einem: »Hest al höört?« Mit etwas Glück gelangte die Nachricht von hier bis in den Nachbarort und zu Nikis Eltern.

Doch heute war auch der Laden dunkel, und auf ihr Klopfen antwortete ihnen niemand. Als sie zum Bürgermeister weiterziehen wollten, kam ihnen Uwe, der Sohn vom alten Priem, auf dem Trampelpfad durchs Dorf entgegen. Er stemmte sich gegen den eisigen Wind. Vor ein paar Jahren hatte Uwe den schiefen Stall seines Vaters abgerissen und einen neuen gebaut. Einen Stall, so groß wie eine Milchfabrik. Keine Hühner mehr, keine Gänse, keine Schweine. Nur noch ein paar Rinder zum Mästen für Luises Roastbeef und ansonsten Milchvieh, hundert Stück. Dazu eine vollautomatische Melkanlage mit schmatzenden Vakuumpumpen. Und nun saß Uwe da mit seinen hundert Kühen und hatte seit zwei Tagen keinen Strom.

Johann musste ihn gar nicht fragen, wie die Lage sei. Unter seiner Kappe mit den Ohrenklappen sah Uwe aus, als stünde der Weltuntergang bevor. Seine Mundwinkel zitterten, die Augen waren rot, als hätte er geweint. »Waarum kummt denn nüms?«, fragte er sie verzweifelt und starrte sie an. »Vadder sitt in Stall un söcht to melken.«

Der alte Priem war inzwischen weit über achtzig und humpelte seit dem Ersten Weltkrieg. Damals war ihm das halbe linke Bein abhandengekommen, bevor er überhaupt einen Schuss abgeben konnte. Wundbrand in den Schützengräben von Verdun. Johann wusste nicht, was er Uwe antworten sollte. Sein Hals war plötzlich zugeschnürt, er hätte ihn am liebsten in die Arme genommen, um ihn zu trösten. Wie lange brauchte man, um hundert Kühe von Hand zu melken?

»Im Radio haben sie gestern Abend noch gesagt, dass sie Dieselgeneratoren ausfliegen«, sagte Sybille. Sie bemühte sich, eine Spur von Zuversicht in ihre Stimme zu legen. Informationen weitergeben, das war wohl ihre Art, Trost zu spenden.

Uwe sah sie an, als käme sie vom Mond. Sicherheitshalber wechselte er ins Hochdeutsche: »Wie sollen die mich denn hier draußen finden?«, herrschte er sie aufgebracht an. »Den Hubschrauber möchte ich sehen, der bei diesem Wetter landen kann. Man sieht ja die Hand vor Augen nicht.«

Beruhigend legte Johann ihm eine Hand auf die Schulter. »Warst du schon beim Bürgermeister?«, fragte er, denn jetzt fiel ihm ein, dass Hans Klock Hobbyfunker war. Vielleicht kam der auf seiner Frequenz ja irgendwohin durch?

»Natürlich war ich da, wir waren alle da, und Hans funkt ja auch wie ein Verrückter. Aber bei der Polizei sagen sie, wir sollen die Frequenz für Notfälle freihalten. Kühe sind kein Notfall.«

Ja, das war wohl so, jedenfalls im behördlichen Sinne. Aber wenn man Uwe so ansah und dazu die Kühe brüllen hörte, dann brach es einem das Herz, auch wenn das gerade dick in Doppelripp eingehüllt war. Johann lief mit Uwe mit, um seinen Ersatzkanister mit Diesel aufzufüllen, während Sybille eine Runde drehen und beim Bürgermeister anklopfen wollte. Sie verabredeten, sich in einer Dreiviertelstunde am Trecker zu treffen, um weiterzufahren.

In Uwes Stall war das Brüllen kaum zu ertragen, eine vielstimmige Schmerzensklage, die sich in die Seele fräste. Die Kühe stampften, schlugen mit dem Schweif, rissen an ihren Ketten. Und trotzdem saß der Alte mit seinem Holzbein furchtlos auf dem

Melkschemel und strich die prallen Euter aus, genauso wie die Bäuerin und die beiden Söhne. Retten, was zu retten war. Sie ließen die dampfende Milch direkt in die Streu laufen, es machte sowieso keinen Sinn, sie aufzubewahren, wenn man sie in der Meierei nicht weiterverarbeiten konnte. Johann klopfte allen wortlos auf die Schulter, was sollte man auch sagen?

»Wie ist es bei euch?«, fragte Annika, Uwes Frau, sie drehte sich kurz zu ihm um. Ihr Gesicht unter dem Kopftuch war rot, trotz der Kälte schwitzte sie. »Habt ihr genug zu essen?«

»Wir kommen klar«, erwiderte Johann, und in diesem Moment war er froh, dass seine Bäume nicht schreien konnten. »Isas Keller ist rappelvoll. Alles doppelt und dreifach da.«

»Die Alten.« Annika deutete mit dem Kinn zu ihrem Schwiegervater, der aussah, als sei er im Kampfeinsatz. Fahles Gesicht, Schweiß auf der Stirn, hoch konzentrierter Blick aus zusammengekniffenen Augen. »Können das Horten nicht sein lassen. Na, jetzt passt es mal.«

Johann nickte. Ob der alte Priem noch manchmal daran zurückdachte, dass Luise ihn einst vor einem Mord an einem der Zwangsarbeiter bewahrt hatte? Stand er deshalb jedes Jahr vor der Tür, um schweigend einen Rinderbraten auf den Küchentisch zu legen?

»Ihr müsst auf euch aufmerksam machen«, sagte Johann schließlich hilflos, als er sich verabschiedete. »Damit man euch von oben sehen kann.«

»SOS«, stimmte Hauke zu, er war Uwes Jüngster, fünfzehn Jahre alt und schon fast genauso knorrig wie der Opa. Er sah so erschöpft aus, als hätte er seit gestern Morgen ohne Pause durchgemolken.

»Ja, mit Farbe auf ein Laken geschrieben. Und das legt ihr dann oben aufs Dach in den Schnee.« Johann hob die Arme, etwas Besseres fiel ihm auch nicht ein.

Uwe verdrehte die Augen. »Wo wollt ihr denn noch hin?«, fragte er, als er ihm noch einen Kurzen für den Weg aufdrängte.

»Zum Pastor.«

Johann kippte den Schnaps hinunter, Widerstand zwecklos. Bestimmt musste Sybille beim Bürgermeister auch noch einen auf den Sturm heben. Hoffentlich vergaß sie darüber nicht, Hans Klock von Nikis Verbleib zu erzählen. Das konnte Hans doch auch nach Kappeln funken.

»Da kommt ihr doch nicht durch. Hab gehört, dass das Wasser bis oben am Knick steht.«

Uwe schüttelte entschieden den Kopf. Offenbar konnte er nicht verstehen, dass sich jemand um den alten Siebeling sorgte. Um den kümmerte sich doch Gott, oder etwa nicht?

»Siebeling ist am Donnerstagabend noch ganz allein vom Herrenhaus zurückgefahren«, erwiderte Johann ernst. Tatsächlich plagte ihn das schlechte Gewissen. Wenn er gewusst hätte, wie sich die Lage entwickelte, hätte er den alten Pastor vor zwei Tagen nicht mehr vom Hof gelassen.

»Und die Deern, warum ist die dabei?«

»Nachrichten. Ist doch ihr Job.«

Wieder schüttelte Uwe den Kopf, diesmal verständnislos. »Die soll mal sehen, dass sie sich keine kalten Füße holt«, brummte er. Er machte keinen Hehl daraus, dass er von der Dame aus der Stadt nichts hielt. 'ne Geschiedene, das konnte ja nichts werden.

Johann sagte nichts dazu, sondern bedankte sich für den Diesel. Durch das Schneegestöber schleppte er den Kanister zum Trecker zurück.

Sybille war noch nicht wieder da, hing sie beim Bürgermeister fest? Johann kletterte in die Kabine, ließ den Motor an und schob sich ein Stück die Dorfstraße hinauf. Vor dem Bürgermeisterhaus hupte er, sie durften jetzt keine Zeit verlieren. Wenig später sprang

Sybille aus der Tür. Sie lachte und reckte den Daumen in die Höhe und sah dabei so aus, als hätte sie jede Menge Neuigkeiten im Gepäck. Die schöne Sybille. Bei ihrem Anblick wurde Johann ganz warm um sein Doppelripp-Herz.

AIMÉE

31

Der Schuss hallte wie ein Kanonenschlag durch das Haus. Erschrocken fuhr sie auf. War das Carl? Sofort musste sie an den Schwan denken. Hatte er ihn doch noch erwischt?

Die Sorge trieb sie aus dem warmen Bett.

Aimée warf sich den Mantel über, sie hatte in ihren Kleidern geschlafen und musste sich nicht anziehen.

Tür auf, Treppe hinunter, das Lied ihres Vaters auf den Lippen: *Ami, entends-tu le vol noir des corbeaux sur nos plaines?*

In der Halle lief sie einer Frau mit Schürze in die Arme.

Die Köchin, das musste sie sein. Mademoiselle Isa, *la beignet.*

War das ein Klischee?

Nein, keineswegs, denn so stand Isa vor ihr: rosig und prall wie ein Silvesterkrapfen. Und so hatte sie auch ihr Vater immer beschrieben, daran erinnerte Aimée sich in diesem Moment. Jede Faser ihres Körpers schien sich zu erinnern.

Ihr Herz tat einen Sprung, flog, prallte gegen ihre Rippen und hüpfte wie ein Gummiball auf und ab. Was für ein Gefühl, es weckte alle ihre Sinne und füllte etwas aus, was vorher schmerzlich leer geblieben war.

Isa blieb wie angewurzelt stehen, sie hob die Arme, als wollte sie

Aimée abwehren, dann brach sie in Tränen aus. Sie schluchzte wie
ein kleines Kind. So viele Tränen.

»Sch, sch, sch …« Aimée lief auf Isa zu und schloss sie in die
Arme. Da waren sie, Wange an Wange, Herz zu Herz, wieder vereint
nach so vielen Jahren.

Fast vierunddreißig Jahre, um genau zu sein.

Isas weiche Brust wogte. Sie roch gut, wie ein warmer Hefe-
kuchen. Tatsächlich!

»Mein Mädchen«, sagte Isa, sie schob sie von sich, sah sie an,
schüttelte den Kopf und zog sie wieder an ihr Herz. Immer wieder:
»Meine süße kleine Aimée.«

Aimée strich ihr über den Rücken, nahm ihr Gesicht in die
Hände, küsste ihre Wangen.

Warum nur hatte sie damit so lange gewartet? Warum war sie
nicht gleich nach ihrer Ankunft in die Küche hinabgestiegen?

Es gab doch so viel zu erzählen!

Dass sie es liebte zu backen.

Dass sie die alten Aufnahmen von Caruso mochte. Das Gram-
mofonrauschen. Die Welt war in Ordnung, wenn sie dem Zauberer aus Neapel lauschte.

Dass ihre erste Liebe ein Boxer gewesen war. Ein Mittelgewicht
aus Marseille, er hatte sie nicht lange glücklich gemacht.

Dass sie Patiencen legte, so wie Antoine. Ihr Vater hatte Isa das
Spiel einst beigebracht. Herz zu Herz.

Und dass sie …

»Der ist für dich.« Isa schob sie wieder ein Stückchen von sich,
sie zerrte an ihrem Ringfinger. »Von Luise.«

Von Luise?

Maman.

Aimée konnte das Wort nur denken. Sie blickte auf die schimmernde Perle, die Isa von ihrem Finger zu bekommen versuchte.

Isa zog immer heftiger, ihr Finger war schon ganz rot. Es schien ihr sehr wichtig zu sein, dass sie den Ring bekam. Jetzt sofort.

»Nichts da!«

Das war Carls Stimme, ganz plötzlich stand er hinter ihnen, und sie fuhren beide herum. Er musste von draußen hereingekommen sein, denn er war nass bis auf die Haut. Seine Augen flackerten, er war außer sich vor Wut, in Rage. Kaum zu bändigen. In den Händen hielt er das Gewehr. Hatte er auf den Schnee geschossen? Auf den Wind? Auf das, was nicht zu ändern war?

Schützend legte Aimée die Hände auf ihren Bauch.

»Du hast mir gar nichts zu sagen.« Isa ließ von ihrem Finger ab und hob das Kinn, bereit zum Kampf. Auf einmal sah sie aus wie Marianne, die Mutter der Nation.

Wutentbrannt starrte Carl sie an.

»Du hast mich hintergangen. Hast mich in der Küche festgehalten, während Johann und Frau Meister sich den Trecker unter den Nagel gerissen haben.« Fahrig fingerte er am Abzug herum und richtete den Lauf auf Isa. »Und der Ring da steht Anette zu.«

Isa lachte, sie schien noch immer keine Angst zu haben. Oder zeigte sie es nur nicht?

»Carl!«

Von oben gellte ein Schrei durch die Halle. Anette, sie stand im ersten Stock am Geländer. Von unten sah es so aus, als hielte sie ihren Bauch in den Händen.

Aimée hielt die Luft an. Was tat sie denn da? Es kam ihr so vor, als wollte Anette ihren Bauch über die Brüstung werfen. Als wollte sie mit der ganzen Sache nichts mehr zu tun haben.

Carl erstarrte, er ließ das Gewehr sinken. »Nicht«, murmelte er tonlos. »Bitte nicht.« In diesem Moment sah er aus wie ein Kind, das nicht wusste, wie ihm geschah. Das ganz und gar hilflos war.

Aimée reagierte. Etwas in ihr erwachte, eine Abfolge von Bewegungen, tausendmal eingeübt. Eine Drehung aus der Hüfte, ein Tritt mit dem Fuß, fast so wie ein Reflex.

Mawashi-Geri.

Karate, erster Dan, schwarzer Gürtel: die Suchende auf dem Weg. Sie hatte gelernt, sich zu verteidigen. Ihr Vater hatte darauf bestanden. Er hatte sie zu allerlei Kursen geschickt, die ihr Selbstbewusstsein stärken sollten. Weißer Gürtel, das bedeutete: Schnee liegt auf dem Land. Gelber Gürtel: Der Schnee schmilzt, die gefrorene Erde leuchtet gelb. Orange: Die Sonne erwärmt die Erde. Grün: Der Samen keimt, das Pflänzchen kommt. Blau: Die Pflanze wächst, sie wird langsam stark. Braun: Der Baum hat eine starke Borke, er ist langsam ausgewachsen.

»*Tu es fort, ma belle, comme un arbre. Ne jamais oublier que*«, pflegte er zu sagen. Sie sei stark wie ein Baum und dürfe das nie vergessen. Sie sollte sich immer zur Wehr setzen können, nie ein Opfer sein. Nichts auf die schrägen Blicke der Nachbarn geben, auf ihr giftiges Flüstern: »*Voici l'allemand*!«

Das Gewehr polterte zu Boden, und Aimée kickte es zur Seite. Es schrammte über die Fliesen und blieb schließlich mitten in der Halle liegen.

In die aberwitzige Stille hinein löste sich ein Schuss. Das Schrot traf die Standuhr an der Treppe, Durchschuss auf neun Uhr. Das Glas zersplitterte, erschrocken läutete die Uhr ein letztes Mal.

Carl sackte in die Knie, er schlug die Hände vors Gesicht.

»Na, jetzt sind alle wach«, kommentierte Isa das Durcheinander. Sie fing schon wieder an, an dem Ring an ihrem Finger zu ziehen.

Aimée lief die Treppe hinauf zu Anette, die hinter der Brüstung zusammengesackt war.

Da stimmte doch etwas nicht.

Anette lag auf dem Rücken, sie war ganz starr und hielt ihren Bauch.

»Anette?« Aimée kniete sich neben sie, fühlte ihren Puls, der raste. »Alles in Ordnung?«

Anette schüttelte den Kopf, sie schaute sie an wie eine panische Katze.

»Das Baby«, flüsterte sie. »Das Baby. Da ist etwas gerissen.«

Ja, das Baby.

Das kleine Mädchen, es wollte nicht mehr warten.

»Babys kommen immer, wenn es gerade nicht passt«, hatte ihr Vater stets behauptet. »Sie haben ein Gespür dafür, die Welt auf den Kopf zu stellen.« Ab und zu hatte er bei einer Geburt in der Nachbarschaft helfen müssen, wenn die Hebamme nicht erreichbar war.

»Wir kriegen das hin«, sagte Aimée. Von ihrem Vater wusste sie, dass nichts so sehr beruhigte wie Zuversicht. Auch wenn man überhaupt nicht zuversichtlich war.

»Was hat sie denn?«

Isa rief von unten, dann kamen auch Carolin und Niki dazu. Sie pirschten sich über den Flur heran.

Mein Gott, was hieß denn nur *rupture* auf Deutsch? Ein Riss der Fruchtblase? Das hörte sich ja schrecklich an. Aimée hielt lieber den Mund.

»Das Baby kommt«, antwortete sie ruhig.

Sie würden kämpfen müssen, alle miteinander.

KLEMENTINE

32

Westwärts.
Voran, voran.
Keine Zeit zum Abschiednehmen.
Warum nur hatte sie Felix nicht glauben wollen? Der hatte das Ende doch prophezeit, im letzten Jahr schon, als er noch einmal nach Hause gekommen war: »Der Krieg ist nicht mehr zu gewinnen, Klementine. Der Herr Hitler wird uns alle mit sich in den Abgrund reißen.« Und dann hatte er sich auf sie gelegt und ihr noch ein Kind gemacht. Ein Schuss, ein Treffer. Sein letzter, die Nachricht von seinem Tod war gekommen, als sie die ersten Kindsbewegungen spürte. *Gestorben fürs Vaterland. Ruhe sanft in fremder Erde!* Und unter ihrem Nabel der Flügelschlag eines Schmetterlings.

Und selbst da hatte Klementine noch an den Endsieg glauben wollen. An die Durchhalteparolen aus der *Wochenschau:* »Kampf und Opfer stehen im Krieg dicht nebeneinander.«

Das Mädchen war dann ein wenig vor der Zeit gekommen, Anfang Februar. Eine leichte Geburt, kein Vergleich zu den beiden Jungen. Und ein herzzerreißend schönes Kind noch dazu – fedrige blonde Löckchen, blaue Augen, dichte Wimpern. Und so lieb.

Kein Geschrei, keine Umstände, es trank und schlief oder beobachtete seine beiden Brüder, die sich stolz über die Wiege beugten.

Klementine hatte ihr keinen Namen geben wollen, weil sie ihr Herz nicht an die Kleine verlieren wollte. Weil es keine gute Zeit war, um ein Kind in die Welt zu setzen. Die Menschen in Bewegung, jeden Abend trafen Trecks auf dem Hof ein, die im Morgengrauen wieder verschwanden. *Der Russe kommt, er ist bald da.* Trotzdem hatte sie der Kleinen einen Anzug aus Kaninchenfell genäht, so weich, so weich.

Als Klementine mit ihrem Schwiegervater das Silber hinten im Komposthaufen bei den Birnbäumen versteckte, stellte sie sich vor, wie sie es der Tochter später einmal zeigen würde. Alle Stücke auf Hochglanz poliert und auf einem weißen Tischtuch ausgebreitet. Die winzigen Mokkalöffel mit den Mohrenköpfen, das schöne Fischbesteck mit den Perlmuttgriffen, die großen prächtigen Kuchenmesser. Die Kännchen und Leuchter, Serviettenringe, Schälchen und Tabletts, in denen man sich spiegeln konnte. Diese Pracht, ihr ganzer Stolz.

Felix hatte ihr eine Liste gemacht, was bei einer Flucht zu bedenken war. Was sie mitnehmen und was sie zurücklassen sollte, hinten bei den Obstbäumen in der Erde. Aber dass es dann so kalt sein könnte, das hatte auch er nicht bedacht. Schneesturm, minus zwanzig Grad, der härteste Winter seit Jahren und die Kreisleitung als Erstes getürmt. Da half auch kein Pelz. Das Essen gefroren und die Wimpern der Kleinen vom Eis bereift, egal, wie dick sie eingepackt war.

So weich, so weich.

Mehr als vierzig Kilometer von Köslin bis nach Kolberg, über Acker und Feldwege, denn auf den großen Straßen durfte nur noch das Militär fahren. *Rückzug ins Reich!* Alles in Auflösung begriffen. Verwundete Körper, leere Blicke, zersplitterte Seelen. Und im Chausseegraben die Leichen derer, die es nicht weiter geschafft hatten. Die einfach im Vorbeimarschieren zugrunde gegangen und krepiert waren. Der schwere Wagen schaukelte, die Pferde kämpften. Kaum mehr als zehn Kilometer am Tag kam ein Pferdewagen im Treck voran, während die russischen Panzer fünfunddreißig schafften. Da musste man nicht lange rechnen. Und dann der Artilleriebeschuss, die Tiefflieger. Die Jungen schrien, der Kutscher wurde fast verrückt beim Anblick des blutroten Himmels. Alles brannte. Und eine Angst, die wie ein Raubtier in einen hineinsprang.

In Kolberg lebte die Kleine noch, aber sie hatte Fieber. Ein rasselnder Atem, die Augen silbrig. Die Stadt wurde beschossen, das Heulen der feindlichen Flieger von allen Seiten. Granatensplitter spritzten in die Menge, die sich panisch am Anleger drängte. Immer wieder zeigte Klementine ihr Bündel vor, das weiche Fell mit den großen sanften Augen. Weiß Gott, wie es ihr schließlich gelang, eine Passage nach Swinemünde auf einem der weißen Ausflugsdampfer zu ergattern.

Kein Gepäck erlaubt, noch nicht mal Handgepäck. Und so blieb auch das letzte bisschen zurück, der Wagen fort, die Pferde, selbst der treue Karol verschwand im Durcheinander. Hatte die Nerven verloren.

Aber dann geriet das Schiff am Anleger unter Beschuss, alle Mann von Bord. Und als sie gerade an Land waren, legte der Dampfer doch noch ab. Fuhr hinaus auf die stürmische Ostsee und verschwand.

Westwärts.

Voran, voran.

Pommerland ist abgebrannt.

Die Verzweiflung brachte sie fast um den Verstand.

Und dann?

Keine Straße mehr frei, die Brücken gesprengt.

Kein Zug, der noch fuhr.

Was sollte sie tun? Was sollte sie nur tun?

Klementine hörte von einem Treck durch die Dünen und über das Eis, die Küste entlang. Eine barmherzige Seele gab den Kindern einen Platz auf einem Pferdewagen. Carlchen nahm den Bruder und die Kleine in die Arme, und sie marschierte hinterher. Immer eine Hand am Wagen. Keine Gedanken mehr, kein Gefühl. Taub gegen das Leid der anderen, während ihr das Wöchnerinnenblut die Beine hinablief und gefror. Nur die Füße warm in den alten Seehundstiefeln ihrer Schwiegermutter.

Immer wieder Tiefflieger, ein Bombenhagel, dem sie schutzlos ausgeliefert waren. Der Russe jagte sie wie Kaninchen über das Eis. *Ubit' nemtsev! Tötet die Deutschen!*

Tote, überall Tote.

Pferde lagen auf dem Eis, sie sahen riesig aus. Hervorstehende Augen, aufgerissene Leiber, die Eingeweide quollen heraus. Und immer wieder Wagen, die einbrachen und langsam versanken.

Nur nicht hinsehen, nur nicht nachdenken. Noch nicht einmal über den nächsten Schritt.

Westwärts.

Voran, voran.

Pommerland ist abgebrannt.

Irgendwann spürte Klementine den Hunger nicht mehr. Sie spürte gar nichts mehr. Und kam doch voran.

Was machte sie stark?

Der Gedanke an die Kinder.

Wenigstens die Jungen sollten es schaffen, Carlchen und Jojo mit seinem dichten blonden Schopf.

Dann endlich, nach Tagen auf dem Eis, wieder Strand, Sand und schneeverwehte Dünen.

Klementine hob die Kleine vom Wagen, die Wangen noch rosig, die Augen geschlossen, als schliefe sie.

So weich, so weich.

Aber sie wachte nicht mehr auf.

Wachte nie wieder auf.

Und trotzdem konnte sie das Kind nicht einfach liegen lassen, so wie die anderen. Mütter, die die kleinen Körper in eine weiche Decke hüllten und in den Schnee legten. Die nicht mehr zurückblickten.

Nein, das konnte sie nicht.

Zwischenstation in Swinemünde, die Stadt war überfüllt. Schließlich ein Quartier auf einem Gutshof etwas außerhalb. Ein wenig Stroh im Schweinestall, auf dem sich die Jungen ausstrecken konnten. Klementine aber lief und lief. Überall zeigte sie ihr Bündel vor, die Wangen noch immer rosig. Ein irrer Gedanke: Vielleicht wachte die Kleine doch wieder auf?

Ein Marineleutnant sah das Blut an ihren Beinen, sah das Bündel, so weich, so weich. Und dann das Wunder: eine Passage auf einem Flugsicherungsschiff durch das Stettiner Haff zum Fliegerhorst nach Stralsund. Nur fünfzig Passagiere, Frauen und Kinder, handverlesen.

In Stralsund dann zum ersten Mal wieder warmes Essen, ein warmer Platz zum Schlafen, ein Arzt für die Jungen, die sich die Seele aus dem Leib husteten. Frische Kleidung, Wasser zum Waschen.

Hoffnung, die aus ein paar Plätzen in einem überfüllten Zug bestand. Und das Bündel immer dabei, fest an die Brust gedrückt. Und wenn die Kleine doch wieder aufwachte?

Westwärts.

Voran, voran.

Pommerland ist abgebrannt.

Irgendwann dann Lübeck, Kiel, Endstation. Die schönen Städte nur noch Schutt und Asche. Trümmerlandschaften. Menschen, die in Kellerlöchern hausten. Ein Lastwagen nahm sie mit bis nach Kappeln. Von dort weiter zu Fuß über die Dörfer bis nach Schwanenholz.

Die letzten zwei Kilometer über die verschneite Allee. Nie würde Klementine den Moment vergessen, als sie unter dem Torbogen standen und über den Vorplatz auf das Herrenhaus schauten. Das Wappen im Giebel blickte sie an. Die Jungen weinten vor Erleichterung und sackten dann zusammen. Plötzlich konnten sie nicht mehr laufen, Klementine musste sie tragen, einen nach dem anderen über den Hof an der schneebedeckten Kastanie vorbei die Treppe hinauf. Vorbei an all den Fremden, die auf dem Hof herumlungerten und sie anstarrten.

Was machten die hier? Das war doch ihr Zuhause!

Oben hatte sie kaum noch die Kraft zu läuten.

In der Tür dann Luise. Ihr Gesicht unverändert, nach fast zwanzig Jahren.

Das Erste, was ihre Schwester tat?

Sie nahm ihr das Bündel aus den Händen. Die Kleine. Schwarze Augen nun, wie angelaufenes Silber. Musste man doch nur blank putzen.

Klementine sah sie nie wieder, ihre Kleine.

Ihren Schatz.

So weich, so weich.

ISA

33

Erst mal die Brötchen aus dem Ofen holen. Und dann Wasser aufsetzen, die Mädchen hochschicken, um ein Bett frisch zu beziehen.

Welches Bett?

Aimée hatte ihr Zimmer zur Verfügung gestellt.

Ach Gott, dass sie das noch einmal erlebte: eine Geburt auf Schwanenholz. Und das unter diesen Umständen!

Sachte legte Isa die Brötchen zum Abkühlen auf ein Kuchengitter. Der süße Duft erfüllte ihre Küche und machte sie innerlich ganz weich.

Ergriffen wischte sie sich über die Augen.

Was war das für ein Gefühl gewesen, Aimée endlich in die Arme zu schließen.

Ihr Mädchen, ihre süße Aimée.

Kein Kind mehr, sondern längst eine Frau. So erwachsen. Da passte wohl keines der gestrickten Mützchen mehr, die sie immer noch in ihrem Nachttisch aufbewahrte.

Für einen Moment hatte Isa gedacht, dass Antoine zurückgekehrt wäre. Aimée sah aus wie ihr Vater. Das dunkle Haar, die dunklen Augen, die hohen Wangenknochen mit den Schatten darunter, der weiche Mund. Nur die geschwungenen Augenbrauen, die hatte sie von Luise.

Und den Mut? Den hatte sie wohl von beiden.

Wir schaffen das schon, hatte Aimée gesagt und Anette wieder auf die Beine geholfen. Traute sie sich wirklich zu, ohne fremde Hilfe ein Kind auf die Welt zu holen?

Sie war doch keine Ärztin. Was war sie überhaupt?

Aber gut, Isa hatte sich das auch einmal zugetraut. Gemeinsam mit Antoine, aber der war immerhin Kinderarzt gewesen. Hatte gewusst, wie man die Schmerzen erträglicher machte, Blutungen stillte, das Kind abnabelte, wusch, versorgte.

Und dann hatte er ihr die Kleine in die Arme gelegt, weil Luise sie im ersten Moment nicht wollte, und Aimée hatte sie angeschaut mit einem Blick, in dem alles lag. Erstaunen, Erkennen, die Welt. Da war sie verloren gewesen.

Isa blickte sich um zu der Bank, wo das Kind vor bald vierunddreißig Jahren in seinem Korb gelegen hatte. Wo Luise es die ersten beiden Wochen gestillt hatte, damit sie niemand dabei sah. Wo sie selbst dem Kind später die Flasche mit verdünnter Ziegenmilch gab, weil bei der rastlosen Luise die Milch versiegt war. Die Ziege kam von Bauer Priem und die Idee von Antoine, weil doch Ziegenmilch viel bekömmlicher für einen Säugling war als die von der Kuh. Und Aimée hatte fleißig zugenommen, jede Woche ein Viertelpfund, nachgeprüft auf der Küchenwaage. Das Kind hatte leben wollen, unbedingt.

Jetzt lag der Kater auf der Küchenbank. Und die Flinte. Die hatte Isa mal lieber mit nach unten genommen.

Hoffentlich ging alles gut.

Und hoffentlich behielt Carl die Nerven. Die Angst um Anette hatte ihn jedenfalls wieder zur Räson gebracht. Geradezu flehentlich hatte er Aimée gebeten, seiner Frau zu helfen.

Dieser Dussel!

Die schöne Uhr zu zerdeppern, das hätte ja nun nicht sein müssen, die war doch noch vom fixen Gustav. Seit mehr als hundert Jahren hatte sie zur vollen Stunde geschlagen. Big Ben, ein Läuten wie bei der englischen Königin. Ob man das wieder hinbekam? Isa schüttelte missbilligend den Kopf. Warum nur war mit Carl nicht gut Kirschen essen? Warum hatte er sich nicht im Griff? Lag das daran, was er als Kind erlebt hatte?

Der Krieg, die Flucht und das, was danach kam. Aber Johann kam doch auch damit zurecht, und der war sogar noch jünger gewesen.

Nee, auf dieses Psychologische gab Isa nicht viel. Freud und so, alles Tüterkraam. Deutscher Wesensart fremd, eine Erfindung der Juden. So hatte man ihnen das früher jedenfalls eingeimpft, konnte sie doch auch nichts für. Und überhaupt: Da hätte aus ihr ja auch nichts werden dürfen bei dem Suffkopp von Vater. Am Schlafittchen hatte der sie mal gepackt und geschüttelt, bis die Mutter endlich mit ihr auf und davon gegangen war. Das hatte ihr wohl das Leben gerettet.

So gesehen war sie ja auch ein Flüchtlingskind gewesen. Was für ein Glück, dass Berta Wollin schließlich auf Schwanenholz gelandet war. Und dass Luises Vater sich gegen seine Frau durchgesetzt hatte, die lieber eine gelernte Köchin anstellen wollte als eine, die nach Gefühl kochte. Eine ohne Kind und ohne dralle Bluse. Aber ihre Mutter hatte den gnädigen Herrn mit ihrer Sparsamkeit und ihrem unerschöpflichen Vorrat an Sinnsprüchen überzeugen können: »Wer dat Letzt ut de Kann drinken will, den fölt de Deckel up de Snut.« Und mit dem Apfelkuchen, den sie zur Probe buk. Aus Streuobst, das sie auf dem Weg zum Vorstellungsgespräch am Straßenrand aufgelesen hatte. Es quoll ihr aus den Manteltaschen, so wie der üppige Busen schwellend aus ihrem Mieder hervortrat. Große Auslage.

Ach, ihre Mutter. Solange die gnädige Frau lebte, durfte Berta Wollin nur den Dienstboteneingang benutzen. Sie hatte der Herrin oben nicht unter die Augen treten dürfen. Dafür hatte Berta gesungen, wenn sie das Gemüse putzte, mit schwerem Augenaufschlag, so wie später die Dietrich, und so laut, dass man es durch den Speiseaufzug bis nach oben hören konnte. Immer Operette oder Schlager: »Komm in meine Liebeslaube« oder »Püppchen, du bist mein Augenstern« und ganz zuletzt natürlich noch »Die fesche Lola«. Isa summte, und ihre Lippen bewegten sich wie von selbst. Der Text saß noch, nach all den Jahren: »Doch an mein Pianola, da lass ich keinen ran.«

Nur ihren Kurt, den hatte die Mutter nicht gemocht, weil sie der Meinung gewesen war, man sollte sich aus der Politik heraushalten. »Das wird kein gutes Ende nehmen mit dem Jungen«, hatte sie ihr prophezeit. Und dann war es ihre Mutter gewesen, die sich schließlich eingemischt hatte. Die sich Luises Flinte gegriffen und vom Hof aus auf einen der tief fliegenden englischen Bomber gezielt hatte, weil sie den Fliegeralarm nicht mehr ertrug und den roten Himmel am Horizont. Die Tauben mit den angesengten Flügelspitzen, die aus Kiel und Lübeck aufs Land flüchteten. Die schockstarren Kinder, die furchtbaren Nachrichten. Konnte gut sein, dass die Bomben deshalb auf Schwanenholz gefallen waren.

War ihre Mutter danach einsichtig gewesen? Nein, kein Stück, denn selbst auf dem Totenbett, nachdem man sie mit schwersten Verbrennungen aus dem zerbombten Hühnerstall gezogen hatte, schaute sie ihr in die Augen und flüsterte, dass das kein gutes Ende nehmen werde. Ein letztes Wort, fast wie eine Verwünschung in die Welt geschleudert. Man hatte nur nicht sagen können, ob sie den Kurt meinte oder den Hitler oder Deutschland im Allgemeinen.

Ach, Kinder, was für Geschichten!

Unruhig trat Isa an den Speiseaufzug und lauschte. Hörte man schon was von oben? Die Schreie der Gebärenden?

Nee, das würde sicherlich noch dauern bis zu den Presswehen. Anette hatte ein schmales Becken, da kam das Kind wohl nicht so schnell durch, zumal die Schwanenholzer ja bekanntermaßen mit einem Dickkopf auf die Welt kamen. Bei ihrem Sohn hatte Luise fast zwei Tage in den Wehen gelegen. Dass ein Mensch so etwas überhaupt aushalten konnte! Und auch bei Aimée hatte sie sich schwergetan. Hatte nicht loslassen können, als hätte sie geahnt, dass sie auch dieses Kind verlieren könnte. Dass alles in einer Katastrophe enden würde.

Nachdenklich ruckelte Isa an Luises Ring. Es ärgerte sie, dass sie ihn partout nicht abbekam. Sie hatte es schon mit Butter und Schmierseife probiert, half alles nichts. Am Ende würde sie sich den Finger wohl noch abschneiden müssen.

»Gibt's bald Frühstück?«

Das war natürlich Niki, er stand auf einmal in der Küche. Sah noch ganz verschlafen aus, der Bengel. Haare wie der Struwwelpeter. Wenn Isa seine Mutter wäre, dann hätte sie ihm schon längst mal ordentlich den Kopf gewaschen.

»Wo hast du denn Caro gelassen?«

»Die deckt oben den Frühstückstisch für dich. Und ich dachte, ich könnte schon mal was hochtragen.«

Hochtragen, so, so.

Isa drückte das Kinn auf die Brust.

»Wie geht's denn dem Schwan?«, fragte sie beiläufig. In der Nacht, noch vor dem Einschlafen, hatte sie gebetet, dass der Vogel die beiden Kinder vom Schnäbeln und allem anderen abhalten möge. Caro und Niki hatten sich nämlich in Luises Zimmer eingenistet, ausgerechnet. Wenn das mal gut ging.

»Der könnte wohl auch was zu essen vertragen. Heut Nacht hat er irgendwann Ruhe gegeben, aber jetzt rupft er am Teppich rum. Caro hat ihn oben eingeschlossen, damit ihr Onkel nicht an ihn rankommt.«

»Du kannst ihm ein bisschen altes Brot hochbringen. Tunkst du in Wasser. Und Haferflocken, die mag er auch.«

»Und die Brötchen?«

Mit unschuldigem Augenaufschlag linste Niki zum Kuchengitter, und Isa nickte gönnerhaft.

»Aber nur eins, auf die Hand. Und nicht für den Schwan, wär schade drum.«

Mensch, was war denn heute bloß los mit ihr?

Einen Moment lang wunderte Isa sich über ihre Freigiebigkeit, und auch Niki schaute ganz verdattert, sodass ihm der Mund offen stehen blieb. Dann langte er zu und biss schnell ins Brötchen, bevor sie es sich noch anders überlegte.

»Wo ist denn Johann mit dem Trecker und der Journalistin hin?«, fragte er mit vollem Mund.

»Die wollen sich ins Dorf durchschlagen, Meldung machen, dass du noch lebst.« Pastor Siebeling und den zweiten Teil der Mission ließ Isa lieber unter den Tisch fallen. Ging den Jungen ja auch nichts an.

»Echt?«

Niki schüttelte den Kopf, als hielte er das für maßlos übertrieben.

»Ja. Echt.«

Isa stemmte die Arme in die Hüften, der Bengel kannte wirklich kein Erbarmen. Vor Sorge umkommen würde sie, wenn das ihr Junge wäre. So wie Luise damals nach Fritzens Verschwinden fast durchgedreht war. Himmel und Hölle hatte sie in Bewegung gesetzt, um ihn zu finden. Und dann noch diese Haare, also bei Niki natürlich …

Das war doch kein Anblick!

Und wenn sie ihn nun am Schlafittchen packte und seinen Kopf unter den Wasserhahn drückte?

Isa schaute ihn an, überlegte, wo sie zupacken könnte, und Niki legte den Kopf leicht schräg und lächelte arglos kauend zurück. Da entdeckte er die Flinte auf der Bank.

»Tschechows Gewehr«, sagte er und deutete grinsend darauf.

So, jetzt war er abgelenkt, jetzt musste sie ran! Isa hob die Schultern und trat auf ihn zu. »Was soll das denn sein?«, fragte sie harmlos. Dann packte sie Niki blitzschnell am Ohr und zog ihn rüber zum Wasserhahn. Kaltwasser an und dann noch einen Spritzer Pril obendrauf. Löste das Fett so schön. Die Aufkleber mit den bunten Blumen schmückten die Fliesen hinter der Spüle. Gelb, orange, blau und grün, das sorgte für gute Laune beim Abwaschen.

»Das ist ja nicht mehr zum Ansehen«, fuhr sie fort, während sie ihn ordentlich einseifte und sich dabei fragte, warum sie sich den Fritz mit seiner Hitlerei damals nicht vorgeknöpft hatte. Ein Schuss vor den Bug, vielleicht wäre dann ja alles ganz anders gekommen. »Ich mach dir mal eben die Haare schön.«

Niki war so perplex, dass er noch nicht mal mit den Beinen zappelte. Hatte Isa sich schon gedacht, dass der noch nie hart angefasst worden war. Da ging noch was.

Zum Schluss wickelte sie ihm ein Geschirrhandtuch um den Kopf.

»Wenn in einer Geschichte eine Waffe auftaucht, dann wird später auch daraus geschossen«, sagte Niki, als sie ihn wieder losließ. So als hätte er die ganze Zeit auf ihrer Frage herumgekaut. Dann spuckte der Bengel ihr triumphierend grinsend einen Schwall Wasser ins Gesicht.

CAROLIN

34

Niki brauchte aber lange, schon bald halb zehn. Hatte Isa ihn in Beschlag genommen?

Kritisch beäugte Carolin die von ihr gedeckte Frühstückstafel. Fehlte etwas?

Nein, alles an seinem Platz, so wie es sich gehörte. Teller, Messer, Löffel, Kaffeetassen und Servietten, und für einen Augenblick wunderte sie sich, dass ihr die sorgsam gedeckte Tafel so viel bedeutete. Sie hatte das Porzellan mit dem Goldrand im Schrank stehen lassen und stattdessen das blau-weiße Service aus Kopenhagen genommen. Das Luise so gerne gemocht hatte, weil es sie, wie Carolin nun wusste, an ihre Jugend und an den Porzellanmaler erinnerte. Nur die Blumen, die ließen inzwischen die Köpfe hängen. Winterdepression.

Carolin stellte das Gesteck zur Seite und setzte eines der Bonsaibäumchen auf den Tisch. Die Mädchenkiefer.

Das Bäumchen war wunderschön, und das Kerzenlicht betonte seine Zartheit noch. Kaum zu glauben, dass dieser Winzling schon mehr als hundert Jahre auf dem Buckel hatte. Der japanische Kaiser Hirohito hatte ihn Luises Vater überreichen lassen. Zum Dank für eine Charge Pflaumenbäume. Rotlaubige

Kirschpflaume, auch Blutpflaume genannt, sechsundzwanzig Stück, mit Torfballen versandt. Ein Geschenk der Deutschen zur Thronbesteigung Hirohitos im Jahr 1926. Die Bäume waren allesamt im kaiserlichen Garten in Kyoto angewachsen, trotz der langen Überfahrt. Luise hatte sich ein Jahr später auf ihrer großen Reise davon überzeugen können. Und auch heute müssten sie da noch stehen, so wie auch der Tenno immer noch lebte. Carolin hätte die Bäume gern einmal gesehen. Eine große Reise, ob das noch drin war, wenn Aimée auch erbte?

Einen Moment stand sie still und dachte an das Bild des Kaisers, das unten im Kontor hing. Ein dünnes, farbloses Männlein, das in Japan wie ein Gott verehrt wurde. Deshalb hatten die Amerikaner es nach dem Zweiten Weltkrieg wohl auch nicht gewagt, den Kaiser wegen der japanischen Kriegsverbrechen hinzurichten. Wobei, wer hier die Verbrecher waren, konnte man sich nach Hiroshima und Nagasaki ja eigentlich auch mal fragen. Vorsichtig schob Carolin das Bäumchen ein wenig vor, bis das Kerzenlicht nahezu jedes Detail erfasste. Damals jedenfalls hatte das Zeitalter des Atoms begonnen, des schrecklichen Atoms. Das irre Gleichgewicht des Schreckens, das die Welt bis heute regierte. Der Kalte Krieg. Eiszeit. Und dann gab es ja auch noch das friedliche Atom, vermeintlich friedlich, denn Jo behauptete stets, dass es bei einem Unfall in einem Reaktor zu einer unbeherrschbaren Katastrophe kommen könne. Radioaktive Wolken, die sich mit dem Wind über alle Grenzen hinweg ausbreiteten. Verseuchtes Wasser, verseuchte Erde, Atomwüsten.

Besser nicht darüber nachdenken.

Sachte drehte Carolin den Bonsai noch ein wenig ins Licht. Mit den Fingerspitzen prüfte sie, ob die Erde in der Schale nicht zu trocken war. Luise hatte das Bäumchen regelmäßig gedüngt, die alten Nadeln ausgekämmt und es in der kalten Jahreszeit beschnitten und gedrahtet, weil dann weniger Harz austrat und die Schnittstellen schneller verheilten. Behutsam strich sie über die seidigen Nadeln, so wie sie es bisweilen auch bei ihrer Großtante beobachtet hatte. Ein Gefühl von Ruhe breitete sich in Carolin aus, dankbar lösten sich ihre Gedanken von der Unordnung der Welt und wandten sich Luise zu. Carolin sah sie vor sich, wie sie sich über ihre Bonsais beugte.

Hatte Luise dann an die ferne Tochter gedacht? An Antoine? Daran, was einmal gewesen und dann zerbrochen war?

Zu gern hätte Carolin ihre Großtante jetzt danach befragt. Sich an ihre Seite gesetzt und eine Tasse Tee mit ihr getrunken. Warum war Luise dem Mann, den sie geliebt hatte, nicht gefolgt? Und warum hatte sie nicht wenigstens die Tochter bei sich behalten?

Gab es darauf eine Antwort?

In der Nacht hatte Carolin unruhig geschlafen. Immer wieder war sie aufgewacht und hatte über Isas Worte nachgedacht, die Aimées Geschichte indirekt bestätigten.

Irgendwie fühlte sie sich Aimée nahe, fast wie einer Schwester. Teilten sie nicht ein ähnliches Los? Die Mutter immer fern und so viele Fragen. Fragen, die einem niemand beantworten konnte.

Diese Sehnsucht, ganz tief in einem drin, die so schneidend wie ein Messer sein konnte.

Plötzlich hörte Carolin Schritte, die aus dem Gartensaal näher kamen. Carl, er riss sie aus ihren Gedanken. »Was stierst du denn da Löcher in die Luft?«, bellte er sie an.

Mit klopfendem Herzen drehte Carolin sich um. Sie hatte vorhin gar nicht so richtig mitbekommen, was in der Halle geschehen war. Den Schuss hatte sie gehört und dann Anette am Geländer liegen sehen. Was für ein Schreck! Für einen Moment hatte Carolin sich gefragt, ob ihr Onkel versehentlich auf seine Frau geschossen haben könnte.

Nur gut, dass Isa die Flinte an sich genommen hatte. Man wusste
ja nie, woran man gerade bei ihm war.

»Ich hab den Tisch gedeckt«, antwortete sie so ruhig wie möglich. »Fürs Frühstück.«

»Das sehe ich.«

Carls Blick wanderte kritisch über die Tafel, aber offenbar hatte
er nichts daran auszusetzen, denn er setzte sich ans Kopfende auf
Luises alten Platz und zündete sich eine Zigarette an. Er wirkte
ganz ruhig, so als wäre das vorhin in der Halle nie geschehen. Rau-
chend wies er auf die Mädchenkiefer.

»Ich hab das nie lernen wollen.«

»Das Beschneiden?«

Misstrauisch beäugte Carolin ihren Onkel. Was sollte das denn
jetzt werden? Wollte er sich etwa mit ihr unterhalten, während
seine Frau da oben in den Wehen lag?

»Das ganze Gedöns.« Carl nickte, er schien in sich hineinzuhorchen. Auf seinem Gesicht lag ein Ausdruck, den sie nicht deu-
ten konnte. Schließlich bot er ihr auch eine Zigarette an und gab
ihr Feuer.

Also gut, mal schauen, was noch kam.

Carolin zog sich einen Stuhl zurück und setzte sich. Eine Weile
saßen sie schweigend beieinander und rauchten, bis Carl anfing,
Kringel aus Rauch auszustoßen.

»Hab ich schon als Kind gelernt«, sagte er, als er ihren Blick bemerkte, und bewegte seinen Mund wie ein Fisch auf dem Trockenen.
Er sah zum Schießen aus.

Carolin unterdrückte ein Lächeln, sie hatte das Gefühl, dass sie
etwas erwidern sollte. Dass er darauf wartete.

»Wer hat dir das beigebracht?«

»Karol, unser Kutscher, der konnte sogar mit den Ohren wa-
ckeln. Aber dann ist er uns auf der Flucht verloren gegangen und

nie wieder aufgetaucht. Hat wohl seine Familie nachholen wollen und ist dabei den Russen in die Arme gelaufen.«

Carl lächelte wehmütig, dann legte er die halb gerauchte Zigarette auf eine Untertasse, wo der Rest zu Asche verglomm.

»Ich konnte auch ganz gut zaubern damals«, fuhr er unvermittelt fort, die Worte purzelten einfach aus ihm heraus. »Hatte einen Zauberkasten. Und einen schwarzen Zylinder, einen Umhang mit Sternen und einen Zauberstab. Hab mir alles selbst beigebracht. Ich konnte Münzen und Tücher verschwinden lassen, Karten- und Entfesselungstricks. Der große Houdini war mein Vorbild, ich hab mir sogar mal die Haare mit Schuhwichse schwarz gefärbt. Na ja …« Sich räuspernd winkte er ab und zündete sich die nächste Zigarette an. »Ist alles in Pommern geblieben.«

Ihr Onkel ein Zauberer? Das konnte Carolin sich genauso wenig vorstellen, wie dass er überhaupt einmal ein Kind gewesen war. Mit zusammengekniffenen Augen betrachtete sie ihn, versuchte, sich auszumalen, wie er mit Mittelscheitel und Wichse im Haar aussähe. Wie der blasse japanische Kaiser unten im Kontor?

»Zeig mir mal was!«, forderte sie ihn auf.

»Einen Trick?«

Carl lachte unsicher, fuhr sich durchs Haar und sah auf einmal ganz jung aus.

»Ja, lass doch mal was verschwinden.«

»Ich weiß nicht …«

»Na, komm schon!«

Sie hielt ihm einen kleinen silbernen Kaffeelöffel hin, und er nahm ihn ihr tatsächlich ab, drehte ihn zwischen den Fingern und – weg war der Löffel. Carl beugte sich vor, kam ihr ganz nah, sie roch den Rauch in seinem Atem, und für einen Augenblick hatte sie das irre Gefühl, dass er ihr Haar berühren wollte, die Sicherheitsnadel. Dass er sie vielleicht sogar küssen würde. Dann tanzte er mit seinen Händen vor ihren Augen herum. Schließlich zog er den Löffel hinter ihrem linken Ohr hervor.

Carolin lächelte, obwohl ihr ein kalter Schauer über den Rücken lief.

»Nicht schlecht.«

»Nicht schlecht? Ich hab das seit mehr als dreißig Jahren nicht mehr gemacht.«

Carl lehnte sich zurück und verschränkte die Hände hinter dem Kopf, seine Augen blitzten zufrieden.

»Warum nicht?«

Er zuckte die Achseln. »Ich musste dann ziemlich schnell erwachsen werden.«

»Ja?«

»Tante Luise hat uns in die Pflicht genommen. Mit acht hab ich nach der Schule schon das Unkraut in den Quartieren gejätet. Gelernt, wie man Bäume vereinzelt, umsetzt, düngt. Als die Gefangenen weg waren, wurde ja jede Hand in der Baumschule gebraucht.«

»Dann wusstest du also von den Zwangsarbeitern?«

Carolin setzte sich auf.

Carl nickte verwundert, fast so, als fiele ihm das erst jetzt wieder ein. »Gesehen hab ich die Männer damals noch. Aber ich hab mir nichts dabei gedacht. Das kommt erst jetzt wieder hoch.«

»Aber dann hast du Aimées Vater doch bestimmt auch gekannt?«

Ihr Onkel schüttelte barsch den Kopf, hielt dann aber inne, horchte in sich hinein. »Ich glaube, er hat mir mal das Bein verarztet. Ich war hingefallen und hatte mir das Knie ganz übel aufgeschlagen. Die Wunde hatte sich wohl entzündet, war Schmutz drin.« Er zuckte die Achseln, dann begann er, nervös mit den Fingern auf das Tischtuch zu trommeln. Tak, tak, tak.

Carolin nickte, behutsam schob sie ihren Stuhl ein Stück zurück.

Ihr Onkel schien wieder in seinen alten nervösen Modus zurückzufallen. Vielleicht war es besser, an dieser Stelle nicht weiter in ihn zu dringen.

»Hättest du denn was anderes werden wollen?«, fragte sie schnell, um ihn auf unverfänglichere Bahnen zurückzulenken. Sie hatte immer geglaubt, dass Carl sich nichts Schöneres vorstellen könne, als an der Spitze der Baumschule zu stehen. Er liebte es doch, Entscheidungen zu treffen, Anweisungen zu geben und die Zahlen zu kontrollieren.

»Darüber habe ich nie nachgedacht.«

Verdutzt blickte er sie einen Augenblick lang an, dann schaute er an ihr vorbei. Betrachtete er das Bild seiner Tante, das in ihrem Rücken stand?

»Das glaube ich dir nicht.«

»Wir mussten doch die Baumschule wieder aufbauen, die Wirtschaft, das Land. Und die Geschäfte liefen dann ja auch wieder an, auch die Geschäftsbeziehungen ins Ausland kamen wieder in Gang. Nur ein paar Jahre nach dem Krieg haben wir doch schon wieder Solitäre nach England geliefert. Baumumfänge von einem Meter, neun Tonnen schwer. Dann öffnete die erste Bundesgartenschau in Hannover ihre Pforten, es gab wieder Medaillen für die Bäume. Schließlich kam das Wirtschaftswunder, alle bauten Häuser, legten Gärten an, die Geschäfte liefen fast wie von selbst. Und als Krönung sollte Tante Luise das Bundesverdienstkreuz für ihre Verdienste um den Gartenbau bekommen. Erster Klasse. Aber sie wollte nicht, Reinheit des Herzens und so. Hat trotzdem keiner verstanden, warum sie nicht nach Bonn gefahren ist, sie hatte doch was vorzuweisen. Stattdessen hat Luise den ersten Trecker für die Baumschule angeschafft, um die Gemüter auf Schwanenholz zu besänftigen. Du glaubst nicht, was das für eine Erleichterung war.«

»Aber du wirst doch einen Traum gehabt haben, als du so alt warst wie ich.«

»Ich? Einen Traum?« Carl lächelte verlegen, er dachte nach. »Vielleicht wäre ich gern Ingenieur geworden. Maschinen zu konstruieren, das hätte mir Spaß gemacht, da hatte ich ein Händchen für. Na, ich durfte dann ja den Trecker fahren. Und einen speziellen Ballenstecher für die Baumschule habe ich auch entwickelt, den benutzen wir heute noch. Und, wer weiß, vielleicht geht mein Sohn ja mal in die Industrie.«

»Dein Sohn?«

Carl nickte und zeigte zur Decke.

»Wenn er denn erst einmal da ist.«

Carolin folgte seinem Blick. Einen Augenblick lang horchten sie beide, ob von oben etwas zu hören war. Etwas, was auf den Fortgang der Ereignisse schließen ließ.

»Hast du Angst?«, fragte sie schließlich. »Angst, dass da oben etwas schiefgehen könnte.«

Carl nickte und beugte sich wieder vor. »Ich hab eine Heidenangst«, gestand er ihr leise. »Am liebsten wär ich dabei, aber Anette hat mich vor die Tür geschickt. Sie will allein sein mit der Französin. Irgendwie vertraut sie ihr, weiß der Teufel, warum.«

»Ist vielleicht auch besser so«, hörte Carolin sich sagen.

»Wie meinst du das?«

»Na ja, du weißt schon.« Sie druckste herum. »Willst du das wirklich alles mitbekommen?«

»Du meinst die Schmerzen, das Blut?«

Sie nickte. »Man will ja auch irgendwann wieder … also, zusammen ins Bett.«

»Was weißt du denn davon?«

Ihr Onkel legte den Kopf schief und fixierte sie. O Mann, jetzt hatte sie sich ohne Not in Bedrängnis gebracht.

»Na ja …«

Carolin sah ihn über ihre Zigarettenspitze hinweg an.

»Hast du etwa schon mit deinem Troubadour …?«

Sie schüttelte schnell den Kopf, ein »Noch nicht« auf den Lippen, aber das ging ihn ja nun wirklich nichts an.

»Weiß dein Vater davon?«

Auf einmal tat ihr Onkel so, als ob er für sie verantwortlich wäre.

»Ich hab ja noch gar nicht …«, protestierte sie.

Und das stimmte. Auch in der vergangenen Nacht waren Niki und sie nicht über einen Versuch hinausgekommen, weil der Schwan ständig komische Geräusche von sich gegeben hatte. Schließlich hatte Carolin ihn in ein Handtuch gewickelt, und der Vogel hatte zwischen ihnen gelegen, den Kopf unter einem Flügel versteckt. Deshalb war sie wohl auch ständig aufgewacht.

»Du musst dir die Pille verschreiben lassen.«

»Das ist ja wohl meine Sache.«

»Wenn du meine Tochter wärst …«

»Bin ich aber nicht.«

»Nein, das bist du nicht.«

Carl brach ab, und sie wusste nicht, ob er sich das »zum Glück« am Ende des Satzes verkniffen hatte. Gerieten sie jetzt doch noch aneinander, nachdem sie sich zum ersten Mal ganz manierlich unterhalten hatten?

Ärgerlich drückte Carolin ihre Zigarette auf seiner Untertasse aus. »Ich schau mal in die Küche, was das Frühstück macht«, sagte sie und stand schnell auf.

»Warte mal …«

Carl streckte die Hand nach ihr aus und zog sie wieder auf den Stuhl zurück. Einen langen Moment schaute er ihr in die Augen. »Deine Mutter ist tot«, sagte er dann. Einfach so, wie er ihr das auch mit dem Zaubern erzählt hatte. Er klang weder hämisch noch verletzend, eher so, als nehme er sie ernst. Als hätte endlich jemand den Mut gefunden, ihr die Wahrheit zu sagen. »Seit drei Jahren schon. Ich denke, das solltest du wissen. Heroin. Goldener Schuss. Sie liegt bei ihren Eltern in Bremen begraben.«

JOHANN

35

Bei Willi Römpagels Koppel, wo der Kirchenweg hinter dem kleinen Wäldchen einen Knick machte, stand das Wasser tatsächlich bis an die Straße. Der Sturm hatte es von der Ostsee die Schlei heraufgedrückt. Alle Felder überschwemmt, zu den meterhohen Schneewehen kamen noch Eis und Matsch. Im Schritttempo tasteten sie sich voran, Meter für Meter. Johann hatte keine Ahnung, ob der Weg, den er aufs Geratewohl wählte, dem Straßenverlauf entsprach. Einmal schwappte das Wasser in die Kabine, und der Rucksack mit dem Proviant wurde nass.

Unterdessen berichtete Sybille ihm, was sie bei Bürgermeister Klock erfahren hatte: Flensburg noch immer nicht zu erreichen, der Grenzübergang weiterhin gesperrt, Hunderte Autofahrer in ihren Wagen eingeschlossen, Tote nicht ausgeschlossen, Notquartiere für die im Schnee Steckengebliebenen. Mehr als tausend Soldaten und mehrere Tausend freiwillige Helfer im Einsatz, dazu Bergepanzer, Kampfpanzer, Schützenpanzer, Raupen, das ganze schwere Gerät. Küstenschäden bei Öhe, Kappeln-Arnis und Schönhagen, Deichbrüche. Überflutungen auch in Kiel. Fehmarn unter Schnee und abgeschnitten, immer wieder Evakuierungen aus höchster Not. Zahllose Hubschraubereinsätze unter Lebensgefahr, um das Stromnetz zu flicken. Und in der DDR war nahezu die gesamte Strom- und Fernwärmeversorgung zusammengebrochen, weil der Nachschub an Braunkohle in den Eisenbahnwaggons festgefroren war.

Sybille beugte sich vor, sie schrie ihm die Nachrichten ins Ohr, ihr warmer Atem auf seiner Haut, während Johanns Blick sich im wirbelnden Weiß verlor. Diese unendliche konturlose Weite, die ihm fast den Atem nahm.

Seine größte Angst? Einen Wagen, der sich unter den meterhohen Schneewehen verbarg, wie ein Panzer zu überrollen.

Endlich die Kirche, wie eine feste Burg. Sie fuhren von hinten heran, rollten vor bis zum Schuppen, wo die Tür zum Pastorat immer offen stand.

Siebelings Auto war nicht da, das Haus wirkte verlassen, es stieg kein Rauch aus dem Schornstein auf. Sie riefen und klopften, traten schließlich ein und sahen sich um. Entdeckten auf dem Schreibtisch im Arbeitszimmer zwei Tassen und eine Kanne mit kaltem Tee. Da war Siebelings Lesebrille und neben dem Bestattungsbuch, in das er wohl Luises Beerdigung (nein, den Versuch) hatte eintragen wollen, lag sein Füller. Oben, im Schlafzimmer, eine glatt gestrichene Bettdecke unter einer hügeligen Landschaft in Öl. (Das romantisch verklärte Münsterland, Pastor Siebeling stammte von dort.) Und über allem der säuerliche Geruch nach Einsamkeit.

Johann wurde schwindelig, ihm war heiß und kalt zugleich. Ein Gefühl wie bei Schüttelfrost, seine Knie gaben nach.

War Pastor Siebeling gar nicht mehr zurückgekommen?

Steckte sein Wagen in einer Schneewehe fest?

War er da draußen längst erfroren?

»Wir wissen es nicht«, sagte Sybille und legte eine Hand an seine glühende Wange. Sie sah ihn an mit ihren lichten hellen Augen, begegnete seiner Angst. »Wir wissen es nicht.«

»Wir müssen zurück ins Dorf, einen Suchtrupp zusammenstellen. Wir müssen ihn finden.«

Sybille nickte, sie nahm seine Hand und führte ihn die Treppe hinab. Im Arbeitszimmer kniete sie sich vor den Ofen und entzündete ein Feuer. Dann setzte sie Wasser auf. Er sah ihr zu, nicht in der Lage, etwas Sinnvolles zu tun.

»Morgen«, sagte sie schließlich und drehte sich wieder zu ihm um.

»Morgen?«

»Es ist schon drei«, erwiderte sie. »Bis wir wieder im Dorf sind, ist es dunkel. Wir werden hier übernachten müssen. Im Moment können wir nichts tun.«

Johann blickte auf die Uhr an seinem Handgelenk, er hatte jedes Zeitgefühl verloren. Tatsächlich, sie hatten fast den ganzen Tag benötigt, um bis zur Kirche durchzukommen.

»Lass uns die Zeit nutzen und nach den Taufbüchern sehen«, fuhr Sybille fort. »Deshalb sind wir doch hier.«

Ja, war das so?

Johann ließ sich auf den Besucherstuhl fallen. Benommen blickte er auf den feuerfesten Schrank gegenüber von Siebelings Schreibtisch, wo die Kirchenbücher sicher verwahrt wurden. Er war doch gekommen, um nach dem alten Pastor zu sehen. Und nach seiner Tante. (Aber in die Kirche würden sie nicht hineinkommen, vor dem Portal lagen zwei Meter Schnee. Mindestens.)

Als der kleine Ofen endlich ein wenig Wärme abstrahlte und sie sich einen Tee gekocht und die letzten Brote gegessen hatten, machte Sybille sich auf die Suche nach dem Schlüssel für den Metallschrank. Sie nahm sich zunächst Siebelings Schreibtisch vor, zog Schubladen auf und Dokumente hervor, stöberte in Kästchen und Schalen, fand eine Taschenlampe und ein paar private Fotos, aber keinen Schlüssel. Schließlich schüttelte sie auch noch das Bestattungsbuch, und ein paar lose Blätter fielen heraus.

Nichts.

Sie gab nicht auf und trat an das Regal. Dort zog sie Bücher und Ordner hervor, tastete die Regalbretter ab, entdeckte eine Schachtel mit Lübecker Marzipan, von dem sie sich ein Stück in den Mund steckte, weil sie keine Zigaretten mehr hatte.

Wieder nichts.

Johann sah ihr zu, den Kopf in die Hände gestützt, unfähig, ihr zu helfen. Er stellte sich vor, wie Sybille sich das Archiv seiner Tante vorgenommen hatte. Wie sie sich durch die Geschäftsbücher gearbeitet hatte, wie jeder Aktendeckel von ihr aufgeschlagen worden war. Wie sie schließlich die Arbeitskarten der Zwangsarbeiter entdeckt hatte und Luises Parteiausweis mit der Nummer 4.891.312. (Im Gegensatz zu ihrem Mann schien seine Tante erst relativ spät in die NSDAP eingetreten zu sein.) Und wie sie seine Tante zur Rede gestellt hatte.

Hatte Sybille ein System, um Geheimnissen auf die Spur zu kommen? Gab sie nie auf?

Oder trieb sie nun das schlechte Gewissen an, weil sie von den Zwangsarbeitern gewusst hatte? Weil sie nicht stärker darauf bestanden hatte, auch darüber schreiben zu dürfen?

Ab und zu sah Sybille sich nach ihm um, als wollte sie sichergehen, dass er sich nicht in Luft aufgelöst hatte. Wenn sie enttäuscht von ihm war, dann zeigte sie es nicht. Sie betrachtete ihn lediglich, so wie man einen Stein oder eine Feder, die man am Wegesrand aufgelesen hatte, prüfend ansah. (Konnte man etwas damit anfangen, oder war das Fundstück lediglich kurios? Etwas, was schon bald Staub ansetzen würde?)

Entschuldigend hob Johann die Arme. Er konnte einfach nicht in Siebelings Sachen wühlen, nicht, wenn er gleichzeitig befürchten musste, dass der Pastor da draußen um sein Leben kämpfte.

Und Sybille forderte ihn auch nicht dazu auf, so als hätte sie akzeptiert, dass das Aufdecken aller Fakten in ihr Ressort fiel.

»Vielleicht liegt der Schlüssel noch in der Kirche?«, warf Johann schließlich ein, als sie immer noch nicht aufgeben wollte.

»Quatsch.« Entschlossen schüttelte Sybille den Kopf.

»Oder er hat ihn bei sich getragen. In der Hosentasche.«

»Hm, hm.« (»Wir wissen es nicht.«)

Sie sah an ihm vorbei in den Flur, überlegte wohl, ob sie das ganze Haus auf den Kopf stellen sollte, dann trat sie an den Schrank und rüttelte ungeduldig an seinem Drehgriff. Mit zusammengekniffenen Augen inspizierte sie das Schloss, als wäre sie Inspektor Derrick.

»Eigentlich ...« Sybille zog eine Nadel aus ihrem aufgesteckten Haar und fingerte damit am Schloss herum. Vergeblich, sie musste selbst darüber lachen.

»Du willst doch auch wissen, was damals geschehen ist«, murmelte sie zuletzt gereizt und trat einen Schritt zurück. Enttäuscht stampfte sie mit dem Fuß auf, als könnte sie einfach nicht glauben, dass sie nicht weiterkam. Dass die Wahrheit vielleicht nur einen halben Meter entfernt von ihr lag und doch unerreichbar sein sollte. »Du willst doch auch nicht, dass Carl Aimée wieder vom Hof jagt!«

Johann schluckte schwer und spürte wieder den Schmerz, den Carl ihm gestern zugefügt hatte. (War das eine Kehlkopfprellung?) Ja, er wollte mehr wissen, Sicherheit bekommen, Argumente gegen Carl. Er wollte mit Anstand aus dieser Sache herauskommen. Und wenn der Schlüssel nun ...?

Plötzlich fiel ihm etwas ein. Johann stand auf und trat in den Flur, wo Siebelings schwarzer Talar auf einem Bügel an der Garderobe hing. Rechts gab es nur einen Durchgriff, aber links war eine Tasche. Und darin ein schmales Schlüsselbund, drei Schlüssel an einem silbrigen Ring. Er legte den Bund in Sybilles Hände, und sie belohnte ihn mit einem flüchtigen Kuss.

Der zweite Schlüssel passte, und Sybille warf ihm einen anerkennenden Blick zu, der ihn versöhnte. (Gut gemacht!) Inzwischen brauchten sie das Licht der Taschenlampe, um etwas sehen zu können.

Die Kirchenbücher waren thematisch und nach Jahrgängen geordnet, die Taufbücher standen ganz oben. Sybille musste auf einen Stuhl steigen, um an den entsprechenden Jahrgang heranzukommen. Dann legte sie das Buch auf den Schreibtisch und blätterte es vorsichtig auf.

Die Seiten klebten aneinander, als wäre das Buch seit Jahren nicht mehr geöffnet worden. Im Januar 1945 hatte es nur eine Kindstaufe in Schwanenholz gegeben. Ein Eintrag in Schönschrift, Fraktur, steil ragte die altmodische Pastorenschrift vor ihnen auf:

Familienname: von Schwan
Vorname: Aimée Antoinette Isabel
geboren: 14. Januar 1945 auf Gut Schwanenholz
getauft: 15. Januar 1945 ebenda

Aimées Taufspruch war dem ersten Korinther, Vers dreizehn, entnommen: »Die Liebe höret nimmer auf.« (Das war doch auch Caros Spruch!) Als Mutter des Kindes war, Johann stockte für einen Moment der Atem, seine Tante angegeben.

Dann war es also tatsächlich wahr, was Aimée und Isa erzählten! Dann gehörte Aimée zur Familie.

O Mann. Für einen Moment versagten Johann die Knie, und er musste sich auf dem Schreibtisch abstützen. Irgendetwas in ihm hatte sich wohl bis zuletzt geweigert, daran zu glauben.

Und als Vater ...

Johann beugte sich tiefer, las den Eintrag noch einmal, runzelte die Stirn. Da stand der Name seines Onkels: »Wolfgang Bernacker Graf von Schwan, geboren am 24. September 1892 in Kiel.«

Irritiert schüttelte er den Kopf, dann las er weiter. Die Taufe war durch Isa Wollin, geboren am 14. Mai 1906 in Kronshagen, bezeugt und durch Pastor Heinrich Großkopf, Siebelings Vorgänger im Amt, im Herrenhaus vollzogen worden. Eine Nottaufe, so stand es da, wegen des schlechten Gesundheitszustandes des Kindes.

Mannomann, Isa! Warum hatte sie ihnen denn nichts davon gesagt?

Johann keuchte, die Buchstaben tanzten vor seinen Augen, und auch Sybille zog die Augenbrauen in die Höhe. »Das kann doch nicht sein«, sagte sie, während sie rasch umblätterte und nach einer Berichtigung suchte. Vielleicht hatte Luise den Eintrag später korrigieren lassen?

»Onkel Wolf wurde seit dem Winter 1941/42 in Russland vermisst, er ist nach dem Sturm auf Moskau in Gefangenschaft geraten.« Johann verstummte. Nein, Luises Mann war nicht der Vater. Konnte es gar nicht sein, da war kein Zweifel möglich. Andererseits hatte Luise von Amts wegen einen Vater gebraucht, und sie hatte wohl kaum ihren französischen Kriegsgefangenen Antoine Caroux als Vater angeben können. Jedenfalls nicht im Januar 1945. Sie hatte so etwas wie einen Platzhalter gebraucht. Aber diese Täuschung war einfach zu … offensichtlich.

Plötzlich musste Sybille lachen, sie klappte das Taufbuch zu und sah ihn an. »Wahrscheinlich hat Luise den Pastor mit einem Braten von Bauer Priem bestochen. Schwarz geschlachtet. Oder mit ein paar Flaschen Rotwein. Oder beidem.« Schmunzelnd holte sie eine Flasche Korn hervor, die sie in Siebelings Schreibtisch entdeckt hatte. Sie goss zwei Schnapsgläser voll, dann prostete sie ihm zu.

Johann dagegen war überhaupt nicht zum Lachen zumute, hilflos stand er ihr gegenüber. Das Taufbuch war wohl das einzige Dokument, das Aimées Abstammung bezeugen könnte. Aber wenn Aimée sich darauf berufen, sich gegen Carl zur Wehr setzen wollte, dann hieße das wohl, dass sie mit der Lüge der Vaterschaft leben müsste. Und dass man die Wahrheit nicht mit einer Lüge bezeugen konnte, stand wohl außer Frage.

CARL

36

Womit hatte er das nur verdient? Hier lag seine Mutter, nicht ansprechbar, und ein paar Zimmer weiter quälte sich seine Frau in den Wehen. Dabei hatte Anette in Kiel entbinden wollen, auf der Geburtsstation der Universitätsklinik. Alles fix eingeplant. Sicherheit war ihr wichtig gewesen, und der Beistand des Professors. Bei ihm konnten Frauen jetzt eine Rückenmarkspritze verlangen, die eine entspannte und schmerzfreie Geburt versprach. Anette hatte auf keinen Fall leiden wollen, und Carl hätte ihr die Schmerzen gerne erspart. Gemeinsam hatten sie sogar überlegt, sich ein paar Tage vor dem errechneten Geburtstermin in einem Kieler Hotel einzuquartieren, um schneller ins Krankenhaus zu kommen, wenn es losging. In der vollgestopften Wohnung seiner Mutter am Exerzierplatz war ein Unterkommen ja nicht möglich.

Aber nun?

Bei dem Schnee war an einen Transport nach Kiel natürlich nicht zu denken, und eine Hebamme oder den Landarzt aus Kappeln konnte Carl auch nicht zu Hilfe rufen. Mit dem Trecker hätte man vielleicht etwas ausrichten können, aber sein Bruder ließ sich ja nicht wieder blicken. War auf und davon, dieser Dreckskerl!

Wenn bei der Geburt etwas schiefgehen sollte, könnte er das Johann nie verzeihen.

Blieb also nur Aimée – und Isa, wenn man ihr Treppauf, Treppab denn mitzählen wollte. Als ob eine höhere Macht ihn für etwas bestrafen wollte. Verzweifelt knetete Carl seine pochenden Hände. Es war fünf Uhr am Nachmittag, den ganzen Tag über hatte er mit Niki Schnee geschippt. Das Dach der Orangerie hatten sie freigeschaufelt und noch einmal den Weg über den Hof, um Brennholz hereinzuholen. Beschäftigungstherapie, um nicht verrückt zu werden bei dem Gedanken, dass er Anette nicht helfen konnte. Zuletzt hatte er Niki dazu verdonnert, mit ihm Bauernskat zu spielen. Der Troubadour wusste offenbar auch nichts mit sich anzufangen, denn Carolin hatte sich mit dem Schwan in Luises Zimmer eingeschlossen und ließ niemanden hinein.

Trauerte sie um Beate?

Carl dachte an die Szene am Frühstückstisch zurück. Warum nur hatte er Carolin die Wahrheit über ihre Mutter erzählt? Die Worte waren einfach aus ihm herausgesprungen, wie ein Kaninchen aus dem Hut, und nun tat es ihm tatsächlich leid.

Carl stöhnte auf und vergrub das Gesicht in den Händen. Zwischendurch hatte er sich immer wieder bei Aimée nach dem Fortgang der Ereignisse erkundigt, bis sie ihm schließlich verboten hatte, noch einmal den Kopf in ihr Zimmer zu stecken, das von Isa und den Mädchen zu einer Art Kreißsaal umfunktioniert worden war. »Lass deine Frau in Ruhe, du machst sie ja ganz verrückt!« Dann hatte sie nach dem Radio verlangt, um Anette mit Musik zu beruhigen. Gott sei Dank hatte Isa in ihrem unerschöpflichen Vorratslager noch ein paar Batterien ausfindig gemacht.

Inzwischen war es längst wieder dunkel, und Anette quälte sich noch immer. Ab und zu drang ein dumpfer, lang gezogener Schmerzensschrei den Flur herab, wie das Geheul einer Wölfin, dann musste Carl sich die Ohren zuhalten. War das normal, dass die Geburt so lange dauerte? Warum tat sein Sohn sich denn so schwer, auf die Welt zu kommen?

Carl wischte sich über das Gesicht und verfluchte sich selbst. Es war seine Schuld, dass Anette so litt. Wäre er nur nicht so unbeherrscht gewesen! Das mit der Flinte war natürlich vollkommen verrückt gewesen, das sah er jetzt auch ein. Kurzschluss, alle Sicherungen durchgebrannt. Vor lauter Wut und Hass auf sich selbst hätte er am liebsten laut geschrien.

Stattdessen biss Carl sich in den Handballen, um seine Mutter nicht zu erschrecken. Er hätte sie jetzt gern um Rat gefragt, aber Klementine rührte sich einfach nicht, selbst wenn er sie ansprach. Sie schien in eine andere Welt abgetaucht zu sein, sie schlief und schlief, und wenn sie kurz aufwachte und mit einer Geste etwas zu trinken verlangte, lief ihr das Wasser, mit Speichel vermischt, in dünnen Fäden übers Kinn. Carl wischte ihr den Mund ab, hielt ihr eines von Isas weichen Brötchen hin, aber seine Mutter sah einfach durch ihn hindurch, als wäre er nicht da.

Würde Klementine überhaupt wieder zu ihnen zurückkehren?

Noch eine Sorge, die ihn quälte. Seine Mutter war nur anderthalb Jahre jünger als Tante Luise, und vielleicht musste er sich auf das Schlimmste gefasst machen. War Johann deshalb auf und davon, weil er die Ungewissheit nicht mehr ausgehalten hatte? Oder war er bei Pastor Siebeling, um nach Aimées Wurzeln zu forschen? Wollte er ihn aus der Baumschule kegeln?

Verdammter Mistkerl!

Wieder raufte Carl sich die Haare.

Warum nur konnte er jetzt nicht bei Anette sein, um sie zu unterstützen, so wie sie ihm damals zur Seite gestanden hatte, als er drauf und dran gewesen war, durchs Examen zu rasseln? Sie hatte mit ihm gepaukt und ihm Mut gemacht, wenn ihn die schiere

Fülle des Stoffs lähmte. »Du musst nicht alles wissen, du musst nur das Schema verstehen.« Keine Frage, sie war die bessere Juristin, das hatte er auch nie bezweifelt. Es gab nur kaum Klienten, die eine Frau mit ihrem Verstand zu würdigen wussten. Ein mittelmäßiger Anwalt in Anzug und Krawatte erschien den meisten immer noch besser als eine exzellente Frau. Irgendwann hatte Anette das Schema verstanden, vielleicht steckte sie deshalb so viel Energie in ihre Pferde?

Überhaupt hatte Carl nur wegen Tante Luise Jura studiert – und wegen seiner Mutter. Klementine hatte darauf bestanden, weil sie wohl insgeheim hoffte, dass man in puncto Köslin noch etwas ausrichten könnte. Aber wen sollte er wegen des Verlustes verklagen? Die Russen? Die Polen? Die neuen Grundbesitzer? Alles aussichtslos. Man konnte nur hoffen, dass die freiheitsliebenden Polen, die sich in ihrer langen Geschichte ja immer mal wieder gegen fremde Herrscher erhoben hatten, die Russen irgendwann zum Teufel jagten. Jetzt, wo es in Rom sogar einen polnischen Papst gab. Und dass dann etwas in Gang käme, was den Eisernen Vorhang durchlässig werden ließe. Aber das waren natürlich Träumereien, genauso wenig realistisch wie eine Öffnung der Berliner Mauer oder gar Deutschlands Wiedervereinigung, an die trotz aller politischen Bekundungen auch kein Mensch mehr wirklich glaubte.

Nein, Klementine war wohl nicht zu helfen, und während Carl seine Mutter anblickte, ihr erschöpftes Gesicht, die bläulich flatternden Lider, den matten Körper, stieg plötzlich eine Erinnerung in ihm hoch. Etwas, an das er seit der Flucht nicht mehr gedacht hatte, nicht hatte denken wollen, weil es ihn zu sehr schmerzte: seine Schwester.

Wie war das eigentlich damals bei der Geburt der Kleinen gewesen? Klementine hatte das Kind auf dem Gut in Köslin bekommen, ihre Schwiegermutter hatte ihr zur Seite gestanden oder eine

Hebamme aus dem Ort, so genau wusste er das nicht mehr. War alles gut gegangen, warum auch nicht, früher war es schließlich selbstverständlich gewesen, dass die Kinder zu Hause auf die Welt kamen. Die Mutter verbiss sich die Schmerzen in einem kaum vorstellbaren Akt der Selbstbeherrschung, während sich der werdende Vater in der Stube oder im Salon betrank.

Na, wie auch immer, einen Vater hatte es da ja schon nicht mehr gegeben. Nur noch die Erinnerung an diesen letzten glücklichen gemeinsamen Nachmittag im Frühjahr. Carl hatte so sehr um seinen Vater getrauert, dass er geglaubt hatte, dieser verzweifelte Schmerz, der in seinem kleinen Herzen wütete, würde nie vergehen. Ganz besonders schlimm war es zu Weihnachten 1944 gewesen, weil er in jenem Jahr nur einen Mantel bekommen hatte, den seine Großmutter ihm aus einer alten Jacke seines Vaters genäht hatte, und nicht die gewünschte magische Box, in der man Sachen verschwinden lassen konnte. Als er den Mantel anprobierte und in dem schweren karierten Wollstoff, der noch nach dem Rasierwasser seines Vaters roch, vor dem Weihnachtsbaum stand, hatte die ganze Familie geweint. Nur Johann nicht, der hatte mit seinem Bilderbuch auf dem Teppich gesessen und gar nicht verstanden, warum die Mutti auf einmal schluchzte.

An Heiligabend hatte man Klementines gerundeten Bauch deutlich sehen können, doch ihren Kindern gegenüber hatte sie nie ein Wort darüber verloren. Und so war es ihm fast wie ein Wunder erschienen, als da ein paar Wochen später plötzlich ein Baby war. Als man Johann und ihn eines Morgens feierlich in das Schlafzimmer der Mutter führte und ihnen das Schwesterchen auf einem weißen Paradekissen präsentierte, so als hätte es tatsächlich der Storch gebracht, der im Frühjahr sein Nest auf der Scheune hinter dem Haus bezog. Oder das Christkind. Ja, wenn Carl so zurückdachte, dann war ihm sein Schwesterchen damals tatsächlich wie ein verspätetes Weihnachtsgeschenk erschienen. Wie *sein* Weihnachtsgeschenk, das endlich angekommen war.

Carl hatte sich kaum von der Wiege losreißen können. Seine Schwester war ein süßes Wesen gewesen, süßer noch als jeder Hundewelpe, mit winzigen Fäustchen, die fest geschlossen waren, wenn sie schlief. Wenn sie wach war und er ihre Händchen kitzelte, griff sie nach seinem Finger und umschloss ihn mit ihrer ganzen Kraft. Carl hätte sie stundenlang betrachten können, sie war viel besser als jede magische Box. Und zu gern hätte er ihr seine Kringel aus Zigarettenrauch gezeigt.

Seine Mutter hatte die Kleine »mein Schätzchen« genannt, und Johann war deshalb sehr eifersüchtig gewesen. Als Klementine ihm dann auch noch seine Kuscheldecke aus Kaninchenfell wegnahm, um daraus einen warmen Anzug für die Kleine zu nähen, hatte er getobt. Man hatte ihn nicht mit dem Baby allein lassen können, so wie man eine Katze nicht mit einem Säugling allein ließ. Sollte ja vorkommen, dass das Tier sich auf das Gesichtchen des Kindes legte und es erstickte.

Und dann?

Carl schüttelte den Kopf, nein, das war jetzt einfach zu viel. Daran konnte er nicht rühren. Leise stand er auf und schlich sich auf den Flur hinaus, um eine Zigarette zu rauchen.

Vor Aimées Tür blieb er stehen und lauschte. Im Moment war Ruhe, ein paar Takte klassischer Musik wehten zu ihm heraus, und ab und zu hörte er Aimée, wie sie energisch zählte: »Eins, zwei, drei, vier, fünf ...«

Verdammt, was ging da nur vor sich?

Carl zog heftig an seiner Zigarette.

Er wollte anklopfen und eintreten, trotz des Verbots, das Aimée ausgesprochen hatte, doch da kam Isa mit einem Tablett den Flur entlang. Als sie vor ihm stand, nickte sie ihm beruhigend zu.

Alles im Lot, sollte ihr Blick wohl besagen, das dauert eben seine Zeit. Mach dir keine Sorgen, min Jung!

Aber wie sollte man sich keine Sorgen machen? Er brauchte Anette doch! Gerade jetzt, wo sein Leben wieder ins Wanken geraten war. Sie war der einzige Mensch auf der Welt, der ihn so nahm, wie er war. Die ihm Zuflucht bot und seine Launen ertrug. Die sogar über ihn lachen konnte.

»Sag Anette, dass ich sie liebe«, raunte er Isa mit belegter Stimme zu, als sie die Tür öffnete. Über ihren Kopf hinweg erhaschte er einen kurzen, beunruhigenden Blick in das von Kerzen und Petroleumlampen erhellte Zimmer. Anette lag mit angezogenen Beinen auf dem Bett, und zwischen ihren Schenkeln kniete Aimée. Er sah ihr langes, dunkles, glänzendes Haar, das ihr den Rücken hinabfloss, dann schloss Isa die Tür mit sanftem Druck.

Carl taumelte zurück und lehnte sich gegen die kalte Wand. Zitternd zündete er sich eine weitere Zigarette an. Zählte Kringel, eins, zwei, drei, vier, fünf …

Warum vertraute er Aimée überhaupt?

Ausgerechnet Aimée Caroux, die doch noch eine Rechnung mit ihnen offen hatte.

Vielleicht war es ihr Mut, der ihm imponierte. Da steckte etwas in ihr, das hatte er bemerkt, als sie ihm die Flinte aus der Hand getreten hatte. Eine Kraft, die ganz unvermittelt aus ihr hervorgebrochen war. Fast wie eine Urgewalt. Ein ganz und gar fester, unverdorbener reiner Kern.

Da hatte er gewusst, dass er sich in ihr getäuscht hatte: Aimée war niemand, der suchte. Aimée war jemand, der fand.

AIMÉE

37

Nach dem Blasensprung war es gut losgegangen, kräftige Wehen, die den Muttermund öffneten. Um die Mittagszeit war Anette bei viereinhalb Zentimetern gewesen. Aber nun stockte die Geburt, eine ganze Weile schon. Die Wehen waren flach, sie kamen und gingen, brachten Anette jedoch nicht wirklich voran. Vorsichtig tastete Aimée nach dem Muttermund, fünf oder sechs Zentimeter, das war zu wenig. Erst bei zehn Zentimetern trat die Geburt in die nächste Phase.

Woher sie das wusste?

Es hatte eine Zeit gegeben, da hatte Aimée geglaubt, ihrem Vater nacheifern zu müssen. Sie hatte begonnen, Medizin zu studieren, und in den Semesterferien hatte sie in Arles im Krankenhaus ausgeholfen. Doch nach vier Semestern hatte sie aufgegeben, von einem Tag auf den anderen. Sie wäre nie so gut geworden wie ihr Vater.

Antoine war nicht enttäuscht gewesen, so als hätte er das längst geahnt. Er hatte ihr keine Vorwürfe gemacht. Stattdessen waren sie zusammen verreist, an den Lago Maggiore. Sie hatten lange Wanderungen unternommen, bis in die Voralpen hinein. »Es wird nicht umsonst gewesen sein«, hatte ihr Vater gesagt, als sie auf dem Monte Verità standen und ins schimmernde Tal hinabblickten. Unter ihnen sprangen Steinböcke einen Hang hinab. Später hatten sie den Botanischen Garten auf der Isole di Brissago besucht, und Antoine hatte ihr erzählt, dass auch Luise den berühmten Garten einst mit ihrem Vater besichtigt hatte. Die beiden hatten von dort ein paar Palmensamen für die Orangerie von Schwanenholz mitgenommen. Auf dieser Reise hatte Aimée mit dem Fotografieren angefangen. Das war ihre Leidenschaft, bis heute. Sie verdiente sogar ihren Lebensunterhalt damit.

»Es wird nicht umsonst gewesen sein …« Nun kam es ihr so vor, als hätte Antoine diese Stunden gemeint. Behutsam strich sie über Anettes Beine, massierte ihr die Knöchel. Hatte Anette schon aufgegeben?

Anette lag da mit geschlossenen Augen, die Hände zu Fäusten geballt. Wenn eine Wehe kam, traten die Knöchel weiß hervor. Sie hörte auf zu atmen, ließ sich von ihr überrollen, duckte sich unter ihr weg und konnte ihre Kraft nicht für sich nutzen.

Aimée unterdrückte ein Seufzen. Sie hatte es mit Bewegung versucht, mit Massagen, heißen Kompressen, entspannter Musik, aber inzwischen war Anette erschöpft. Sie hatte die Schmerzen satt und wollte einfach nur, dass das alles aufhörte.

»Weiteratmen«, sagte Aimée und begann zu zählen, als die nächste Wehe kam, »nicht aufhören!«

»Ich kann nicht mehr«, stöhnte Anette. »Ich will das nicht mehr.«

»Du hast es doch bald geschafft.«

»Das behauptest du schon seit Stunden.«

»Denk an dein Baby. Versuch, dich auf die Wehe einzulassen, mit ihr zu gehen.«

Anette verstummte, sie verzog das Gesicht. Eine weitere Woge dieses reißenden Schmerzes rollte auf sie zu, und sie wälzte sich zur Seite und versuchte, dem Schmerz irgendwie auszuweichen.

Davonzulaufen. Sie schrie, warf den Kopf nach hinten, dann verstummte sie plötzlich.

»Komm, Anette, atmen! Jetzt, in den Bauch!«

Aimée sah, dass Anette versuchte zu atmen, sich bemühte voranzukommen, aber nun befand sie sich bereits hinter der Welle, sie fand keinen Halt mehr und brach ab, als sie spürte, dass die Schmerzen verebbten. Matt sah sie Aimée an. »Es geht nicht.«

»Doch, du kommst voran. Wenn die nächste Wehe einsetzt, möchte ich, dass du so tief in den Bauch atmest, wie es nur geht. Dein Baby ist unterwegs, aber du musst ihm helfen. Geh mit der Wehe, leg dich hinein. Sie ist nicht böse, sie will dir nur helfen, dein Kind auf die Welt zu bringen.«

Anette schüttelte den Kopf.

»Du schaffst das, Liebes.«

Aimée wischte ihr mit einem Tuch den Schweiß von der Stirn, bot ihr etwas zu trinken an, nahm ihre Hand.

Anette sah sie dankbar an. Sie warteten auf die nächste Woge, doch die Abstände zwischen den einzelnen Wehen schienen wieder größer zu werden.

Besorgt sah Aimée auf ihre Uhr, zählte die Minuten, die vergingen.

Anette lag da mit geschlossenen Augen und rührte sich nicht.

»Wo bist du zur Welt gekommen?«, hörte Aimée sie nach einer Weile flüstern. Oder bildete sie sich das nur ein?

»In Luises Zimmer.«

»Und dein Vater hat mitgeholfen?«

Aimée nickte. Ja, Antoine hatte geholfen, so wie er ihnen auch jetzt beizustehen schien. Manchmal spürte sie seine Anwesenheit geradezu körperlich, wie eine Hand, die sich auf ihre Schulter legte »Mach dir keine Sorgen«, schien er ihr zuzuflüstern. »Eine Wehenpause ist ganz normal. Der Körper sammelt Kraft.«

Auf einmal wünschte sie sich, mit Anette über ihren Vater sprechen zu können. Antoine auch für sie an ihre Seite zu holen, ihn fassbar zu machen. Sein Wesen in den Raum zu stellen. Vielleicht könnte ihr das Zuversicht schenken, ihr helfen? Anette lag noch immer ganz still und atmete flach, als wollte sie das furchtbare Wehenmonster, das in ihr schlummerte, nicht wieder aufwecken. Behutsam nahm Aimée ihre Hand.

»Mein Vater war kein besonders politischer Mensch«, hörte sie sich sagen, »aber er war nie gleichgültig. Das Schicksal anderer Menschen ließ ihn nie unberührt. Ich glaube, er hat früh verstanden, was da in Deutschland vor sich ging, auch weil er eine jüdische Familie aus Freiburg kennenlernte, die schon 1933 nach Frankreich geflohen war. Familie Gutherz. Benjamin Gutherz war Buchhändler, er hat ein kleines Geschäft in Arles eröffnet. *Pour le bon cœur*, so hieß der Laden, es gab dort auch eine Abteilung mit deutschen Büchern. Vor allem von Schriftstellern, die nach Frankreich ins Exil gegangen waren. Mein Vater hat sich dort mit neuen Büchern versorgt. Als Frankreich Deutschland im September 1939 den Krieg erklärte, ist Familie Gutherz in die USA emigriert. Sofort, denn Frankreich war kein sicherer Hafen mehr. Sie hatten Glück, es gab Verwandte in New York, die für sie bürgen konnten. Mein Vater und Herr Gutherz haben sich viele Jahre lang geschrieben, auch noch nach dem Krieg. Benjamin Gutherz hat immer gesagt, jeder Deutsche hätte wissen können, was vor sich ging.«

Anette öffnete die Augen und sah sie an. In ihrem Blick lag ein stiller, quälender Schmerz.

»Glaubst du das auch?«, flüsterte sie rau.

Aimée strich ihr über die Wange. Wäre es nicht doch besser, dieses Gespräch zu beenden? Hier sollte doch ein Kind geboren werden, aber die Worte drängten nun unaufhaltsam aus ihr heraus.

Sie musste einfach von ihrem Vater erzählen, er war so präsent in diesem Moment.

»Ich kann mir einfach nicht vorstellen, dass jemand mit wachem Verstand nichts von den Naziverbrechen gewusst haben soll«, erwiderte sie. »Die Ausschaltung der politischen Gegner, die Verfolgung der Juden, die Konzentrationslager.«

»Meine Eltern behaupteten immer, sie hätten nichts davon geahnt.«

»Vielleicht war ihnen das Ausmaß des Grauens nicht bekannt, die Zustände in den Konzentrationslagern, aber sie mussten doch sehen, dass den Juden und anderen Schreckliches widerfuhr. Davor konnten sie doch nicht die Augen verschließen.«

Anette verzog das Gesicht. Da kam die nächste Wehe, und sie versuchte, zu atmen, mit der Woge zu gehen und nicht davor zurückzuschrecken.

»Wie konnte dein Vater sich in eine Deutsche verlieben?«, fragte sie, als der Schmerz wieder nachließ. »Ausgerechnet in eine Deutsche?«

Aimée nickte, sie dachte an ihr Gespräch mit Sybille zurück. Tatsächlich hatte es eine Zeit in ihrem Leben gegeben, wo diese Frage sie unablässig quälte. Und wo sie die Mutter und ihre deutschen Wurzeln am liebsten vergessen hätte. Sie wollte sich auch nicht mehr von ihrem Vater für Luise fotografieren lassen. Und hatte sich geweigert, sich die Haare zu flechten. Nie wieder hatte sie Gretchenzöpfe getragen. Ja, es war schlimm für sie gewesen, dass ihre Mutter eine Deutsche war. Eine *Boche*. Aimée hatte sich nicht davon freimachen können, irgendwie auch diesem Volk von Tätern anzugehören. Damals hatte sie ihrem Vater seine Liebe zu Luise vorgeworfen. Dieses Wunder war ihr wie ein Fehltritt in seinem makellosen Leben erschienen, und die Zerrissenheit zwischen ihrer Liebe zum Vater und der Scham wegen der Mutter hatte sie fast verzweifeln lassen. Manchmal wäre sie am liebsten einfach nicht mehr da gewesen.

»Das habe ich mich auch gefragt.«

»Und?«

Aimée holte tief Luft. Sie dachte daran, dass sie Antoine damals angefleht hatte, ihre Mutter nie kennenlernen zu müssen. Niemals. Und dass ihr Vater schließlich nachgegeben hatte, weil er sah, wie sehr sie litt. Weil er begriffen hatte, dass sein Versprechen existenziell für sie war. Er hatte seine Liebe zu Luise der Liebe zur Tochter geopfert. Und dann dachte sie an den langen, komplizierten Weg, den sie zurückgelegt hatte, um das alles zu bewältigen und schließlich nach Schwanenholz fahren zu können. An die Kraft, die es sie gekostet hatte, den ersten Schritt zu tun. »Heute glaube ich, dass niemand, auch der Anständigste nicht, in Hitler-Deutschland unversehrt geblieben wäre. Die Nazidiktatur hatte wohl alles erfasst, alle in ihren Strudel gerissen. Ich kann Luise nicht aus dieser Zeit herauslösen. Und ich will sie auch nicht freisprechen. Aber ich kann inzwischen auch das sehen, was nicht korrumpiert worden war: ihre Menschlichkeit, als sie gefordert war, menschlich zu handeln. Denn als mein Vater im Herbst 1943 hier ankam, ging es ihm sehr schlecht, er war demoralisiert und ohne jeden Lebensmut. Luise hat dafür gesorgt, dass man ihn schonte. Er hat in der Orangerie schlafen dürfen, wo es wärmer war als in den Scheunen, und sie hat ihm gutes Essen bringen lassen, bis er wieder zu Kräften kam. Und als er dann arbeiten konnte, hat sie sich von ihm erzählen lassen, warum man ihn festgenommen hatte. Da hat mein Vater ihr von Benjamin Gutherz erzählt, davon, dass der Freund sein ganzes Kapital in Frankreich zurücklassen musste. Dass er sich dann in seiner freien Zeit um die Bücher gekümmert hat, um noch zu verkaufen, was zu verkaufen war. Dass er die Erlöse nach New York schickte. Das musste sich

herumgesprochen haben, denn eines Tages kam eine Frau zu ihm
in die Praxis. Es ging darum, für kurze Zeit eine jüdische Familie
zu verstecken. Das war 1942 gewesen, als der größte Teil Frank-
reichs von den Deutschen besetzt war und im Süden Marschall
Pétain mit den Deutschen kollaborierte und Juden verhaften ließ.
Ohne gültige Papiere und Visa kamen die Juden nicht mehr fort,
außerdem wollte man sie in den meisten Ländern auch gar nicht
mehr aufnehmen. Mein Vater hat geholfen, bis die Familie über
die Pyrenäen nach Lissabon fliehen konnte. Er ist immer einen
Schritt weitergegangen, aus einem Freundschaftsdienst wurde
Widerstand gegen die Nazis, schließlich hat er mit Sabotageakten
sein Leben riskiert. Luise hatte zugehört, und sie hatte geweint. Sie
hatte sich geschämt, weil sie so lange die Augen vor den Naziverbrechen verschlossen hatte. Weil sie auf Schwanenholz zwischen
ihren Bäumen in Deckung gegangen war. Weil sie nur an ihre
Baumschule gedacht hatte, darauf hoffend, dass das alles irgendwann ein Ende nahm. Dann hat sie versucht, so viele Kriegsgefangene wie nur möglich auf ihrem Land zu beschäftigen. Sie hat noch
weitere Männer für ihren Betrieb angefordert. Sie wollte ihnen
helfen, den Krieg unbeschadet zu überstehen. Wenigstens das hat
sie versucht.«

»Und Antoine …«

»Er hat ihre Seele gesehen.«

Die nächste Wehe überrollte Anette, sie krümmte sich, stöhnte,
bis sie endlich einen Weg fand, in den Schmerz zu atmen, ihn zu-
zulassen.

Aimée feuerte sie an.

Noch einmal kontrollierte sie die Öffnung des Muttermundes.
Sechseinhalb Zentimeter nun. Während sie zwischen Anettes Beinen kniete, hörte sie, dass hinter ihnen die Tür aufging und sich
leise wieder schloss.

ISA

38

Sie hatte sich aus Luises schönem Schwarzen gepellt, konnte man ja nicht tragen bei einer Geburt. Außerdem roch das Kleid inzwischen ein bisschen streng, ab und an war sie doch ins Schwitzen geraten. Isa würde es nach Kappeln bringen, in die Reinigung Weiße Rose, die bekamen jeden Fleck raus. Vorerst musste es eines ihrer geblümten Kleider tun, schwarze Strickjacke drüber, Schürze vor und gut. Achtete ja eh keiner mehr drauf, so wie die alle inzwischen herumliefen. Carl schien sogar das Rasieren eingestellt zu haben. Der Kerl hatte ganz stickelige Wangen. Hatte sie genau gesehen, trotz des schlechten Lichts. Und waren das eben etwa Tränen gewesen, was da in seinen Augen glitzerte? Wurde ja geradezu sentimental, der werdende Vater. Hatte sogar von Liebe gesprochen. Hätte sie nicht gedacht.

Vorsichtig stellte Isa das Tablett auf dem kleinen Tischchen am Fenster ab. Sie wartete im Hintergrund, bis Aimée sich zu ihr umdrehte.

»Hühnersuppe«, erwiderte Isa auf ihren fragenden Blick. Ihr Mädchen war ein bisschen blass, da musste mehr rein. Ein wenig Speck auf den Rippen, das täte ihr gut. »Hilft gegen alles.«

Aimée nickte und ließ sich einen Becher reichen. Sie trank

bedächtig, in kleinen Schlucken, so wie sie es schon als Baby getan hatte.

Anette dagegen wollte nichts. Sah ganz schön fertig aus, das arme Ding. Nee, was Gott sich dabei gedacht hatte, dass er die Frauen so leiden ließ. Isa schüttelte den Kopf. »Soll ich dableiben?«, fragte sie Aimée leise.

»Stockt gerade ein bisschen«, flüsterte Aimée zurück. »Was meinst du, sollen wir es mal mit Nelkenöl probieren?«

Nelkenöl? Kein Problem, hatte Isa da. Ein Tropfen ins Zahnfleisch einmassiert half immer, wenn das Gebiss sie zu sehr drückte. Und Wehen sollte man damit auch auslösen können, hatte schon Antoine bei Luise eingesetzt.

»Kann ich holen.«

»Und Johann? Ist der schon wieder da?«

»Keine Spur.« Isa schüttelte den Kopf. Das gab ihr auch ein wenig zu denken, schließlich hatte Johann bis zum Abend zurück sein wollen. »Der hängt wohl irgendwo fest.«

Aimée atmete aus. »Ich dachte nur«, sagte sie dann, »falls wir doch noch Hilfe brauchen.«

Isa horchte auf. Da war plötzlich ein Kribbeln zwischen ihren Schulterblättern, so etwas wie Angst. Und Herzflattern. Hatte sie schon mal gehabt, als Luise unter Aimées Geburt nicht vorangekommen war. Als Antoine eine Steißlage ertastet hatte und für einen Augenblick die Fassung verlor. Eine Nacht war das damals gewesen, du meine Güte. Bloß nicht daran denken!

»Soll ich Carl losschicken?«

»Was meinst du denn?«

Sie sahen sich lange an, schließlich schüttelte Isa den Kopf. »Zu Fuß und in der Dunkelheit? Es ist bald sieben, der geht uns da draußen bloß auch noch verloren.«

»Dann hol mal das Nelkenöl.«

Aimée wandte sich Anette zu, die wieder aufstöhnte. Ihr Mädchen machte das gut, ganz ruhig, sie ließ sich nichts von ihren Sorgen anmerken. Isa drückte sie noch einmal kurz, bevor sie wieder zur Tür hinausschlüpfte.

Carl war verschwunden, sie sah nur seine Zigarettenstummel, die in einem Wasserglas auf dem kleinen Konsolentisch schwammen. Na, besten Dank ook.

Aber gut, dann musste sie ihm nicht ins Gesicht lügen, dass bei Anette alles in Ordnung sei. Hoffentlich saß Carl wieder bei seiner Mutter am Bett und hielt Wache, so wie damals nach der Flucht, als er nicht von ihrer Seite gewichen war. War ja auch fast so wie vor beinahe vierunddreißig Jahren, als Klementine sich eingesponnen hatte in der Trauer um ihr totes Mädchen.

Isa nahm das Wasserglas und hastete den Flur hinunter.

Schon verrückt, dass die beiden Schwestern im letzten Kriegsjahr fast gleichzeitig ein Kind erwartet hatten. Und wenn Klementine sich im Spätsommer 1944 nicht standhaft geweigert hätte, Köslin zu verlassen, wäre ihre Kleine wohl auch noch am Leben. So wie Aimée. An Luise hatte es jedenfalls nicht gelegen, die hatte die Schwester damals bei sich aufnehmen wollen. Nach Felix' Tod hatten Luise und Klementine miteinander telefoniert, das erste Mal seit dem großen Streit. Aber Klementine weigerte sich zu gehen, sie wollte nichts davon hören. Nicht einmal die Jungen hatte sie nach Schwanenholz schicken wollen, um sie in Sicherheit zu bringen, obwohl doch längst abzusehen war, dass die Ostfront zusammenbrechen würde. Wer wie Luise unten in der Küche Feindsender hörte, wusste jedenfalls, dass die Heeresgruppe Mitte nach der verheerenden Offensive der Roten Armee weitgehend zerschlagen war, auch wenn die *Wochenschau* unverdrossen vom Endsieg faselte. Deshalb hatte sich ja auch die Wut und Verzweiflung einiger Offiziere in einer Explosion im Führerhauptquartier entladen. Unternehmen Walküre. Doch der massive Kartentisch, über den Hitler sich an jenem 20. Juli 1944 in der Wolfsschanze gebeugt hatte, milderte die Detonation ab und rettete ihm das Leben. So hatten sie sich das auf Schwanenholz jedenfalls zusammengereimt, als sie davon hörten. Ausgerechnet Eichenholz! Luise hatte geweint, als sie von dem fehlgeschlagenen Attentat hörte, während Klementine wohl noch an die Vorsehung glaubte. »Hitler wird das schon richten«, hatte sie gemeint und Luises Angebot ausgeschlagen. Sie hatte sich jeden weiteren Anruf verbeten. Ja, und ein Dreivierteljahr später stand Klementine dann mit ihrem toten Kind im Arm und den beiden halb erfrorenen Jungen vor der Tür.

Nun, es war nicht zu ändern gewesen, hinterher war man immer schlauer. Aber später hatte Isa schon so manches Mal an sich halten müssen, wenn Luises Schwester sich aufplusterte und über ihr Los jammerte. Klementine ohne Land, ja, ja. Die hatte ihr Schicksal schon auch selbst in der Hand gehabt, anders konnte man das nicht sagen.

In der Küche waren die Mädchen zugange, *Ragout fin*, das war der Plan fürs Abendessen. Nicht von der Steckrübe, sondern feines Kalbfleisch in heller Soße. War alles da, vorgekocht und eingeweckt, musste nur noch aufgewärmt werden. Dazu Reis und Rote Bete. Und zum Nachtisch Schokoladenpudding mit Kirschkompott. Dann war die frische Milch von Bauer Priem auch aufgebraucht, Isa hatte nur noch ein paar Liter H-Milch in der Hinterhand, aber die mochte Caro nicht trinken.

Wo steckte ihr Caro-Herz überhaupt?

Isa leerte das Wasserglas in die Spüle und überlegte. Wenn sie sich so recht besann, dann hatte sie Caro seit dem Frühstück nicht mehr gesehen. Und da war ihr das Kind auch schon so still vorgekommen, geradezu in sich gekehrt. Hatte sie sich etwa mit Niki überworfen?

Oder war was mit dem Schwan?

Einen Moment lang stand Isa ratlos an der Spüle, bevor sie die Zigarettenstummel aus dem Abfluss fischte und in den Mülleimer warf. Na, jetzt würde sie erst einmal das Nelkenöl aus ihrem Zimmer holen und dann wieder hochgehen. Und wenn die Puste noch reichte, würde sie mal bei Caro anklopfen und nach dem Rechten sehen.

»Vöran, vöran!«

Energisch klatschte Isa in die Hände, damit die Mädchen nicht einschliefen, dann kontrollierte sie schnell alle Töpfe und rührte um. Die Rote Bete könnte man einen Tick dünner schneiden und der Reis, der durfte nicht kleben. Zu guter Letzt scheuchte sie den Kater vom Küchentisch, bevor es weiterging.

Doch in den dunklen Kellergängen auf dem Weg zu ihrem Zimmer überfiel sie noch ein Gedanke.

War Caro etwa eifersüchtig?

Auf Aimée? Darauf, dass sie Isas Herz nun mit der Französin teilen musste?

Isa horchte in sich hinein.

Oder machte nun auch noch Caro sich Sorgen um das Erbe?

Ach, Kinder. Isa schüttelte den Kopf, da war sie nun auch überfragt. Immer das verflixte Geld, es war nie richtig, wie man es auch verteilte. Aimée jedenfalls hatte nie was haben wollen, denn sobald Luise es sich wieder leisten konnte, hatte sie Geld nach Frankreich geschickt. Bis just nach Wolfgangs Tod ein Brief von Antoine gekommen war, dass Aimée sich weigere, ihr Geld zu nehmen. Außerdem wünsche sie keinen Kontakt. Punkt. Keine weitere Erklärung. Da musste Aimée dreizehn Jahre alt gewesen sein. Ein paar Jahre lang hatten sie gar nichts mehr aus Frankreich gehört. Es waren auch keine Bilder mehr gekommen, bis zu Aimées achtzehntem Geburtstag. Da hatte Antoine noch einmal geschrieben und Luise mitgeteilt, dass ihre Tochter nun für sich selbst sprechen müsse. Er habe ihr alles über die Mutter erzählt, alles Weitere liege in ihrer Hand. Luise hatte das offenbar so akzeptiert, so beschäftigt, wie sie mit der Baumschule und dem Wirtschaftswunder war, aber Isa litt wie ein Hund. Schließlich hatte sie nach Wolfgangs Tod gehofft, dass nun Antoine mit Aimée nach Schwanenholz zurückkehren könnte. Dass so etwas wie eine Familienzusammenführung möglich wäre – auf der politischen Bühne war das ja auch gelungen. Adenauer und de Gaulle, die rissen sich doch auch zusammen. Sprachen von Freundschaft und Versöhnung, gaben sich die Hand, gedachten gemeinsam der Toten. Warum fuhr Luise nicht nach Frankreich, um das Kind nach Hause zu holen?

Als Luise partout nicht mit sich reden lassen wollte, war Isa zum ersten Mal in ihrem Leben ausgebüxt. Sie war einfach losgefahren, eine Woche Lüneburger Heide. Sie war viel spazieren gegangen und Kutsche gefahren, aber einmal hatte sie auch den Bus genommen, bis nach Hollenstedt. Dort hatte sie sich durchgefragt und stand schließlich vor der Villa von Max Schmeling. Das Haus lag abgeschieden und war von alten Bäumen umgeben, es gab einen Teich und einen Rosengarten. Mit seinem Reetdach und der frischen weißen Farbe sah es genauso schön aus wie in den Illustrierten. Isa hatte sich an den Zaun gestellt und einfach nur geschaut. Auf einmal hatte Anny Ondra vor ihr gestanden, Schmelings tschechische Ehefrau, von der er sich auch in der Nazizeit nie losgesagt hatte. Sie war zart und blond und immer noch so schön wie zu ihren Stummfilmzeiten. Man sah ihr nicht an, was sie durchgemacht hatte.

Isa hatte ihr über den Zaun hinweg zugenickt, sprechen konnte sie nicht, dabei hätte sie ihr gerne von Kurt erzählt. Von ihrem Kurt, der einfach verschwunden war. Spurlos, seit fast dreißig Jahren schon. Aber vielleicht hatte die Ondra sie auch so verstanden, denn in ihrem Blick lag so etwas wie Trost, der langsam in sie einsickerte. Isa wusste nicht mehr, wie lange sie so stumm voreinandergestanden hatten, aber schließlich hatte sie sich von Schmelings Frau lösen können. Sie hatte sich umgedreht, war wieder durch den Wald marschiert und in ihre Pension gefahren. Und am nächsten Tag war sie nach Schwanenholz zurückgekehrt.

»Bi Schmeling«, hatte sie gesagt, als Luise sie fragte, wo sie gewesen sei. »Ik bün bi Max Schmeling west.«

Da hatte Luise sie wortlos in die Arme genommen und fest an ihr Herz gedrückt.

CAROLIN

39

Der Schwan wollte nichts fressen. Schon den ganzen Tag nicht. Er hockte einfach nur auf dem Teppich und sah sie an, dabei hatte Carolin die Haferflocken mit warmem Wasser zu einem Brei verrührt. Schmeckte gar nicht mal so übel, sie hatte sogar davon probiert. Aber wenn sie ihm die Schale hinschob oder sich etwas Brei in den Handteller kleckste, drehte er lediglich den Kopf zur Seite oder blickte angestrengt an ihr vorbei zur Zimmerdecke.

Vielleicht vermisste er seine Kameraden?

Oder sie war einfach nicht sein Typ?

Na, er würde schon kommen, wenn er am Verhungern war.

Carolin erhob sich seufzend. Sie hatte auch keinen Appetit. Das Tablett, das Isa ihr vorhin gebracht hatte, stand unberührt auf Luises Kommode. Erschöpft setzte sie sich auf Luises Bett und horchte in die Dunkelheit hinein. Immer wieder vernahm sie Anettes Schmerzensschreie, gedämmt durch die dicken Mauern. Sie ließen ihr Herz schneller schlagen. Carolin konnte kaum glauben, dass das alles nur ein paar Zimmer weiter geschah. Dass Anette *jetzt* Mutter wurde. Ausgerechnet jetzt.

Denn ...

Angespannt versenkte Carolin sich in ihr Innerstes.

Wie ging es *ihr* eigentlich?

Nachdem Carl ihr das mit ihrer Mutter erzählt hatte, hatte sie gar nichts gefühlt. Weder Schock noch Trauer. Da war nur so etwas wie Erleichterung gewesen, denn plötzlich machte alles Sinn. Dass Beate sich nie wieder bei ihr gemeldet hatte, zum Beispiel. Kein Wunder, wenn Beate nichts von ihr wissen wollte, sie war schließlich tot!

Eine Weile hatte Carolin diese Erleichterung ausgekostet. Sie hatte sogar Niki davon erzählt, und er hatte sie darin bestärkt. »Sei froh, dass du sie los bist!« Dann hatte er sich über die Vorzüge von Heroin ausgelassen. Man müsse nur richtig damit umgehen können. Sobald er achtzehn sei, wolle er auch nach Berlin. Ans Theater, und alles ausprobieren, was das Leben so bot. Bloß nicht zum Bund und sich verheizen lassen für die alten Feindbilder. Wenn die neuen russischen SS-20-Raketen flogen, war eh alles vorbei und Europa bald ausradiert. Overkill. Bam! Bam! Bam! Besser, man machte vorher noch einen drauf. Und apropos, wollen wir nicht noch mal ins Bett? Da draußen vermisst uns doch keiner.

Er hatte sie angesehen mit seinem feuchten, nebligen Hundeblick und dem frisch gewaschenen Haar, das so aufdringlich nach Isas Spülmittel roch, und da hatte etwas in ihr rebelliert.

»Lass mich in Ruhe!«

»Komm schon, Caro, stell dich nicht so an.«

»Ich hab gerade meine Mutter verloren, du Idiot!«

Und als Niki sie in seine Arme ziehen wollte, hatte sie ihn mit einem Aufschrei vor die Tür gesetzt.

O Gott, was hatte sie nur in ihm gesehen?

Ohne das Mofa und ohne ihre Musik war er einfach nur irgendein Junge. Irgendwas zwischen Trottel und … Troubadour.

Kraftlos ließ Carolin sich rücklings auf die Bettdecke fallen. Einen Moment lang lag sie ganz still da, kein Gefühl, kein Gedanke, das pure Nichts, dann kam die Wut. Auf einmal rollte sie über sie hinweg, so heftig, dass ihr ganz heiß wurde und sie gleichzeitig zitterte.

Was hatte Jo sich eigentlich dabei gedacht, ihr den Tod ihrer Mutter zu verschweigen?

Hatte er sie schützen wollen?

Vor ihrer Trauer?

Oder hatte er sich einfach nicht getraut, ihr sein Versagen einzugestehen?

»Es tut mir leid, Caro-Schätzchen, aber deiner Mutter war einfach nicht zu helfen. Niemand konnte ihr helfen. Sie war nicht von dieser Welt.«

Carolin wischte sich über die Augen und presste die Fäuste gegen die Schläfen. Ja, Jo war wohl einfach nur feige gewesen. Je länger sie darüber nachdachte, desto sicherer war sie. Das hatte sich schließlich auch in seinen erbärmlichen Hinhaltemanövern gezeigt, wenn sie darauf gedrängt hatte, ihre Mutter in Berlin zu besuchen. Immer wieder hatte er ihr versprochen, mit ihr hinzufahren. All diese erträumten Reisen, die Vorfreude, die Spannung, Beate zu begegnen. Und immer wieder war ihm ganz kurz vorher eine Ausrede eingefallen, die den Besuch unmöglich machte:

»Sie ist verreist.«

»Sie hat einen neuen Freund.«

»Ich muss auf diese Demo, das ist jetzt wichtiger. Kein Kernkraftwerk in Brokdorf! Es geht schließlich auch um deine Zukunft.«

Vor drei Jahren zum Beispiel war Jo zu einer Mai-Demonstration ins dänische Aarhus gefahren. Bis heute war er stolz darauf, einer der ersten gelben Aufkleber mit der roten lachenden Sonne zu besitzen: *Atomkraft? Nej tak.*

Hätte Jo sie, wenn ihm die Ausreden ausgegangen wären,

tatsächlich irgendwann in sein Auto gesetzt? Wäre er dann mit ihr und der verdammten lachenden roten Sonne am Heck nach Berlin gefahren? Und hätte er ihr dann an der Tür zu Beates alter WG eine Komödie vorgespielt? Hätte er vielleicht sogar behauptet, Beate wäre über Nacht nach Indien zurückgekehrt? »Sie lebt jetzt in einem Aschram, Schätzchen, sie will nichts mehr wissen von der Welt.«

Beate? Nej tak.

Ach, Scheiße, Jo!

Mit einem Ruck richtete Carolin sich auf. Wenn sie Jo jetzt nur gegenüberstünde. Wenn sie ihm ihre Verachtung ins Gesicht schleudern könnte. Wütend trommelte sie mit den Fäusten auf die Bettdecke ein, dann sprang sie auf, nahm sich ein Kissen und schlug damit um sich.

Sie schleuderte das Kissen gegen das Bett.

Gegen den Schrank.

Gegen die Wand.

Bam! Bam! Bam!

Und der Schwan machte mit, er fauchte und schlug mit den Flügeln, als feuerte er sie an.

»Scheiße, Jo! Scheiße, Jo! Scheiße, Jo!«

Carolin wütete weiter, bis die Kissenhülle riss und die Federn aus der Füllung quollen und durch Luises Zimmer wirbelten. Bis ihr die Puste ausging, sie husten musste und schließlich vor Erschöpfung in die Knie sank.

Einen Moment lang presste sie ihr Gesicht in diesen warmen Schnee aus Federn. Die Wut hatte sich verändert. Sie war irgendwie aus ihr herausgetreten, kreiste nun über ihr wie ein Raubvogel, der immer wieder mit spitzen Schreien in die Tiefe stieß, um nach ihr zu greifen. Ihr blutige Stücke aus dem Herzen zu reißen.

Wimmernd wiegte sie sich vor und zurück.

»Scheiße, Jo!«

Wer weiß, vielleicht hätte sie die Wahrheit viel besser verkraftet als dieses Trauerspiel, das ihr Vater da mit ihr veranstaltet hatte. Auch mit zwölf.

Gerade mit zwölf.

Als Isas Welt sie plötzlich eingeengt hatte wie ein Kleid, das von einem Tag auf den anderen viel zu klein geworden war und ihr die Luft zum Atmen nahm.

Als sie begonnen hatte, Fragen zu stellen.

Warum will meine Mutter mich nicht sehen?

Warum liebt sie mich nicht?

Was ist falsch an mir?

Falsch, falsch, falsch.

Als sie sich so erbärmlich fühlte, so allein, dass sie begann, die jungen Bäume in den Quartieren zu ritzen. Erst vorsichtig und dann immer entschiedener. Als sie sich mit der Klinge auch über die Haut an den Armen fuhr, weil sie an den Schmerz herankommen wollte, der ganz tief in ihr drinnen saß. Kleine Schnitte, kaum zu sehen, mit einer Rasierklinge, die sie irgendwo geklaut hatte. Tante Luise war es gewesen, die ihr die Taten auf den Kopf zusagte. Die sie dann mitgenommen hatte auf ihre Rundgänge durch die Baumschule und ihr alles über Bäume erzählt hatte. Über ihren Zusammenhalt und über ihre Kraft, die sie in den Himmel wachsen ließ. Und die ihr schließlich die Hakenkreuze zeigte, die ihr Sohn Fritz, kurz bevor er in den Krieg gezogen war, in die glatten grauen Buchenstämme im östlichen Quartier geritzt hatte. Zwanzig Rotbuchen, die so gern geordert wurden, verdorben für immer. Luise hatte sie stehen lassen, wie ein Mahnmal. Zwei Reihen Buchen mit kinderhandgroßen Hakenkreuzen in mehr als zwei Meter Höhe. »Er war auch wütend, Carolin, so wie du.«

Dann hatten sie sich unter die Bäume gesetzt, und Luise hatte ihr von ihrem verlorenen Kind erzählt. Von Fritz. Davon, dass er ein wunderbarer Junge gewesen sei, der die Mutter geliebt und den Vater vergöttert habe. Dass er sportlich gewesen sei, Laufen, Weitsprung, Schlagballwerfen, alles sei ihm leichtgefallen, nur das Lernen nicht. Mit zehn habe sein Vater ihn ins Jungvolk gesteckt, ein Pimpf sei aus ihm geworden. Luise hatte ein Foto hervorgeholt, der blonde Fritz in Uniform und mit Marschgepäck auf Osterfahrt. Kurze Hosen, Lederkoppel, ein erwartungsvolles Lächeln auf den Lippen und die Kniestrümpfe immer auf halbmast, weil sie an den dünnen Jungenbeinen herabrutschten.

»Ich hätte das nicht zulassen dürfen«, hatte Luise gesagt. »Ich war immer für meine Bäume da, aber ich hätte für ihn da sein müssen. Ich hätte ihm zuhören müssen. Stattdessen haben sie ihn dort dressiert.«

Die Pimpfenprobe habe Fritz mit links bestanden, obwohl es ihm sonst große Mühe gemacht habe, etwas auswendig zu lernen. Sogar Hitlers Lebenslauf und den Schwur der Jungvolkjungen habe er sich ohne Hilfe merken können. Luise bekam die Worte kaum über die Lippen: »Jungvolkjungen sind hart, schweigsam und treu. Jungvolkjungen sind Kameraden. Des Jungvolkjungen Höchstes ist die Ehre.«

Mit fünfzehn Jahren war Fritz in die Hitlerjugend eingetreten, und ein halbes Jahr später war er ausgerissen – in den Krieg. Ende, aus. Luise hatte geweint, als sie ihr davon erzählte. Fünfundsiebzig Jahre alt war sie damals, sie hatte alles erlebt und war doch in Tränen aufgelöst.

Wenige Wochen darauf hatte Tante Luise ihr das Zimmer unter dem Dach zugestanden, trotz der Einwände von Isa und Jo. Zum Einzug hatte sie ihr Fritz' altes Fahrtenmesser geschenkt. Es lag noch immer da oben, versteckt hinter einem Holzbalken.

Schwer atmend richtete Carolin sich auf. Sie wickelte den Verband von ihrem Arm, betrachtete die rote Linie über dem Puls.

Damals hatte sie sich getröstet gefühlt.

Tante Luise hatte ihr das Gefühl gegeben, etwas wert zu sein.

Aber hatte nicht auch Luise vom Tod ihrer Mutter gewusst?

Was, bitte schön, war dieser Trost dann heute noch wert?

Sonntag, 31. Dezember 1978

JOHANN

40

Eine Weile hatten sie sich dagegen gewehrt, sich zum Schlafen in Siebelings Bett zu legen. Die Vorstellung war einfach absurd. Aber was nutzte es, auf dem kalten Teppich im Wohnzimmer zu campieren und nicht schlafen zu können? Und sie mussten schlafen, wenn sie früh aufbrechen wollten, um den Pastor zu suchen. Sie brauchten Kraft.

Sybille suchte frische Bettwäsche heraus, dazu noch ein paar Wolldecken. Dann hängten sie das Bild über dem Bett ab, das machte die Sache etwas erträglicher. Beim Einschlafen nahm Johann sie in die Arme, wie Efeu rankte er sich um ihren Körper. Sybilles Haut war weich und warm, ihr Haar kitzelte ihn am Hals, und er stellte sich vor, dem Pastor etwas von ihrer Wärme in die Eiseskälte schicken zu können. Tastend glitten seine Hände unter ihren Pullover und die Doppelripp-Schichten, eine Berührung wie eine Frage. Und Sybille antwortete ihm, wandte sich ihm zu, als spürte sie, dass er nur ein kleines, stilles Lagerfeuer und kein gleißendes Feuerwerk von ihr wollte.

In der Nacht wachte Johann auf. Eine Weile lag er mit offenen Augen in der Dunkelheit, fast erschrocken, weil er nicht wusste, wo er war. Dann fiel es ihm wieder ein.

Siebelings Haus.

Der Friedhof.

Und die Kirche, in der Luise schon seit drei Tagen schlief. Auf einmal stand sie vor ihm, sehr aufrecht, in einem ihrer lockeren Kleider, das lange graue Haar im Nacken aufgesteckt. Als wäre sie herübergekommen, um wie früher in der Nacht nach ihm zu sehen.

Luise.

Was hatte sie ihm nicht alles mitgegeben für sein Leben! Wahrheitsliebe hatte sie ihm vermittelt, Gerechtigkeit und Geduld und Ausdauer. Dass es sich lohnte, für eine gute Sache zu kämpfen. Ihr Hohelied der Haltung: *Puritas enim cordis* – Reinheit des Herzens. Wenn er ihr von den Demonstrationen erzählte, an denen er sich beteiligte, hatte sie ihn in seinem Widerstand bestärkt: »Aus Unrecht kann kein Recht erwachsen.« Vor ein paar Jahren hatte sie ihn sogar einmal begleitet, ein friedlicher Ostermarsch mit Luftballons und Transparenten, fast wie ein Spaziergang, um für mehr Demokratie und ein Ende des nuklearen Wettrüstens zu demonstrieren. Tante Luise hatte unbedingt einmal dabei sein wollen, weil sie begriffen hatte, dass das Gleichgewicht des Schreckens, das die Atommächte mit ihren Waffenarsenalen anstrebten, die Welt zerstören könnte. Johann sah sie wieder vor sich: Luise in Hosen und mit Gummistiefeln, so wie er sie aus Kinderzeiten kannte. Er war so stolz gewesen, sie unterhaken zu dürfen und an ihrer Seite zu marschieren. Wenn nur etwas von Luises unbändigem Elan auf Carolin abfärben möge, das hatte er sich damals gewünscht.

Doch seine Tochter kam überhaupt nicht nach ihrer Großtante. Und auch nicht nach ihm.

Nein, Carolin war ihm fremd in ihrer verträumten Interesselosigkeit, auch wenn er sie bedingungslos liebte. Sie kreiste um sich selbst, das musste das Erbe der Mutter sein. (Was sonst?) Wenn Johann Plakate für eine Demonstration oder Flugblätter entwarf (»Rettet die Erde«, »Frieden schaffen ohne Waffen«), zeigte sie nie auch nur das geringste Interesse daran. Eine hochgezogene Augenbraue war das Höchstmaß an Emotion, das er sich von ihr erhoffen durfte. Die bunten Aufkleber, die er ihr von den Protestmärschen quer durch die Republik mitbrachte, wanderten an sein Auto und nicht an ihre Zimmertür, wie er insgeheim gehofft hatte. Und nie, wirklich nie, hatte sie ihn darum gebeten, ihn einmal begleiten zu dürfen. (Alles, was sie wollte, war, ihre Mutter in Berlin zu besuchen.)

Carolins Protest richtete sich allein gegen die Familie. Gegen Carl – und wohl auch ein Stück weit gegen ihn selbst. Dabei war doch alles, was er tat, auch ihrem Glück und ihrer Zukunft verpflichtet. (»Wir haben die Erde von unseren Kindern nur geborgt.«) Wer wollte denn in einer kaputten Welt leben?

Wie spät mochte es sein?

Nach Mitternacht?

Johann schloss die Augen, drehte sich auf die Seite und versuchte, wieder einzuschlafen. Sybille lag mit dem Rücken zu ihm, an ihren tiefen Atemzügen hörte er, dass sie fest schlief. Vorsichtig, um sie nicht zu wecken, legte er ihr einen Arm um die Taille, und der Rhythmus ihres Atmens übertrug sich auf ihn. Ein stiller silbriger Fluss.

Sofort wurde er ruhiger.

Was war das für ein Glück, dass sie in sein Leben getreten war.

Würde er dieses Glück festhalten können?

Er musste behutsam sein, das wusste er nach diesem Tag. Er durfte sie nie einengen. Sybille war eine Frau, die Raum brauchte, um sich zu entfalten. Ein Solitär.

Ob Carolin sie in ihrem Leben akzeptieren würde?

Wieder sah Johann seine Tochter vor sich, hörte ihren festen Schritt in den derben Schnürstiefeln, die sie seit dem Frühjahr trug.

Mein Gott, was hatte er sich schwergetan mit diesem martialischen Schuhwerk. Immerzu hatte er die Soldatenstiefel der Wehrmacht vor Augen, er hörte ihren dumpfen Klang auf dem Kopfsteinpflaster in Köslin, obwohl er damals doch viel zu jung gewesen war, um sich noch zu erinnern. Einmal hatte Luise ihn zur Seite genommen: »Lass sie nur, das gibt ihr Halt!«

Überhaupt hatte Luise den Launen seiner Tochter erstaunlich gelassen gegenübergestanden, während sie seinem Bruder und ihm die pubertären Flausen nie hatte durchgehen lassen. Die Spritztouren mit ihrem alten Opel Admiral etwa, der den Krieg unbeschadet in einer Scheune überstanden hatte und den Carl dann später gegen einen Alleebaum setzte. Die Knallfrösche, die sie den Arbeitern in der Packscheune zwischen die Beine warfen. Die Sprüche, die sie Lehrer Junkers, einem alten Nazi, an die Tafel schrieben: »Wegtreten, Junkers!«

Immer hatten sie sich im Kontor verantworten müssen, und immer hatte es eine Strafe gegeben, die der Verfehlung angemessen war. Das letzte Mal hatte Johann mit gesenktem Haupt im Kontor gestanden, als die Nachricht von Beates Tod gekommen war. Als er Luise beichten musste, dass Beate das Geld, das er ihr regelmäßig nach Berlin schickte, nicht für ein WG-Zimmer, sondern für Drogen ausgegeben hatte. Dass er ihr nicht hatte helfen können, obwohl er immer wieder versucht hatte, sie aus diesem Sumpf zu ziehen. (»Lass los! Lass es einfach sein!«) Keinen Entzug hatte Beate durchgehalten, stets war sie wieder an der Nadel gelandet, noch stumpfer, noch willenloser als zuvor. Zuletzt war sie so kaputt gewesen, dass sie ihn nicht mal mehr erkannte. Das Heroin hatte eine atmende Tote aus ihr gemacht.

Luise hatte ihn in die Arme genommen, weil sie wusste, wie sehr er immer noch an Beate hing. Sie hatte ihn sogar zur Beerdigung begleitet. *Sie* hatte ihn an Beates Grab gestützt und ihm Trost gespendet.

Dagegen hatte er es nicht geschafft, Carolin vom Tod der Mutter zu erzählen, obwohl Luise der Meinung gewesen war, dass es besser sei, sie von ihren Mutterträumen zu erlösen. Aber das konnte er Carolin einfach nicht antun. Sie war doch gerade erst zwölf geworden. Sein kleines Mädchen, das Rollschuhfahren liebte und gerne Musik hörte. Klassische Musik! (Jedenfalls, bevor sie Niki anschleppte.) Sie sollte lieber mit einer fernen Mutter leben als mit einer Toten, war doch sein toter Vater stets wie ein Gespenst durch seine Kindheit gegeistert. Ein nie endender, schwärender Schmerz.

Johann schnupperte an Sybilles Haar, sog ihren Duft in sich auf, atmete sie ein.

Ob er diese Entscheidung heute wieder so treffen würde?

Bisweilen hatte er den Eindruck, dass Carolin etwas von dem Drama um ihre Mutter ahnte. Seit Beates Tod vor drei Jahren war sie ihm jedenfalls noch mehr entglitten, sie war wie ein fluides, quecksilbriges Wesen, das man nicht wirklich zu fassen bekam. Und wenn sie ihn mit ihren Wünschen, die Mutter in Berlin zu besuchen, quälte, verfluchte er sich und seine Verzagtheit. Wie sollte er je den Mut finden, ihr Beates Tod zu beichten? Sagen, dass alles ganz anders war?

»Du findest einen Weg«, hörte Johann plötzlich eine Stimme in der Dunkelheit, die ihn wie ein Donnerschlag durchfuhr. Und als er sich erschrocken umwandte, um zu sehen, wer da zu ihm sprach, befand er sich plötzlich in einem Auto. Und am Steuer saß … Siebeling. Pastor Siebeling in seinem Talar.

Da war kein Schnee, sie fuhren durch bergiges Land. Eine Landschaft wie auf dem Bild über Siebelings Bett. Bewaldete Hügel, lieblich, mild und sonnendurchflutet.

Und obwohl Johann wusste, dass er nun träumen musste, dass er in eine tiefere Schicht seines Bewusstseins, ja, in ein Niemandsland, abgeglitten war, ließ er sich auf ein Gespräch mit dem Pastor ein.

»Wo sind Sie?«, fragte er ihn, und Siebeling sah ihn an. Sein Blick war freundlich und klar und unendlich gelassen.

»Unterwegs«, antwortete er. »Ich bin endlich unterwegs.«

Dann sprach Siebeling über Luise – und über Aimée. Darüber, dass seine Tante im November ins Pastorat gekommen war, um ihm von ihrer heimlichen Tochter zu erzählen.

»Sie wusste nicht, wie sie Aimée um Verzeihung bitten sollte«, erklärte Siebeling, während seine Hände ganz ruhig das Lenkrad umfassten. Er fuhr sehr schnell, als wollte er keine Zeit verlieren. Als könnte er es nicht erwarten, endlich dort anzukommen, wo er hinfuhr. »Dafür, dass sie ihr nie eine Mutter sein konnte. Dass sie nie den Mut gefunden hatte, über sie zu sprechen.«

»Das glaube ich nicht«, wandte Johann ein, denn er fand diese Wendung ziemlich seltsam. »Warum hätte Luise denn ausgerechnet jetzt ...«

»Weil sie reinen Tisch machen wollte. Vielleicht hat sie gespürt, wie ihre Kräfte nachließen?«

»Aber warum hat sie uns dann nicht ins Vertrauen gezogen? Warum ist sie nie nach Frankreich gefahren?«

Siebeling zuckte die Achseln. »Das müssen Sie Ihre Tante schon selbst fragen«, sagte er und wies mit einer leichten Handbewegung nach hinten auf die Rückbank.

Und als Johann sich umdrehte, saß da tatsächlich Luise. Sie war jung und sah sehr schön aus, lange, dunkle, glänzende Locken umspielten ihr Gesicht. In ihren Händen hielt sie einen Zauberstab. Jenen Zauberstab, den er Carl einst stibitzt hatte.

»Johann«, sagte sie nur und lächelte ihn um Verzeihung bittend an.

Im nächsten Moment veränderte sich ihr Gesicht. Es schien zu zerfließen, bis es jener Fratze glich, die Beates von der Sucht gezeichnetes Gesicht zuletzt gewesen war.

Der Schock raubte ihm fast den Atem.

Als Luise (Beate?) ihm den Zauberstab in die Hand legen wollte, zuckte er zurück. Johann wusste, dass er aussteigen musste. Jetzt, sofort.

Panik stieg in ihm auf, er rüttelte an der Tür, schrie: »Anhalten!«, aber Siebeling hörte nicht auf ihn. Er fuhr nur schneller, immer schneller auf einen Abgrund zu.

Johann hörte sich schreien, ein lautes »Nein!«, dann wachte er endlich in Sybilles Armen auf.

KLEMENTINE

41

C arlchen?«
»Mutter?«
»Carlchen, wie geht es unserem Schätzchen?«
Keine Antwort.
»Carlchen?«
»Das darf ich dir nicht sagen.«
»Warum denn nicht?«
»Du musst doch wieder gesund werden.«
»Aber, Carlchen. Geh nicht fort, Carlchen!«

Klementine streckte die Hände nach ihm aus, versuchte, ihn festzuhalten, und trotzdem stand er auf und ließ sie einfach liegen. Und sie hatte nicht die Kraft, ihm zu folgen. Konnte nur daliegen und den Gedanken zusehen, diesen düsteren Nebelschwaden, die sich unaufhörlich auf sie zubewegten, um sie mit kalten nassen Tüchern zu bedecken.

»Fort!«, keuchte sie und wedelte mit den Händen. »Fort, fort, fort!« Aber der schwarze, schwere Nebel kroch näher und näher, und Klementine wusste, sie würde darunter ersticken. Und so warf sie sich hin und her, trat die Bettdecke weg, keuchte und knurrte, bis man sie festhielt und sie sich nicht mehr wehren konnte.

Erst als das Fieber stieg, wurde ihr leichter. Dann war ihr alles egal, und die Erinnerungen glitten hinab in einen unzugänglichen Abgrund.

Der Treck übers Eis. Der Hunger der Kinder.

Das Schätzchen, das schrie und schrie und schrie.

Die Entscheidung, die sie treffen musste. Die sie nicht mehr länger vor sich herschieben konnte.

Die Kleine – oder die beiden Großen.

Wie sie erst Jojo stillte und dann auch Carl, den sie zwingen musste, die kalten, rissigen Lippen um ihre Brustwarzen zu schließen. Carl, der das Schätzchen in den Armen hielt und weinte, weil er … Weil er ahnte, dass er es damit opferte.

Und wie die Kleine immer schwächer wurde, ihre Hungerschreie nur noch ein wimmerndes Greinen.

Wie sie Carl das Schätzchen abnahm und es noch einmal fest an ihre Brust drückte. Die großen Augen, die blonden Löckchen, der Anzug aus Kaninchenfell. So weich, so weich. Sie sollte nicht länger leiden, die Kleine. Ein paar Minuten nur, als ob sie ihr Kind in den Schlaf wiegte.

Maikäfer, flieg!
Der Vater ist im Krieg.
Die Mutter ist in Pommerland.
Und Pommerland ist abgebrannt.
Maikäfer, flieg!

Wie sie spürte, dass die Kleine aufhörte zu atmen. Wie ihr Herzschlag aussetzte. Es war tatsächlich so, als ob da etwas über das Eis davonflatterte. Dann war es vorbei. Egal, egal.

Wie Carl die Kleine wieder an sich nahm und sie ihm sagte, dass sein Schwesterchen nun ganz fest schlafe.

Wie sie sah, dass er begriff.

Und wie er dieses Wissen ganz tief in sich einschloss.

Wie sollte ein Kind das jemals verkraften?

Klementine kam ja selbst nie darüber hinweg.

Eine stille Last, ihr Leben lang.

Aber das Fieber hatte geholfen, die Erinnerungsbilder in jenem Abgrund zu vergraben. Wirre Träume hatten sich wie Geröll darüber abgelagert, Schicht um Schicht. Und so konnte sie irgendwann wieder ein blank poliertes silbernes Messer in die Hand nehmen, ohne dass sie an die Kleine denken musste. Ohne dass sie es sich am liebsten ins Herz gerammt hätte.

Nur manchmal, da brach noch etwas von dem alten, eisigen Schmerz hervor, ganz unvermittelt, wie ein plötzlicher Wetterumschwung, und Klementine musste die Fenster ihrer Kieler Etagenwohnung aufstoßen. Dann beugte sie sich über die Brüstung, so weit sie nur konnte, um etwas von ihrem schimmernden Porzellan in die Tiefe fallen zu lassen. Meist wählte sie eine Tee- oder Kaffeekanne, weil die herabfiel wie ein Stein. Es war wie ein Zwang: Sie musste die Kanne fallen sehen, ihren Aufprall unten auf dem Pflaster hören, das Zerplatzen des schönen runden Körpers in tausend Teile. Dann konnte sie wieder ruhiger atmen und mit dem Kehrblech hinuntergehen, um die Scherben aufzunehmen.

Es war ihr egal, dass die anderen im Haus sie seltsam ansahen. Dass man sie für wunderlich hielt. *Die Alte mit ihren Marotten.*

Egal, egal.

Die Scherben nahm sie mit nach oben in ihre Wohnung. Klementine hatte sich einen speziellen Kleber gekauft, mit dem man das Porzellan wieder zusammenfügen und danach im Ofen brennen konnte. Es war wie ein Wunder! Und so saß sie da mit ihrer Lupe und der Pinzette und setzte die Kannen wieder zusammen, Stück für Stück, was wegen ihrer schlechten Augen Wochen dauern konnte. Und wenn das gute Stück wieder ganz war, ein zersplittertes Ganzes, grundierte sie es mit weißer Farbe und malte dann ein Gesicht darauf. Ein Puppengesicht mit blauen Augen, rosigen Wangen, einem herzförmigen Mund und einer Ahnung von blonden Löckchen.

Sie hatte wohl mehr als fünfzig solcher Kannen in ihrem Schlafzimmer stehen, das niemand betreten durfte.

Eine Wand voller Puppengesichter.

Zersprungener Puppengesichter.

So viele Augen, die sie in der Nacht betrachteten.

Egal, egal.

Schwerfällig streckte Klementine eine Hand nach ihrem Sohn aus.

»Carlchen, wie geht es unserem Schätzchen?«

Keine Antwort.

»Carlchen?«

»Das darf ich dir nicht sagen.«

»Warum denn nicht?«

»Du musst doch wieder gesund werden.«

»Aber Carlchen!«

Sie versuchte, seine Hand zu drücken, ihm klarzumachen, dass er diesen irrsinnigen Kreislauf durchbrechen müsse. Dass er Hilfe holen solle, aber er begriff nicht, was sie von ihm wollte. Ratlos stand er auf und ließ sie einfach liegen. Und sie hatte wieder nicht die Kraft, ihm zu folgen. Konnte nur daliegen und den Gedanken zusehen, diesen düsteren Nebelschwaden, die auf sie zuströmten und sie mit kalten, nassen Tüchern bedeckten.

Ein ewiger, entsetzlicher, nie enden wollender Film, in dem sie feststeckte.

Erst wenn das Fieber stieg, wurde ihr leichter. Dann war ihr alles egal, und die Erinnerungen glitten hinab in jenen fernen Abgrund.

Der Treck übers Eis.

Der Hunger der Kinder.

Das Schätzchen, das schrie und schrie und schrie.

Die Entscheidung, die sie treffen musste. Die sie nicht mehr länger vor sich herschieben konnte.

Pommerland ist abgebrannt.

Wie sie dann spürte, dass die Kleine aufhörte zu atmen. Wie ihr Herzschlag aussetzte und etwas über das Eis davonflatterte. Dann war es vorbei.

Wie Carl die Kleine wieder an sich nahm und sie ihm sagte, dass sein Schwesterchen nun schlafe.

Wie sie sah, dass er begriff.

Und wie er dieses Wissen ganz fest in sich einschloss.

Wie sollte ein Kind das verkraften?

Sie kam ja selbst nie darüber hinweg.

Eine stille Last, ihr Leben lang.

»Carlchen …?«

CARL

42

Am frühen Morgen konnte er nicht mehr.
Er konnte nicht mehr in das fahle Gesicht seiner Mutter
starren.

Er konnte nicht mehr still sitzen und warten, während die Angst
in seinen Eingeweiden wühlte.

Er konnte Isas Blicke nicht mehr länger ertragen, die ab und zu
bei ihm hereinschaute und eine Hand auf seine Schulter legte:
»Is glieks över!«

Und er ertrug die Schreie seiner Frau nicht mehr.

Eine innere Stimme befahl ihm, aufzustehen und etwas zu unternehmen. Jetzt sofort, bevor es zu spät war. Es waren doch nur
zwei Kilometer bis ins Dorf und bis zu Bürgermeister Klock, der mit
seinem Funkgerät einen Rettungshubschrauber anfordern konnte.

Carl drückte noch einmal die schlaffe Hand seiner Mutter und
verließ das Zimmer. In Johanns Bibliothek, wo nun Niki zusam-
mengekrümmt auf dem Diwan schlief, zerriss er jedes Flugblatt
und jedes Plakat, das er in die Finger bekam, dann bediente er sich
am Schrank seines Bruders.

»Was wird das denn?«, fuhr Niki auf, schlaftrunken rieb er sich
die Augen.

»Ich hole Hilfe!«, knurrte Carl und schwenkte die Lampe in Nikis Richtung. Der Troubadour sollte sich mal lieber in Acht nehmen, sonst würde er ihn noch zum Mitkommen verdonnern.

»Du gehst da raus?«

»Seit wann duzen wir uns?«

»*Sie* gehen da raus?«

»Ja, nach Schwanenholz.«

»Allein?«

Carl antwortete nicht, sondern holte einen weiteren Wollpullover aus dem Schrank, den er sich überstreifte. Was gingen denn Niki seine Pläne an? Womöglich machte er sich noch lustig über ihn.

»Kann ich mit?«

Nikis Stimme klang plötzlich putzmunter, als wäre es ihm ernst. Wollte ihn der Troubadour tatsächlich durch die Schneehölle begleiten?

Carls Hände verharrten einen Moment lang zwischen Johanns Wäsche, bevor er sich langsam umdrehte.

»Und was ist mit Carolin?«

Niki zuckte die Achseln. Sein Gesicht schien irgendwie zu verrutschen, als müsste er sich beherrschen, um nicht in Tränen auszubrechen. Verlegen fuhr er sich durchs Haar.

Na, da hatte es wohl Knatsch gegeben bei dem jungen Glück.

»Hab keine Lust, hier Silvester zu feiern«, murmelte Niki schließlich und sah Carl von unten herauf an. »Bei Sven Terhagen steigt 'ne Fete.«

»Aha.«

Einen Moment lang maßen sie sich stumm mit Blicken.

»Ich werde keine Rücksicht auf dich nehmen. Wenn du nicht mehr kannst, lass ich dich im Schnee liegen.«

»Ist mir klar.«

Niki nickte schnell, und ein abenteuerlustiges Lächeln überzog sein Gesicht. Es schien von innen heraus zu leuchten.

»Dann zieh dich warm an!« Barsch wies Carl in das Innere des Schranks. »Ich warte unten.«

Es war kurz vor sechs Uhr, als sie aufbrachen. Zwei vermummte Gestalten mit flackernden Petroleumlampen, die sie aus Isas Küche entführt hatten. Polarexpedition anno 1900. Carl hatte einen Zettel auf dem Posttisch zurückgelassen. Er wollte sich nicht von seiner Frau verabschieden, weil Anette ihn trotz ihrer Schmerzen zurückhalten würde. Nicht, dass er noch nachgab und sich später vorwerfen musste, nicht auf seine innere Stimme gehört zu haben.

Draußen war es noch dunkel, die Sonne würde sich erst gegen halb neun zeigen. Der Himmel hing tief, kein Stern zu sehen. Der Sturm schien etwas nachzulassen, aber die Temperaturen lagen immer noch weit im Minus. Die Kälte säbelte wie mit Messern an ihnen herum, schnitt ihnen ins Fleisch. Carl zog die Schultern hoch, vergrub sich in seinem Mantel, doch schon nach wenigen Schritten überzogen sich seine Augenbrauen und Wimpern mit Reif, die Haut an den Wangen brannte, und die Nasenflügel knisterten bei jedem Atemzug. Spitze Eiskristalle schienen in sein Innerstes vorzudringen und sich in seinen Lungen festzusetzen. Jeder Atemzug tat weh.

Als sie aus dem Hof heraustraten, blieb Carl kurz stehen. In der Dunkelheit vor ihnen lauerte der unüberwindbar scheinende Abgrund aus Kälte, Wind und Schnee. Die Angst, nicht durchzukommen, schnürte ihm die Kehle zu. Er durfte einfach nicht versagen. Nicht schon wieder.

»Und?«, keuchte er und leuchtete dem Jungen ins Gesicht. »Letzte Chance umzudrehen!«

Entschlossen schüttelte Niki den Kopf, er kniff die Augen gegen den wirbelnden Schnee zusammen. Unter der Mütze und dem

Schal, den er sich vors Gesicht gebunden hatte, war er kaum zu erkennen. »Weiter«, sagte Niki fest, »ich halte das aus!«

»Gut«, knurrte Carl, und Erleichterung durchflutete ihn. Denn auf einmal erfüllte ihn der Gedanke, sich allein durch diese eisige Hölle kämpfen zu müssen, mit maßlosem Schrecken. Für einen winzigen Augenblick dachte er sogar, dass es Niki überhaupt nur deshalb ins Herrenhaus verschlagen haben könnte, damit der Junge ihm jetzt beistand. Damit er nicht allein war in seinem Kampf. Aber das war natürlich Unsinn. Metaphysischer Quatsch. Tüterkraam, wie Isa zu sagen pflegte.

Seite an Seite arbeiteten sie sich durch den Schnee. Carl hatte gehofft, dass sie von der Spur profitieren könnten, die Johann mit dem Trecker freigeschaufelt hatte, aber die war längst wieder verweht. Nichts zu machen. An manchen Stellen kamen sie gut voran, an anderen versanken sie bis zu den Oberschenkeln im Schnee. Die Beine wie in Beton eingegossen. Dann mussten sie sich aus der eisigen Umklammerung befreien. Carl beugte sich vor, er stellte die Lampe ab, suchte tastend nach einem Halt und strampelte sich irgendwie frei, bis er bäuchlings und schwer atmend auf dem eisigen Schnee lag. Dann half er Niki, sich herauszuarbeiten.

Die Anstrengung war kaum in Worte zu fassen, und um sich Mut zu machen, tranken sie Luises Scotch, den Carl in einen versilberten Flachmann umgefüllt hatte. Nach ein paar Minuten ging es weiter, wenige Meter, bis sie erneut feststeckten und strampelten und einen Schluck Scotch nahmen, um sich aufzuwärmen. Voran, voran! Doch nach etwas mehr als anderthalb Stunden konnten sie sich nicht mehr länger mit Alkohol über die Vermessenheit ihrer Mission hinwegtäuschen. Carl wäre am liebsten im Schnee liegen geblieben. »Denk an deinen Sohn!«, hämmerte die Stimme in seinem Inneren und half ihm wieder auf die Beine. »Denk an Anette!«

Es war Nikis Lampe, die zuerst im Sturm verlosch. Und während sie noch vergeblich versuchten, sie wieder in Gang zu setzen, blies der Wind auch Carls Lampe aus.

Die Dunkelheit, die sie umschloss, war brutal. Die Schwärze ließ das Gefühl von Kälte und Vergeblichkeit ins Unermessliche steigen.

Verdammt!

Verdammt! Verdammt! Verdammt!

Tränen der Wut und Verzweiflung stiegen Carl in die Augen und gefroren zu einem eisigen Film. Eissplitter schienen seine Seele zu durchbohren. Er spürte einen Schrei in sich aufsteigen, den er seit ewigen Zeiten in sich trug. Einen Schrei, der so entsetzlich war, dass es ihn zerreißen würde. Mit letzter Kraft versuchte er, dieses fürchterliche Etwas, das da in ihm hockte, zurückzuhalten. Carl presste die Lippen aufeinander, biss die Zähne zusammen, schluckte und schluckte, doch seltsamerweise setzte das Hinunterschlucken etwas Entgegengesetztes in Gang. Sein Magen geriet in Aufruhr, und er würgte den Alkohol wieder hoch, diesen letzten Rest von Wärme, den er noch in sich trug. Hustend und schniefend und sich gleichzeitig verschluckend, übergab er sich, sodass die Schweinerei ihm auch noch durch die Nase schoss.

O Gott.

Keuchend fiel Carl vornüber in den Schnee, und für einen Moment glaubte er zu ersticken. Aber er musste doch weiter. Immer weiter! »Westwärts!«, hämmerte es in seinem Kopf, eine Stimme, nein, jene Stimme, die nun direkt aus seiner Kindheit zu kommen schien. Er hielt sich die Ohren zu und biss in den Schnee, spürte das Eis auf der Zunge, bis sie taub war. Bis Niki ihm schließlich aufhalf. Blind stolperten sie weiter durch die Dunkelheit.

Westwärts!

Voran, voran.

Pommerland ist abgebrannt.

Woher kam nur dieser Gedanke?

Sie hatten wohl drei Viertel des Weges nach Schwanenholz geschafft, als Niki plötzlich stehen blieb und erklärte, dass er nicht mehr könne. Er sagte das ganz ruhig, mit der Stimme eines alten Mannes, der nach einem langen Leben zu sterben bereit war.

Das konnte doch nicht wahr sein!

Gerade jetzt, wo in ihrem Rücken am östlichen Horizont ein Streifen fahlen Lichtes sichtbar wurde, das sich wie auf Fingerspitzen über das Weiß tastete. Carl drehte sich zu Niki um, rüttelte den Jungen an den Schultern, schrie ihm ins Gesicht:»Du darfst jetzt nicht aufgeben! Komm, mach voran!«

Aber Niki sank einfach in die Knie und stand nicht wieder auf.

Batterie leer. Nichts zu machen.

Sollte er ihn liegen lassen?

Es war vielleicht noch ein halber Kilometer bis ins Dorf, er konnte die Schwanenholzer Kühe schon brüllen hören.

Eine Weile stand Carl reglos da, verzweifelt, während der Wind an ihm zerrte und alle seine Muskeln vor Kälte und Erschöpfung brannten. Warum hatte er Niki bloß mitgeschleppt?

Carl dachte an seinen Sohn. Und an seine Frau. Er sah Anette vor sich, wie er sie damals an der Uni in Frankfurt kennengelernt hatte. Ihre klugen braunen Augen, ihr spöttisches Lächeln, mit dem sie seine Krawatten und Flanellhosen bedachte. Wie sie ihn trotzdem in ihrer Nähe duldete, weil sie mit ihrem klugen Kopf in dieser Horde von Radaubrüdern genauso einsam war wie er. Wie sie seine Bruchkanten abtastete und sein Schema durchschaute. Wie sie verstand, dass er immer noch nicht angekommen war, und wie sich ihre Lebenswege schließlich miteinander verwoben, weil sie beide spürten, dass sie füreinander Heimat sein könnten. Zwei Außenseiter, die sich schnörkellos auf einen gemeinsamen Pakt verständigten.

Dann blickte Carl auf den Jungen herab, verzweifelt, weil er wusste, dass er ihn nicht alleinlassen würde. Dass er ihn nicht alleinlassen konnte, weil sich sein Leben jetzt rückwärts zu bewegen schien. Nun kamen auch die Bilder von der Flucht, die sich nicht mehr zurückdrängen ließen. Die Kälte zwang sie ihm auf. Als wäre es gestern gewesen, sah Carl all die kleinen leblosen Bündel wieder vor sich, die toten Kinder, wie Opfergaben aufgereiht im Schnee. Und in seinen Armen trug er die kleine Schwester, so still und starr, weil sie ... Weil er ...

O Gott, er würgte schon wieder.

»Wir ruhen uns eine Weile aus«, sagte Carl, als er wieder Luft bekam. Mühsam zog er Niki ein Stück zur Seite in den Windschatten einer meterhohen Schneewehe. Und da hockten sie dann, irgendwo am Rand der Allee nach Schwanenholz. Niki zitterte vor Kälte, er klapperte mit den Zähnen, und Carl nahm ihn in die Arme, um ihm noch ein wenig Scotch einzuflößen.

»Dat word al weer«, flüsterte er. Wieder und wieder, während er den Jungen in den Armen wiegte wie damals seine Schwester.

Carl wusste, dass sie nicht einschlafen durften. Dass er nicht einschlafen durfte, weil der Schnee ihn dann besiegte. Doch die Müdigkeit, die sich so verführerisch über die Kälte legte, streckte die Arme nach ihm aus und lächelte ihm zu.

»Komm!«, schien sie ihm zuzurufen. »Komm zu mir!« Und ihr Rufen war so süß, so verlockend, und sein Kopf war so schwer, so furchtbar schwer, dass er ihn nur kurz auf Nikis Schulter legen wollte, um für einen winzigen, wirklich winzigen Moment die Augen zu schließen. Und um die Bilder nicht mehr zu sehen, die ihn nun wie tödliche Pfeile umschwirrten. Denn auf diesen Bildern schien er wieder auf einem Pferdewagen zu sitzen. Auf dem Treck über das Eis. Und Carl wusste, was dann kam: dass nämlich seine Mutter sich über ihn beugte und ihn in die Arme nahm.

Dass sie ihn an sich drückte. Er würde ihre süße, warme Milch riechen und bemerken, dass sein Bruder längst trank. Dass Jojo die Kleine verriet.

»Trink!«, flüsterte seine Mutter auch ihm ins Ohr. »Du musst auch trinken, Carlchen! Du darfst nicht sterben!«

Aber er hatte doch das Schätzchen im Arm. Er konnte doch nicht …

»Trink«, drängelte seine Mutter nun, »Carlchen, trink!« Und sie drückte ihm ihre Brust ins Gesicht, die so warm war und so weich. Die ihn an Köslin erinnerte. Daran, wie sie ihn abends ins Bett zu bringen pflegte. Und wie er dann vor dem Gutenachtkuss noch einmal seine Arme um sie schlang, um seine Nase in der Kuhle an ihrem Hals zu vergraben, wo sie so gut roch. Wo sie so ganz und gar nach mütterlicher Liebe duftete.

»Trink, Carlchen, trink!«

Ach, er konnte sich kaum noch beherrschen, aber dann gelang es ihm doch noch, mit einer letzten verzweifelten Willensanstrengung den Kopf zur Seite zu drehen. Hätte sein Vater nicht gewollt, dass er auch auf das Schwesterchen aufpasste? Auf seinen kleinen Weihnachtsengel?

Und in diesem Moment verlor seine Mutter die Geduld. Sie sagte nichts mehr, riss nur seinen Kopf zurück und presste ihn gegen ihre Brust. Sie hielt ihm die Nase zu, sodass er gar nicht mehr anders konnte, als den Mund zu öffnen.

Und als er schließlich nachgeben musste, um nicht zu ersticken, schlossen seine Lippen sich wie von selbst um die Brustwarze, dieses süße, duftende Rund.

Und dann trank er doch, Schluck für Schluck, die Milch seiner Schwester, während ihm die Tränen lautlos über die Wangen strömten.

AIMÉE

43

Die Nacht war furchtbar, ein Auf und Ab stiller Hoffnung und lähmender Verzweiflung. Die Geburt ging einfach nicht schnell genug voran. In einem Krankenhaus hätte man Anette längst zu einem Kaiserschnitt geraten, um das Leben des Babys nicht zu gefährden. Aber was sollte Aimée tun? Ihr blieb nichts anderes übrig, als auf Isas Nelkenöl und die Gelassenheit ihres Vaters zu vertrauen, dessen Gegenwart sie in den dunkelsten Momenten deutlich spürte. Dann meinte sie, Antoines Stimme zu hören und jene Melodie, die sie mit ihrer kämpferischen Zuversicht seit Kindertagen begleitete. Wie ein aufmunternder Luftzug wehte das Lied sie in dem dunklen Zimmer an:

Ami, entends-tu le vol noir des corbeaux
sur nos plaines?
Ami, entends-tu les cris sourds du pays
qu'on enchaîne?

Antoines Gesang richtete Aimée auf, er verhinderte, dass sie die Hoffnung ganz verlor, und so sprach sie Anette weiterhin Mut zu, sie hörte einfach nicht auf. Denn wenn sie aufgab, das spürte sie, würde auch Anette aufgeben und das Kind in ihrem Bauch sterben.

»Komm, Anette, du schaffst das! Denk an dein Baby!«

Aimée leuchtete ihr ins Gesicht, verrieb Nelkenöl und Eau de Cologne, von dem Isa behauptete, dass es immer half. Wofür oder wogegen, das könne man sich aussuchen.

Erst gegen sechs Uhr dreißig am Morgen war der Muttermund endlich vollständig geöffnet, und die Presswehen setzten ein. Doch zu diesem Zeitpunkt war Anette schon so erschöpft, dass sie kaum noch mitarbeiten konnte. Die Wehen überrollten sie, warfen sie hin und her, ohne Pause, als wäre sie ein winziges Schiff in einem vom Sturm gepeitschten Ozean.

»Komm, Liebes«, sprach Aimée eindringlich auf sie ein, sie nahm Anettes Kopf in die Hände und sah ihr direkt in die Augen. »Jetzt, du musst pressen!«

Aber Anette erwiderte ihren Blick noch nicht einmal mehr. Ihre Lider flatterten, die Pupillen fokussierten einen Punkt, der hinter dem Horizont zu liegen schien. Ein Schleier zog sich über ihr Gesicht, sie segelte davon.

»Sie darf nicht ohnmächtig werden!«

Aimée warf Isa, die ihnen in den letzten Stunden beherzt beigestanden hatte, einen alarmierten Blick zu.

»Ich nehm sie hoch!«

Isa trat an das Kopfende des Bettes, und irgendwie schaffte sie es, hinter Anette auf die Matratze zu klettern. Dann schob sie ihr die Arme unter die Achseln, während Aimée sich wieder zwischen Anettes Beine kniete. Ächzend gelang es Isa, Anette wie eine schwere Puppe ein Stück hinaufzuziehen. Sie ließ sie nicht los, und als die nächste Wehe kam, die Anette zu verschlingen drohte, drückte sie mit den Armen von oben gegen den Bauch, als könnte sie das Kind so aus ihr herausschieben.

Anette schrie auf, und Aimée wollte schon einschreiten, aber da ...

Mein Gott, auf einmal konnte sie das Köpfchen des Kindes ertasten, es drückte schwer nach unten.

»Weiter!«, feuerte sie Anette an. »Ich kann es schon fast sehen!« Und dann kam schon die nächste Wehe ... und noch eine.

Beim vierten oder fünften Mal bemerkte Aimée, wie der Kopf des Babys sich wieder bewegte.

Anettes Schreie veränderten sich, sie klangen jetzt anders, spitzer und atemloser, vielleicht, weil auch sie spürte, dass es endlich voranging. Weil sie begriffen hatte, dass dieser gewaltige Schmerz zu etwas zu gebrauchen war. Ihre Aufregung schien einen letzten Rest Energie freizusetzen, den ihr Körper sich für diesen Moment aufgespart haben musste, jedenfalls ballte sie die Hände zu Fäusten und zog die Knie noch stärker an. Ihr Körper schien nun unter Strom zu stehen, selbst ihre Haare wirkten wie aufgeladen.

»Jetzt!«, spornte Aimée sie an, aber das war schon gar nicht mehr nötig, denn alles, was nun geschah, folgte jenem jahrtausendealten Wissen, das in Anette geschlummert hatte. Anette holte tief Luft und presste. Wieder und wieder. Ihre ganze Wahrnehmung schien sich nur noch darauf zu konzentrieren, dass der Kopf des Babys immer weiter nach unten rutschte und sich endlich nach draußen bewegte.

Erleichterung durchströmte Aimée, köstlich und warm, gab es doch noch Hoffnung für das Kind?

Noch eine letzte, dramatische, alles umstürzende Wehe, ein sich überschlagender Schrei, den Anette mit aller Kraft aus sich herausschleuderte, und ein langer, fast ungläubiger Atemzug – und dann war der Kopf des Babys heraus.

Aimée stützte das feuchte Köpfchen, dann kamen schon die

Schultern, und schließlich lag auch der Rest des kleinen Körpers auf dem Handtuch vor ihr.

Das Kind – endlich war es da!

Seine Augen waren fest geschlossen, die goldenen Haarsträhnen feucht, sie kräuselten sich im Nacken, die Nase war winzig und rund und der Mund vorwurfsvoll zusammengepresst. Die Haut des Babys war schrumpelig und hatte die Farbe von rötlich violetter Seide. Es brauchte dringend Sauerstoff.

»Schnell, die Schere!«

Aimée band die Nabelschnur mit Garn ab und durchtrennte sie mit einer Küchenschere, die Isa ihr hinhielt, dann hob sie das Baby an den Füßen hoch und gab ihm einen aufmunternden Klaps auf den Rücken.

Die Welt schien für einen Augenblick stillzustehen. Ein Ausdruck schmerzlicher Trauer schwappte über das Gesicht des Kindes, als begreife es, dass es seine herrlich warme Welt nun für immer verloren hatte, dann öffnete es die Augen und tat mit einem überraschend kräftigen Schrei seinen ersten Atemzug.

»Es ist ein Mädchen, ein wunderhübsches Mädchen«, stammelte Aimée und merkte, dass ihr die Tränen über die Wangen liefen. Alle Angst und Anspannung lösten sich, und wie ein gleißendes Licht durchströmte sie reines, pures Glück.

Draußen wirbelte der Sturm, doch das Zimmer war erfüllt von einem stillen goldenen Zauber, als Aimée das kleine Wesen seiner Mutter in die Arme legte. Anette schluchzte auf, überwältigt von ihren Gefühlen. Sie ergriff Aimées Hand und drückte sie fest, weil sie nicht sprechen konnte, doch ihr Blick sagte alles.

Aimée nickte und wischte sich über die Augen. »*Merci*«, flüsterte sie in die schummrige Ecke hinein, wo Antoine auf einem Stuhl zu sitzen schien und zufrieden lächelte. »Es war nicht umsonst, Papa.«

Als alles überstanden war, die Nachgeburt kam rasch und schien Aimée vollständig zu sein, überließ sie es Isa, das Baby zu waschen und in eine warme Decke zu hüllen. Mit tastenden Schritten, weil die Beine sie kaum noch tragen konnten, trat sie auf den Flur hinaus.

Wo war Carl?

Das Haus schien zu schlafen, obwohl Aimée kaum glauben konnte, dass die anderen die Geburt des Kindes nicht mitbekommen haben könnten. Ein Wunder war geschehen, hier in diesen alten Mauern, hatten sie denn gar nichts gehört?

Erschöpft trat Aimée an eines der Fenster und lehnte ihre heiße Stirn gegen das eisige Glas. Wieder sah sie den empörten Blick des kleinen Mädchens vor sich, der dann der Verwunderung gewichen war. Jenes allererste Staunen über die Welt. Es war direkt in sie hineingefahren, und in diesem Augenblick hatte sie eine Entscheidung getroffen.

Aimée lächelte glücklich. Zum ersten Mal fühlte sie sich zugehörig zu diesem Haus und nicht mehr fremd. Draußen lag ein silbriger Glanz über dem Schnee, über der Ostsee brach der letzte Tag des Jahres an.

Ein Sonntagskind, dachte sie unwillkürlich, ein kleines Steinbockmädchen, so wie sie es war. Dann fiel ihr ein, dass sie Anette gar nicht gefragt hatte, wie ihre Tochter heißen sollte.

Als Aimée die Treppe hinablief, vorbei an all den Familienbildern, um im Kontor nach Carl zu suchen, spürte sie Antoine wieder um sich. Jenen glücklichen Antoine, der vor vierunddreißig Jahren gerade Vater geworden war. Der diese Treppen hinuntergesprungen war und sich doch nichts anmerken lassen durfte von seinem Vaterstolz. Ja, er hatte noch nicht einmal bei ihrer Taufe zugegen sein dürfen, auf der Luise bestanden hatte, weil ihre Tochter so zart war. Der Pastor war nach Schwanenholz gekommen, vermutlich war er bei dem französischen Namen des Kindes zusammengezuckt, und als Antoine später herausfand, dass Luise ihren Mann als Vater des Kindes ins Taufbuch hatte eintragen lassen, war er außer sich gewesen.

Hatte ihr Vater da schon geahnt, dass er Luise verlieren würde? Oder hatte er noch gehofft, dass sie sich bald zueinander bekennen konnten? War er zuversichtlich gewesen, dass Fritz wohlbehalten nach Hause zurückkehren würde und Luise noch einmal das große Glück fand, um es für immer festzuhalten?

Auf dem Treppenabsatz blieb Aimée vor Luises Bild stehen, suchte ihren Blick. Durch das blaue Gewand und die im Schoß gefalteten Hände, die einen Blumenstrauß hielten, erinnerte das Porträt an ein Marienbild. Eine *Mater dolorosa*.

Sorge schien darin eingeschrieben, das Wissen um ein Leben, das nicht einfach sein würde. Als das Bild gemalt wurde, musste Luise mit Fritz schwanger gewesen sein. Sie hatte nicht ahnen können, dass sie den Sohn viel zu früh verlieren würde, und trotzdem schien das Bild diesen Schicksalsschlag vorwegzunehmen. Es atmete Trauer.

»*Maman*«, flüsterte Aimée bewegt, zum ersten Mal sprach sie Luise so an. Vorsichtig berührte sie die Leinwand, strich über Luises Wange. »Arme *Maman*.« Dann versuchte sie, sich vorzustellen, wie es für Luise gewesen sein musste, die Tochter an der Brust zu wiegen und gleichzeitig zu wissen, dass der große Bruder an die Front gezogen war, nachdem er von der Schwangerschaft erfahren hatte. Er hatte sich dem mörderischen Krieg in die Arme geworfen.

ISA

44

Das kleine Mädchen wog mindestens sieben Pfund, da wäre Isa jede Wette eingegangen. Und eine Schönheit war die Lütte auch, obwohl sie doch ein bisschen zu früh gekommen war. Ein Glück, dass sie ihrem Vater kein bisschen ähnlich sah! So feine Löckchen und Augen in der Farbe von nass glänzenden Kieselsteinen. Zehn Finger, zehn Zehen, weiche rosige Nägelchen und ein energisches Stimmchen, das bald alle auf Trab halten würde. Nach dem Baden wickelte Isa das Baby in eine mollige Decke, schön fest, damit es auch nicht zappeln konnte. In dieser Decke hatte schon die kleine Caro gelegen, die hatte sie Johann nämlich zur Geburt seiner Tochter geschenkt und aufbewahrt, als man sie nicht mehr brauchte. Man konnte ja nie wissen! Kleine Schwäne waren darauf eingestickt, winzige Stiche, weißes Garn auf Apfelgrün, weil das doch Johanns Lieblingsfarbe war. Nach Feierabend hatte Isa daran gesessen, viele Wochen lang, während der Fernseher lief, den Luise gerade erst angeschafft hatte: Kennedy in Berlin, der sprach sogar Deutsch und allen aus dem Herzen, und in Amerika hatte dieser schwarze Pastor einen Traum. Adenauers Rücktritt in Bonn, und in Frankreich war Edith Piaf gestorben, der Spatz von Paris, den sie so gerne hörte: »*Non, je ne regrette rien* ...«

Das bedeutete, nichts zu bereuen, jedenfalls hatte Antoine das früher immer so gesagt. War viel los gewesen in jenem Jahr, und kurz nachdem ihr Caro-Herz auf die Welt gekommen war, hatte man den Kennedy in Dallas erschossen. Diesen schönen Mann, die Hoffnung der Welt! Und dann die Kinder bei der Beerdigung des Vaters sehen zu müssen, der kleine John John salutierend und seine Schwester Caroline, beide in hellen Mäntelchen und weißen Strümpfen. Isa hatte kaum hinschauen können. Der Schock über Kennedys Tod war so groß gewesen, dass sie Beates Verschwinden ein paar Tage später gar nicht richtig mitbekam. Erst als Johann sie fragte, ob sie ihm mit seiner Tochter helfen könne, hatte sie begriffen. Natürlich hatte sie Ja gesagt, der junge Vater hatte ja zwei linke Hände und noch nicht einmal einen Namen für das Kind parat. Sie hatte Carolin vorgeschlagen, nach der süßen tapferen Caroline Kennedy, die sie so gerührt hatte. Und Aimées Moseskörbchen, das gab es auch noch. Darin bewahrte Isa Strümpfe auf, die sie stopfen wollte. Endlich hatte sie wieder ein kleines Mädchen in ihrer Küche. Sogar Luise hatte sich darüber gefreut, die kleine Caro hatte auch ihr ein Lächeln auf die Lippen gezaubert. Manchmal hatten sie nebeneinander auf der Küchenbank gesessen und versonnen auf das Kind hinabgeblickt, wohl wissend, dass sie beide in Gedanken bei Aimée waren. Und bei Fritz – ach Gott, ach Gott.

»Gibst du sie mir?«

Anettes Stimme holte Isa zurück, und schweren Herzens legte sie ihr die Tochter wieder in die Arme. Sie sah, wie Anette die Kleine mit Küssen überhäufte, ihr feines Gesichtchen bestaunte, vom Mutterglück überstrahlt.

Dieses Leuchten!

Isa grunzte, sie suchte ihr Taschentuch, schnäuzte sich.

Hoffentlich kehrte Anette bald zu ihren Pferden zurück, dann würde sie sich anbieten, auf die Lütte aufzupassen. Es gab doch nicht Schöneres! Dieses reine, unbeschriebene Gesichtchen, dieses Zutrauen in die Welt. Es war gut, dass sie nie Mutter geworden war. Ganz bestimmt wäre sie vor lauter Liebe zerflossen, so weich, wie sie innen drin war. Sie habe ein Herz aus Honig, hatte Kurt mal gesagt und sie dabei ganz sanft geküsst. Sie sei die geborene Mutter, so weich und warm.

Eine Träne kullerte Isa über die Wange, und sie kniff die Augen zusammen, um Schlimmeres zu verhindern. Ach, jetzt war sie doch ein bisschen rührselig, das musste die Müdigkeit sein.

Die Kleine quäkte leise, und fragend sah Anette zu ihr auf.

»Muss sie schon trinken?«

»Mach, wie du denkst, aber verwöhn sie nicht! Wenn sie nichts trinkt, dann lass sie nicht zu lange nuckeln.«

Nee, verziehen durfte man die Kleinen nicht. Die sollten ordentlich trinken und schön satt werden, aber vier Stunden zwischen den Mahlzeiten mussten schon sein. Sonst kam man ja gar nicht zu Potte. War auch nicht verkehrt, wenn man so bald wie möglich abends ein Fläschchen mit Schmelzflocken zufütterte, dann hatte man eine ruhige Nacht. Aber damit würde Isa Anette schon noch vertraut machen. Erst einmal sachte, Schritt für Schritt, damit Mutter und Kind sich aneinander gewöhnen konnten. War ja überhaupt ein kleines Wunder, dass Anette schon wieder aufrecht sitzen konnte. Dass da wieder Farbe war in ihrem Gesicht. Lieber Gott, die hatte was durchgemacht. Würde Isa nicht wundern, wenn es bei dem einen Kind bliebe. Das könnte jeder Mann verstehen, der einmal bei so einer Geburt dabei gewesen war. Antoine jedenfalls hatte Luise nach Aimées glücklicher Geburt einen Blick zugeworfen, in dem all seine Liebe und Zärtlichkeit und Hochachtung lagen. War Isa durch und durch gegangen damals, und für einen kurzen Moment hatte sie sich gewünscht, dass die Verhältnisse andere wären und es für die beiden doch noch ein gutes Ende nähme. Das sah doch ein Blinder, dass die füreinander geschaffen waren. Ein Paar, so stattlich und schön wie später auch der Kennedy mit seiner Jacqueline.

Isa half Anette, das Kind anzulegen, doch die Kleine nuckelte nur kurz, ohne wirklich zu trinken, dann fielen ihr die Augen zu, und auch Anette sackte in die Kissen zurück.

»Soll ich sie mal dem Papa zeigen?«, fragte Isa, um ihr ein wenig Ruhe zu gönnen. »Und dann bring ich dir was zu essen, das brauchst du jetzt.«

»Sie heißt Antonia«, sagte Anette, sie nickte dankbar, »Antonia Luise. Sagst du ihm das? Carl hat sich nur Jungennamen ausgeguckt, er war sich so sicher, dass es ein Stammhalter wird. Hoffentlich ist er nicht enttäuscht.«

»Aber nein, natürlich nicht. Versuch, dich ein bisschen auszuruhen, ja?«

Was hatten die Männer nur immer mit ihren Stammhaltern? Waren doch die Frauen, die alles am Laufen hielten, selbst bei Eis und Schnee und Sturm. Brummelnd nahm Isa das Kind zurück und trat mit ihm auf den Flur.

Mensch, was war der Wolfgang damals breitbeinig durchs Haus gestiefelt, als Luise im Mai 1929 mit ihrem Sohn niedergekommen war. Das stand Isa noch genau vor Augen. Und dann gab's Schnaps für alle, als hätte er diesen Wonneproppen ganz allein fabriziert. Und als Fritz später nicht lernen wollte, sollte ein tapferer Soldat aus ihm werden. Ehre, Pflicht und Vaterland, dabei konnte der Junge so gut mit Tieren. Flink war er gewesen und gern draußen in der Natur. Vielleicht hatte er nicht genug Grips für die Baumschule, aber ein guter Bauer wäre aus ihm geworden, das hatte Isa sich jedenfalls immer gedacht. Nach dem Krieg wollte Luise ihn aber erst einmal auf Reisen schicken, um ihm den Hitler-Glauben auszutreiben, den er vom Vater hatte. Denn nach den Meldungen aus dem Osten war sie sicher gewesen, dass das Reich bald untergehen und sie Wolf nie wiedersehen würde.

Aber dann ... Isa blieb stehen und schnaufte durch, weil ihr die Brust plötzlich wieder so eng wurde. Benommen schaute sie in das Gesicht des friedlich schlafenden Kindes.

Ach Gott, nun bekam sie den Fritz nicht mehr aus dem Sinn. Sie sah ihn vor sich, das dichte, blond gescheitelte Haar, die lebhaften Augen, die Sommersprossen und dann das freche Mundwerk. Temperament hatte der Junge gehabt, und jede Menge Schabernack im Kopf. Dumm Tüch. Ein richtiger Lausebengel war das gewesen!

Unvergessen, wie Fritz einmal Kaulquappen in Cognac eingelegt und das Weckglas zwischen ihrem Kompott deponiert hatte. Und was hatte er ihr nicht alles mit dem Speiseaufzug nach unten in die Küche geschickt: tote Ratten, sich kringelnde Blindschleichen, Nacktschnecken und Regenwürmer, von Habichtklauen erdolchte Hühner und einmal einen Teller mit Pferdeäpfeln, die von Brummermaden nur so wimmelten. Isa spürte noch den kalten Schauer, der ihr dabei den Rücken hinabgelaufen war.

Hatte Fritz ihr damals auch einen Streich spielen wollen, als er im Esszimmer am offenen Speiseaufzug stand? An jenem dunklen regnerischen Oktobersonntag 1944, als Isa sich endlich ein Herz gefasst und Luise bei einer Tasse Tee abgepasst hatte.

Man wusste es nicht.

Jedenfalls hatte er gehört, wie Isa unten in der Küche Luise das mit der Schwangerschaft auf den Kopf zugesagt hatte. Empört, weil Luise sie nicht längst ins Vertrauen gezogen hatte. Isa war nicht besonders laut gewesen, im Gegenteil, aber Fritz mit seinen operierten Ohren hatte oben alles ganz genau verstanden. Er hatte verstanden, dass seine Mutter sich mit dem Franzosen eingelassen hatte. Dass sie den Vater verraten hatte – und das Vaterland dazu.

So sah er das jedenfalls in seiner vermaledeiten Hitlerjugend-Uniform. Wie eine Verwünschung hatte Fritz der Mutter seine Verachtung durch den Schacht entgegengeschleudert, eine dröhnende Stimme wie vom Jüngsten Gericht:»Des Deutschen Höchstes ist die Ehre!« In der Nacht noch war er ausgerissen, er hatte keinen Brief zurückgelassen, nur ein paar Bäume, in die er sein verfluchtes Glaubensbekenntnis geritzt hatte, wie Luise später entdeckte.

Ach, was hatte sie da nur angerichtet!

Wieder kamen Isa die Tränen, und ihr Herz schaukelte hilflos hin und her.

War schwer gewesen, darüber hinwegzukommen.

Sie hatten sogar davon ausgehen müssen, dass Fritz die Mutter bei der Gestapo verriet, er war ja geradezu von Sinnen gewesen, und ein paar Wochen lang hatten sie alle in Angst gelebt. Es waren damals einige solcher Geschichten im Umlauf gewesen, man hatte sich nur wundern können über den fanatischen Führerglauben der Jugend. Selbst Antoine in seinem unerschütterlichen Optimismus konnte Luise nicht beruhigen.

Erst viel später war es Luise gelungen, Fritz' Verschwinden zu rekonstruieren. Er war mit dem Zug nach Kiel gefahren und in seiner HJ-Uniform direkt zur Gauleitung marschiert, wo er sich freiwillig zum Volkssturm meldete. Kinder und Alte, Hitlers letztes Aufgebot. Mit einem zusammengewürfelten Haufen spärlich bewaffneter Männer war Fritz dann nach Pommern gekarrt worden, um im Raum Deutsch Krone bei Schanzarbeiten zu helfen. Den ersten Ansturm der Russen schien der Junge noch überlebt zu haben, denn sein Bataillon begleitete einen Flüchtlingstreck und wurde dann nach Berlin beordert. Erst in der Schlacht um die Reichshauptstadt war er dann gefallen, das hatte jedenfalls später ein Kamerad berichtet. Der Freund hatte ihnen auch Fritzens Fahrtenmesser gebracht, denn Erkennungsmarken für Soldaten hatte es wegen Materialmangels schon lange nicht mehr gegeben. Luise hatte ihren Sohn nie beerdigen können.

Hatte Fritz überhaupt noch von Hitlers jämmerlichem Selbstmord im Führerbunker erfahren? Hatte er davon gehört, dass sein Held sich feige davongestohlen hatte?

Langsam setzte Isa sich wieder in Bewegung. Die letzten Tage des Tausendjährigen Reiches waren dann ganz in der Nähe von Schwanenholz verhandelt worden, auf dem Marinestützpunkt Flensburg-Müritz, weil Hitler Großadmiral Karl Dönitz zu seinem Nachfolger bestimmt hatte. Luise hatte verächtlich aufgelacht, als sie im Radio davon hörte. Ein Treppenwitz der Geschichte! Ausgerechnet jenem Mann, der mit seinen U-Booten die verlustreiche Schlacht im Atlantik geführt hatte, blieb es überlassen, das Reich zu versenken. Vom Reichssender Flensburg aus hatte Dönitz am 1. Mai 1945 nachts um halb elf Uhr zum deutschen Volk gesprochen, nachdem der Sprecher zuvor verkündet hatte, Hitler sei am Nachmittag und bis zum letzten Atemzug gegen den Bolschewismus kämpfend für Deutschland gefallen.

»Es ist zu Ende«, hatte Luise gesagt und Antoine umarmt. Vielleicht hatte sie da noch gehofft, Fritz bald wiederzusehen. Doch bis zum Kriegsende am 8. Mai hatte Dönitz noch reichlich Unheil anrichten können, denn die ihm unterstellten Militärgerichte fällten noch bis zur Kapitulation zahlreiche Todesurteile wegen Fahnenflucht und Wehrkraftzersetzung. Priems jüngeren Bruder, den Hartmut, hatte es auch erwischt, denn der wollte nicht mehr kämpfen und war standrechtlich erschossen worden. Fritz dagegen war am Nachmittag des 2. Mai gefallen, er hatte wirklich bis zum letzten Atemzug gekämpft. Nicht mal sechzehn Jahre alt war das Kind geworden.

Zehn Jahre Haft hatte Dönitz später im Nürnberger Prozess als Hauptkriegsverbrecher bekommen. Zehn Jahre für Zehntausende toter Jungs und Männer, die auf See in ihren eisernen Särgen ersoffen waren! Danach durfte er sich in Aumühle bei Hamburg zur Ruhe setzen. Dort lebte der Alte immer noch, hochbetagt und von zahlreichen Mythen umrankt, und wahrscheinlich ging Dönitz immer noch davon aus, dass er Gutes für sein Vaterland getan hatte.

Was für ein Kretin!, dachte Isa gallig. Das war übrigens noch so ein schönes Wort, das sie einst von Antoine gelernt hatte.

Aber nun … Warum kamen ihr denn jetzt all diese dunklen Erinnerungen in den Sinn, die ihre Gedanken wie Mehltau überzogen? Ein Kind war geboren worden, das war doch ein Grund zum Feiern! Kopfschüttelnd setzte Isa sich wieder in Bewegung und lief mit der Kleinen den Flur hinunter. Wo blieb denn nur Carl, hatte Aimée ihn noch nicht gefunden? Ratlos schaute sie zuerst in Johanns Zimmer nach, wo Klementine ganz allein schlief. Irgendjemand hatte ihre Bettdecke fest zwischen Matratze und Bettgestell gestopft, sodass sie sich kaum bewegen konnte.

Zögernd trat Isa mit dem Kind an das Bett, sie zwang sich, Klementines graues Gesicht zu betrachten, das strähnige Haar.

»Du bist wieder Oma geworden«, flüsterte sie, aber Klementine rührte sich nicht. Auch nicht, als sie ihr vorsichtig über die Wange strich.

Klementine von und zu Stockfisch.

Doch dann sprang Isa wieder das schlechte Gewissen an. Nee, sie hätte nicht so hart zu ihr sein dürfen. Nicht nach all dem, was Klementine damals durchgemacht hatte. Da hatte sie an etwas zu Schrecklichem gerührt, hatte ein Ungeheuer geweckt. Verließ einen wohl nie, die Erinnerung.

Ratlos schaukelte Isa das Kind in ihren Armen.

Was sollte sie nur tun?

Wie könnte sie Klementine helfen?

Dann fiel ihr plötzlich etwas ein.

Ganz unten in ihrem Nachttisch, unter den Mützchen, die sie einst für Aimée gestrickt hatte, bewahrte sie noch etwas auf.

CAROLIN

45

Das Baby war da, sie hatte es schreien hören. Was für ein Glück! Benommen richtete Carolin sich auf, sie musste doch noch eingenickt sein. Ihr Kopf dröhnte, bam, bam, bam, und vorsichtig tastete sie nach ihrem Haar.

Verdammt, was hatte sie nur getan?

Als Carolin in den Spiegel blickte, kam die Erinnerung zurück, und gequält stöhnte sie auf. Ihr schönes langes Haar! Das würde Isa ihr nie verzeihen. Die würde ja noch nicht einmal begreifen, was da in sie gefahren war. Dass sie in der Nacht der Gedanke an Fritzens Fahrtenmesser nicht mehr losgelassen hatte. Und dass sie nach oben unters Dach geschlichen war, um es zu holen. Zuerst hatte Carolin nur staunend in ihrer Kammer gestanden. Irgendwo musste es ein Loch zwischen den Dachschindeln geben, denn die Zahl der Eiszapfen hatte sich vervielfacht. Wie kostbare Ornamente einer orientalischen Architektur hingen sie von den Dachbalken herab. Ein Zauberreich, das im Licht der Taschenlampe glitzerte! Fast wäre sie wieder hinuntergelaufen, um Niki zu holen. Aber Niki ... Der Gedanke an ihren Streit hatte den Schmerz sofort wieder aufkeimen lassen. Diesen furchtbaren Schmerz, den sie ein für alle Mal ausmerzen wollte. Und so war sie mit dem Fahrtenmesser in Luises Zimmer zurückgekehrt.

Ein beherzter Schnitt, quer über den Puls, so hatte Carolin sich das vorgestellt. Um das zu vollenden, was sie am Freitagmorgen unbewusst begonnen hatte. Was sollte sie denn noch in dieser Welt, jetzt, wo alles Lüge war? Wo die anderen alles, was ihr wichtig gewesen war, entwertet hatten. Wo selbst Niki sich entzaubert hatte.

Einmal noch Punk!

Bam! Bam! Bam!

Und dann mit einem Knall abtreten von dieser Welt.

Carolin hatte sogar ein Bild vor Augen gehabt: ihr lebloser blutender Körper auf Luises Bett, umgeben vom Wirbel der Daunenfedern. *Puritas enim cordis!* Ganz große Oper. Sie hatte auch Jo vor dem Bett knien sehen, seine Fehler beweinend. Daran würde ihre Familie noch lange zu schlucken haben.

Womit Carolin jedoch nicht gerechnet hatte, war die Angst.

Die zu überlisten war gar nicht so leicht. Erst recht nicht mit einem stumpfen Messer, das seit mehr als dreißig Jahren nicht mehr benutzt worden war. Ein paarmal war sie probehalber mit der Klinge über die rote Linie am Handgelenk gefahren. Aber dann ... Sie war genauso feige wie ihr Vater.

Vielleicht wäre Alkohol nützlich gewesen, um sich Mut zu machen? Laute Musik – oder ein Schuss Heroin? Aber als auch noch der Schwan sich seufzend an ihrer Seite niederließ und sie im Rücken den vorwurfsvollen Blick spürte, den Fritz aus seinem silbernen Rahmen auf sie warf, war es vorbei gewesen mit dem Punk.

Da hatte Carolin doch weiterleben wollen. Schon Fritz zuliebe, der nie die Chance gehabt hatte, erwachsen zu werden. Der gewiss nicht ein einziges Mal ein Mädchen in den Armen gehalten hatte, um es zu küssen. Verdammt!

Aber ein Zeichen, das wollte Carolin schon noch setzen, und so schnitt sie sich mit dem Messer die Haare ab, erst zögernd, weil es ordentlich ziepte, und dann büschelweise, während Trauer und Wut in ihr tobten und ihr die Tränen über die Wangen strömten. Am Ende blieben nur noch Stoppeln übrig, während die roten Strähnen so welk vor ihr lagen. Aber als Carolin nun ihrem Spiegelbild begegnete, fand sie, dass sie aussah wie ein gerupftes Huhn und nicht wie eine tragische Heldin.

Ein schräger Vogel mit einer Sicherheitsnadel im Ohr.

Ratlos strich sie sich über die Stoppeln, dann löste sie die Nadel.

Wie spät es wohl war, vielleicht halb acht?

Auf jeden Fall brauchte sie jetzt erst einmal etwas zum Kaschieren, bevor sie jemandem in die Arme lief. In diesem Haus war es schließlich wie im Theater: Auftritt und Abgang, man wusste nie, wem man wo begegnete.

Ein Tuch, das gab es doch sicher in Luises Schrank.

Carolin öffnete die Schranktüren und fand einen alten Seidenschal, den sie im Nacken verknotete.

Ein Blick noch in den Spiegel, sie sah aus wie eine dieser Trümmerfrauen aus den Nachkriegsjahren, ja, wie die junge Frau auf der Fünfzigpfennigmünze, dann trat sie vor die Tür.

»Da büst du ja weer!«

Na, was hatte sie gesagt?

Vor ihr stand Isa mit dem Baby im Arm, sie schien nur auf sie gewartet zu haben. Isas Blick blieb für einen Moment an Luises Kopftuch hängen, aber sie sagte nichts dazu. Stattdessen streckte sie ihr das schlafende Kind entgegen.

»Was ist es denn geworden?«

Carolins Sorge vor Isas Reaktion wich reiner Freude. Voller Ehrfurcht blickte sie auf das Bündel herab, das Isa nun wieder an ihren geblümten Busen drückte. Das kleine Puppengesicht war vollkommen, es strahlte Frieden aus und so etwas wie einen würde-vollen Ernst.

»Sie heißt Antonia«, sagte Isa, so stolz, als wäre die Kleine ihre Tochter. »Antonia Luise.«

»Und geht es Anette auch wieder gut?«

Isa nickte. »War's schlimm?«, fragte sie dann mitfühlend. Wieder schaute Isa sie so durchdringend an, als könnte sie direkt auf den Grund von Carolins Seele blicken.

Meinte Isa die Nacht?

Die Trauer um die Mutter und den Kampf, den Carolin mit sich selbst ausgefochten hatte?

Oder doch nur Anettes Brüllen im Sturm?

Carolin nickte nur, sie konnte nicht antworten, dann brach sie in Tränen aus. Der ganze Kummer schoss aus ihr heraus.

»Ach, min Deern.«

Isa versuchte, sie in ihre Arme zu ziehen, ohne die kleine Antonia zu wecken, und Carolin überließ sich dankbar ihrem Trost.

Eine Weile standen sie so da, in warmem Schweigen vereint, und Carolin konnte den Atem des kleinen Mädchens hören.

»Kannst du sie mal halten?«, fragte Isa, als Carolin schließlich ruhiger wurde.

»Ich?«

»Ja, ich will nur mal schnell was von unten holen.«

»Wo ist denn Carl? Hat er seine Tochter schon gesehen?«

Isa zuckte die Achseln. »Ich weiß auch nicht. Ich dachte eigentlich, dass Aimée ihm Bescheid gibt, aber die ist auch schon seit einer Weile verschwunden.«

»Vielleicht sind die beiden im Kontor?«

»Dann sieh doch mal nach!«

Sachte drückte Isa ihr das Kind in die Arme, bevor sie ächzend auf der Treppe nach unten verschwand.

Einen Moment lang stand Carolin ganz still, sie hatte Angst, sich zu bewegen. Wieder rührte sie der erhabene Gesichtsausdruck des Kindes, die kleine runde Kirschennase, das winzige feuchte Mündchen. Ganz sanft strich sie über die weiche Decke mit den Schwänen, und etwas rührte sich in ihrem Inneren. Etwas, das sie lange vermisst hatte: das Gefühl von Geborgenheit.

Wäre es nicht schön, eine kleine Schwester zu haben, die man behüten und verwöhnen könnte?

Antonia. Toni.

Ganz sanft flüsterte sie der Kleinen ein Versprechen ins Ohr. Dass sie immer für sie da sein werde, wenn Toni sie brauche. Dass sie sie nie belügen werde.

Erst nach einer Weile tastete sich auch Carolin die Treppe hinab.

Neben dem Licht auf dem Posttisch lag ein Zettel. Von Carl. Er war mit Niki los. Nach Schwanenholz, um Hilfe zu holen.

Ach herrje.

Ob das gut ging?

Carolin dachte daran, dass auch ihr Vater noch nicht zurück war, und auf einmal überfiel sie die Angst, dass Jo etwas zugestoßen sein könnte.

Beunruhigt steckte sie den Zettel ein.

Sollte sie jemanden informieren?

Isa? Oder Aimée?

Aber wo war die überhaupt?

Beklommen öffnete sie die Tür zum Kontor.

Gott sei Dank, da war Aimée. Sie saß in einem der beiden Ledersessel und hatte die Augen geschlossen, als wäre sie vor Erschöpfung eingeschlafen. Zu ihren Füßen türmten sich die Unterlagen aus Luises Archiv, all das, was Carl vor zwei Tagen wütend aus den Regalen gerissen hatte.

Erleichtert schloss Carolin die Tür. Ganz kurz quäkte die Kleine in ihren Armen auf, als hätte man sie in ihren Träumen gestört.

»Gefällt sie dir?«, hörte sie Aimée fragen. Ihre Stimme schien von sehr weit her zu kommen.

»Antonia?«

»Sie heißt Antonia?«

»Antonia Luise.« Carolin nickte. »Das hast du gut gemacht«, setzte sie hinzu.

Aimée schüttelte den Kopf. »Ich habe gar nichts gemacht«, erwiderte sie, als Carolin sich neben sie setzte. »Das war Anette. Und vielleicht auch ein wenig Antoine.«

»Dein Vater?« Verdutzt schaute Carolin sie an.

Sie bemerkte die Müdigkeit auf Aimées Gesicht, die Spuren der durchwachten Nacht.

Aimée lächelte leise, strich der Kleinen über das Köpfchen. »Ich habe ihn da oben bei mir gespürt«, sagte sie, »so wie man einen warmen Luftzug spürt. Oder Liebe.«

»Meinst du?«

Aimée nickte. »Die Toten verlassen uns nicht. Sie bleiben bei uns. Und manchmal geben sie uns einen Schubs in die richtige Richtung.« Lächelnd deutete sie auf das Kopftuch, das Carolin trug.

Carolin schüttelte den Kopf, sie hatte das Gefühl, dass Aimée ihr die Tränen ansah – und das geschorene Haar unter dem Tuch.

»Ich habe mir die Zöpfe abgeschnitten, als ich dreizehn war«, fuhr Aimée fort, tastend, als wüsste sie noch nicht, wohin sie ihre Worte führten. »Ich musste Luise aus dem Kopf bekommen. Von meinem Vater habe ich verlangt, jeden Kontakt mit ihr abzubrechen. Ich wollte nicht mehr an sie denken, nichts mehr von ihr hören. Ich habe mir sogar gewünscht, dass mein Vater mir überhaupt nichts von meiner Mutter erzählt hätte. Ich wäre tatsächlich lieber ein Findelkind gewesen als die Tochter einer Deutschen. Selbst wenn Luise zu mir nach Frankreich gekommen wäre, hätte ich sie nicht sehen wollen. Das hat Antoine Luise auch mitgeteilt.«

»Oh.« Carolin nickte, weil nun alles einen Sinn ergab. Deshalb also hatte Luise ihre Tochter nicht zu sich geholt, sie später nie besucht. Unwillkürlich sah sie auf das kleine Mädchen in ihren Armen, das so ruhig schlief. Das noch nichts ahnte von den Fallstricken des Lebens. Sie dachte an Jo. »Du meinst also, eine Lüge wäre besser gewesen als die Wahrheit?«

JOHANN

46

Noch auf der Rückfahrt nach Schwanenholz verfolgte ihn sein Traum, der Spuk jener nächtlichen Begegnung mit Pastor Siebeling. Eigentlich träumte Johann nie schlecht, seine Ängste verhandelte er tagsüber in seinen Zweifeln über den Zustand der Welt. Ging ihm deshalb der Albtraum so nah? Er hatte sogar Sybille davon erzählt, und sie hatte seine irrwitzige Autofahrt mit dem Pastor genauso merkwürdig gefunden wie er.

War Siebeling längst tot? (War er unterwegs in eine andere Welt?) Allen Vorahnungen zum Trotz hinterließ Johann eine Nachricht auf Siebelings Schreibtisch. Er schrieb, dass sie da gewesen waren. Dass sie sich Sorgen machten um ihn. Und dass sie das Taufbuch mitgenommen hatten. Vielleicht kehrte der Pastor ja doch noch zurück?

Auf der Fahrt zurück ins Dorf kam Johann auch der Zauberstab wieder in den Sinn. Was hatte es damit nur auf sich? Im Gegensatz zu seinem Bruder hatte er sich nie für das Zaubern interessiert. Und auch bei Carl war das schon so lange her. (Hatte der nicht seinen Zauberkasten in Köslin gelassen?)

War der Stab ein Symbol? Stand er für Veränderung, für einen Neubeginn? Für all das, was sich in seinem Leben ändern würde, wenn er Schwanenholz verließ und in die Politik ging? Aber mit Traumdeuterei kannte Johann sich noch weniger aus als mit dem Zaubern. Alles Quatsch!

In Gedanken versunken, manövrierte Johann den Trecker durch das unermüdlich wirbelnde Weiß. Schnee, Schnee, Schnee. (Sollte ihm keiner erzählen, dass nach drei Tagen Stromausfall die Notfallsysteme eines Atomkraftwerks noch funktionierten. Da drohte doch ein Super-GAU!) Noch vorsichtiger als am Vortag pflügte er durch die Verwehungen, um nur ja kein Hindernis zu überrollen, jede größere Schneewehe beäugte er im Vorüberfahren genau. Konnte es sein, dass Siebeling mit seiner Ente darunter vergraben war? Zweimal hielten sie an, um mit bloßen Händen im Schnee zu graben, aber jedes Mal entpuppte sich der vom Wind aufgetürmte Hügel lediglich als das, was er war: ein großer Haufen Schnee.

Mensch, was waren sie durchgefroren, als sie am späten Vormittag im Dorf eintrafen. Bei Bürgermeister Klock meldeten sie das Verschwinden des Pastors. Hans Klock war genauso besorgt wie sie, herzhaft fluchend setzte er sich an sein Funkgerät, um Meldung zu machen, während seine Frau ein paar belegte Brote und Schnaps servierte. Von der Polizeistation in Kappeln kam zurück, dass man einen Suchtrupp der Bundeswehr nach Schwanenholz beordern werde. Der sei eh schon alarmiert und gewissermaßen auf dem Weg, weil Sparkassendirektor Kuhlmorgen bis nach Kiel Druck gemacht hatte. Dessen Sohn werde ebenfalls in der Gegend vermisst.

»Aber der ist doch bei uns«, erwiderte Johann perplex. Fragend sah er Sybille an: »Habt ihr das denn gestern nicht weitergemeldet?«

»Doch, doch.«

Sybille hob die Hände, und Hans sprang ihr zur Seite. »Natürlich habe ich das gestern noch nach Kappeln gefunkt. Ist vielleicht im Chaos untergegangen und nicht weitergeleitet worden.«

»Und nun?«

Johann überlegte, er sah hinaus. Der Schnee fiel noch immer in dichten Flocken, lediglich der Wind hatte etwas nachgelassen. Sie brauchten schweres Gerät, um bei diesem Wetter etwas auszurichten, das hatte er unterwegs gemerkt. Mit ein bisschen Schaufeln würden sie das nicht schaffen.

Sollte er die Suche nicht doch besser den Soldaten überlassen? Oder könnte er ein paar Männer aus dem Dorf zusammentrommeln?

Als er so etwas andeutete, schüttelte Hans den Kopf. »Wie stellst du dir das vor?«, fragte er, und seine Hände beschrieben einen Kreis, in dem das unermüdliche Brüllen der Kühe eingeschlossen schien. »Die Bauern haben doch andere Sorgen.«

Sybille seufzte, sie strich behutsam über Johanns Hand. »Denk an deine Tochter«, sagte sie. »Wir wollten doch schon gestern Abend zurück sein. Bestimmt sind alle in Sorge um uns. Lass uns zum Herrenhaus fahren und unterwegs die Augen offen halten.«

Hans stimmte ihr zu. Er versprach, durchs Dorf zu laufen und nach Siebeling zu fragen. Vielleicht war das Auto des Pastors am Donnerstagabend noch irgendwo gesichtet worden. »Möglicherweise wissen wir heute Nachmittag schon mehr. Angeblich kommen die Reparaturtrupps jetzt auch voran, in Kappeln soll es schon wieder Telefon geben.«

Schweren Herzens willigte Johann ein. Trotzdem kam er sich wie ein Verräter vor, als er weiterfuhr. Er hatte das Gefühl, Pastor Siebeling im Stich zu lassen.

Wieder sah er ihn vor sich, wie in seinem Traum. Er hörte Siebelings Worte: »Ich bin endlich unterwegs.« Dann schoben sich andere Erinnerungen vor die nächtlichen Bilder, Erinnerungen an seine Jugend. Er hatte nicht vergessen, wie Pastor Siebeling bei seiner Konfirmation ins Stottern geraten war, wie der Pastor alle Namen durcheinandergebracht hatte und auch die jeweiligen

Sprüche. Wie er am Ende mit rotem Kopf aus der Kirche geflüchtet war. Und wie seine Tante sich darüber empörte, weil Siebeling die Nerven verloren hatte.

Eigentlich unvorstellbar, dass Luise sich ihm anvertraut haben sollte. Dass sie ihm von Antoine Caroux und ihrem verheimlichten Kind erzählt haben könnte. Andererseits: Was wusste Johann denn von den Bedürfnissen, die einen am Ende des Lebens befallen konnten? (Würde er seiner Tochter nun endlich den Tod der Mutter beichten können?)

Und dann war da noch jene andere Episode: Carolins Taufe. Und Siebelings Blick, als Johann dem Pastor den Taufspruch mitteilte, den er sich ausgesucht hatte: »Die Liebe höret nimmer auf.« Da hatte Siebeling gelächelt und etwas von Familientradition und Beständigkeit gemurmelt. Damals hatte Johann sich nichts dabei gedacht. Aber heute? War das nicht ein Hinweis darauf, dass Siebeling den alten Eintrag aus dem Januar 1945 kannte? Dass er von dem kleinen Mädchen wusste, das damals auf Schwanenholz getauft worden und später verschwunden war. Das heute nicht mehr zur Familie gehörte.

Hatte etwa Pastor Siebeling seine Tante auf Aimée angesprochen?

Hatte er versucht, zu den Wurzeln dieser Geschichte vorzustoßen?

Johann schluckte, er wusste es nicht, und ohne Siebelings Hilfe würde er es wohl nie herausfinden können.

»Halt an! Halt an!«

Sybille rüttelte an seiner Schulter, und Johann fuhr erschrocken zusammen. Was hatte sie gesehen?

»Fahr ein Stück zurück!«, brüllte sie ihm ins Ohr.

»Was ist denn?«

Johann drehte sich um, dann ließ er den Trecker vorsichtig zurückrollen.

»Da!« Sybille zeigte auf die Krone einer Eiche, die aus einer Schneewehe hervorragte. »Siehst du das?«

Meinte sie das, was da in den kahlen Ästen flatterte?

War das ein Schal?

Siebelings Schal?

Für einen Augenblick setzte Johanns Herzschlag aus, und noch bevor er weiterdenken konnte, war Sybille schon vom Trecker gesprungen. Sofort versank sie bis zur Hüfte im Schnee.

Johann sprang ihr nach, sein Puls raste.

Waren sie gestern achtlos daran vorübergefahren?

Hätten sie Pastor Siebeling längst helfen können?

Der Schnee glühte auf seiner Haut.

Mühsam kämpften sie sich von der Mitte der Straße aus zum Rand hin, wo sich der Schnee zu einem bizarren Gebilde auftürmte. Sie riefen Siebelings Namen – wieder und wieder.

»Da!« Sybille zeigte auf einen dunklen Gegenstand, der aus dem Schnee herausragte.

Das war doch … ein Schuh.

Und dann … noch ein Schuh.

Soldatenstiefel, wie sie seine Tochter trug.

Carolin, schoss es ihm durch den Kopf.

Um Gottes willen, Carolin!

Was hatte sie getan? Hatte sie sich auf die Suche nach ihm gemacht?

Wie Eiswasser rauschte die Angst durch seinen Körper.

Bitte, bitte, bitte nicht … (War das etwa ein Gebet, was sich da in seinem Kopf breitmachte? Dabei glaubte er doch schon lange nicht mehr an Gott!)

Endlich hatten sie sich um die Schneewehe herumgearbeitet.

Auf der vom Wind abgewandten Seite hockten zwei Gestalten, wie festgefroren aneinandergeklammert.

Sofort schossen Johann Bilder in den Kopf.

Bilder von früher, von etwas, was er nie hatte in Worte fassen können und das doch unauslöschlich in ihm eingebrannt war.

Zwei zu Tode erschöpfte Soldaten, die am Wegesrand saßen.

Eine tote Mutter mit ihrem Kind.

Zwei erfrorene Kinder, Arm in Arm.

Erinnerungen, die von der Flucht aus Pommern stammen mussten.

Bilder und Erlebnisse, über die nie gesprochen worden war.

Über die er gar nicht hatte sprechen können, weil ihm dafür die Worte fehlten. Denn als er damals endlich auf Schwanenholz angekommen war, hatte er gar nicht mehr gesprochen.

Kein einziges Wort.

Es war, als hätte er unterwegs die Sprache verloren. Wie einen Koffer voller Erinnerungen, abgestellt am Wegesrand, weil er zu schwer geworden war.

Bis Isa ihn nach langen Wochen aus seinem Schweigegefängnis befreit hatte.

Ganz behutsam hatte sie ihn mit ihren Naschereien und ihren warmen, weichen Händen aus der Sprachlosigkeit hervorgelockt. Aber alles, was davor gewesen war, war einfach fort gewesen.

Bis jetzt.

Die erschöpften Soldaten am Wegesrand, ihr hoffnungsloser Blick.

Die Mutter mit ihrem Kind.

Die erfrorenen Kinder, ein Junge und ein Mädchen.

Seine Mutter hatte ihm die Mütze des erfrorenen Jungen aufgesetzt, weil er seine in Kolberg im Gedränge verloren hatte.

Und nun …

Johann kniff die Augen zusammen und riss sie wieder auf, während die Erleichterung ihn überflutete.

Das war doch Carl.
Carl und … Niki.
Verdammt, was machten die denn hier?

KLEMENTINE

47

Das Brausen in ihrem Kopf – endlich ließ es nach. Keine Angst mehr, kein Geschrei. Wie die Ruhe nach dem Sturm. Eine Weile lag sie still und wartete ab, ob die Nebelschwaden wieder angekrochen kamen. Oder ob sie endlich in Sicherheit war.

»Carlchen?«

Klementine tastete nach seiner Hand, suchte ihn, doch er antwortete nicht.

War er gegangen?

Aber vielleicht kam Luise an ihr Bett?

Klementine hielt die Augen fest geschlossen, denn Luise kam nur, wenn sie glaubte, dass sie schlief. Dann spürte sie, wie die große Schwester auf sie herabblickte. Wie sie sich fragte, was mit ihr geschehen war.

Was mit *ihnen* geschehen war.

Wie es so weit hatte kommen können.

Einmal war Klementine aufgewacht, und da saß Luise schon an ihrem Bett. So wie früher, wenn sie ihr noch heimlich eine Gespenstergeschichte erzählt hatte. *Pssst!* Oder wenn sie nach Heu und Hafer roch und ihr zuflüsterte, wie es war, den blonden Hans zu küssen, der so fabelhaft mit den Pferden konnte. In der Futterkammer des Pferdestalls. *Er küsst so, wie ein Butterkeks schmeckt. Ein Butterkeks mit einem Klecks Marmelade.* Klementine hatte sich nicht rühren können. Sie hatte noch nicht einmal die Hand nach Luise ausstrecken können. Die Scham verbot es ihr.

Die Scham, alles verloren zu haben.

Wie nackt war sie sich vorgekommen, denn sie besaß doch nur noch ihren Namen.

Ihren *guten* Namen.

War das Gottes Strafe für all ihre Sünden? Für ihren Glauben an den Führer? Für die lasterhaften nächtlichen Träume?

Einmal war da auch ein Mann an ihrem Bett gewesen. Luise nannte ihn ... Antoine?

Antoine, Antoine, Antoine.

Was für ein merkwürdiger Name!

Sie kannte keinen Antoine.

Wie durch Watte hatte sie gehört, wie dieser Antoine von einem Seelentrauma sprach, als könnte er ihr Leiden damit erklären. Als wäre all das Erlebte nur ein Wort.

Beinahe hätte sie laut aufgelacht.

Dann hatte sie bemerkt, dass der Mann ihre Schwester küsste. Sie hatte es an Luises Atem gehört, der für einen Moment ganz leicht gewesen war. So leicht wie ein Teelöffel voll Glück. Antoine und Luise. Dann hatte Klementine die Augen geöffnet, und die beiden waren auseinandergefahren.

Schämt ihr euch denn nicht?

Nein, Luise hatte sich nicht geschämt. Der Krieg sei vorbei, hieß es. Hitler tot. Konnte das sein?

Gab es keinen Führer mehr?

Kein Reich?

Keinen Endsieg, auf den man hoffen konnte?

Nein, das glaubte sie nicht.

Obwohl …

Vielleicht stimmte es doch?

Ihr Kopf war ja ein Ameisenhaufen. Alles wuselte durcheinander.

Am Ende hatte sie diesen Antoine gar nicht gesehen?

Vielleicht gab es ihn nicht einmal?

Beim nächsten Mal fragte sie Carlchen danach, und der sah sie an, als hätte sie tatsächlich den Verstand verloren.

Klementine sah die Angst in den Augen ihres Jungen.

Da riss sie sich zusammen und sprach nicht mehr von diesem Mann.

Und auch von dem Kind sprach sie nicht mehr. Von ihrem Schätzchen und von der Kleinen, die sie bei Luise gesehen hatte.

Wollte doch niemand hören.

Tapfer musste sie sein, so wie ihre beiden Jungen es waren. Tapfer und stark.

Klementine bemühte sich, fröhlich zu sein, wenn die Jungen bei ihr waren. Jojo war ja so still! Einmal war er mit einem Zauberstab an ihr Krankenbett gekommen. Carlchens Zauberstab. Den hatte er doch unterwegs verloren.

Jojo weinte, als sie ihm den Stab abnahm.

Später hatte sie ihn Carlchen zurückgegeben, aber der wollte ihn noch nicht mal ansehen. Sie hatte gehört, wie er ihn zerbrach, als er damit aus dem Zimmer schlich.

Da hatte Klementine begriffen, dass auch Carlchen seinen Glauben verloren hatte. Seinen Glauben an die Magie. Und an das süße Kinderglück.

Sie hatte Wochen gebraucht, um darüber hinwegzukommen.

Es tat ihr so leid, dass er so stark sein musste.

Dass er ihre Schwäche schulterte.

Dass er dachte, ihr dankbar sein zu müssen, weil sie auf der

Flucht Übermenschliches geleistet hatte, um die beiden durchzubringen.

Um ihn zu trösten, hatte sie ihm von Köslin erzählt. Immer wieder. Sie hatte ihm die verlorene Heimat als Fixpunkt zurückgeben wollen. Erzählt hatte sie, wie sie sonntags zweispännig zur Kirche fuhren.

Wie sich sogar Karol herausputzte.

Wie er jeden Sonntag sein Gebiss einsetzte. Sein fremdes, in die Länge gezogenes Sonntagsgesicht.

Und wie sich dann die Tafel unter dem Silber und den Köstlichkeiten gebogen hatte. Wie Martha am Klavier gesessen und Valentin dazu gesungen hatte.

Bis Carlchen sie einmal anherrschte: »Halt den Mund, Mama!«

Daraufhin hatte sie auch nicht mehr von früher erzählt, von Köslin und dem großen Haus in den dunklen Nadelwäldern.

Nicht wahr, Luise?

Auch die Schwester hatte hinter vielem die Tür zugemacht. Luise hatte sich in ihr Pflichtbewusstsein, in die Arbeit geflüchtet. Sie war einfach zwischen ihren Bäumen verschwunden. *Die Gräfin.* Ein Solitär unter all den Charakterbäumen.

Kein Wort über Fritz, von dem man nicht wusste, wo er abgeblieben war.

Kein Wort über Wolf, von dem man auch noch nichts gehört hatte.

Kein Wort dazu, wie Luise das alles schaffte.

Und so richteten sie sich alle ein in der Sprachlosigkeit.

Aber einmal, da hatte sie doch nach ihrem Schätzchen fragen müssen. *Ist es denn immer noch nicht aufgewacht?*

Da hatte Luise nur den Kopf geschüttelt, und Tränen hatten ihr in den Augen gestanden.

So war es doch damals gewesen?

Oder geriet jetzt wieder alles durcheinander?

Vermischten sich Erinnerungen und Vorstellungen und Wünsche?

Dieses Ameisengewusel in ihrem Kopf.

Mühsam öffnete Klementine die Augen, sie hatte Durst.

Na so was, da saß ja Luise, sie war tatsächlich gekommen.

Müde sah sie aus, erschöpft, als käme sie direkt aus den Baumschulquartieren. Das Haar trug sie unter einem Seidenschal verborgen.

War das nicht der Schal, den schon ihre Mutter getragen hatte? Blumen und Ranken auf blauem Grund. Hatte der Vater von seinen Reisen mitgebracht. Warum hatte Luise den bekommen?

Die hatte doch schon alles, was man sich wünschen konnte.

Na, egal.

Klementine versuchte, den Mund zu öffnen, um nach einem Schluck Wasser zu fragen, da legte Luise ihr etwas in die Arme.

Ein Kind.

Die Beinchen strampelten in einem Anzug aus Kaninchenfell.

Das rosige Gesicht, die fedrigen Löckchen, die blank geputzten Augen.

Das war doch …

Hastig tastete Klementine nach der kleinen geheimen Tasche, die sie noch in Köslin in den Anzug genäht hatte. Nach dem wenigen, das sie darin verborgen hatte, Diamanten, ein paar Ringe und eine goldene Kette.

Alles da!

Sofort stürzten ihr die Tränen aus den Augen, und sie drückte die Kleine an sich, wiegte sie in ihren Armen.

Das war doch ihr Schätzchen!

So weich, so weich, nach all den Jahren.

CARL

48

Hatte er noch auf Rettung gehofft, als er den Schal in die Äste knotete? Carl wusste es nicht.

Da war nur dieses Gefühl, dass er jetzt nicht aufgeben durfte. Dass es noch nicht zu Ende sein konnte.

Ausgerechnet jetzt.

Er wollte doch seinen Sohn sehen.

Wollte ihn in den Armen halten, um sich dann in Anettes Augen zu versenken. Ihr zu danken, dass sein Leben nicht umsonst gewesen war. Dass sie ihm Zuflucht gewesen war und ihm die Kraft gegeben hatte, über sich hinauszuwachsen und dem eisigen Schlaf noch einmal zu entkommen.

Keine Ahnung, wie er es auf diesen Haufen Schnee hinaufgeschafft hatte. Wie er den Wind besiegt hatte, um den flatternden Schal in der Eiche festzubinden. Fast wäre er da oben sitzen geblieben, wenn es nicht so kalt gewesen wäre. Und wenn ihn die Angst um Niki nicht wieder hinuntergezwungen hätte. Nicht, dass der Junge noch da unten erfror. Dass er ein weiteres Leben auf dem Gewissen hatte.

Also wieder runter in den Schnee, Niki umarmen, ihm Geschichten erzählen. Ihn davon abhalten, für immer einzuschlafen.

Und so erzählte Carl von früher.

Von Köslin.

Natürlich von Köslin.

Von den dunklen Tannenwäldern, in denen Eichhörnchen durch die Bäume jagten. In denen man sich als Kind ohne Angst verlaufen konnte.

Von Martha und Valentin, seinen Großeltern, die nie Nazis gewesen waren. Die geblieben waren, weil sie dachten, dass die Russen trotz ihrer sechsundzwanzig Millionen Toten zwischen Gut und Böse unterscheiden würden. Dass sie einen Unterschied machten zwischen »denen« und »uns anderen«. Es hatte auf dem Gut ja noch nicht einmal ein Hitler-Bild gegeben. Aber die Russen hatten trotzdem alles verbrannt. *Ubit' nemtsev!* Ein blutroter Bogen aus Feuer über dem Land, wie man es noch nie gesehen hatte.

Carl erzählte von Wulle Fittler, der so stank, dass sie als Kinder dachten, er sei ein Schwein. Und der die Russen überlebt hatte, indem er sich mit seinen Schweinen im Wald versteckte. Ein ganzes Jahr! Davon erzählte man sich heute noch in Köslin, das jetzt Koszalin hieß und wo es kein Denkmal für König Friedrich Wilhelm I. mehr gab, kein altes Rathaus mehr und auch kein weißes Gutshaus auf halbem Wege nach Groß Möllen, pardon: Mielno. Wo alles verbrannt war. Wo es auch keine Juden mehr gab und wo der evangelische Dom nun wieder ein katholischer Bischofssitz war, auf dass wenigstens dieser Gott unterscheiden möge zwischen Gut und Böse.

Carl erzählte von seinem Zauberkasten, den er im Baumhaus versteckt hatte, und von dem Zauberstab, den er als Einziges mitgenommen hatte auf die Flucht. Der in seiner Manteltasche steckte, als er das schreiende Schätzchen auf dem Treck wiegte. Den schließlich Johann entdeckte, als er in Carls Taschen nach etwas Essbarem wühlte. Johann, der ihn quälte, er solle zaubern, und der, als er es nicht schaffte, die Kleine wieder aufzuwecken, als sie so furchtbar still war, einfach sagte:»Du kannst ja gar nicht zaubern!«

Nein, das konnte er nicht.

Carl hatte nie zaubern können, nur ein bisschen tricksen. Magische Knoten und doppelte Böden.

Aber das Schätzchen hatte er nicht wieder aufwecken können.

Und trotzdem schleppte es die Mutter weiter mit.

Selbst als die Leute sich längst erschrocken abwandten, zeigte sie ihr Bündel noch vor. Hinter vorgehaltener Hand hieß es, sie sei vor Kummer verrückt geworden.

Keine Ahnung, wie er das alles ausgehalten hatte: der Vater tot, die Schwester tot, die Mutter verrückt.

Erst Tante Luise hatte sich schließlich erbarmt. Hinter dem Herrenhaus hatte es eine Beerdigung im Park gegeben. Ein paar Worte für seine Schwester und einen Strauß Osterglocken, dann hatte man die Kleine mit Erde und Schnee bedeckt.

Nie würde er Tante Luises Worte vergessen:»Sie durfte nicht leben.« Worte, die sein Herz wie flammende Pfeile durchbohrten.

Nein, die Kleine hatte nicht leben dürfen. Sie hatte nicht leben dürfen, weil die Brüder ihre Milch getrunken hatten. Weil ihre Mutter entschieden hatte, dass die Jungen leben sollten.

Es war furchtbar gewesen, mit dieser Schuld zu leben. Sie war nicht leichter geworden mit den Jahren.

Noch schlimmer allerdings war das Gefühl, dass Johann überhaupt nicht darunter litt. Dass er sein Leben einfach weiterlebte, als wäre das alles nie geschehen.

Dass er sich zu Hause fühlte auf Schwanenholz und sich nicht nach Köslin zurücksehnte. Selbst dann nicht, als Onkel Wolfgang ihn mit seinen Visionen vom Dritten Weltkrieg piesackte.

Dass er die Bäume liebte und es morgens kaum erwarten konnte, in die Quartiere zu kommen.

Johann, der einen Sinn gefunden hatte in seinem Leben, während Carl sich mit allem quälte. Selbst ein Schmetterling, der sich im Frühling auf einem Stein sonnte, machte ihm Angst.

Hörte Niki ihm überhaupt noch zu? Atmete er noch?

Zitternd beugte Carl sich über ihn. Er hielt ihm den Flachmann an die Lippen, der fast leer war. »Trink, Niki, trink! Du musst trinken!«

Und wenn er sich allein auf den Weg ins Dorf machte, um Hilfe zu holen? Es war doch nicht mehr weit, und allein könnte er es vielleicht schaffen.

Doch als er Niki davon erzählte, klammerte der sich an ihm fest. Der Junge wollte ihn nicht gehen lassen. Und Carl hatte nicht mehr die Kraft, sich loszureißen.

Und dann … ein Wunder.

Auf einmal trug der Wind das Tuckern eines Treckers an sein Ohr. Wie aus dem Nichts. Hatte er je ein schöneres Geräusch gehört als das Stottern des Deutz D-06-Motors?

Carl konnte noch nicht einmal mehr aufspringen, um sich bemerkbar zu machen. Er konnte nur noch flüstern, den alten Zauberspruch, den ihm sein Vater einst beigebracht hatte: »*Vanessa atalanta, Aglais io, Gonepteryx rhamni.*«

AIMÉE

49

Wieder allein. Aimée hatte nicht verstanden, was Isa auf einmal wollte. Warum sie die Kleine unbedingt in dieses nach Kampfer riechende Etwas aus Kaninchenfell zwängen musste. Aber es ging um Klementine, und deshalb hatte sie Carolin und Antonia schließlich ziehen lassen.

Müde ließ Aimée den Blick über das Chaos zu ihren Füßen schweifen. Sie hatte keine Ahnung, was Carolin mit sich herumschleppte. Woran sie zweifelte. Warum sie sich das lange Haar abgeschnitten hatte. Aber sie hätte ihr gern noch gesagt, was sie nun wusste: dass die Wahrheit auf den Tisch musste. Immer. Man löste keine Probleme, indem man sie versteckte. Eine schmerzliche Wahrheit war besser als eine Lüge.

Schon ihr Vater hatte sie davon überzeugen wollen, aber als junges Mädchen und als Heranwachsende war die Wahrheit so verletzend gewesen, dass sie den Schmerz kaum aushalten konnte.

Ja, ich bin das Kind einer Liebe, die nicht sein durfte.

Ja, ich bin die Tochter einer Deutschen.

Und ja, meine Mutter hat mich nicht bei sich behalten wollen.

Wie oft hatte Aimée das Wissen um die Besonderheit dieser Liebe und ihr katastrophales Ende kaum ausgehalten? Das Wissen darum, dass sie lebte und ihr Halbbruder nicht, weil sein von Hass genährter Stolz mit der vermeintlichen Schande seiner Mutter nicht leben konnte?

Und dass die Liebe ihrer Eltern an seinem Tod zerbrochen war? Antoine hatte nie ein böses Wort über Luise verloren. Im Gegenteil. In seinen Erzählungen von Schwanenholz hatte er seiner Tochter stets Geborgenheit vermittelt. Schwanenholz war zu einem Bild von Liebe geworden, ein Sehnen, das sie tief in ihrem Herzen trug. Die ferne Familie.

Und als er ihr am Ende seines Lebens aufgetragen hatte, Luise von seinem Tod zu unterrichten, da hatte sie ihm versprochen, endlich nach Schwanenholz zu fahren. Aimée hatte sich ihrer Geschichte stellen wollen.

Aber dann war die Zeit der Trauer gekommen. Der Trauer um ihren Vater und um das Ende einer Liebe, das sie aus dem Nichts getroffen hatte. Pascal, ein Fotograf, den sie auf einer Ausstellung kennengelernt hatte und der nach einer Reihe wenig erfüllender Erlebnisse etwas in ihr zum Leuchten gebracht hatte, war zu seiner Frau zurückgekehrt. Er wollte seine Familie nicht verlassen. Da hatte Aimée noch nicht geahnt, dass sie ein Kind von ihm erwartete. Ein Kind, von dem sie nicht wusste, wie sie es lieben sollte.

An Weihnachten war es am schlimmsten gewesen, die Einsamkeit hatte sie fast aufgefressen. Aimée konnte kaum noch einen klaren Gedanken fassen. Und dann war da dieser Brief aus Deutschland gekommen. Eine Trauerkarte, dickes weiches Papier und darin eingeprägt: das Schwanenwappen. Luise Emilia Katharina Gräfin von Schwan war gestorben.

Antoines große Liebe.

Ihre ferne Mutter.

Maman.

Und neben Luises Namen, fast wie ein letzter Gruß, die stilisierte

Zeichnung eines Bonsaibäumchens. Die Mädchenkiefer in ihrer Schale.

Kein Wunder, dass Aimée den Brief im ersten Schock über ihr Versagen zerrissen hatte. Gefangen in der Beschäftigung mit sich selbst, hatte sie ihr Versprechen nicht eingelöst.

Es war zu spät. Um wenige Tage zu spät.

Und dann war sie doch noch aufgebrochen, Hals über Kopf.

Aimée hatte gar nicht vorgehabt, sich der Familie zu offenbaren.

Sie wollte nur an Luises Grab stehen, um ihr Antoines letzte Worte zu überbringen: »Sag ihr, dass ich sie immer geliebt habe. Dass ich sie immer noch liebe. Und dass sie mir das größte Geschenk gemacht hat, das man sich nur vorstellen kann. Sie hat mir eine Tochter geschenkt.«

So hatte sie sich das gedacht.

Und dann war alles ganz anders gekommen.

Aimée hielt inne, da war ein Flattern in ihrem Bauch. Etwas, was sie noch nie zuvor gespürt hatte. Ein Gefühl tiefer Liebe, das sich in sie einschrieb. Berührt wischte sie sich über die brennenden Augen.

Sollte sie Carolin davon berichten? Dass das Leben nie auf geraden Wegen verlief, dass es Umwege nahm, in Sackgassen geriet, sich verästelte. Und dass es trotzdem immer weiterging. Irgendwie.

Ein Schneesturm konnte über das Land ziehen. Aus dem Nichts. Ein Schneesturm, wie es ihn seit mehr als einem Jahrhundert nicht mehr gegeben hatte. Ein Kind konnte in einem alten Haus geboren werden, dieses Wunder nach einer langen, verzweifelten Nacht. Und ihr Kind, dem sie noch in der Nacht das Versprechen gegeben hatte, dass es leben dürfe, dass sie es würde lieben können, regte sich zum ersten Mal in ihrem Bauch.

Ja, es war da.

Und ja, es würde bleiben dürfen, weil sie es lieben konnte. Weil sie nun wusste, welche Kraft da in ihr war.

Sollte sie Carolin auch davon erzählen?

Aimée hob eines der alten Auftragsbücher auf und wog es in den Händen. Sie könnte auf Luises Unterlagen zeigen und ihr versprechen, dass sie sich gemeinsam auf den Weg machen könnten, die Vergangenheit zu bewältigen. Schritt für Schritt und Hand in Hand. Carolin wäre nicht länger allein.

Wieder bückte sie sich und hob noch ein Auftragsbuch auf. Stück für Stück begann Aimée, die Ordner und Bücher auf die Arbeitstische zu stapeln. Das Zurücktragen und Einordnen wollte sie den Brüdern überlassen. Carl und Johann hatten noch Arbeit vor sich, während Aimée nun das Gefühl hatte, Ordnung schaffen zu können in ihrem Leben. Diese Nacht hatte ihr gezeigt, wohin sie gehörte. Dass es in dieser Familie einen Platz für sie gab.

Leise summend strich sie mit den Fingerspitzen über die Rücken der alten Bücher, die in dem Regal hinter Luises Schreibtisch standen. Da waren die Bücher zur Baumbestimmung, zur Baumkunde, Zucht und Veredlung.

Und da waren ... die Bücher von Aimée Antoinette Camus.

Da war Camus' Werk über Bäume und Sträucher von 1923 mit seinen kolorierten Farbtafeln. Und da war ihr Buch über Kastanien von 1929. Vorsichtig nahm Aimée das in Leder gebundene Buch heraus, dann schlug sie es behutsam auf.

Eine Fotografie fiel ihr entgegen, dann noch eine und dann war da ... alles.

Da waren die Bilder, die Antoine von ihr gemacht hatte, als sie ein Kind gewesen war. Sie begegnete der vierjährigen, fünfjährigen, sechsjährigen Aimée mit den Zöpfen und ihrem ernsten Blick, sah, wie abgegriffen die alten Fotografien waren, weil ihre Mutter so oft mit dem Finger darübergestrichen hatte. Da waren die

Briefe, die Antoine nach Schwanenholz geschickt hatte. Und da war …

Da war ein Brief an sie, den Luise offenbar nie abgeschickt hatte: *Für Aimée.*

Mit zitternden Händen faltete Aimée den Bogen auseinander. Der Brief trug kein Datum, aber er schien vor nicht allzu langer Zeit geschrieben worden zu sein. Stockend las Aimée die Zeilen ihrer Mutter.

Meine geliebte Aimée,
ich weiß nicht, ob ich noch die Kraft finden werde, dir gegenüberzutreten und dich um Verzeihung zu bitten. Es ist so viel Zeit vergangen, und über dem Warten auf den richtigen Moment bin ich alt geworden. Vielleicht zu alt, ich weiß es nicht.
Es ist schwer, und ich mag mir kaum vorstellen, was du von mir denkst. Aber glaube mir, es war noch schwerer, als dein Vater vor so vielen Jahren mit dir nach Frankreich zurückging. Du warst so klein, es hat mir das Herz gebrochen. Trotzdem weiß ich tief in meinem Inneren, dass es richtig war, euch ziehen zu lassen. Was solltest du in diesem verwüsteten Land und bei einer Mutter, die in deinem Lächeln immer auch das Lächeln deines Bruders gesehen hätte?
Damals hatte der Tod deines Bruders jedes Gefühl in mir absterben lassen. Ich war wie ein Baum ohne Rinde, ich stand noch, aber innerlich war ich längst verdorrt. Diese Mutter wollte ich dir nicht zumuten, geliebtes Kind. Diese Mutter, die auch noch mit einem Mann verheiratet war, der dich nie akzeptiert hätte.
Ich glaube, dein Vater hat das verstanden, Aimée. Und wenn du irgendwann diese Zeilen lesen solltest, von denen ich hoffe, dass sie dich finden, dann sage ihm bitte, dass ich ihn immer geliebt habe. Dass ich ihn noch immer liebe. Und dass er mir das größte

Geschenk gemacht hat, das man sich nur vorstellen kann: Er hat mir dich geschenkt. In meinem Herzen bist du meine ferne Tochter. Immer.

Ich weiß nicht mehr, wie es mir nach eurer Abreise gelungen ist weiterzumachen. Ich habe nicht aufgegeben, und das lag wohl auch daran, dass ich meinem Vater das Versprechen gegeben hatte, das Familienerbe zu bewahren. Das Land und die Bäume, an die ich mich in meinen dunkelsten Stunden lehnen konnte. Und dann war da noch meine Schwester mit ihren beiden Söhnen, die alles verloren hatten. Sie brauchten mich. Kannst du mich verstehen? Ich hoffe es so sehr.

Vielleicht hatte ich die Kraft weiterzumachen auch deinem Vater zu verdanken, Aimée. Zu wissen, dass er alles für dich tat, dich liebte und beschützte, gab mir Kraft. Ich stelle mir vor, dass er dir von Schwanenholz erzählt hat. Von uns – und von unserer Liebe in dieser furchtbaren Zeit. Ich konnte es kaum glauben, dass er mich so annehmen konnte, wie ich war. Dass er mich sah hinter all dem dornigen Nazigestrüpp. Was für ein Wunder war unser kurzes Glück; ich habe Antoine nie vergessen. Damals habe ich ihm versprochen, einen Baumkreis für unsere Liebe zu pflanzen – Karya, Kraneia, Orea, Ptelea, Syke, vielleicht hat dir dein Vater auch davon erzählt?

Die Bäume sind jetzt etwas mehr als dreißig Jahre alt. Du wirst sie finden, ganz hinten im Park, wo Antoine damals Theater gespielt hat. Frag ihn danach!

Und wenn du in ihrer Mitte stehst, werde ich bei dir sein, so wie ich in Gedanken immer bei dir und deinem Vater gewesen bin. Verzeih mir, dass ich nicht mehr für dich war, mein Kind. Ich hätte es mir so sehr gewünscht.

In Liebe, Maman

Der Baumkreis – es gab ihn tatsächlich, irgendwo da draußen unter dem Schnee. Tränen strömten Aimée über die Wangen und tropften auf das Papier, während das Kind in ihrem Bauch sich wieder regte.

Luise.

Maman.

Ja, Luise war stark gewesen. Und sie hatte sie immer geliebt. So sehr, dass sie nur an das Glück ihrer Tochter gedacht hatte. Und sie hatte wohl das größte Opfer gebracht, zu dem eine Mutter fähig war: Sie hatte das Wohl ihres Kindes über ihr eigenes gestellt.

Aimée wusste nicht, wie viel Zeit verging, während sie dasaß und Staub und Stille um sie herumtanzten. Schließlich faltete sie den Brief zusammen und steckte ihn ein, dann stellte sie das Buch zurück ins Regal. Zuletzt ging sie ins Esszimmer und lehnte das kleine Bild ihres Vaters, das sie immer bei sich trug, gegen Luises Porträt auf dem Büfett.

Da waren sie, Antoine und Luise.

Wieder vereint, nach so vielen Jahren.

Aimée lächelte, unter Tränen, dann stellte sie ihnen die Mädchenkiefer zur Seite.

CAROLIN

50

Diese Familie! Auf einmal ein einziges Himmelhochjauchzen, man kam ja mit seinen Gefühlen gar nicht hinterher. Erst kehrte Klementine so unvermittelt wie aufgekratzt aus ihrer Ohnmacht zurück – sie trippelte mit der Kleinen im Arm durchs Haus und summte vor sich hin, als wäre nie etwas gewesen –, und dann das Hupen des Treckers unten im Hof. Jo – war er endlich zurück?

So schnell sie konnte, stürzte Carolin die Treppe hinunter. Eigentlich hatte sie sich vorgenommen, ihren Vater für das, was er ihr angetan hatte, ein paarmal kräftig zu ohrfeigen. Bam, bam, bam! Belüg mich nie wieder, Jo!

Aber als er blass und steifbeinig vom Trecker kletterte und die Arme ausbreitete, war Carolin einfach nur schrecklich froh, ihn zu sehen. Für alles andere war doch später noch Zeit! Wie ein kleines Kind warf sie sich ihm an den Hals. Ein Gefühl von Erleichterung und Liebe weitete ihr die Brust, und erst da bemerkte sie, wie sehr sie die Sorge um Jo in ihrem Klammergriff gehalten hatte. Sie wollte ihm von Niklas' Verschwinden erzählen, aber dann entdeckte sie Niki auch schon – und ihren Onkel. Mensch, was sahen die beiden durchgefroren aus! Carl klagte über taube Hände und Füße, während Niki kaum noch ansprechbar war.

Aimée übernahm die Erstversorgung. Keinen Alkohol mehr, sondern nur noch Tee und warmes Wasser. Sie pulte die beiden aus den nassen Kleidern, während Isa im Akkord Wärmflaschen mit heißem Wasser befüllte und die Mädchen dazu anhielt, ein spätes Mittagessen auf den Tisch zu bringen. Und als die einen um ein Uhr schon aßen und Jo ihnen von Pastor Siebelings Verschwinden und dem Suchtrupp der Bundeswehr erzählte, saßen Niki und Carl erst einmal zum Auftauen in Luises großer Wanne –gemeinsam! –, bevor ihr Onkel endlich seine Tochter kennenlernen durfte. Angeblich war er in Tränen ausgebrochen, als er Antonia das erste Mal in den Armen hielt. Vor Glück! Isa erzählte später allen davon. Er habe Antonia in die Luft gehoben wie einen lang vermissten Schatz, dann habe er ein paar Tanzschritte gewagt und dazu ein Kinderlied gesungen. Der irre Carl, er kannte wohl nur Zorn oder Rührseligkeit, und nie wusste man, woran man bei ihm gerade war.

Und Niki?

Der wollte nur noch schlafen.

Also ab mit ihm in Luises Bett, zwei Wärmflaschen an die Seite. Er war sofort weg und schlief so fest, dass er nicht einmal bemerkte, wie Carolin später die Daunen zusammenfegte, die noch immer wie in einer Schneekugel durch das Zimmer wirbelten.

Niki bekam auch nicht mit, wie sie am Nachmittag ihre Sachen vom Dachboden herunterholte, die überfrorenen Bücher und Schallplatten, den Plattenspieler und die Gitarre. War doch genug Platz in Luises Zimmer für ihre Schätze, und wenn sie es jetzt nicht für sich reklamierte, würde es bald jemand anderes für sich beanspruchen. Sie kannte doch ihre Familie! Nicht, dass Carl noch auf die Idee kam, sich dort ein Rauchzimmer einzurichten. Oder dass Jo in dem Zimmer Frau Meister dauerhaft einquartierte, so hingerissen, wie er von ihr war.

Und selbst als es wieder Abend wurde, eine sternenlose Dunkelheit, die sich über den Schnee senkte und in die sich der Duft von Gänsebraten und Schmalzgebäck wob, wurde er nicht wach.

Niki verpasste das festliche Essen, zu dem Isa alle lud, und als sich die Familie und auch die Mädchen um die große Tafel im Esszimmer versammelten, tischte sie endlich ihre Weihnachtsgans auf. Nein, eigentlich waren es sogar zwei Gänse, mit Rotkohl und Kartoffelklößen und allem Drum und Dran. Als Isa servieren wollte, sprang Carl plötzlich auf und reichte ihr die Teller an. Er bediente sogar die Mädchen. Zu guter Letzt räumte er auch noch seinen Stuhl am Kopfende und nötigte Isa dazu, sich auf Luises alten Platz zu setzen.

Mensch, was war denn bloß in den gefahren?

War es das Wunder seiner Rettung oder das Glück der Vaterschaft?

Carolin sah, wie Jo Sybilles Hand zärtlich drückte und ihr zulächelte, bis er schließlich das Weinglas erhob. Sie tranken auf Aimée und die kleine Antonia, die das Festessen in Klementines Armen verschlief, und dann tranken sie auch noch auf die glückliche Rettung von Niki und Carl. Vier Flaschen von dem guten Roten aus den alten Beständen hatte Isa aus dem Weinkeller geholt, sogar Carolin durfte daran nippen, und plötzlich war ihr ganz feierlich zumute.

Zum Nachtisch, es gab süße Krapfen, in Butterschmalz ausgebacken, legten Johann und Sybille das Taufbuch auf den Tisch, das sie im Pastorat gefunden hatten. Isa wollte etwas sagen, aber Carl legte den Finger auf die Lippen. Silentium! Schweigend las er den alten Eintrag, sein Zeigefinger fuhr über die Buchstaben, dann nickte er knapp und klappte das Buch zu, einfach so, als interessierte er sich nicht mehr für die Rechtmäßigkeit von Aimées Abstammung. Sie sei die Tochter von Luise. Und von Antoine. Punkt.

Da gebe es nichts mehr dran zu rütteln, sagte er, bevor er sich noch einmal wortreich bei Aimée entschuldigte. Im Übrigen werde man eine Einigung über die Zukunft der Baumschule finden, da sei er sich sicher. Anette habe da schon etwas im Sinn, und wenn Aimée einverstanden sei, werde sie ein Schriftstück ausarbeiten, das ihre sämtlichen Ansprüche kulant regele. Und mit ein wenig Entgegenkommen ihrerseits könne man eine Lösung finden, ohne die Existenz der Baumschule zu gefährden.

Carolin sah, dass Jo die Augenbrauen hob, das war wohl nicht mit ihm abgesprochen, aber da stimmte Aimée schon zu, als ob sie nie darüber nachgedacht hätte zu bleiben. Nun wollte ihr Vater etwas sagen, aber da fragte Carl auch schon, ob Aimée Antonias Patentante werden wolle. So dankbar war er ihr wegen der glücklichen Geburt!

Verblüfft klappte Jo den Mund wieder zu, und auch Aimée fehlten die Worte. Sie konnte nur nicken, und wieder hoben alle ihre Gläser – auf Antonia und Aimée und auch auf Luise und Antoine, deren Bilder auf dem Büfett standen. Irgendjemand hatte den Trauerflor von Luises Bild entfernt und die Mädchenkiefer wieder an ihre Seite gestellt, und so lächelten die beiden in stiller Liebe vereint über die Tafel hinweg. Luise in ihrem schönen Kleid und Antoine …

Aber, Moment mal!

Carolins Blick flog ans Kopfende der Tafel zu Isa, und die zwinkerte ihr verschwörerisch zu. Na, da war sie wohl die Erste, die bemerkte, dass Isa sich das weinrote Seidenkleid übergezogen hatte, das Luise auf dem Foto trug. Und dass auch Isa heute Abend aussah wie eine Königin. Lächelnd hob sie ihr Glas auf Isa, und wieder stimmten alle ein.

Und zu guter Letzt, als wäre noch nicht genug Glück und Harmonie verbreitet worden, boten Carl und Jo sich noch an, den

Tisch abzuräumen und den Mädchen beim Abwasch zu helfen. Freiwillig!

War das ein Ausblick auf eine neue Einigkeit der beiden? Auf brüderliche Zusammenarbeit an der Spitze der Baumschule? Carolin glaubte ja noch nicht so recht daran, diese Geschichte ging doch bestimmt noch weiter. Aber gut, man würde sehen.

Jedenfalls zogen sich alle nach dem Abendessen auf ihre Zimmer zurück, erschöpft von dem schweren Gänsebraten und den ereignisreichen Stunden. Keine Spur von silvesterlicher Ausgelassenheit, das verbot wohl schon die Sorge um Pastor Siebeling.

Nur Aimée und Isa wollten noch ein wenig Zeit miteinander verbringen, es gab noch so viel zu erzählen, und so zogen die beiden auf das Sofa im Gartensaal um.

Nun ging es auf Mitternacht zu, das Haus war still, wie in freudig beklommener Erwartung des neuen Jahres. Müde saß Carolin bei Niki auf der Bettkante und wachte über seinen Schlaf. Sie hatte sich das Radio aus dem Kontor geholt, es stand auf dem Nachttisch zwischen den Bildern und Kerzen, und fast ein wenig ergriffen lauschte sie um null Uhr dem Schleswig-Holstein-Lied und den Kirchenglocken, die das neue Jahr einläuteten. Dann sendete der NDR noch einmal Nachrichten. Die Lage im Land sei unverändert bedrohlich, erklärte der Sprecher, der inzwischen erkältet klang. Immer noch seien viele Dörfer von der Außenwelt abgeschnitten und ohne Strom. Bei Tagesanbruch wollten die Hilfskräfte versuchen, mit Fahrzeugkonvois zu den eingeschlossenen Dörfern vorzudringen. Auf den großen Straßen und auf der Autobahn seien dagegen über fünfhundert Menschen aus ihren Fahrzeugen geborgen worden. Noch habe man keinen Überblick, wie viele Fahrzeuge noch in den meterhohen Schneewehen steckten und …

In ihrem Rücken bewegte sich Niki. Er wurde wach. Carolin stellte das Radio leise und drehte sich zu ihm hin.

»Da bist du ja wieder«, sagte sie, als Niki nach einer Weile versuchte, sich aufzusetzen. Er sah noch immer schrecklich mitgenommen aus, blass und mit tiefen Schatten unter den Augen. Seine Lippen waren von der Kälte ganz rissig, und er zitterte noch immer – oder schon wieder. Der Arme, er schien gar nicht mehr richtig warm zu werden, so als habe er Eis in den Adern. Carolin befühlte die Wärmflaschen, die inzwischen abgekühlt waren, und legte sie neben das Bett. Ein Gefühl regte sich in ihrem Inneren, stärker noch als Mitleid, und sie reichte ihm die Hand, damit er sich hochziehen konnte.

Niki hustete, als er aufrecht vor ihr saß, dann beugte er sich vor. »Es tut mir leid«, flüsterte er rau an ihrem Ohr, offenbar hatte sich die Kälte nicht nur auf seine Bronchien, sondern auch auf seine Stimmbänder gelegt. »Ich dachte, ich könnte …«

Carolin winkte ab, sie strich ihm mitfühlend über den Arm. »An deiner Stelle hätte ich hier auch nicht Silvester feiern wollen«, sagte sie leichthin. »Bei Terhagens ist bestimmt Party!«

Niki zuckte gleichgültig die Achseln, dann fuhr er sich mit der Zunge vorsichtig über die Unterlippe und verzog das Gesicht.

»Tut's weh?«

»Geht schon.«

»Vielleicht …«

Vorsichtig berührte Carolin seine Lippen, sie hätte gern ein wenig Creme daraufgestrichen, wusste aber nicht, ob Niki das zulassen würde.

»Hast du Hunger?«

Sie wies auf einen Teller mit Krapfen, den Isa für ihn bereitgestellt hatte. Da war auch ein Becher mit Kakao, den er nahm, und sie betrachtete sein Gesicht, während er die Schokolade in gierigen Schlucken trank.

»Besser?«

Er nickte und schielte nach den Krapfen, und sie reichte ihm einen und dann noch einen und schließlich den letzten, die er allesamt hungrig vertilgte, bis seine rissigen Lippen fettig glänzten und er aufstöhnte, weil er nicht mehr konnte.

Einen Moment lang saß er ganz still da, als müsste er all seinen Mut zusammennehmen, dann beugte er sich vor und berührte ihr Gesicht und schließlich, ganz vorsichtig, das Seidentuch.

Sie sagte nichts, auch nicht, als er den Knoten in ihrem Nacken löste und das Tuch sanft herunterstrich.

Nikis Pupillen weiteten sich, als könnte er nicht fassen, was er sah, aber dann nickte er. Immer wieder. Da war Anerkennung in seinem Blick und noch etwas anderes, Glühendes, das ihr direkt unter die Haut fuhr.

»Das ist stark«, sagte er schließlich, dann legte er seine gewölbte Hand auf ihren Kopf, und Carolin spürte, wie sie eine Gänsehaut bekam. Überall.

Niklas.

Niki, Niki, Niki.

Da war es wieder, dieses Hingerissensein. Es sprang sie an wie ein verspielter Hund.

Verdammt, was war das nur mit ihren Gefühlen für ihn?

War das der Rotwein?

Oder war es der Zauber der Silvesternacht?

Ganz kurz warf Carolin einen Blick auf das Bild von Fritz, das noch immer auf dem Nachttisch stand. Sie lächelte ihm zu, bevor sie sich schnell auszog und zu Niki unter die Decke schlüpfte. Und dann lagen sie da, eng umschlungen, Haut an Haut, während Niki langsam aufhörte zu zittern und ihr von Carl erzählte. Von den Kriegserlebnissen ihres Onkels und davon, dass Carl ihn da draußen nicht im Stich gelassen hatte. Dass Niki ihm sein Leben verdankte.

O Mann, was für eine Geschichte.

Wie kostbar war das Leben!

Ihr junges Leben!

Das mussten sie doch feiern!

Carolin versenkte sich in Nikis Blick, während ihre Hände seinen vor Erwartung gespannten Körper erforschten.

Sie war bereit. Für alles.

Jetzt.

Und später, ganz kurz bevor ihre Gedanken jeden Zusammenhang verloren und sie wohlig in den Schlaf hinüberglitt, dachte sie noch, dass sie diese Nacht niemals vergessen würde.

Und der Schwan?

Ach Gott, der Schwan!

Weiß der Kuckuck, wo der wieder steckte.

MONTAG, 1. JANUAR 1979

ISA

51

Das letzte Wort?
Hatte sie nie gehabt.

Müde ließ Isa sich auf die Bettkante fallen. Sie rieb sich die schmerzenden Knie, dann rollte sie die Strümpfe hinunter und legte die Schürze ab.

Alls schafft.

Ach, was war das schön gewesen, noch bei Aimée zu sitzen. Sie hatten es sich mit einer Kanne Tee vor dem Kamin im Gartensaal gemütlich gemacht und erzählt und erzählt. Beide. Die Zeit war ihnen nicht lang geworden, denn es gab so vieles, über das sie noch nicht gesprochen hatten. So viel Zeit, die es nachzuholen galt.

Aimée hatte davon berichtet, dass ihr Vater Luise sein Leben lang die Treue gehalten hatte, und Isa hatte ihrem süßen Mädchen versichern können, dass Luise es genauso gehalten hatte. Den armen Wolf hatte Luise jedenfalls zeit seines Lebens nicht mehr an sich herankommen lassen, und selbst als der Porzellanmaler Ende der Sechzigerjahre ganz überraschend vor der Tür stand, war zwischen den beiden nicht mehr als Freundschaft gewesen. Die alten Herrschaften waren gemeinsam durch den Schwanenholzer Park flaniert und hatten sich lächelnd an ihre Jugend erinnert. Bevor der Däne wieder abreiste, hatte er noch sein Skizzenbuch ausgepackt und ein paar Tage lang im Park Bäume gezeichnet. Die Winterlinde mit dem ins Holz eingewachsenen Kreuz war darunter gewesen und ein Baumkreis, den Luise nach dem furchtbaren Hungerwinter 1946/47 gepflanzt hatte. Aus Dankbarkeit und in der Hoffnung, dass sich die Zeiten nun endlich bessern möchten. Aimée hatte gelächelt, als Isa ihr davon erzählte.

Überhaupt – ihr Lächeln. Obwohl Aimée entsetzlich müde war, lag da so ein Glanz in ihren dunklen Augen und auf ihrem Gesicht, als ob sie in den letzten Tagen zu sehr viel mehr als nur zu ihrer Familie gefunden hätte. So ein Glanz, wie Isa ihn auch bei Luise während der Schwangerschaften beobachtet hatte. Da wusste Isa plötzlich, dass da was Kleines unterwegs war.

Ach Gott, was hatte sie sich gefreut, als Aimée ihre Frage bejahte.

War das zu fassen, noch ein Kind. Jetzt wurde sie auch noch – Oma!

Na ja, so gut wie.

Sie hatten gleich vereinbart, dass Isa zu Aimée nach Frankreich reisen würde, wenn es an der Zeit war. Jetzt, wo Luise sie nicht mehr benötigte, konnte die Familie mal eine Zeit lang ohne sie auskommen. Verdient hätte sie sich das. Und Aimée brauchte ja Unterstützung, ihre Süße. War doch ganz auf sich allein gestellt.

Einen Vater für das Kind gab es wohl nicht, so viel hatte Isa verstanden. Aber das machte ja auch nix. Die Zeiten hatten sich geändert, ein uneheliches Kind war nicht mehr ganz so schlimm wie noch zu ihrer Zeit, als davon die Welt unterging. Selbst Luise hatte sich ja nicht getraut, dazu zu stehen, und das wollte was heißen. Zwei Kisten von dem guten Roten und einen Großteil ihrer gräflichen Autorität hatte Luise es sich damals kosten lassen, dass der

Schluckspecht von Pastor ihre Tochter zu einem ehelich gebore-
nen Kind machte. Aimée Antoinette Isabel Bernacker von Schwan.
Und Isa hatte das mit ihrer Unterschrift bezeugen müssen. *Sie*
hatte den Namen der von Schwans reingewaschen. So war ihr das
damals jedenfalls vorgekommen, als sie den Eintrag mit zitternden Händen unterschrieb. Als Antoine dahintergekommen war,
war er fuchsteufelswild geworden. Eine Szene wie aus einem Roman. So viel Temperament hatte Isa ihm gar nicht zugetraut. »Der
Wolf kommt doch nicht wieder«, hatte Luise versucht, ihn zu beruhigen. »Und vielleicht können wir später heiraten, wenn der Krieg
vorbei ist und die Gemüter sich beruhigt haben. Warum sollte das
nicht möglich sein?«

Das war im Januar 1945 gewesen, als Luise noch ganz fest auf
ihren Mut und auf den Lauf der Zeit vertraut hatte. Und darauf,
dass Fritz zurückkommen würde – und nicht ihr Mann.

Aber nun, es war anders gekommen, was sollte man machen?
Der Krieg war bald aus, aber der ungeliebte Mann kam zurück
und der Sohn nicht.

Antoine war noch blasser gewesen als Luise, als im September
1945 ein Brief aus Russland auf dem Posttisch gelegen hatte. Und
wenig später dann die Nachricht von Fritzens Tod, von einem Kameraden überbracht. Weiß Gott, wie Luise und Antoine die Kraft
gefunden hatten, voneinander Abschied zu nehmen.

Isa sah auf den schimmernden Ring an ihrem Finger, den Aimée
partout nicht haben wollte. Sie wollte überhaupt nichts haben vom
Gut und von der Baumschule. »Was soll ich damit?«, hatte sie gefragt. »Ich verstehe doch nichts von Bäumen.« Nur die Mädchenkiefer, die hatte es ihr angetan. Und was den Rest anbelangte, da
würde sich eine Lösung finden, genau wie Carl es beim Gänsebraten gesagt hatte. Aimée wollte Frieden stiften und keinen Zwist,
und Luises Erbe bewahren. Sie hatte doch ein Haus und ein Leben

in Frankreich und mit dem Kind eine Aufgabe. Carl und Johann sollten die Baumschule führen, so wie Luise es vorgesehen hatte, bis die nächste Generation übernehmen konnte. Vielleicht fühlte sich Carolin ja später dazu bereit oder die kleine Antonia? Man würde sehen.

Nee, zu was für einer feinen Persönlichkeit war ihre Kleine herangewachsen! Reinheit des Herzens, besser ging es nicht. Irgendwie hatte Luise mit ihrer Entscheidung doch alles richtig gemacht. Oder war das nur Antoines Werk gewesen?

Gerührt wischte Isa sich über die Augen, dann rieb sie sich wieder die Knie. Da stand ein Wetterwechsel an – morgen oder übermorgen, das spürte sie in den Knochen. Wurde ja auch Zeit, dass der Sturm sich legte, und Luise, die musste ja nun auch endlich mal unter die Erde. Ob Siebeling bis dahin wieder auftauchte? Konnte doch nicht sein, dass ein Mann und ein Auto einfach so verloren gingen!

Wieder betrachtete Isa den schönen Ring. Dass der Pastor für die Familienzusammenführung sein Leben riskierte, das hätte Luise sicher nicht gewollt.

Genauso wenig, wie Luise ihr damals das Herz brechen wollte, das verstand Isa nun. Aimée hatte ihr den Brief gezeigt, den sie im Kontor gefunden hatte. Luise hatte gewollt, dass Aimée so unbelastet wie möglich aufwuchs. Ihre Tochter sollte Kind sein dürfen und nicht in Schande und mit dem Schatten des toten Bruders leben müssen. Luise war es gewesen, die Antoine angefleht hatte, nach Frankreich zurückzugehen und die Kleine mitzunehmen. Natürlich hatten die beiden Isa nichts von alledem gesagt, damit sie nicht durchdrehte. Luise hatte ja gewusst, wie sehr sie das Kind liebte.

Isa hatte noch genau vor Augen, wie Aimée zum letzten Mal in ihrem Körbchen in der Küche gelegen hatte. Mit einem Holzlöffel hatte sie gespielt. Ihn immer wieder hochgehoben und angeschaut, als wäre der Löffel das größte Wunder der Welt. Am nächsten Tag blieb der Korb leer, und der Holzlöffel lag in ihrer Küchenschublade. Antoine musste mit dem Kind im Morgengrauen aufgebrochen sein.

»Er wird uns schreiben«, hatte Luise versucht, sie zu trösten. »Es ist besser so, für uns alle. Glaub mir, Isa.«

Ach, Luise.

Isa verdrückte noch ein paar Tränen – auch für ihren Kurt und all die anderen, die bedacht sein wollten, dann leerte sie ihre Schürzentaschen. Da hatte sich einiges angesammelt in den letzten Tagen, ein paar Lamettafäden, ein Löckchen, das sie Antonia gleich nach der Geburt abgeschnitten hatte, und die Fotografie von Luise, die sie nackt unter Blumen zeigte. Bild und Löckchen wanderten in ihre Nachttischschublade zu all den anderen Schätzen, während sie das Lametta über ihrem Betthaupt drapierte. War doch fast noch Silvester!

Zuletzt warf Isa noch einen Blick auf den Schwan, der es sich auf ihrem Sessel bei dem Grauen gemütlich gemacht hatte. Der Vogel hatte sogar ein bisschen Haferflocken und Katzenfutter in ihrer Küche gefressen. Würde wohl durchkommen, das schöne Tier. Anders als sein Gefährte, den sie am Morgen erfroren vor der Küchentür gefunden hatte. Ein Jungtier aus dem Sommer und noch schön zart. Isa hatte niemandem etwas davon erzählt, das Tier nur schnell gerupft und ausgenommen und mit der Weihnachtsgans in den Ofen geschoben. War keinem aufgefallen, dass die zweite Gans ein Schwan gewesen war. Hatte allen geschmeckt, ihr Festtagsbraten, sogar ihrem Caro-Herz. Warum auch nicht? Bei der englischen Königin gab es beim Staatsbankett doch auch Schwanenbraten für die hohen Gäste. Hatte sie mal in einer Illustrierten gelesen. Kopf und Hals und Federn hatte Isa in Zeitungspapier eingeschlagen und erst mal im Keller versteckt. Das Päckchen würde sie schon noch loswerden, wenn sie irgendwann die Mülltonnen unter dem Schnee wiederfand.

Man musste seine Geheimnisse haben, nicht wahr, Luise?

Müde nahm Isa ihre Dritten heraus und legte sie in das Wasserglas auf dem Nachttisch. Dann drehte sie die Petroleumlampe aus, deckte sich zu, faltete die Hände über dem Bauch und sprach leise ihr Nachtgebet.

Alle gesund, alle munter, alle satt.

So sollte es bleiben.

Wie hatte ihre Mutter immer gesagt?

Man musste dankbar sein.

Stammbaum der Familie von Schwan

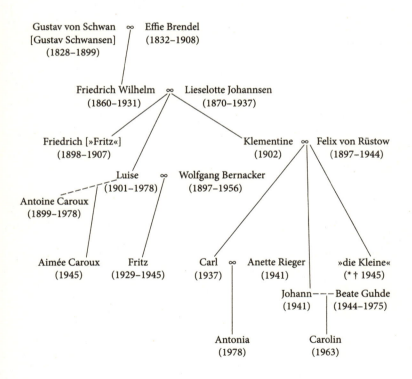

ANMERKUNGEN UND DANK

Meine Großmutter konnte wunderbar von früher erzählen. Von ihrer Kindheit im Hamburg der Kaiserzeit, von Heidrehm, dem Bauernhof im schleswig-holsteinischen Kreis Steinburg, den sie später mit meinem Großvater bewirtschaftete, und von den bewegten Zeiten im Krieg. Manchmal sprach sie auch von »den Franzosen«, die damals auf dem Hof arbeiteten.

Franzosen?

Als Kind hinterfragte ich das nicht. Und als mir später dämmerte, dass es sich um Zwangsarbeiter gehandelt haben musste, war sie längst tot. Mein Vater, der zu Kriegszeiten ein Kind gewesen war, erinnerte sich vor allem daran, dass einer der Franzosen ihm auf dem Schulweg bei einem Fliegerangriff das Leben rettete. Im Übrigen sei man mit den Franzosen gut ausgekommen, nach dem Krieg habe man sich sogar noch geschrieben.

Tatsache oder verklärte kindliche Erinnerung? Auf jeden Fall ist dies wohl eine sehr deutsche Art des Erinnerns und Erzählens von Familiengeschichte in der Zeit des Nationalsozialismus.

Was es heißt zu verdrängen, lässt sich wohl kaum eindrucksvoller belegen als am Beispiel der Zwangsarbeit während des Zweiten Weltkrieges. Lange Zeit nach dem Krieg, noch bis in die Neunzigerjahre hinein, war das Thema in der bundesdeutschen Gesellschaft tabu. Erst die Debatten um eine Entschädigung holte das

Schicksal der ehemaligen Zwangsarbeiterinnen und Zwangsarbeiter wieder ans Licht. Dabei waren die Arbeiterinnen und Arbeiter – Kriegsgefangene, Verschleppte und einige wenige Freiwillige, die falschen Versprechungen gefolgt waren – während des Krieges nicht nur in der Rüstungs- und Schwerindustrie eingesetzt worden, sondern beispielsweise auch in der Landwirtschaft oder als Hilfen im Haushalt. »Im Gegensatz zur Verfolgung und Vernichtung der Juden in der Zeit des Dritten Reiches war seit Beginn des Zweiten Weltkrieges der Einsatz von ausländischen Arbeitskräften aus den besetzten Gebieten im ›Reich‹ allgegenwärtig – auch und besonders in Schleswig-Holstein«, schreibt Rolf Schwarz von der Gesellschaft für Schleswig-Holsteinische Geschichte. »Eine gesicherte Zahl existiert nicht. Doch eine Momentaufnahme vom 15.11.1943 gibt einen Eindruck. Knapp ein Fünftel der zivilen Arbeitskräfte im Deutschen Reich waren zu diesem Stichtag ausländische Arbeitskräfte.« In Schleswig-Holstein lag der Anteil sogar noch höher, und die Arbeits- und Lebensbedingungen vieler Zwangsarbeiterinnen und Zwangsarbeiter widersprachen oft dem geltenden Völkerrecht. Besonders die »Ostarbeiter«, Frauen und Männer aus der Sowjetunion, durchlebten Schreckliches, und nach ihrer Befreiung litten viele unter den psychischen und physischen Folgen der Zwangsarbeit. »Individuelle Entschädigungsansprüche oder wenigstens Lohnnachzahlungen wurden ihnen verweigert; die deutschen Regierungen und die Betriebe, die von der Zwangsarbeit profitiert hatten, lehnten – von wenigen Ausnahmen abgesehen – jede Verantwortung ab«, so der Historiker Cord Pagenstecher. »In Form von sogenannten Globalabkommen leistete die Bundesrepublik lediglich an einzelne Staaten Entschädigungszahlungen.«

Erst fünfundfünfzig Jahre nach Kriegsende und nach langwierigen internationalen Verhandlungen wurde am 12. August 2000 die Stiftung »Erinnerung, Verantwortung und Zukunft« (EVZ) gegründet, um ehemalige Zwangsarbeiterinnen und Zwangsarbeiter zu entschädigen. Vor allem ehemalige KZ- und Getto-Häftlinge und deportierte osteuropäische Zivilarbeiterinnen und Zivilarbeiter erhielten zwischen 2001 und 2007 eine einmalige Entschädigungszahlung (zwischen 500 Euro und 7700 Euro). Im Jahr 2015 beschloss der Bundestag, auch Kriegsgefangene zu entschädigen. Die Zahlungen erreichten jedoch nur noch wenige Überlebende. West- und südeuropäische Zwangsarbeiterinnen und Zwangsarbeiter wurden nur anerkannt, wenn sie unter Haftbedingungen arbeiten mussten.

Viele Unternehmen, die damals von der Ausbeutung profitierten, haben sich jedoch bis heute nicht zu ihrer historischen Verantwortung bekannt. Nach wie vor wird das Thema Zwangsarbeit heruntergespielt und beschönigt. Noch im Mai 2019, während ich schon an diesem Roman schrieb, sagte etwa die Keksfabrik-Erbin Verena Bahlsen in einem Interview mit der *Bild*-Zeitung zu diesem Thema: »Das war vor meiner Zeit, und wir haben die Zwangsarbeiter genauso bezahlt wie die Deutschen und sie gut behandelt.« Nachdem ihre Äußerungen für Empörung sorgten, arbeitet inzwischen ein Team um den Historiker Manfred Grieger im Auftrag von Werner M. Bahlsen die Unternehmensgeschichte der Familie Bahlsen im Nationalsozialismus auf.

Eine Mauer des Schweigens umgab und umgibt auch die Kinder, die aus Liebesbeziehungen zwischen deutschen Frauen und ausländischen Zwangsarbeitern hervorgingen. Obwohl der Umgang mit Kriegsgefangenen und Zwangsarbeitern streng verboten war und zum Teil mit der Todesstrafe geahndet wurde, kam es doch immer wieder zu privaten Kontakten. Achtzig Prozent der Verhaftungen durch die Gestapo im Sommer 1942 betrafen solche Fälle, der Sicherheitsdienst der SS schätzte damals, dass rund zwanzigtausend Kinder von »Fremdvölkischen« mit deutschen

Frauen gezeugt worden waren. Auch hier blieb die Aufarbeitung nach dem Krieg schwierig; sich der Vergangenheit zu stellen erforderte mehr Mut, als viele aufbringen konnten.

Den Bogen zu schlagen zum Jahrhundertwinter 1978/79 mit seinen beiden extremen Winterstürmen fällt mir an dieser Stelle nicht leicht. Wenn meine Großmutter heute noch lebte, würde sie wohl von den vier oder fünf Tagen im Ausnahmezustand erzählen, als meine Familie während des zweiten Blizzards Anfang Februar 1979 auf ihrem Hof im holsteinischen Föhrden-Barl von der Außenwelt abgeschnitten war. Von den eisigen Temperaturen, dem Sturm und dem meterhohen Schnee, der die Straßen blockierte. Ich jedenfalls kann mich noch gut daran erinnern, dass das Ortsschild im Schnee versunken war und mein Vater auf Langlaufskiern durch den Wald in den nächsten Ort fuhr, um bei »Tante Emma« das Nötigste einzukaufen. Und wie wir in diesem langen Winter, in dem in einigen Orten in Schleswig-Holstein noch bis in den Mai hinein Schnee lag, im Garten Iglus bauten. Dass die Schneekatastrophe(n) allein in der Bundesrepublik siebzehn Menschenleben forderte(n), dass einige Opfer erst nach der Schneeschmelze aufgefunden wurden und dass in den klimatisierten Mastbetrieben Tausende Tiere verendeten, ist mir jedoch erst bei der Recherche zu diesem Buch wieder bewusst geworden.

Hilfreich bei der Recherche waren folgende Bücher und Texte: Bäume für Generationen. 150 Jahre Baumschule Lorenz von Ehren 1865–2015; Sabine Bode, Die vergessene Generation. Die Kriegskinder brechen ihr Schweigen; Florian Huber, Hinter den Türen warten die Gespenster: Das deutsche Familiendrama der Nachkriegszeit; Helmut Sethe, Der große Schnee. Der Katastrophenwinter 1978/79 in Schleswig-Holstein; Katalog deutscher Dinge

No. 1 Der Wald, in: Zeit Magazin vom 16. August 2018; Rolf Schwarz, Zwangsarbeit, in: Gesellschaft für Schleswig-Holsteinische Geschichte.

Mein Dank gilt außerdem meiner Agentin Anja Keil, die sofort Feuer und Flamme war, als ich ihr von der Idee zu dieser Geschichte erzählte. Ein Dankeschön auch an Carolin Klemenz und Britta Hansen und das gesamte Team vom Diana Verlag für das überwältigende Vertrauen und die wunderbare Zusammenarbeit. Danke dir, Isa, dass du mir so unvermittelt in den Sinn kamst, du hast die ganze Geschichte erst ins Rollen gebracht. Es ist nicht leicht, dich wieder ziehen zu lassen. Und, natürlich, ein Kuss für Jens, Josh und Jella. Danke für eure Liebe.

Katrin Burseg im Frühjahr 2021

Ein faszinierender Einblick in die Geschichte Dänemarks

Im Jahr 1885 arbeiten Nelly und Marie in der größten Weberei Kopenhagens. Bei einem schweren Unfall am Webstuhl verletzt sich Marie schwer. Nelly will den Schuldigen finden, stößt in der Fabrik jedoch nur auf Widerstände und Drohungen. Mit einem schlimmen Verdacht steht sie alleine da und erzählt nicht mal ihrem Geliebten Johannes davon. Als Johannes' Schwester Anna von den Vorkommnissen erfährt, ist sie schockiert, wie brutal und ungerecht das Leben in der großen Stadt ist. Sie nimmt den Kampf auf und setzt einen Meilenstein in der Geschichte Dänemarks.

Leseprobe unter diana-verlag.de